SIBYLLE LUISE BINDER

Mord bei den Festspielen

SIBYLLE LUISE BINDER

Mord bei den Festspielen

Kriminalroman

GMEINER

Immer informiert

Spannung pur – mit unserem Newsletter informieren wir Sie regelmäßig über Wissenswertes aus unserer Bücherwelt.

Gefällt mir!

Facebook: @Gmeiner.Verlag
Instagram: @gmeinerverlag
Twitter: @GmeinerVerlag

MIX
Papier aus verantwortungsvollen Quellen
FSC® C014496

Besuchen Sie uns im Internet:
www.gmeiner-verlag.de

Im Ehnried 5, 88605 Meßkirch
Telefon 07575/2095-0
info@gmeiner-verlag.de

1. Auflage 2020

Lektorat: Claudia Senghaas
Herstellung: Julia Franze
Umschlaggestaltung: U.O.R.G. Lutz Eberle, Stuttgart
unter Verwendung eines Fotos von: © Christian Bieri / stock.adobe.com
Druck: GGP Media GmbH, Pößneck
Printed in Germany
ISBN 978-3-8392-2583-3

*Personen und Handlung sind frei erfunden.
Ähnlichkeiten mit lebenden oder toten Personen
sind rein zufällig und nicht beabsichtigt.*

KAPITEL 1: WARUM IMMER ICH?

Lindau am Bodensee,
Mitte Juli 2018

Verflixter, elender Mist! Warum muss so was immer mir passieren? Ich tue doch niemandem was! Warum hat es scheinbar trotzdem die halbe Welt auf mich abgesehen? Und der hier meint es wirklich ernst. Lucas behauptet ja manchmal, ich sei etwas »harmlos«, und er mag insofern recht haben, dass ich grundsätzlich an das Gute im Menschen glaube, aber der da oben – ne, also gute Absichten hat der nicht! Der will mir an den Kragen – oder welchen anderen Grund könnte der Fahrer eines Motorboots haben, nun schon das dritte Mal auf eine Schwimmerin draufzuhalten?

Er kommt direkt auf mich zu und der Scheinwerfer, den er vorne auf seinem Boot hat, blendet mich. Das Dröhnen seines Motors füllt die Nacht und ich frage mich, wo Lucas ist. Ich weiß, dass er einen sagenhaft tiefen Schlaf hat, aber bei dem Krach muss er doch aufgewacht sein!

Hoffentlich ist er nicht ins Wasser gegangen. Er kann mir nicht helfen, er kann nur ein zusätzliches Ziel für meinen Angreifer bieten.

Oh, verflixt – ich muss hier weg. Aber dummerweise war Schwimmen noch nie meine Stärke und meine Kondition ist unter aller Kanone. Gerade darum verstehe ich nicht mehr, wie ich so behämmert sein konnte, mitten in der Nacht in einer Bucht im Bodensee baden gehen zu wollen? Aber Himmel, man kann doch nicht damit rechnen, dass ein Verrückter mit einem Speedboot über einen drüber mangeln will!

Ich hatte schon Ärger geahnt, als das Ding zum ersten Mal an mir vorbeigeprescht war. Es sah selbst als Silhouette im Dunkel aggressiv aus mit seiner langen Motorhaube und dem kurzen Führerstand. Und dann schaltete der Bootsführer die zwei starken Scheinwerfer an, die an einem Bügel über ihm angebracht waren. Ich erkannte, dass das Schnellboot schwarz lackiert war. Und auf einer Seite zog sich eine giftig gelbe Nummer über die Seite hoch zur Motorhaube.

Ich kann mir nicht helfen, aber das Ding erinnert mich an die aufgemotzten, tiefergelegten, mit Breitreifen und Zierspeichen versehenen, fast immer schwarz lackierten Gefährte eines bayrischen Automobilbauers, deren Auftauchen auf der Autobahn hinter einem immer Ärger bedeutet. Ich fahre selbst zügig – mein Ehegespons sagt sogar, mein Fahrstil sei mit »gesengte Sau« zutreffend beschrieben –, aber das hält die Möchtegern-Rennfahrer am Steuer dieser Potenzkrücken nicht davon ab, mir mit der Lichthupe in den Kofferraum zu steigen.

Ich finde das schon auf der Straße unangenehm, obwohl ich da ja in meiner mit allen denkbaren Sicherheitseinrichtungen ausgestatteten Blechbüchse sitze. Wie ich es finde, wenn ich nackt in einem See rumpaddle, brauche ich wohl nicht weiter auszuführen.

Er ist nur noch ein paar Meter entfernt – und was mache ich jetzt? Den Weg zum Ufer hat er mir abgeschnitten und auf den See raus – dazu bin ich nicht schnell genug. Ergo habe ich nur eine Chance: abwärts! Da kann er mir weder folgen, noch kann er mich sehen. Und ich wiederum habe beim Abtauchen einen Vorteil: Ich kann atmen.

Wie? Ja, klar, jeder kann atmen. Ohne diese grundlegende Fertigkeit wäre ein Individuum aus der Spezies Homo sapiens nicht überlebensfähig. Aber was ich meine: Ich kann ein bisschen besser atmen als andere. Ich habe es nämlich gelernt und geübt. Ich habe Kirchenmusik studiert. Dabei muss man singen – man sollte ja einen Chor leiten und den Chormitgliedern eins vorjodeln können. Ergo muss man zum Gesangsunterricht und zu dem wiederum gehört, dass man atmen lernt.

Also, erst mal versuchen, die Aufregung runterzufahren. Mit flatterndem Zwerchfell ist nicht gut atmen. Dann Bauch entspannen, ganz tief Luft holen. Trotz Panik ruhig bleiben und sich vorstellen, wie jedes Lungenbläschen sich entfaltet und mit Sauerstoff auflädt. So. Die Lunge ist voll und darum kann ich jetzt ausatmen – und zusehen, dass ich verschwinde, denn jetzt schwappt mir schon die Bugwelle des Bootes ins Gesicht.

Nicht ablenken lassen! Wie hat meine Mutter früher vorgesungen? »Alle meine Entchen schwimmen auf dem See, Köpfchen in das Wasser, Schwänzchen in die Höh'.« Bei mir ging die Kehrseite in die Höh' und ich versuchte, mit kräftigen Fußschlägen so schnell wie möglich so tief wie möglich zu kommen.

Doch das war gar nicht so einfach, denn das Boot war über mir und wühlte das Wasser auf. Der Sog zog mich nach oben, auf die Schrauben – das schwarze Monster hatte gleich zwei davon und entsprechend Power – zu. Dabei wollte mich das Wasser herumwirbeln und mir damit die Orientierung nehmen! Ich strampelte und kämpfte, ruderte mit Armen und Beinen, ich hatte vermutlich mehr Adrenalin als Blut in den Adern, aber jetzt war das Boot über mir weg und das Wasser beruhigte sich ein wenig. Aber ich hatte Probleme. Meine Oberschenkelmuskeln brannten, in meinem kaputten Knie hämmerte es und ich wusste nicht mehr, wo oben und unten war. Dabei fühlte sich meine Lunge an, als ob sie gleich in den Streik treten würde, und ich strampelte – und verdammt, Apnoetauchen hat mich noch nie gereizt und ich will bestimmt nicht im Bodensee ersaufen!

Victoria, benutz deinen Verstand! Es muss auch im Dunkeln eine Möglichkeit geben, den Unterschied zwischen oben und unten festzustellen, und eine davon ist, das Wasser zu beobachten. Je näher es der Oberfläche ist, desto bewegter ist es, also aufhören zu strampeln, ausstrecken, versuchen, die Wellen zu spüren – oh Mensch, ich brauche Luft! Mein Kopf dröhnte, in meiner Brust bildete sich ein dumpfer Schmerz.

Ich setzte alles auf eine Karte und schwamm aufwärts – beziehungsweise dahin, wo ich aufwärts vermutete. Und da war ein Geräusch, ein tiefes Brummen und gleichzeitig spürte ich Wellen und reckte den Hals. Mein Kopf brach durch die Wasseroberfläche, ich spürte den Wind auf meiner nassen Haut, ich japste und schnappte nach Luft – und das fühlte sich gut an! Ich schloss für einen Moment die Augen und trank den Sauerstoff, der wie prickelnder Champagner war.

Aber da war dieses Brummen und jetzt war es noch lauter. Bevor ich darüber nachdenken konnte, schwamm ich in Richtung des Geräuschs. Aber da war jetzt auch ein hellerer Ton und ich sah Licht – mein Angreifer war wieder da und er schien mich zu suchen. Seine großen Scheinwerfer tasteten nur ein paar Meter von mir entfernt über das Wasser. Tja, Freundchen – so blöd, dass ich dir in den Lichtkegel schwimme, bin ich nicht! Ich versuchte, ganz flach an der Oberfläche zu bleiben, und verbarg mein Gesicht halb im Wasser, drehte den Kopf nur leicht seitlich, um atmen zu können.

Das Brummen schien weg zu sein, aber dafür merkte ich, wie meine überforderten Beinmuskeln krampften. Und ich fror! Es war, als ob die Kälte des Sees durch meine Haut drang und die Muskeln auskühlte. Ob ich wärmer wäre, wenn ich nicht nackt wäre? Vorher, als ich ins Wasser gegangen war, war es angenehm gewesen, aber jetzt …

Jetzt war mein Angreifer wieder aktiv. Er schien mich gesehen zu haben und steuerte auf mich zu. Ich wechselte vom Brustschwimmen zum Kraulen – und da vorne, der dunkle Schatten! Das könnte der Steg sein, von dem aus ich ins Wasser gesprungen bin! Wenn ich an den rankommen würde, könnte mir der Typ mit dem Boot nicht mehr folgen!

Ich schaffte es nicht. Er schnitt mir den Weg ab und kam wieder auf mich zu. Ich wusste, dass ich eigentlich abtauchen sollte, aber gleichzeitig war mir klar, dass ich die Kraft nicht mehr hatte. Ich spürte Salz auf meinen Lippen und wusste: Das war nicht der See, sondern meine Tränen. Frust, Enttäuschung, Erschöpfung, Angst – ja, vor allem Angst. Und warum ist dieser Bootsfahrer hinter mir her? Ist das für ihn ein Späßchen? Er hat zufällig in dieser einsamen Bucht eine nackte Schwimmerin entdeckt und macht jetzt Jagd auf sie? Einfach so?

Sehr zielsicher war er nicht, jedenfalls nicht, was den Steg anging. Er drehte zu spät ab, sein Boot schrappte an den Holzplanken entlang, eine flog in die Luft. Ich hoffe, er hat sich den Lack seiner Motorhaube schön zerkratzt!

Vorher, als er eine besonders scharfe Wendung gefahren war, hatte ich eine Frau kreischen gehört. Veranstaltet der Typ die Jagd auf mich, um seiner Begleiterin zu imponieren? Wie pervers ist das denn? Wer kommt denn darauf, jemand anderen aus Jux und Tollerei in Gefahr zu bringen und in Todesangst zu versetzen? Andererseits kann so was wohl nur mir passieren! Romantischer Abend mit dem Ehemann, ein Bad im Mondschein – und ich werd dabei ersäuft!

Die Kreise, die das Boot um mich zog, wurden immer enger. Ich musste gleich wieder abtauchen – und dabei war ich so kalt und müde! Und wo ist Lucas? Kann's denn sein, dass er all das verschläft?

Oh nein – da sind noch mehr Scheinwerfer! Mein erster Verfolger war südwestlich von mir, doch nun sah ich Licht aus Nordosten. Es war stärker als das meines ursprünglichen Verfolgers, näherte sich schnell und das dazu gehörende Motorengeräusch war ein sonores Brummen – genau das, das ich vorher schon gehört hatte. Und über dem Brummen das »swisch-swisch« einer Schraube – der, der da neu dazugekommen war, schien einen stärkeren Motor zu haben als Nummer eins.

Nun drehte das Boot, das Kreise um mich gezogen hatte, ab und fuhr dabei in den Lichtkegel des Größeren. Ich erkannte zwei dunkle Gestalten in dem Speedboot.

Eine elektrisch verstärkte Stimme tönte über das Wasser: »Hier spricht die Polizei! Stellen Sie den Motor ab. Wir kommen längsseits!«

Das Polizeiboot schob sich zwischen mich und das Schnellboot, einer der großen Scheinwerfer vorne auf dem Bootshaus war darauf fixiert, der andere schwenkte langsam über das Wasser. Und da war noch eine Stimme und mein Herz schlug schneller! Das war Lucas, der da rief! »Vic, hierher! Komm zum Steg!« Ach, wenn ich nur wüsste, wo der Steg ist! Und wenn meine Arme und Beine nicht so schwer wären! Ich hab doch schon Mühe, mich über Wasser zu halten! Ich wälzte mich herum – ja, der dunkle Schatten da hinten könnte der Steg sein.

Das Polizeiboot hob sein Licht und ich sah den Steg und darauf eine vertraute Gestalt. Lucas winkte und rief: »Komm – das schaffst du!« Seine Stimme machte mir Mut und ich biss die Zähne zusammen und schwamm auf den Steg zu.

Aber jetzt hörte ich wieder einen kleineren Motor und eine schnellere Schraube – kommt etwa der Verrückte auf mich zu? Will der mich vor den Augen der Polizei angreifen?

Nein. Der Motor des Speedbootes heulte auf, die Schnauze hob sich hoch aus dem Wasser und die Doppelschrauben wühlten weiße Gischt auf. Mein Angreifer drehte eine elegante Kurve und dann hielt er auf das offene Wasser zu. Er haute ab – und ich konnte es nicht bedauern.

Dafür kam ein anderes, kleineres Boot auf mich zu: Orange – ein Schlauchboot mit Außenbordmotor, zwei dunkle Gestalten darin. Einer hielt einen Ring und rief mir zu: »Vorsicht – Rettungsring kommt!« Ein weiß-roter Korkring kam auf mich zu und platschte neben mir ins Wasser. Ich warf einen Arm darüber, zog mich etwas näher daran, sodass ich den zweiten Arm darüber hängen und ausruhen konnte. Welch ein Luxus, diesen Ring zu haben, der mich trug und dafür sorgte, dass mein Kopf über Wasser blieb! Ich entspannte die Arme, legte das Kinn auf den Ring – erst mal verschnaufen. Gedanken darum, wie ich auf den Steg komme? Gleich. Jetzt erst einmal verschnaufen.

»Frau Benning, halten Sie sich gut fest – wir ziehen Sie zu uns her!«

Ich hatte gar nicht gemerkt, dass der Rettungsring an einem Seil hing. Es wurde jetzt eingeholt, der Ring schien sich zu wehren, kam an einer Seite hoch, aber ich klammerte mich daran und mein Gewicht zog ihn wieder runter und dann war ich schon am Schlauchboot und zwei kräftige Hände fassten nach meinen. »Sehr gut!«, lobte der Polizist, der in einem orange-weißen Schutzanzug im Boot kniete. »Ich ziehe Sie jetzt vollends raus, ja?« Er beugte sich vor, ließ seine Hände an meinem Arm hinauf wandern, griff unter meine Achseln und mit einem Ruck zerrte er mich über den Gummiwulst ins Boot. Der Boden darin war weich, aber nass und kalt. Ich rollte mich zusammen und schloss die Augen, tiefe Erleichterung flutete durch mich und gleichzeitig war ich so, so müde! Aber der Polizist hatte die Hand auf meinem Arm und zerrte. »Können Sie sich aufrichten?«

Eigentlich wollte ich nicht. Ich wollte liegen bleiben und froh sein, dass ich nicht mehr schwimmen musste. Allerdings war mir schrecklich kalt und mein vernebeltes, erschöpftes Hirn sagte, ich solle dem Polizisten gehorchen. Er würde bestimmt eine Decke oder so etwas haben, irgendetwas Warmes. Und da legte er schon ein Tuch um mich, und als ich mich mehr aufrichtete, rubbelte er meinen Rücken und fragte: »Was war das denn? Wir dachten zuerst, das war ein blöder Scherz, aber der Typ war ja tatsächlich und ganz ernsthaft hinter Ihnen her! Waren Sie mit dem auf dem Motorboot oder wie ist das passiert?« Er wickelte das ganze Tuch um mich, sein Kollege unterdessen hatte das Schlauchboot in eine elegante Kurve gelegt und fuhr auf das große Polizeiboot zu, das am Steg angelegt hatte.

Ich schüttelte den Kopf und antwortete: »Nein, ich kenne den nicht und war auch nicht bei dem an Bord. Ich wollte nur ein bisschen schwimmen und abkühlen und plötzlich war der da und wollte mich überfahren!« Warum klapperten mir jetzt die Zähne? Ich fror immer mehr, obwohl der Polizist mich in eine graue Decke gewickelt hatte.

Das Schlauchboot war bei seinem Mutterschiff angekommen, der Bootsführer hatte Anlauf genommen und war mit Schwung auf eine Rampe gefahren. Hilfreiche Hände fassten nach mir und da war die vertraute Stimme, jetzt aber merkwürdig rau. »Vic – bist du in Ordnung?«

Ich ließ mich in Lucas' Arme fallen. Er trug Jeans und Polohemd und ich spürte seine Wärme und seinen vertrauten, soliden Körper. Er schlang seine langen Arme um mich und drückte meinen Kopf an seine Schulter. »Ich habe so Angst um dich gehabt!«

Hinter ihm stand ein blonder, junger Mann in Uniform und sagte: »Frau Benning? Herr Benning? Wir sollten ins Warme gehen. Ich muss Frau Benning untersuchen. Ich bin Sanitäter.«

»Klar«, antwortete Lucas und hob mich einfach auf seine Arme. »Gehen Sie mir voraus?«

Ich lehnte meinen Kopf an seine Schulter und schloss die Augen. Mir war immer noch kalt. Aber in seiner Nähe wurde es besser. Ich fühlte mich geborgen und wollte einschlafen und erst in ein paar Tagen wieder aufwachen.

Der blonde Polizist unterdessen legte eine rote Fleece-Decke um mich, als Lucas mich in der kleinen Kabine auf die Bank setzte. Es gab nur einen Tisch, eine Eckbank dazu, zwei angeschraubte Stühle und eine kleine Theke, hinter der eine uniformierte Brünette eine Kaffeemaschine füllte.

Ihr Kollege fasste nach meinem Handgelenk. »Frau Benning?« Er schob die Manschette eines Blutdruckmessgerätes über meinen Arm und hielt mir ein Thermometer ans Ohr.

»Ist das nötig? Mir geht's schon wieder besser!«, protestierte ich.

»Moment bitte …« Er las das Thermometer ab, dann schaltete er das Messgerät an meinem Arm ein. Es blies sich auf, ließ langsam wieder Luft ab und piepste dabei. »Oh, oh, Frau Benning – das wird wohl eine Nacht im Krankenhaus! Sie haben Untertemperatur und Ihr Blutdruck ist lausig. Sie müssen behandelt und vor allem beobachtet werden. Unterkühlung kann tückisch sein.«

Ich war tatsächlich ein wenig an Lucas' Schulter eingeschlafen, als eine tiefe Stimme mich ansprach. »Hallo, ich bin Polizeihauptkommissar Bühler, der Kommandant des Schiffs. Willkommen auf dem ›Seeadler‹!« Er nahm der Brünetten, die mit einem Tablett mit Bechern und zwei Thermoskannen an den Tisch gekommen war, die Becher ab und verteilte sie. »Kaffee oder Tee?«

Lucas votierte natürlich für Kaffee, ich nahm einen Becher Tee, der zwar nicht sonderlich schmeckte, an dem ich mir aber die Finger wärmen konnte. Der Kommissar unterdessen öffnete eine Mappe und fummelte ein Formular heraus. »So, erst mal Personalien …«

»Sorry, darf ich erst mal eine Frage loswerden? Wo kamen Sie so plötzlich her?«

Der Polizist schaute Lucas an und lächelte. »Ihr Mann hat die Notrufzentrale angerufen.«

Lucas sah ein wenig verlegen aus. »Ich bin aufgewacht, weil ich den Krach gehört habe. Nachdem ich erkannt habe, was da auf dem See los ist, habe ich die Polizei gerufen. Du weißt, ich bin kein besonders guter Schwimmer.«Mein Mann hatte seine Papiere aus der Brieftasche genommen und legte dem Kommissar seinen Personalausweis hin. »Die Unterlagen meiner Frau sind im Auto und das steht vor dem Restaurant Seeblick.«

Ich packte meinen Kopf wieder an seine Schulter, schloss die Augen und hörte zu, wie der Polizist die Daten vorlas: »Benning, Lucas Emanuel, 30. August 1966 in Semera – ja, wo isch des denn?« Sein Schwäbisch klang durch und zeigte sein Erstaunen.

Lucas war die Reaktion auf seinen ungewöhnlichen Geburtsort gewöhnt und er erklärte fast gelangweilt: »Meine Eltern sind Paläoanthropologen und waren zu der Zeit im Afar-Dreieck in Äthiopien tätig.«

»Paläoantrowas?« Der Beamte schaute ihn an, als ob Lucas gerade grüne Tentakel gewachsen wären.

»Sie waren Spezialisten für die Stammesgeschichte des Menschen, unterrichteten an der Universität in Tübingen und forschten in Afrika. Da stand ja bekanntlich die Wiege der Menschheit.«

Der Polizist sah nicht aus, als ob ihm das bekannt gewesen wäre, dafür blätterte er in Lucas' Pass und betrachtete die vielen Stempel. »Sie kommen weit herum.«

»Ich bin Sänger und Regisseur«, erklärte Lucas und streichelte dabei meine Schulter. »Besser, Liebes? Wieder warm?«, fragte er.

Ich nickte und kuschelte mich an ihn. Es tat wohl, seine Wärme durch die Decke zu spüren.

»Und Sie wohnen in …?«, unterbrach der Beamte unsere eheliche Idylle.

»Stuttgart«, gab Lucas an und diktierte unsere Adresse. Dann küsste er meine Schläfe. »Soll ich deine Daten diktieren, Vic?«

»Ja, bitte!« Ich war froh, die Augen wieder schließen zu können, und hörte Lucas zu. »Meine Frau heißt Victoria Konstanze Benning, geborene Rühle, kam am 12. November 1982 in Balingen auf der Schwäbischen Alb zur Welt, schreibt kluge Bücher, hat einen Lehrauftrag als Musikhistorikerin an der Stuttgarter Hochschule für Musik und arbeitet außerdem als meine Assistentin.«

Der Polizist hatte mitgeschrieben, jetzt lächelte er. »Fein – und Adresse ist gleich wie bei Ihnen, nehme ich an. Und jetzt erzählen Sie mir doch bitte, was eigentlich passiert ist. Ich hab von der Leitstelle nur gehört, dass in der Bucht vor Lindau eine schwimmende Frau von einem Verrückten in einem Motorboot angegriffen wird. Natürlich haben wir zuerst gedacht, dass das eine miese Nummer ist. Wir erleben leider manchmal, dass betrunkene oder bekiffte Skipper Schwimmer jagen.«

»Ich glaube nicht, dass es das in diesem Fall war. Für mich sah das eher nach gezieltem Angriff aus«, sagte Lucas.

»Okay.« Bühler hatte eine Notiz gemacht. »Und jetzt mal mit Vorgeschichte. Wie kamen Sie in die Bucht? Wohnen Sie in der Nähe?«

»Ja. Wir residieren gerade im Seehotel Excelsior in Lindau. Wir arbeiten aber in Bregenz – wir inszenieren ›Don Carlos‹ für die Seefestspiele«, erklärte Lucas. »Heute hatten wir einen recht harten Tag auf der Probe, daher schlug meine Frau vor, dass wir in dieses nette Restaurant etwas außerhalb fahren, um ein bisschen Abstand zu bekommen. Und nach dem Essen … uhm … öh …«

Ich musste mir ein Lachen verkneifen. Mein Liebster hatte nämlich rote Ohren bekommen und überlegte nun wohl, wie er die Geschichte vom Rest des Abends verpacken sollte. Mein Sängerseelchen ist nämlich ein wenig prüde, während ich als echte schwäbische Pfarrerstochter zwar keine Bomben lege, aber als »böses Mädchen« manchmal meinen Ex-Sängerknaben – ja, Lucas war Hymnus-Chorknabe – zu unzüchtigem Tun verleite. »Ich hatte ihn zu einem Abendspaziergang überredet und da war nun diese herrliche Trauerweide in der kleinen Bucht. Sie breitete ihre Arme weit aus und sie bildeten einen grünen Vorhang, unter dem wir ganz für uns waren. Und da ist er eingeschlafen – hinterher. Ich unterdessen war putzmunter und erhitzt, darum bin ich in den See gegangen.

Als ich auf dem Steg stand, sah ich das schwarze Boot. Es dümpelte am Rand der kleinen Badebucht, nur von zwei kleinen Leuchten erhellt. Und da war ein nacktes Frauenbein gewesen, das sich einmal hochgereckt hatte, und ein gutturales Lachen, das dann zu einem Seufzen wurde. Ich hatte in mich hineingelächelt. Warum hätte ich dem Paar auf dem Boot nicht gönnen sollen, was ich davor genossen hatte?

Ich bin ein Stück vom Steg weg und auf den See hinaus geschwommen, wobei ich den Kontrast zwischen dem an der Oberfläche von der Sonne erwärmten Wasser und der Kälte in tieferen Regionen genossen habe. Dann habe ich den Motor gehört und das Boot auf mich zukommen sehen. Ich habe mich geärgert, obwohl mir da noch nicht klar war, dass der Bootsführer etwas von mir wollen könnte – und dann fuhr er fast über mich hinweg und ich musste wegtauchen, damit mich die Schrauben nicht verletzten.

Ich dachte, dass der Bootsführer mich nicht gesehen hatte, hob den Arm und rief, aber er beachtete mich nicht. Oder etwa doch? Er drehte um und kam wieder auf mich zu.«

An dieser Stelle hob Lucas die Hand und unterbrach mich, »Ab da habe ich es ungefähr mitgekriegt. Mich hat der Motorenlärm geweckt. Ich schlüpfte in meine Hose und ging auf den Steg hinaus, um Victoria zu suchen. Dabei sah ich die zweite Attacke – und mir war sofort klar, dass es der Typ auf meine Frau abgesehen hat. Also habe ich die Polizei angerufen.«

Der Polizist guckte uns an. »Frau und Herr Benning – können Sie sich die Attacke erklären? Kennen Sie den Bootsführer?«

»Nicht, dass ich wüsste«, erwiderte ich nachdenklich. Ich zerbrach mir ja selbst den Kopf!

»Haben Sie einen Feind, der Ihnen ans Leben will?« Der Polizist war hartnäckig.

Ich zog die Schultern hoch. »Nicht, dass ich wüsste …«

»Sind Sie in irgendetwas Kriminelles verwickelt? Als Zeugin, als Opfer …?«

Lucas und ich schauten uns an. Dann nickte er langsam und sagte: »Ja, kann man wohl so sagen. Sie haben wahrscheinlich mitbekommen, dass bei den Proben zu den Seefestspielen ein Sänger ermordet wurde?«

»Ja, klar! Hätte mir eigentlich gleich einfallen können, als Sie sagten, Sie arbeiteten bei den Seefestspielen.« Der Kommissar runzelte die Stirn. »Das war doch dieser Mario Miercoledi? Ganz bekannter Mann …«

»Richtig«, nickte Lucas. »Wir waren dabei, als die Leiche gefunden wurde und meine Frau hat Ihren Kollegen den Hinweis gegeben, der dazu führte, dass die den Mord als solchen erkannt haben.« Er räusperte sich. »Glauben Sie, zwischen diesem Mord und dem Anschlag auf meine Frau könnte ein Zusammenhang bestehen?«

»Aber Lucas! Woher hätten die, die Mario vergiftet haben, wissen sollen, dass ich heute Nacht in einer einsamen Bucht bade?«, warf ich ein.

»Das weiß ich nicht. Aber warum sollte jemand dich einfach so umbringen wollen?«

»Es gibt Spinner, die so was witzig finden«, begehrte ich auf. Ich konnte mir beim besten Willen nicht vorstellen, dass es einen Zusammenhang zwischen dem Mord an dem Tenor und dem Anschlag auf mich gab. »Außerdem wird Kommissar Gerstenmeier ja nicht damit hausieren gehen, dass ich ihm die Geschichte mit der Eibe erzählt habe!«

Der Polizist hatte sehr interessiert zugehört, jetzt hob er die Hand. »Kommissar Gerstenmeier ist mit der Sache befasst?«

»Ja, er ermittelt wegen des toten Tenors«, antwortete ich.

»Ich denke, jetzt sollten Sie mir Ihre Geschichte von Anfang an erzählen!«, befand er.

Lucas streichelte über meine Schulter. »Hoffentlich schaffst du das bis Lindau!«

*

Zwei Stunden später lag ich in einem dieser bezaubernden Flügelhemdchen in einem Krankenhausbett und beneidete meinen Mann. Lucas schlief nämlich neben mir. Er gehört zu den Menschen, die immer schlafen können. Er geht ins Bett, sein Kopf trifft das Kissen und schon ist er weg.

Ich dagegen gehe hundemüde ins Bett, mache das Licht aus, drehe mich in meine Schlafstellung, schließe die Augen – und in dem Moment scheint mein Gehirn den Befehl »Alle grauen Zellen anschnallen! Es geht wieder rund!« auszugeben.

Zuhause stehe ich dann wieder auf. Bleibe ich nämlich liegen, habe ich innerhalb von ein paar Minuten alles, was in meinem Leben nicht optimal läuft, nach oben gegraben und sehe nur noch Probleme. Also gehe ich lieber an den Computer und spiele Candy Crush oder etwas ähnlich Dämliches oder ich arbeite. Arbeit lenkt ab und macht müde, und wenn ich da im richtigen Moment den Absprung finde, kann ich schließlich schlafen.

In meiner Krankenhausnacht konnte ich nicht in die Arbeit fliehen. Ich hatte mein Notebook nicht zum Baden mitgenommen. Also musste ich mir zur Unterhaltung ein paar Gedanken machen und erinnerte mich an die Nacht vom 14. Juli.

Da hatte ich auch nicht geschlafen. Es war ein sehr heißer Tag gewesen und mein Herr und Meister hatte die Klimaanlage in unserer Suite abgeschaltet. Wie die meisten Sänger verträgt er die trockene Luft nicht, die eine Klimaanlage fabriziert. Dabei war er eigentlich gar nicht als Sänger, sondern als Regisseur am See. Martin Haller-Rojas, der Intendant der Seefestspiele, hatte ihn und damit auch mich für die zweite Produktion, einen ›Don Carlos‹* in Starbesetzung, engagiert. Und wie immer, wenn wir inszenierten, war Lucas vorwiegend auf der Bühne zugange, während ich am Regiepult saß. Wir haben eine klare Rollenverteilung: Lucas ist für die Personenführung und das Künstlerische zuständig, ich kümmere mich um Technik, Budget, Logistik und Papierkram.

Wir sind ein gutes Team und hatten uns auf den Sommer am Bodensee gefreut, wobei uns allerdings klar gewesen war, dass dieser »Don Carlos« kein Zuckerschlecken werden würde. Das von unserem Intendanten bei jeder Gelegenheit so hochgepriesene »Starensemble« umfasste nämlich nicht

* Giuseppe Verdi hat die Oper nach dem Schauspiel von Friedrich Schiller geschrieben. Dabei gibt es eine italienische und eine französische Version. Lucas macht am Bodensee die französische.

nur den kolumbianischen Tenor Cayetano Gutiérrez-Martin als Carlos und den brillanten Bass Rocco Banhardt als König Philipp, sondern auch Mario Miercoledi als Maquis de Posa. Und dieser Herr war ein Problem.

Vor einigen Jahren war Miercoledi in der Szene fast omnipräsent gewesen. Er sang an allen großen Opernhäusern; er beglückte seine Fans mit Konzerten in Fußballstadien; schmetterte italienisches in der Arena in Verona und jodelte im deutschen Fernsehen Weihnachtslieder; er produzierte CDs mit den »schönsten Lovesongs der Klassik« und Crossovers mit irgendwelchen Schlagerstars. Man musste den Fleiß und die Disziplin bewundern, mit denen er sein »Heute hier, morgen dort«-Jetset-Leben bewältigte. Insider und Kollegen bemerkten aber zunehmend, dass seine Stimme in der Höhe überanstrengt klang und in der Mittellage rau. Lange Legato-Linien konnte er nicht mehr »veratmen«, kurz und wenig gut: Wenn er schon zu Anfang seiner Karriere so gesungen hätte, wäre der knödelnde Gesangslehrer Alfred in der »Fledermaus« in Bad Kleinkleckersheim der Höhepunkt seiner Karriere gewesen.

Allerdings wunderte sich niemand über Miercoledis stimmlichen Abbau. Singen auf dem Niveau, auf dem Opernsänger an großen Häusern unterwegs sind, ist Hochleistungssport und strapaziert die Stimmbänder.

Dennoch staunte die Fachwelt, als Miercoledi vor drei oder vier Jahren verkündete, seine Stimme habe sich »gesetzt«. Darum sei er jetzt Bariton.

Ich hatte mir dabei übrigens vorgestellt, dass seine arme Stimme vor Erschöpfung in einen Sessel gefallen und zu müde gewesen war, sich wieder zu erheben.

Diesen postpubertären Zweitstimmbruch fanden Experten überraschend – vorsichtig gesagt. Stimmlage wird nämlich üblicherweise nicht durch die Höhen und Tiefen definiert, welche ein Sänger erreicht – das ist nämlich auch eine Frage seiner Technik –, sondern durch das Timbre. Von einem Tenor erwartet man zum Beispiel eine strahlende Höhe und einer eher »helle« Stimmfärbung, während der Bariton mit samtig-dunklen Tönen schmeicheln sollte.

Genug von der Stimmtheorie, zurück zu Miercoledi: Für mich klang er nicht nach Bariton, sondern nach alterndem Tenor. Aber diese meine Ansicht wurde von den Miercoledi-Fans nicht geteilt. Sie saßen offenkundig einem Phänomen auf, über das ich immer wieder staune, das aber zum Beispiel in der Werbung gut bekannt und erforscht ist: der Einfluss der Erwartung.

Das ist bekannt und nachgewiesen: Drückt man einem Kunden einen Joghurt in die Hand, auf dessen Becher Erdbeeren aufgedruckt sind, meint er, Erdbeeren zu schmecken – selbst wenn im Becher Zitronenjoghurt ist.

Bei Sängern funktioniert es offenkundig ähnlich. Wenn die Leute oft genug lesen und hören, dass XY ganz toll ist, meinen sie, einen Spitzensänger zu hören – auch wenn der Mensch auf der Bühne aus dem letzten Loch pfeift. Konkret: Wenn der Intendant des Bregenzer Opernfestivals, ein Mann mit 30-jähriger Erfahrung im Musikmanagement, einen Miercoledi engagiert; wenn der große Dirigent Michail Piotrowitsch Jendrowski mit ihm arbeitet; wenn der Regisseur Lucas Benning, selbst ein berühmter Bariton, ihn in seiner Produktion hat, dann muss der toll sein. Das gilt auch, wenn es sich für Opernfan Stephen Müller, im Zivilberuf EDV-Berater, nicht so anhört.

Stephen Müller hat aber dennoch recht – und wenn er Intendant, Dirigent und Regisseur in einer ruhigen Stunde im Vertrauen fragen könnte, bekäme er das bestätigt. Dann würde der Intendant ihm verraten, dass er ja viel lieber diesen jungen, spektakulären Bariton engagiert hätte, der ihm neulich bei einem Lehrgang aufgefallen ist. Aber den kenne kein Mensch und mit dem könne er keine Tickets für 300 Euro verticken und kriege keinen Kooperationsvertrag mit Yonic, dem Marktführer für klassische Musikaufnahmen. Michail Piotrowitsch würde ebenfalls erklären, dass er lieber den jungen Bariton gehabt hätte, aber dass seine 120 Musiker im Orchester jeden Monat ihr Gehalt wollen und man das nicht mit unbekannten Größen verdient.

Regisseur und Sänger Lucas schließlich würde seufzen und auf seinen Vertrag verweisen, der nichts über ein Mitspracherecht bei der Besetzung sagt, aber eine Menge bezüglich seiner Loyalitätspflicht gegenüber dem Bregenzer Opernfestival.

Und so kam's, dass wir bei den Proben unter Miercoledi, seinen Stimmproblemen und seinen Allüren litten, und Lucas und ich mussten obendrauf noch aushalten, dass der gesamte Miercoledi-Clan – Mario, Ehefrau Giulia und die erwachsenen Töchter Marietta und Mafalda – neben uns wohnte. Ob ihrer Lautstärke ließen sie uns öfter überlegen, ob das Familienoberhaupt nicht nur an Selbstüberschätzung, sondern auch an Schwerhörigkeit litt. Ohrenstöpsel gehörten zu unserer Standardausrüstung, wenn wir ins Bett gingen. Die Miercoledis waren nämlich zu allem Glück auch noch nachtaktiv.

Auch in dieser Nacht trieben sie wieder ziemlich um – und ich bewunderte ihr Durchhaltevermögen. Um halb zwei wäre mir nicht danach, mit der ganzen Familie zu diskutieren. Mir war noch nicht einmal danach, dem leisen Atmen meines schlafenden Mannes zuzuhören. Stattdessen schlüpfte ich in Jeans und T-Shirt und beschloss, im Park des Hotels direkt am Seeufer noch etwas frische Luft zu schnappen.

KAPITEL 2: LUCAS' VERGANGENHEITSBEWÄLTIGUNG

Am Bodensee,
Anfang Juli 2018

Ich saß auf einer kleinen Bank am Seeufer, durch die Hecke hinter mir nicht nur vor Blicken, sondern auch vor dem Wind geschützt, sah hinaus auf den See, der im Mondlicht silbrig leuchtete, und dachte über den Abend nach. Wir hatten die Probe relativ früh beendet – Überstunden kosten in der Oper Geld, daher versucht man, sie zu vermeiden – und während ich noch mit dem Beleuchter diskutiert hatte, waren Lucas und Mischa, Dirigent der Produktion und einer meiner ältesten Freunde, schon einmal zu unserem Lieblingsitaliener auf dem Marktplatz gegangen.

Die beiden hatten mal wieder ein echtes »Männergespräch« geführt, sprich: Sie hatten in ihre Biergläser gestiert, ab und zu einen Schluck getrunken und dabei gegrunzt. Die Kommunikation genügte ihnen, jedenfalls hatten mir die zwei schon unabhängig voneinander versichert, der jeweils andere sei ein »toller Gesprächspartner«, der »nie nerve«.

Ich setzte mich dazu, bestellte einen Latte macchiato mit Karamellsirup, streckte die Beine und ließ, den Kopf an die Schulter meines Mannes gelehnt, die Seele ein wenig baumeln.

Doch lange konnte ich die Ruhe nicht genießen. Es vergingen keine zehn Minuten, dann tönten nämlich die Sopranposaunen von Spoleto über den Platz. Die Männer schreckten zusammen, ich bekam Gänsehaut und suchte nach einem Mauseloch zum Verschwinden, doch es nützte uns nicht. Giulia Miercoledi, ihre Töchter Marietta und Mafalda hatten Bregenz' Einzelhandel zu einem ordentlichen Konjunkturschub verholfen, beklagten sich nun aber auf Italienisch darüber, dass sie in dieser Provinz nirgends die neue Gucci-Pucci-Mucci-Kollektion gesehen hatten! Dabei war – so jedenfalls befand Mutter Miercoledi – der Besitz einer dieser »zuckersüßen Clutches« doch existentiell!

An der Stelle schaute ich beschämt auf die schon reichlich angegammelte blaue Tasche aus recycelter LKW-Plane, in der ich Notebook, Partitur, Produktionsordner und – laut Lucas – ein dreiviertel Pfund Büromaterial mit mir herumschleppte. Ich war mir mal wieder sehr bewusst, dass ich in meiner bequemen Cargohose unter einem Big-Shirt mit einem von Lucas geklauten Flanellhemd nie als »Society-Schönheit Victoria Benning« beschrieben werden würde. Dafür aber hatte ich kein Problem damit, in der Malerwerkstatt auf einem Farbeimer zu sitzen, und in meinen vielen Hosentaschen fand alles Platz – vom Markierband über das Metermaß, das Notizbuch, den Schraubenzieher bis hin zum Probenplan. Und gegenüber Madame Miercoledi hatte ich noch einen Vorteil: Ich weiß für gewöhnlich, wo mein Bariton sein müdes Haupt zur Ruhe bettet, und kann mich darauf verlassen, dass er nur auf der Bühne den Don Giovanni gibt.

Die Miercoledi-Damen waren bei uns angekommen, meine wohlerzogenen Herren waren aufgestanden und hatten ihre Handibussis bei Madame abgeliefert, während ich ein wenig Blabla mit den Töchtern veranstaltet hatte. Die beiden taten mir leid. Sie waren mit einem silbernen Löffel im Mund geboren worden, sie hatten alles gehabt – außer der Liebe und Zuwendung ihrer Eltern. Ihr Vater war hauptsächlich mit seiner Geilheit und der Gier nach Ruhm und Reichtum beschäftigt gewesen, während ihre Mutter ihm atemlos hinterhergehechelt war, immer in der Sorge, dass er sie für eine seiner Geliebten verlassen würde.

Die beiden Töchter waren für das Paar PR-Requisiten gewesen – Bilder von ›MM‹ als liebevollem Vater hatten sich immer bestens verkauft und immer noch ließ er keine Gelegenheit aus, sich mit der durchaus attraktiven Nachkommenschaft fotografieren zu lassen. Doch Marietta und Mafalda war anzumerken, dass ihnen nach Eigenständigkeit gewesen wäre.

Beide hatten diesbezüglich Versuche unternommen. Marietta hatte ein paar Semester Musikwissenschaft studiert und eine Stelle als Volontärin bei einer großen italienischen Zeitung gefunden. Doch ihr Vater hatte befunden, dass man sie nur um ihres Namens und ihrer Beziehungen willen eingestellt habe. Sie hatte kündigen müssen und wurde seitdem von Herrn Papa geneigten Regisseuren als Assistentin angedient – allerdings immer nur für die Produktion, bei der er dabei war und auf Töchterchen aufpassen konnte. Bei Lucas hatte das allerdings nicht geklappt. Der hatte eine diesbezügliche Anfrage von Miercoledi mit einem »Danke, aber nein danke« beantwortet.

Mafaldas Geschichte war noch trauriger als die ihrer Schwester: Sie war von ihrer Mutter ausersehen worden, den Traum zu leben, an dem Giulia gescheitert war. Diese war Tänzerin – dritte Reihe, zweiter Schwan von links – gewesen, als sie ihren Tenor-Helden getroffen hatte. Ein paar Wochen später war sie schwanger gewesen und nun erzählte sie, dass diese Schwangerschaft ihre »Karriere« beendet habe. Ich hatte diese Story auch einmal zu hören bekommen, und als wohlerzogener Mensch hatte ich es mir verkniffen, laut darüber nachzudenken, dass sie mit ihren damals 28 Jahren keine Chance mehr gehabt hätte, sich aus dem Corps de Ballet nach vorne an die Rampe zu tanzen.

Dafür sollte es später die Tochter schaffen und so hatte sie ihre Kindheit und Jugend im Ballettstudio verbracht. Tatsächlich war sie talentiert und nach ihrer Abschlussprüfung in der berühmten John Cranko Schule in Stuttgart hatte sie ein Engagement beim Stuttgarter Ballett bekommen. Ein Jahr später – sie war da gerade 18 Jahre alt gewesen – hatte sie sich im Urlaub mit den Eltern bei einem von ihrem Vater verursachten Bootsunfall das Knie verletzt. Ihre Karriere als Ballerina war zu Ende gewesen, seitdem reiste sie mit dem Vater, wirkte aber ziellos und gelangweilt.

Wie »idyllisch« das Familienleben bei Superstars verlief, bekamen wir öfter vorgeführt. So waren wir vor ein paar Tagen aus einer Pizzeria geflüchtet, weil die Familie Miercoledi nebenan über Geld diskutiert hatte. Obgleich mein Italienisch nicht gut ist, reichte es, um mitzubekommen, dass der Maestro die Ausgaben seiner Damen im Vergleich zu den von ihnen erbrachten Leistungen zu hoch fand. Dagegen wehrten sich Mutter und Töchter ebenso wortreich wie lautstark.

Lucas, sehr appetitlich in beiger Baumwollhose und honigfarbenem Poloshirt – es unterstützte die Farbe seiner Augen –, trank den letzten Schluck Wein, drückte dem herbeieilenden Kellner einen Schein in die Hand und nahm meinen Arm. »Nix wie weg hier! Ich möchte nicht Ohrenzeuge werden, wenn die Miercoledis anfangen, sich gegenseitig zu meucheln!«

»Glaubst du, seine Familie steht auch auf der Liste derer, die ihn gerne im See ersäufen würden?«

»Hoffentlich tut das niemand! Der See ist Trinkwasserreservoir für halb Süddeutschland inklusive Stuttgart!«, stellte

Lucas fest und legte den Arm um mich. »Aber könntest du es den Miercoledi-Damen verdenken? Du würdest ihn wahrscheinlich schon nach einer Woche erschlagen! Giulia hält ihn schon 28 Jahre lang aus.«

»Kannst du mir verraten, warum? Ich weiß, in Italien sind Scheidungen immer noch sehr langwierig und teuer …«

»Teuer ist das Stichwort, mein Herz!«, gab Lucas zurück. »Vor einigen Jahren war Mario mal ernsthaft verliebt und hat über Scheidung nachgedacht. Aber dann hat ihm sein Anwalt vorgerechnet, was der Spaß kosten würde. Darauf hat er beschlossen, dass er doch nicht ohne Giulia leben kann.«

Ich gestehe, dass ich ab und zu ein bisschen Szenentratsch durchaus schätze. Lucas behauptet sogar, mein Busenfreund Mischa und ich seien wie neapolitanische Marktweiber, wenn wir wieder mal das »Wer-mit-wem« der Branche verhackstücken. Aber dadurch bin ich immer gut informiert und mir fiel etwas zu Lucas' Geschichte ein. »War das nicht diese brünette Mezzosopranistin, die bei Operata rumgeturnt ist? Elizabeth Cranmer oder so?«

Lucas steuerte die Beifahrerseite seines Jaguars an – zu seinen vielen guten Eigenschaften gehört, dass er sich nicht einbildet, aufgrund des Besitzes eines Y-Chromosoms ein besserer Autofahrer als jede Frau zu sein. Deswegen lässt er meist mich fahren. Gleichzeitig aber korrigierte er mich: »Falsch, Frau Professor!« Er grinste. »Elizabeth Cranmer ist der zickige Alt, der mich in München als Penelope fast in den Wahnsinn getrieben hat. Ihr hat MM den zweiten Sohn zu verdanken.« Er schnallte sich an.

Ich war auf der Fahrerseite eingestiegen und ließ jetzt den Motor an. »Ja, war das nicht der potenzielle Scheidungsgrund?«

»Nein.« Lucas schüttelte den Kopf, lehnte sich zurück und schlug die langen Beine übereinander. »So bescheuert, mit einer so neurotischen Zicke leben zu wollen, ist er nicht.«

»Aber was hat seine Frau denn zu dem außerehelichen Knaben gesagt?« Ich steuerte das Auto auf die Straße und musste gleich an einer Ampel halten.

»Ausführliches!«, antwortete Lucas trocken. »Es hat ihn einen dicken Klunker und einen Mottenfiffi – wenn ich mich richtig erinnere, war es ein Silbernerz – gekostet, bis sie sich mit ihm versöhnt und mir erklärt hat, dass sie ihn eben liebe. Außerdem wolle ein Mann eben Söhne und sie habe ihm nur Töchter geboren. Ergo hat sie ihm gleich zweimal verziehen.«

Ich verdrehte die Augen. »Nur zur Information: So sehr, dass du mich als Fußabtreter nutzen dürftest, liebe ich dich nicht!«

»So wollte ich auch nicht geliebt werden!«, stellte Lucas fest. »Und ich beabsichtige auch nicht, außereheliche Kinder zu zeugen.« Er grinste. »Das wäre mir zu teuer! Klunker und Pelz für dich, Anwaltskosten wegen Anerkennung …«

»Hat Miercoledi etwa abgestritten, dass er der Vater ist?«

Lucas schüttelte den Kopf. »Im Gegenteil, mein Herz. Er führt seine illegitimen Sprösslinge gerne vor. Mit dem von Madame Cranmer ist es kein Problem. Der lebt zwar bei Mama in München, aber er macht ja öfter mal Urlaub bei Papi und seiner Familie. Beim anderen ist es allerdings schwierig. Dessen Mutter hat nämlich einen Ehemann, der darauf besteht, dass der Knabe seinen Lenden entsprungen ist. Dagegen wollte Mario klagen. Man hat ihm dann aber klargemacht, dass er da nicht den Schatten einer Chance hat. Nun beklagt er gerne, dass man ihm seinen Sohn vorenthalte …«

»Verhältnisse sind das!«, staunte ich. »Dagegen sind wir richtig langweilig.«

»Tja …« Lucas grinste schräg. »Das kommt davon, wenn man eine Pfarrerstochter und Kantorin heiratet.«

Ich streckte ihm die Zunge heraus. »Du wärst der Richtige für solche Abenteuer! Wer war's denn, der mir einst schon nach ein paar Wochen erklärt hat, dass er keine ›g'schlamperten Verhältnisse‹ mag?« Wir waren auf der Seepromenade und Lucas legte seinen Arm um meine Schulter. Er ist 19 Zentimeter größer als ich, darum passe ich unter seine Achsel und kann selbst meinen Daumen ganz gemütlich in die hintere Gürtelschlaufe seiner Jeans hängen. »Aber hast du nicht erwähnt, dass Mario einmal kurz vor der Scheidung stand?«

»Zweimal«, korrigierte Lucas. »Das erste Mal war die Mutter des unehelich geborenen Knaben. Die sah Mario als die ganz große, schicksalhafte Liebe. Der Haken war nur: Sie empfand es nicht so. Sie war eine Prinzessin mit einem Stammbaum bis zurück ins alte Rom und sie hatte nie die Absicht, sich scheiden zu lassen, um sodann eine bürgerliche Signora Miercoledi zu werden. Sie hat ihn in die Wüste beziehungsweise zurück zu seiner Giulia geschickt.«

»Und dann kam diese Elizabeth Cranmer?«, erkundigte ich mich neugierig.

»Nein«, widersprach Lucas. »Wegen der wollte er sich nicht scheiden lassen. Das war nur eine Affäre und das sah er damals auch so.«

»Obwohl sie ein Kind von ihm hatte?«

»Ja. Aber dann gab es noch das Sopran-Quietschie: Katia Ulanova. Wegen der wollte er Giulia verlassen.«

»Moment!« Ich wuschelte mit der freien Hand durch mein kurzgeschnittenes, dunkles Haar. Der Name war mir vertraut, aber es brauchte einen Augenblick, bis ich ihn zuordnen konnte. »Die war doch bei Operata!« Und dann fiel mir noch etwas ein. »… und mindestens 20 Jahre jünger als Miercoledi!«

»32, Herzchen.« Lucas verdrehte die Augen. »Aber das ist bei manchen Männern kein Hinderungsgrund, sondern eine Empfehlung. Wie kann man seine Männlichkeit besser unter Beweis stellen als mit einer sehr jungen Frau?«

Er war stehen geblieben und schaute auf den See hinaus, in dessen ruhigem Wasser sich der Mond als silberne Scheibe spiegelte. Ich drehte mich in seinem Arm, lehnte den Kopf an seine Schulter und schloss die Augen. »Hilf mir mal drauf – du warst doch Jurymitglied bei Operata, nicht?« Obwohl ich als Kirchenmusikerin nicht mit Oper befasst war, hatte ich zumindest die Resultate des großen internationalen Sängernachwuchs-Wettbewerbs Operata immer mitbekommen. Und natürlich wusste ich auch, dass Operata das Werk von Miercoledi war. Er ließ schließlich keine Gelegenheit aus, »seinen« Wettbewerb bei Facebook, Twitter, Instagram und wo immer es sonst ging abzufeiern.

Lucas brummte ein ablehnendes »Hmm«.

Ich war neugierig und bohrte nach. »Du warst aber nur in den ersten Jahren dabei, nicht? Warum bist du so schnell wieder ausgestiegen?«

»Wegen Katia Ulanova«, gab er Auskunft.

»Warst du nicht auch begeistert von ihr?«

»Nein«, sagte er kurz und knapp. »Sie hat eine tolle Figur, aber die Stimme ist Durchschnitt und rechtfertigte in keinem Fall den ersten Preis, den Mario ihr zuschustern wollte. Ich sagte ihm, dass er Operata damit zur Farce und die Jury zu Clowns mache. Und nachdem ich gestreikt hatte, haben dann auch die anderen protestiert.«

»Ich fand sie auch nicht so großartig«, erinnerte ich mich. »Das Abschlusskonzert kam im Fernsehen, da sang sie mit dieser etwas rundlichen Ungarin das Duett ›Mira o Norma‹* und ist meiner Ansicht nach abgestunken.«

»Eindeutig«, bestätigte Lucas. »Ich habe Mario auch gesagt, dass er ihr keinen Gefallen tut, wenn er sie mit Ildiko Hanyadi im direkten Vergleich singen lässt. Aber da war er total vernagelt. Er war in sie verschossen und erzählte mir

---

* Das Duett gehört in die Oper »Norma« von Vincenzo Bellini.

etwas von Seelengefährtin, endlich einmal ›eine Frau, die mich versteht‹ und ›noch mal ganz von vorne anfangen‹. Ich habe ihm damals gesagt, dass das teuer werden könnte und dass er doch mal darüber nachdenken solle, ob er mit einer so jungen Frau langfristig glücklich werden könne.«

Ich erinnerte Lucas nicht daran, dass er 16 Jahre älter als ich ist, sondern verwies stattdessen auf meine Eltern, die bei 19 Jahren Altersunterschied über 40 Jahre gut miteinander gelebt hatten.

Lucas zuckte mit den Schultern. »Ich vermute, dass deine Eltern sich geliebt haben. Bei dieser jungen Dame hatte ich allerdings den Eindruck, dass sie mehr an ihrer Karriere als an Mario interessiert war. Darum nahm sie ihm sehr übel, als er sie abservierte. Er hat sich dann nicht mehr um Engagements für sie bemüht und so wurde es nichts mit ihrer internationalen Karriere. Sie war so ein typischer Fall von jemandem, der es immer wieder an große Häuser schafft – aber eben nur einmal. Inzwischen ist ihr allerdings ein reicher Bauunternehmer aus der bayerischen Provinz zugelaufen, den sie dann geheiratet und dem sie einen Erben beschert hat. So ganz glücklich scheint sie dabei aber nicht zu sein. Sie reist immer noch in der Szene rum, beklagt ihre verlorene Karriere und verflucht Mario, der ihr Leben verpfuscht habe.«

»Und sie war daran nicht auch beteiligt?« Ich schüttelte den Kopf. »Manche Leute machen es sich einfach. Man muss halt immer einen finden, dem man die Schuld zuschieben kann!«

»Tja …« Lucas atmete tief durch. »Mario hat sich in der Geschichte aber tatsächlich nicht mit Ruhm bekleckert. Er hatte ein Penthouse in Wien gekauft und sein G'spusi da etabliert. Dann ging er zum Anwalt, und als der ihm vorgerechnet hat, was er bei der Scheidung von Giulia alles drangeben müsste, bekam er das Fracksausen. Er ist – wahrscheinlich direkt vom Anwalt aus – zum nächsten Juwelier gerannt, hat einen ganz dicken Klunker gekauft und ist bei Giulia zu Kreuze gekrochen. Fräulein Ulanova unterdessen bekam Post vom Anwalt – damit hat Mario die Beziehung beendet. Und weil's in einem Aufwasch ging, wurde sie dann auch gleich aufgefordert, die Wohnung zum Quartalsende zu verlassen oder ab sofort die ortsübliche Miete – und die war saftig – zu bezahlen.«

»Junge, Junge!« Ich konnte nur noch staunen. »Darauf, den Anwalt dafür einzuspannen, muss man erst einmal kommen!« Lucas hatte offenkundig genug vom Mond im See gesehen und ging langsam weiter, wobei er mich an die Hand nahm. Ich war immer noch mit dem Schicksal der Miercoledis befasst: »Dass seine Frau ihm die unehelichen Kinder und die Geschichte mit Ulanova verziehen hat, ist eigentlich unfassbar. Und wer weiß, was er sonst noch alles angestellt hat!«

»Ich weiß es teilweise. Leider!«, schnaubte Lucas. »Giulia dagegen wollte es nicht so genau wissen.«

Ich konnte nicht anders. Ich blieb stehen, schaute ihn an und fragte provokant: »Und du? Du warst jahrelang sein Partner und er schwärmte doch immer davon, wie schön es sei, mit einem Freund zu arbeiten, und dass ihr aufeinander eingeschossen wäret wie ein altes Ehepaar. Ich erinnere mich an ein Fernsehinterview – ich glaub, es kam aus Salzburg, wo ihr zusammen ›Manon‹* gemacht habt …«

»Daran erinnere ich mich auch!«, knurrte er, zog die Augenbrauen zusammen, sodass sich über dem inneren

* Ein gewisser Abbé Prévost hat um 1731 den Roman »Histoire du Chevalier Des Grieux et de Manon Lescaut« geschrieben. Der wurde ein Erfolg und hat gleich vier Komponisten dazu inspiriert, eine Oper zu schreiben. Nummer eins war Daniel-Francois Auber mit »Manon Lescault« 1856, der Zweite war 1884 Jules Massenet, dann kam 1893 Giacomo Puccini und 1951 unter dem Titel »Boulevard Solitude« Hans Werner Henze. Lucas und Miercoledi haben die Puccini-Version gesungen, wobei Miercoledi den Chevalier Des Grieux und Lucas den unmoralischen Bruder von Manon gegeben hat.

Ansatz der linken eine tiefe Furche bildete und fragte: »Willst du jetzt wissen, ob unsere ›Männerfreundschaft‹ sich auch darauf erstreckte, gemeinschaftlich auf Abenteuertour zu gehen?« Er klang angesäuert.

Mein Blick glitt an ihm entlang, von den weichen, grau melierten Locken über die markante Nase, die sinnlichen Lippen und das energische Kinn über den breiten Schultern.

Wir sind im fünften Jahr verheiratet – und manchmal wundere ich mich, wie einfach es ist. Wir gehören sicher nicht zu den Paaren, die sich »nie« streiten. Ab und zu mal fetzen wir uns ordentlich und bei unser beider Temperament auch durchaus lautstark. Aber solche Gewitter gehen bald vorbei und hinterlassen keine Schäden.

Wir gehören zu den Paaren, für die »frisch verliebt« schwierig war, denn da standen uns noch mein Stolz und seine Sturheit im Weg. Darum hat unser erster Anlauf miteinander nur ein paar Monate gedauert. Dann haben wir uns zerstritten, sind auseinandergelaufen, haben anderweitig geheiratet – und ich habe mir dann jahrelang eingeredet, dass es pure Sentimentalität war, wenn mir bei seinem Auftauchen die Knie weich wurden und der Puls sich erhöhte.

Vor sechs Jahren haben wir uns wiedergefunden – beide nicht nur älter, sondern definitiv auch reifer geworden. Er hat seine Chauvi-Allüren abgelegt; ich bilde mir nicht mehr ein, dauernd meine Unabhängigkeit vorführen zu müssen. Und ich finde es heute nicht mehr »weicheierig« zuzugeben, dass ich ihn liebe und dass er der wichtigste Mensch in meinem Leben ist.

Ich bilde mir heute sogar ein, dass wir uns näher sind als andere Paare – schon allein durch unsere besondere Situation. Lucas ist manchmal neun Monate im Jahr auf Reisen. Vier Wochen in New York an der Metroplitan Opera für eine Wiederaufnahme, drei Monate in Sydney für eine neue Produktion, drei Wochen in Japan für eine CD, eine Tournee mit einem Orchester, eine eigene Inszenierung in Dublin. Und ich habe meinen Job bei der Zeitung gekündigt und mir einen halben Lehrauftrag als Musikwissenschaftlerin an der Stuttgarter Musikhochschule angelacht. Den kann ich blockweise abarbeiten – zum Beispiel, wenn mein Herr und Meister gerade mal in Stuttgart singt oder inszeniert.

Ansonsten reise ich mit ihm. Wenn er inszeniert, mache ich Assistenz; wenn er singt, schreibe ich Bücher. Das hat den Vorteil, dass ich beschäftigt bin, wenn er tagelang probt und erst abends total groggy in unser Übergangsheim kommt. Aber es gibt auch Wochenenden und die Zeiten, in denen die Inszenierung läuft und er nur alle zwei, drei Tage auftritt. In diesen Phasen bewährt sich dann, dass wir nicht nur Liebende, sondern auch Freunde sind und gemeinsame Interessen haben. Wir bummeln stundenlang durch Städte, besichtigen Schlösser, Kirchen und Museen; sitzen aber auch schon mal einen halben Tag auf einer Klippe, Lucas zeichnet, ich lese, wir beobachten die Natur. So oft es möglich ist, gehen wir zu den Pferden. Ich reite, Lucas schaut zu, beschmust Pferde oder fährt. Reiten ist nicht sein Ding – auf dem Pferd fühlt er sich immer noch unsicher. Aber der Kutschbock ist sein Revier und er hat inzwischen einige Fahrkurse absolviert.

Er war stehen geblieben und schaute einem Schwanenpaar zu, das mit seinen vier Kindern am Ufer entlangpaddelte. Ich schaute ihn prüfend an. Lucas mit seinem sinnlichen Mund über dem energischen Kinn ist immer ein attraktiver Mann gewesen und ich hatte seine Wirkung auf Frauen nicht nur bei mir, sondern auch bei vielen anderen erlebt. Dennoch hatte ich ihm immer vertraut – so sehr, dass es mich manchmal selbst irritierte und ich dachte: Bist du nicht total verblendet, einem Mann so vorbehaltlos zu trauen? Hast du aus deinen Erfahrungen nichts gelernt?

Ich hatte nach unserem schiefgelaufenen ersten Anlauf und vor meiner ersten Ehe eine Geschichte mit einem Celloprofessor absolviert – und darin zwei Jahre lang nicht bemerkt, dass er mich ständig nach allen Regeln der Kunst betrogen hatte. Als ich ihm draufkam, beschwor er, dass er nur mich liebe, aber ab und zu brauche er eben ein bisschen Abwechslung. Ich überließ ihn derselben – ich bin arrogant genug zu glauben, dass ich einen Mann ganz für mich verdiene und dass ich einem solchen auch genug sein sollte.

Doch es hatte wehgetan und ich hatte einige Zeit daran geknabbert. Dennoch vertraute ich Lucas – und das sagte ich ihm auch. Aber nach dem Gespräch über Miercoledi saß mir etwas quer und mein feinfühliger Mann bemerkte es, als wir Hand in Hand auf die Terrasse des Restaurants gingen. Wir setzten uns, bestellten unser Essen – Wildschweingulasch für mich, Bodenseefellchen für Lucas – und schauten eine Weile schweigend auf den in der Abendsonne glitzernden See hinaus. Unsere Getränke kamen, Lucas schenkte Riesling ein – und dann seufzte er: »Ich habe mich immer unbehaglich gefühlt, wenn Mario unsere ›Freundschaft‹ so herausstellte. Ich fühlte mich ihm nicht nahe, ich mochte ihn noch nicht einmal sehr. Wir waren einfach nur Kollegen, aber …«, er schluckte, machte eine kleine Pause und sprach dann weiter: »Ich muss anders anfangen. Du hast mich vorher angeschaut, als ob du Schmutzflecken da, wo ich Mario zu nahegekommen bin, suchen würdest.«

Ich trank einen Schluck und ließ den fruchtigen Wein über meine Zunge rinnen. Ich fühlte mich ertappt und musste das erst einmal schlucken. Ja, ich hatte meine Empörung über Miercoledis Treiben ein Stück auf Lucas übertragen – und das war nicht fair gewesen. Ich senkte den Kopf, schaute einen Augenblick in meinen Schoss, doch dann gab ich mir einen Schubs und sagte: »Entschuldigung …«

Lucas fasste nach meiner Hand, zog sie an seinen Mund biss sanft in den Daumenballen. »Das Schlimme ist, dass du teilweise recht hast. Ich war sein Spießgeselle oder wie immer man das nennen will.«

»Du?« Ich hatte plötzlich eine Vision von Miercoledi und Lucas in einem halbseidenen Nachtklub beziehungsweise in dem, was ich als schwäbische Provinzpfarrerstochter mir darunter vorstellte. Dabei hatte Miercoledi eine vollbusige, spärlich bekleidete Blondine auf dem Schoss, während Lucas seine markante Nase im Dekolleté einer Rothaarigen versenkt hatte.

Mit einem energischen Kopfschütteln verscheuchte ich die Spießerfantasie und schaute Lucas an, der nicht glücklich aussah. Er knibbelte am Etikett der Weinflasche, die neben ihm im Eiskühler stand. Als er bemerkte, dass ich ihn beobachtete, hob er den Kopf und bemühte sich um ein Lächeln. »Ich überlege gerade, wie ich eigentlich in dieses moralische Dilemma hineingerutscht bin …«

»Erzählst du mir die Geschichte von Anfang an?«, bat ich.

In diesem Moment kam der Kellner mit unserem Essen und Lucas bat um eine »Gnadenfrist«, weil er sein Fischlein nicht kalt werden lassen wollte.

Beim Kaffee danach holte er dann tief Luft. »Du weißt, dass ich in Stuttgart und London studiert habe? Mein erstes Engagement hatte ich in Stuttgart, aber dann hat mich Covent Garden abgeworben.« Im Royal Opera House* habe er dann so ziemlich das ganze Repertoire für lyrische Baritone rauf- und runtergesungen und so sei er eines Tages auch als Silvio in »Il Pagliaccio« (in Deutsch: Bajazzo) eingesetzt worden. »Der Bajazzo« aber ist insofern eine Ausnahme von ande-

---

* Das Royal Opera House in London ist schräg gegenüber der U-Bahn-Haltestelle Covent Garden, weswegen es sehr oft einfach »Covent Garden« genannt wird.

ren Opern, da hier nicht der Tenor die Dame kriegt, sondern als betrogener Ehemann fungiert, während der Bariton der Ehebrecher ist.

In London wurde der Bajazzo von Mario Miercoledi gesungen, der damals schon ein etablierter Star war. Lucas kommentierte grinsend: »Damals war er ja auch noch 15 Jahre älter als ich. Inzwischen wird er jedes Jahr jünger und in ein paar Jahren werde ich dann der Senior sein.«

In den Proben in London habe Miercoledi damals den jungen Kollegen nicht weiter beachtet. Doch in der Vorstellung kam er nicht umhin – Lucas bekam nämlich Szenenapplaus, Miercoledi aber nicht. Und vor dem Vorhang musste Miercoledi dann feststellen, dass dieser Jüngling, den man ihm da als Bariton serviert hatte, nicht nur ekelhafte zehn Zentimeter größer als er war, sondern obendrauf auch noch einen vorwiegend weiblichen Fanklub in London hatte und von dem ebenso lautstark wie enthusiastisch bejubelt wurde. Miercoledi sei alles andere als glücklich darüber gewesen.

Ich konnte es mir gut vorstellen. Miercoledi war für seine Eitelkeit bekannt und pflegte sich im Beifall zu suhlen. Ich grinste bei der Vorstellung, wie er es wohl gefunden hatte, neben einem deutlich jüngeren und definitiv hübscheren Kollegen zu stehen.

Dennoch: Miercoledi wäre nicht so weit gekommen, wenn er nicht gewusst hätte, dass man mit starken Partnern am besten zur Geltung kommt und so erbat er sich bei seinem nächsten Engagement in London Lucas als Partner. Gegeben wurde Puccinis »Manon Lescault« und Miercoledi dachte wohl, dass Lucas ihm als Manons fieser Bruder nicht die Show stehlen würde, aber das empfanden die Damen im Publikum anscheinend anders. Ein Kritiker hatte damals geschrieben, dass der »Bad-Boy-Effekt« voll zum Tragen gekommen sei und der tenorale Lover dagegen fast blass gewirkt habe.

Kurz darauf verabschiedete sich Lucas vom Royal Opera House in die einträglichere Karriere als freier Sänger. Dadurch war er auch für andere Häuser verfügbar und er war als Lescaut so aufgefallen, dass er nun ständig als Miercoledis Partner engagiert wurde. »Ich freute mich natürlich – mir war klar, dass die Zusammenarbeit mit ihm eine Riesenchance für mich war. Ich kam mit ihm an die Scala, nach Wien in die Staatsoper, nach München zur Bayerischen Staatsoper, nach Stuttgart, nach Stockholm. Allerdings: An der Met und bei den Salzburger Festspielen habe ich ohne ihn mit Mozart debütiert. Aber wer weiß, ob die mich bemerkt hätten, wenn ich nicht mit ihm unterwegs gewesen wäre?«

Bei der Zusammenarbeit mit Miercoledi habe er natürlich ganz schnell auch Giulia Miercoledi kennengelernt. Sie sei immer sehr nett zu ihm gewesen. Bei der ersten großen Produktion mit Miercoledi – wobei so etwas mit allen Proben schon einmal zehn oder elf Wochen dauern kann – sei er sich schließlich vorgekommen, als ob die Familie Miercoledi ihn als jüngeren Bruder adoptiert hätte.

Dabei habe er aber schon gemischte Gefühle gehabt. »Sicher, sie waren ganz reizend, aber – wie soll ich das erklären?« Lucas suchte nach Worten, orderte noch einen Kaffee und erzählte weiter: »Beide können nicht allein sein – noch nicht einmal miteinander. Deswegen waren sie schon damals immer mit einer Entourage – Assistent, Manager, Sekretärin, Nanny für die Kinder, irgendwelche Leute aus der weitläufigen Verwandtschaft – auf Tour. Du kommst dir bei ihnen immer vor wie an Gianni Schicchis* Sterbebett! Das Verrückte war aber, dass ihnen die Entourage hätte reichen sollen, aber nein – ich wurde auch noch ständig mitgeschleppt.

---

* »Gianni Schicchi« ist eine einaktige Oper von Puccini nach einer Vorlage aus Dantes »Göttliche Komödie«. Darin geht es um einen reichen Mann, an dessen Sterbebett sich die Verwandtschaft um das Erbe balgt.

Wenn wir nicht geprobt haben, wollte Mario mit mir Tennis spielen oder Giulia wollte einen Begleiter für den Stadtbummel. Sagte ich dann, dass ich nicht Tennis spiele und Shopping Trips nicht sonderlich mag, wurde ich überredet. Und ich wollte nicht ständig der Spielverderber sein, mir tat Giulia leid, wenn sie darüber klagte, dass sie sich alleine fühlt, weil die Leute um sie rum ja alles seine Leute seien. Gleichzeitig ging es mir so auf den Wecker, dass man dann auch jeden Abend miteinander essen gehen sollte. Du kennst mich …« Er lächelte ein wenig verlegen.

Ich hatte nach seiner Hand gefasst und schaute auf das Pflaster an seinem Mittelfinger. Er hatte einen Stift mit dem Messer gespitzt und sich dabei geschnitten. Das passierte ihm öfter. Für mich war es ein gewohnter Anblick, ihn irgendwo mit seinem Skizzenbuch, den Stiften und dem kleinen Messer sitzen zu sehen. Und wenn er nicht zeichnete, verzog er sich hinter ein Buch oder verbrachte seine Nächte damit, durch sein großes Teleskop Sterne zu beobachten. Auf jeden Fall aber bevorzugte er stille Beschäftigungen und brauchte immer wieder Zeit für sich.

Darum habe er auch immer wieder darauf geachtet, nach Produktionen mit Miercoledi wieder etwas ohne ihn zu machen. Aber die nächste Tour mit Miercoledi kam bestimmt – und Lucas fiel eine aus den frühen Jahren ein: »La Boheme« in Wien. »Mario war dabei alleine«, erzählte Lucas – und klang, als ob das schon alles erklärte. Immerhin aber erfuhr ich auch noch, dass Giulia wegen ihrer komplizierten Schwangerschaft – sie bekam da ihre zweite Tochter Mafalda – zu Hause in Spoleto geblieben war.

»Ohne Giulia und ihre Sippe als Aufpasser hat er dann richtig aufgedreht. Er erklärte mir sogar mal, er finde es gerechtfertigt, dass er sich ›schadlos halte‹, wenn Giulia ›ausfalle‹.« Lucas seufzte. »Ich wollte trotzdem nichts sagen. Ich bin nicht die moralische Instanz für meine Kollegen. Aber dann kam er eines Abends und sagte mir, dass er seine Affäre, eine Choristin, gebeten habe, eine nette Freundin zum abendlichen Treffen mitzubringen – damit ich nicht immer allein im Hotel herumsitzen müsse. Es wäre Zeit, dass wir uns endlich mal einen ›netten Abend zu viert‹ machen.«

»Ach, du liebes Lieschen!« Ich musste bei der Vorstellung, wie Lucas geschaut hatte, fast lachen. Weitgereist und kosmopolitisch wie mein Liebster ist – zu unseren Gemeinsamkeiten gehört das, was meine Mutter als »Pfarrhausg'rüchle«* zu bezeichnen pflegte. Ich bin die Tochter eines Pfarrers, Lucas der Enkel eines solchen. Und da seine Eltern als Wissenschaftler viel auf Reisen waren, hat er viel Zeit bei seinen Großeltern im Dekanat verbracht. Er hat dabei eindeutig was abgekriegt, ebenso wie ich. Und ich schätzte ihn ja auch dafür, dass er Prinzipien hatte und man sich auf ihn verlassen konnte.

»Ich habe ihm dann erklärt, dass ich mich nicht wertend in sein Leben einmischen werde, dass er mich aber bitte auch mein Leben leben lassen solle – und zu dem gehöre nun einmal, dass ich meiner Frau auch dann treu bin, wenn sie nicht in der Nähe ist.« Lucas trank einen Schluck Wein. »Er kommentierte das achselzuckend mit ›Was Giulia nicht weiß, macht Giulia nicht heiß‹.«

Die Auswirkungen dieses Satzes bekam Lucas dann in Folge öfter zu spüren. »Giulia kam zur Premiere nach Wien. Mario ließ die Suite mit Blumen schmücken und den roten Teppich ausrollen, dann sagte er – ganz nonchalant – zu mir: ›Falls Giulia dich fragt: Du warst gestern mit mir essen.‹ Für ihn schien es vollkommen normal zu sein, eine Lüge von mir zu erbitten. Ich aber saß zwischen den Stühlen. Hätte ich

---

* Der Geruch nach Pfarrhaus, was bei den Schwaben meist evangelisches Pfarrhaus heißt, gerne auch pietistisch.

Giulia, die fast ihr Kind verloren hatte, die Wahrheit sagen sollen? Auf die Gefahr hin, dass durch den Schock wieder etwas passiert?«

Er habe schließlich entschieden, dass er sich nicht in die Eheangelegenheiten seines Kollegen einzumischen habe, und habe darauf gehofft, dass die Rede nicht auf den ominösen Abend kommen würde. Doch im Lauf der Jahre habe ihn Mario immer wieder in solche Situationen gebracht und seine Anforderungen seien immer impertinenter geworden.

»Kurz vor meiner Heirat mit Cornelia hat er mir mal ein ganz dickes Ei gelegt«, erzählte Lucas.

Er sei mit Miercoledi in Paris gewesen, wo der Giulias Abwesenheit ausgenutzt und sich wieder einmal eine Affäre geleistet habe. Die Dame hatte aber tagsüber keine Zeit, also ging Miercoledi eines Nachmittags alleine bummeln. Als er ins Hotel zurückkam, war Giulia – Überraschung, Liebling! – angekommen. Sie stürzte sich auf seine Einkäufe – und da war die Tüte eines Wäschegeschäfts mit einigen durchaus scharfen Teilen. Das Dumme war nur: falsche Größe! Giulia, nach der zweiten Geburt doch ein wenig aus der Form gegangen, hätte ihren Vorbau nicht in diese BHs zwängen können.

»Miercoledi muss man aber eines lassen: Unter Druck reagiert er schnell. Bevor Giulia die große Keule auspacken konnte, hatte er die gesammelten Dessous zusammengerafft, in die Tüte gestopft und wieselte aus der Tür und über den Flur in mein schräg gegenüberliegendes Zimmer: ›Amice, du hast dein Geschenk für deine Freundin vergessen‹!«

Ich hatte gelacht, als Lucas – mein prüder Lucas – mit knallroten Ohren davon erzählte. Er war sehr empört gewesen, denn: »Und dann hatte Miercoledi auch noch die Stirn, mich vor Giulia durch den Kakao zu ziehen!«

»Und du konntest nur hoffen, dass deine Cornelia das nicht mitkriegt?«

»Ich habe es ihr noch am selben Abend erzählt. Giulia kann ja bekanntlich die Klappe nicht halten und ich wollte nicht, dass sie Cornelia mit der Geschichte kommt.«

Er habe den Kollegen nach diesem Stunt ordentlich zusammengestaucht, worauf der sich tatsächlich eine Weile zurückgehalten hat – jedenfalls was Lucas' Beteiligung bei seinen Affären anging.

Doch nach ein paar Monaten sei's im alten Trott weitergegangen. Giulia hatte ihren Mann in einer Hotelbar beim Flirten mit einer Blondine erwischt, der hatte behauptet, die Blondine gehöre in Lucas' Bett und er habe ihr nur Gesellschaft geleistet, während Lucas bei einem Termin gewesen sei.

Wir hatten inzwischen unser Essen bezahlt und gingen am See entlang. Lucas blieb stehen und wuschelte nachdenklich durch sein Haar. »Ich habe mitgespielt und ich habe mich dabei jedes Mal über mich selbst geärgert. Aber ich war zu feige und zu phlegmatisch, nein zu sagen. Ich wollte keinen Krach, ich wollte nicht in seine Eheprobleme reingezogen werden, aber gleichzeitig widerten mich seine Affären an. Ich saß ständig zwischen den Stühlen und ich bin nicht stolz darauf, dass ich mich da jahrelang gedrückt habe. Ich hätte Flagge zeigen müssen, aber ich war ein richtig mieser Opportunist.«

Ich legte den Arm um seine Taille und streichelte mit der freien Hand über seine Wange. »Du bist kein Opportunist. Du wolltest Giulia nicht noch zusätzlich wehtun, du wolltest seine Ehe – und an der hingen immerhin zwei kleine Mädchen – nicht noch zusätzlich belasten.«

Ein Kuss für mich, dann ging er in die Knie, fand einen flachen Stein und ließ ihn übers Wasser hüpfen. »Du weißt schon lange, dass ich als strahlender Held in schimmernder Rüstung eine Fehlbesetzung wäre. Also nehmen wir meine schräge Beziehung zu Miercoledi als weiteren Rostfleck auf meinem Harnisch, ja?«

Ich probierte ebenfalls, einen Stein hüpfen zu lassen, aber meiner ging wie immer sofort unter. Also beglückte ich stattdessen meinen Liebsten mit einer Umarmung und mit dem Kopf an seiner Brust sagte ich: »Du hast dich doch schließlich verweigert und das Richtige getan, oder?«

Lucas nickte. »Es hat lange gedauert, aber irgendwann hatte sogar ich den Mut!« Er klang bitter. »Mit seiner oh so großen Liebe Katia Ulanova hat er schließlich übertrieben. Als ich mich weigerte, seine Manipulation bei Operata mitzumachen, hat er mir die Freundschaft gekündigt. Wir haben uns angebrüllt, er hat mich eine undankbare Ratte genannt und laut darüber nachgedacht, dass ich doch heute noch in Stuttgart den zweiten Wächter singen würde, wenn er nicht gewesen wäre.«

»Das ist eine Frechheit!«, regte ich mich auf. »Du bist als einer der besten Mozart-Sänger deiner Generation bekannt, du giltst in Sachen Liedgesang als Fischer-Dieskaus Nachfolger – und das sind Bereiche, in denen Miercoledi kein Bein auf den Boden bringt! Da hast du dich ganz alleine durchgesetzt! Und verflixt noch eins, wenn ich höre, was er heute zusammengrunzt – du bist ein traumhafter Posa. Er ist ein peinlicher!«

»Ich bin zu alt für Posa.«

»Bist du nicht!«, widersprach ich. »Wo steht denn geschrieben, dass Posa ein Jüngling ist? Aber es steht auch nirgends geschrieben, dass er so alt wie Don Carlos' Großvater ist!«

Er lächelte, legte den Arm um mich und ging langsam weiter. »Mario sieht das anders – wie so vieles.«

»Aber du bist bei Operata raus und in den letzten Jahren bist du ja auch darum herumgekommen, mit ihm auftreten zu müssen«, versuchte ich zu trösten. »Es ist halt nur blöd, dass du hier wieder auf ihn gestoßen bist.«

Er lachte auf. »Das ist so in unserer Branche. Man trifft sich nicht nur zweimal, sondern mindestens fünfmal. Aber wir sind wohl beide Profis genug, das mit Anstand hinter uns zu bringen. Außerdem: Hast du schon mal eine Produktion erlebt, in der alles eitel Sonnenschein war? Ich nicht!«

»Na, dann bleibt uns wohl nur zu hoffen, dass sich unser Ensemble trotz Miercoledi bis zur Premiere nicht gegenseitig an die Kehle geht.«

KAPITEL 3:
OH MEIN PROPHETISCHES GEMÜT

Lindau am Bodensee,
14. und 15. Juli 2018

Bei aller Liebe zu meinem Lucas: Miteinander leben und arbeiten funktioniert bei uns nur, wenn wir einander Luft und Zeit zum Alleinsein lassen. Üblicherweise ist es Lucas, der sich zu langen, einsamen Spaziergängen verzieht, aber an diesem Samstag habe ich zu viel bekommen.

Wir waren mit Mischas Assistenten Christopher, Riikka, die in unserer Produktion die Eboli sang, und ihrem jeweiligen Wochenendbesuch – Riikkas Ehemann Arne und Christophers Freundin Claire – bei einem netten, kleinen Italiener gewesen. Und weil es so ein schöner warmer Sommerabend war, haben wir uns auf dem Rückweg wieder in das Straßencafé gesetzt, in dem ich nach der Probe Mischa und Lucas getroffen hatte.

Damit saßen wir aber auf dem Präsentierteller. Zuerst war's nicht unangenehm. Mischa kam vorbei, seine neue Eroberung an der Hand. Sie war – wie bei Mischa nicht anders zu erwarten – eine Hübsche, obendrauf hatte sie sogar etwas im Kopf und war so etwas wie eine Kollegin von mir. Isabell arbeitete als Kulturredakteurin beim »Bodensee Boten«. Mischa setzte sich mit ihr zu uns, wir waren schnell in einer fröhlichen Unterhaltung, zu der dann auch noch Rocco, Bass und unser König Philipp, stießen.

Ein paar Minuten danach tauchte die Familie Miercoledi auf: Vater, Mutter, beide Töchter. Und die setzten sich natürlich auch dazu und damit wurde es laut und anstrengend. Ich hatte schon nach einer halben Stunde genug und sehnte mich nach Ruhe. Stattdessen bliesen mir von links Giulia und von rechts Rocco ins Ohr, dabei hatte ich Riikka im Blick, die Miercoledi mit finsterer Miene beobachtete.

Nach einer halben Stunde hatte Lucas Erbarmen mit mir. Er stand abrupt auf. »Kinder, seid mir nicht bös', aber ich bin hundemüde. Ich muss ins Bett.« Er streckte mir die Hand hin. »Kommst du mit, Vic?«

Als wir im Hotel ankamen, hatte ich Kopfweh – und leider war's in unserem Zimmer nicht so still, wie ich mir gewünscht hätte. Lucas telefonierte, wie meist am Wochenende, mit seiner Tochter. Ich schnappte mir meine Fleecejacke und verzog mich nach unten. Zu unserem Hotel gehörte nämlich ein sehr gepflegter Park mit altem Baumbestand und lauschigen Bänkchen.

Ich wanderte an einem prachtvoll blühenden Rosenbeet vorbei ein Stück nach unten und an den See. Eine Entenflottille – Mama und sieben Küken – paddelte an mir vorbei und ich ertappte mich bei der Überlegung, wie man als Entenmutter wohl seine Kinderchen ins Bett brachte. Hatte die Familie irgendwo ein Nest, in dem die Siebenlinge aneinander gekuschelt schlafen konnten?

Leise Musik drang zu mir herüber – draußen war ein bunt erleuchteter Partydampfer unterwegs, ungefähr 25 Meter entfernt lag eine große Jacht, bei der ein Segel schlampig am Hauptmast gammelte. Ich setzte mich auf das Bänkchen unter eine Trauerweide, schnupperte dem süßen Duft der Rosen nach, die der leichte Wind zu mir trug, und genoss die Ruhe, die der See ausstrahlte. Mein Kopfweh verflüchtigte sich langsam wieder, dafür wurde ich müde, hatte aber dennoch keine Lust, nach oben zu gehen.

Immerhin konnte ich mich aber dazu überreden, aufzustehen und noch ein Stück zu gehen – dieses Mal Richtung Parkmauer, denn mittlerweile war der Wind kühl geworden und ich fröstelte. An der Parkmauer war es besser. Die Sonne hatte sie aufgewärmt, außerdem schützte sie ein wenig vor dem seewärts gerichteten Wind. Und da war eine Nische in der hohen, alten Hecke und darin stand ein Bänkchen. Ich setzte mich, legte die Arme auf die Lehne und streckte die Beine.

Ich weiß gar nicht, wie lange ich dasaß, bis ich Schritte auf dem gekiesten Weg hörte. Ich hob den Kopf, schaute mich um und sah im Mondlicht eine schmale Gestalt, die aus der hinteren Ecke des Parks kam und nun Richtung Hotel einbog.

Ich konnte mir ein Grinsen nicht verkneifen. Der andere Parkbesucher – er war ganz in Schwarz und trug eine weite Jacke, sodass ich nicht erkennen konnte, ob es sich dabei um ein Männchen oder Weibchen handelte – hatte einen Strauß in der Hand, blieb aber dennoch vor dem Rosenbeet stehen und guckte nach links und rechts. Mich in meiner Nische sah er dabei nicht und so glaubte »er-sie-es« sich wohl allein. Jedenfalls brach er eine Rose ab – und ich fand den Gedanken, dass das ein Junge war, der für seine Freundin Blümchen klaute, durchaus romantisch.

*

Sonntagmorgen – und mir wäre nach ausschlafen, ein wenig schmusen und einem langen, gemütlichen Frühstück auf unserem Balkon mit Seeblick gewesen. Doch dazu kam es nicht, denn ich durfte nicht von selbst aufwachen, sondern wurde durch einen ohrenbetäubenden, schrillen Schrei geweckt. Ich fuhr hoch, schaute erst auf die Uhr – es war kurz vor neun – und dann zu Lucas, der hochgefahren war und aufrecht im Bett saß.

»Was war das denn?«, fragte ich.

Lucas zuckte mit den Achseln und deutete mit dem Daumen über die Schulter auf die Wand, die uns von der Nachbarsuite trennte.

Der Schrei war verstummt, doch die Ruhe währte nur einen Augenblick. Dann ging es wieder los – und es schien noch lauter zu sein als vorher. Lucas und ich sprangen aus dem Bett, ich rannte ins Bad, um mir meinen Bademantel überzuwerfen, er schlüpfte in seine Jeans und Wildlederslipper. Auf dem Weg zur Tür zog er sein Hemd an, kam aber nicht dazu, es ganz zuzuknöpfen, weil er schon an der ersten Tür zur Miercoledi-Suite war. Von innen ertönte Heulen – offenkundig mehrstimmig und in der Lautstärke einer Alarmsirene. Lucas' Klopfen und Rufen ging in dem Lärm von innen fast unter, aber dann rührte sich doch etwas: Mafalda Miercoledi öffnete die Tür. Sie trug nur ihr Nachthemd, wobei das Wort eine eindeutig zu profane Beschreibung für das edle Stück aus champagnerfarbener Seide mit Spitze war. Dazu hatte sie ihr langes, dunkles Haar zu einem dicken Zopf geflochten. Ihr schmales Gesicht mit den vollen Lippen schien weiß wie die Wand hinter ihr, wodurch ihre sonst sorgfältig überschminkten Sommersprossen noch mehr herausstachen.

Mit einem Aufschrei warf sie sich Lucas in die Arme. »Zio Lucaso!« Es folgte ein italienischer Wortschwall – viel zu schnell, als dass ich mit meinem VHS-Italienisch etwas hätte verstehen können.

Nun stürzten sich auch ihre Mutter und Schwester auf Lucas, wobei sie wild durcheinanderredeten. Ich verstand immer noch kein Wort, aber mir fiel ein, dass Marietta und

Mafalda Miercoledi Lucas schon gekannt hatten, als sie beide noch Windeln trugen. Bei seinen privaten Fotos hatte ich einmal eine ganze Sammlung gefunden, die ihn beim Spielen mit den Miercoledi-Töchtern zeigte, außerdem hatte er mir erzählt, dass er oft für sie gezeichnet und Geschichten vorgelesen hatte. Ihre Eltern hätten doch meist keine Zeit für sie gehabt.

Lucas schaffte es nun, die reichlich hysterischen Grazien in den Salon der Suite zu manövrieren und die Tür zu schließen. Ich war einfach hinterhergedackelt, lehnte an einem Seitentisch und fühlte mich deplatziert, denn ich hatte immer noch keine Ahnung, worum es bei dem ganzen Aufstand ging. Also ließ ich die Augen schweifen und schielte durch die offene Zimmertür gegenüber. Im Raum dahinter sah es aus wie auf einem Bombenabwurf-Übungsplatz: Vor einem ungemachten Bett schien sich ein Koffer erbrochen zu haben und hatte seinen Inhalt – Blusen, Shirts und Röcke, Hosen und High Heels, vieles davon im Leo-Design, was mich vermuten ließ, dass Giulia die Räuberhöhle bewohnte – auf dem Boden verstreut.

Der Schreibtisch seitlich diente offenkundig als Schminktisch und die Kollektion an Tiegeln und Töpfen darauf erinnerte mich an den Arbeitsplatz einer Maskenbildnerin, nachdem sie einen Schauspieler zum blauhäutigen Alien umgebaut hat.

Lucas schien jetzt mit den Damen zu streiten. Er deutete auf das Telefon und sprach von »Dottore«. Giulia heulte jedes Mal schrill auf, wenn er das Wort erwähnte; Mafalda fummelte an ihrem Handy und ihre Schwester – zu meinem Erstaunen bereits voll bekleidet in einem verwegenen roten Seidenshirt, schwarzer Lederhose und himmelhohen, knallroten High Heels – deutete zur verschlossenen Tür schräg hinter mir.

Lucas gab ihr nach, wobei er sich an mich erinnerte. Als er zur Tür ging, schaute er mich bedauernd an, deutete ein Schulterzucken an und öffnete. Ich wertete seinen Blick als Aufforderung, ihn zu begleiten, und wieselte hinterher.

Ich bereute meine Neugierde sofort, denn die Tür führte ins Schlafzimmer von Mario Miercoledi – und der Anblick, der uns da erwartete, ließ mich bedauern, dass hysterisches Kreischen in meinem Instinktprogramm nicht vorgesehen ist. Es soll ja angeblich bei der Verarbeitung von Traumata helfen – und das wäre bei mir sehr nötig gewesen.

Vor dem Bett im Zimmer lag nämlich Miercoledi – und eines war klar: Er würde uns nicht mehr nerven. Und was den »Dottore« anging, den Lucas für ihn bestellen wollte – ich war ziemlich sicher, dass der einzige Arzt, den Miercoledi noch brauchen würde, ein Pathologe war.

Miercoledi lag zusammengekrümmt in einer Lache von Erbrochenem, seine Pyjamahose war verschmutzt – anscheinend hatte er neben den Magenproblemen auch noch Diarrhö gehabt –, ungefähr zwei Meter von seinem zerwühlten Bett entfernt. Offenkundig hatte er versucht, ins Bad zu kommen, und war auf dem Weg zusammengebrochen. Dabei hatte er die Hände in den Teppich gekrallt, den Kopf zur Seite gedreht und zeigte uns sein kalkweißes Gesicht mit weit aufgerissenen Augen. Doch am schlimmsten fand ich, dass sein Mund gegen den schwarzgefärbten Bart in einem fast obszönen Rot abstach.

Und da war der Geruch und mein Magen hob sich. Ich flüchtete durch den Salon auf den Balkon, stützte mich mit beiden Händen auf das Geländer, schnappte nach Luft und sah auf den See hinaus, der im Morgenlicht so unschuldig aussah. In meinem Kopf purzelten die Gedanken durcheinander.

Miercoledi war tot. Daran konnte kein Zweifel bestehen. Und dem Zustand des Erbrochenen nach lag er schon eine ganze Weile als Leiche in seinem Zimmer. So wie sein Bett aussah, hatte ihn nicht einfach der Schlag getroffen. Vielmehr sah es aus, als ob er eine Weile gelitten hätte. Und er war nicht der Typ gewesen, der aus zarter Rücksicht auf den Schönheitsschlaf seiner Damen stumm gelitten hätte! Er hatte sicher um Hilfe gerufen, aber niemand hatte ihn gehört.

Warum? Seine Frau hatte das Zimmer gegenüber bewohnt, seine Töchter – nun, die waren entschuldigt, denn ihre Zimmer waren von dem ihres Vaters sowohl durch den Schlafraum der Mutter wie auch den großen Salon abgeteilt.

Aber woran war Miercoledi wohl gestorben? Was verursachte Erbrechen, Durchfall und brachte einen dann in kurzer Zeit um?

Lucas hatte die Damen wieder in den Salon gelotst und die Tür zu Miercoledis Zimmer geschlossen. Nun ging er zum Telefon. Seine Stimme klang sehr beherrscht und fast kühl, aber ich sah, dass er mit der freien Hand am Telefonkabel herumspielte. »Ja, Sie haben mich richtig verstanden. Signore Miercoledi ist tot – wir brauchen einen Arzt und …« Er überlegte einen Moment, dann schüttelte er unwillig den Kopf. »Der Arzt tut es erst einmal. Danach sehen wir weiter.« Er hörte zu, dabei runzelte er die Stirn. »Guter Mann, ich habe bestimmt Besseres zu tun, als die Presse zu informieren. Ich bin nämlich nicht nur der Regisseur auf der Seebühne, sondern auch ein langjähriger …«, er zögerte einen Augenblick, dann setzte er mit einem »Freund des Hauses« fort. Und ja, er kümmere sich jetzt um die Miercoledi-Damen, wäre dann aber um derentwillen dankbar, wenn der Arzt nicht zu lange auf sich warten lassen würde. »Und jetzt wäre es kein Schaden, wenn Sie uns eine große Kanne Kaffee heraufschicken lassen würden.«

Er legte auf, gönnte mir ein ganz kleines Lächeln und schaute zu Giulia und Mafalda Miercoledi, die auf dem Sofa saßen und sich aneinander schmiegten wie zwei verängstigte Kinder. Marietta Miercoledi hatte sich ihnen gegenüber in einem Sessel niedergelassen, den Blick zum Fenster gewandt. Dabei hatte ich aber den Eindruck, dass sie nicht einmal bemerkt hätte, wenn draußen auf dem See ein Raumschiff gelandet wäre.

Ich setzte mich auf den Klavierhocker, der vor dem Flügel stand und schlang die Arme um meinen Körper. Mir war kalt in meinem Bademantel und ich überlegte, ob ich nicht hinüber in unsere Suite gehen und mich richtig anziehen sollte. Doch dabei wäre ich mir vorgekommen, als wenn ich Lucas im Stich lassen würde. Ich hatte ihm doch versprochen, in guten und schlechten Tagen an seiner Seite zu sein – und heute war eindeutig einer von den schlechten Tagen.

Ich beobachtete ihn aus dem Augenwinkel. Er stand immer noch an dem kleinen Sekretär, auf dem das Telefon untergebracht war. Die tiefe, vertikale Falte über seiner rechten Augenbraue sagte mir, dass er intensiv nachdachte.

Mein Blick wanderte wieder über das Sofa zu dem Sessel, auf dem Marietta saß. Sie schien der Tod ihres Vaters am schlimmsten getroffen zu haben. Sie ließ sich die langen, kupferroten Locken wie einen Vorhang über das Gesicht fallen, dennoch konnte ich ihr Profil mit der etwas krummen Nase, die sie vom Vater geerbt hatte, erkennen. Bei ihm hatte die Nase männlich-markant ausgesehen, Marietta allerdings ließ sie streng aussehen. Dazu war sie fast so bleich wie ihr toter Vater, allerdings waren ihre vollen Lippen nicht rot, sondern fast farblos, obwohl sie daran herumnagte.

Niemand sprach, nur ab und zu schluchzte Giulia, worauf Mafalda ihr über den Rücken streichelte. Ich fragte mich, was den Frauen wohl durch den Kopf ging, als es endlich an der Tür klopfte. Lucas reagierte am schnellsten, eilte zur Tür, öffnete und ließ einen Kellner eintreten, der einen Servierwagen mit einer großen Thermoskanne, einigen Tassen, zwei Milchkännchen, eine Zuckerdose und einem Becher, in dem aufrecht einige Löffel standen, hereinschob. Außerdem brachte er einen Teller mit Keksen mit und baute alles auf dem runden Esstisch, der im vorderen Teil des Salons stand, auf.

Lucas signierte die Rechnung, fand ein paar Münzen in seiner Hosentasche, reichte sie dem Jungen und fragte: »Wer mag Kaffee?«

»Ich bitte!« Mafalda stand auf, ging zum Tisch und sagte: »Mutter sollte auch einen trinken.«

Lucas schenkte zwei Tassen für sie voll und schaute mich fragend an. Ich nickte, worauf er reichlich Milch und Zucker in eine Tasse gab, mit Kaffee auffüllte und mir die Mischung mit einem Keks auf der Untertasse reichte.

Mafalda hatte einen Schluck getrunken und es war, als ob damit die Schleusen ihrer Beredsamkeit geöffnet worden wären. »Ich verstehe das nicht. Ich meine, gestern Abend war er schon ein wenig angeschlagen, aber dennoch – wer rechnet denn mit so was?« Sie war aufgeregt und mir fiel auf, dass ihr italienischer Akzent stärker war, als ich ihn je von ihr gehört hatte. »Ihr habt ihn doch gestern Abend auch gesehen, Victoria und Lucas! Da hat er doch nicht ausgesehen, als ob er in der Nacht …« Sie schien das Wort »sterben« nicht aussprechen zu können, sondern schluckte und sprach weiter, wobei sie immer schneller und schriller wurde. »Er hat auf der Promenade am Jachthafen unten sogar noch Autogramme gegeben und diese Blondine mit den dicken Dingern angebaggert!«

»Ich glaube nicht, dass das jetzt ein passendes Thema ist!«, mahnte Lucas.

»Warum? Fangen wir jetzt schon an, so zu tun, als ob Vater ein Engel gewesen wäre? Er hat alles angegraben, was bei drei nicht auf dem Baum war!« Sie war aufgestanden und ging nervös im Raum auf und ab. »Schau mich nicht so an, Onkel Lucas! Du weißt so gut wie ich, dass er hinter jedem Rock her war und …«

Giulia schluchzte lauter, Lucas trat einen Schritt auf Mafalda zu und griff nach ihrem Arm. »Schluss jetzt, Mafalda!«, sagte er laut.

»Aber er ist tot!« Sie klang fast fröhlich. »Er ist tot!«, wiederholte sie. »Heißt das nicht, dass wir jetzt aufhören können, heile Familie zu spielen? Etta, du kannst …«

»Halt den Mund, Mafalda!« Marietta brüllte und auf ihrer Wange erschienen hektische rote Flecken.

Ihre Schwester schluckte und begann zu weinen, leise, kleine Schluchzer wie ein Kind.

Ich hatte im Geist die ganze Zeit das Szenario in der letzten Nacht durchgespielt. Miercoledi und die Seinen waren noch im Straßencafé gesessen, als wir gegangen waren, aber ich erinnerte mich, ihre Stimmen auf dem Flur gehört zu haben, als ich im Bad die Zähne geputzt hatte. Da waren sie heimgekommen und da war es Miercoledi offenkundig noch gut gegangen.

Wann nach dem Heimkommen war er schlafen gegangen? Und was war dann passiert? War ihm übel geworden? Aber warum hatte er nicht gleich um Hilfe gerufen? Es war doch nicht so schlimm gewesen, dass er das nicht mehr geschafft hätte, denn schließlich war er aufgestanden … oder war er aufgestanden, um Hilfe zu holen und auf dem Weg zur Tür zusammengebrochen? Aber warum hatte er nicht gerufen? Oder hatte er gerufen und niemand hatte ihn gehört?

Ich versuchte, mir den Grundriss der Suite vorzustellen. Wie die unsere hatte sie einen Vorraum, von dem aus es in eine kleine Küche ging, dann kam man durch eine Doppeltür in den großen Salon. In dem war links und rechts je eine Tür. Die linke führte in Miercoledis Schlafzimmer, die rechte in das seiner Frau. Die dazu gehörigen Badezimmer waren jeweils durch die Schlafzimmer erreichbar. Die Töchter wohnten nebenan beziehungsweise gegenüber. Insofern war erklärbar, dass sie nichts gehört hatten. Zwischen Miercoledis Schlafraum und Mariettas Zimmer gegenüber lagen immerhin ein Bad, die Küche, der Vorraum und der Flur. Und Mafalda wohnte im Zimmer hinter ihrer Mutter, also mindestens genauso weit weg. Aber Giulia – sie hatte nur den Salon zwischen ihrem und dem Zimmer ihres Mannes! Und das Hotel war ein Altbau und, wie wir in den letzten Tagen zu spüren bekommen hatten, doch eher hellhörig. Wir hatten jedenfalls mitbekommen, wenn Familie Miercoledi sich im Salon angebrüllt hatte.

Andererseits war Miercoledi angeschlagen gewesen und hatte darum wahrscheinlich nicht so laut geschrien wie am Vortag beim Familienstreit.

Es klopfte zum zweiten Mal – der Hotelmanager, trotz Sonntagmorgen und Sommer schon im dreiteiligen dunkelblauen Anzug mit gestreiftem Hemd und Krawatte, segelte in Begleitung eines verschlafen wirkenden, unrasierten Mannes in einer abgewetzten Cordhose und einem verwaschenen Polohemd, der einen großen schwarz-orangen Rucksack in der Hand trug, in die Suite. Der Manager drückte Lucas die Hand und deutete eine Verbeugung an, dann küsste er Giulia die Hand, murmelte etwas von Bedauern und Beileid, auch in Richtung der Töchter, und stellte seinen Begleiter als Doktor Hartmann vor.

Der grunzte in die Runde, dann schob er sich zum Tisch. »'tschuldigung«, brummte er. »Ich habe Wochenenddienst und war die halbe Nacht unterwegs. Kann ich erst mal einen Kaffee haben?« Weil sich sonst niemand rührte, stand ich auf und schenkte ihm einen Kaffee ein, was er mit einem munteren »Ich bin ein Süßer, ich nehme Milch und dreimal Zucker!« kommentierte.

Während der Arzt in aller Gemütsruhe seinen Kaffee trank, unterhielt sich Lucas leise mit dem Hotelmanager. Ich spitzte die Ohren und schnappte auf, dass der Hotelmanager davon sprach, den Bestatter anzurufen – ihm ging es natürlich darum, die Leiche so schnell und diskret wie möglich aus dem Haus schaffen zu lassen. Lucas bremste ihn – er solle doch bitte erst einmal abwarten, was der Arzt sage.

Der hatte mittlerweile seinen Kaffee getrunken und stand mit einem Seufzen auf. »Tja – wo liegt der Mann?«

Lucas deutete auf die Tür. »Brauchen Sie jemanden dazu?«

»Falls ich jemanden brauche, kann ich ja rufen!« Der Arzt schleppte seinen Rucksack zur Tür und verschwand dahinter.

Wir warteten schweigend, wobei der Hotelmanager nervös auf und ab ging, während Lucas zu mir getreten war und mir die Hand auf die Schulter gelegt hatte. Eine ganze Weile lauschten wir auf die leisen Schritte des Arztes, hörten etwas klappern, dann das Geräusch eines Reißverschlusses. Mafalda begann zu weinen, Lucas machte einen Schritt nach vorne und streichelte über ihr Haar. »Ja, Mafi, das ist schlimm …«, sagte er leise.

Endlich kam der Arzt aus dem Zimmer, schloss die Tür hinter sich, zog die Gummihandschuhe aus, sah sich um und ließ sie dann in einen Papierkorb fallen. Er ging zum Tisch und griff nach der Thermoskanne. »Ich krieg noch einen Kaffee, ja?« Ohne eine Antwort abzuwarten, nahm er sich eine frische Tasse, schenkte ein und gab Milch und Zucker dazu.

Lucas hatte sich wieder aufgerichtet. In seiner Stimme klirrte Eis, als er fragte: »Haben Sie uns nicht etwas zu sagen?«

Der Arzt trank einen Schluck Kaffee, öffnete dann seinen Rucksack und begann, darin zu wühlen. Schließlich legte er eine zerknautschte Mappe vor sich, hob den Kopf und schaute Lucas an: »Was soll ich sagen? Der Mann ist tot – und das wahrscheinlich schon seit vier, fünf Stunden. Auf jeden

Fall kann ich ihm nicht mehr helfen.« Er zog ein Formular und einen Kugelschreiber aus der Mappe, dann wandte er sich an Giulia. »Ich nehme an, Sie sind die Witwe?« Er wartete nicht auf eine Antwort. »Herzliches Beileid. Aber Sie wussten, dass Ihr Mann Probleme mit dem Herzen hatte?«

Lucas schaltete sich ein. »Woher wollen Sie das wissen? Haben Sie ihn daraufhin untersucht?«

Der Arzt war damit beschäftigt, das Formular auszufüllen. Ohne den Blick zu heben, sagte er: »Auf dem Nachttisch lagen Herzmedikamente – ziemlich harter Stoff.« Er kritzelte etwas auf sein Formular, dann fragte er in die Runde: »Kann ich mal seinen Pass haben?«

Einen Augenblick herrschte Verwirrung. Giulia schluchzte noch einmal auf, Mafalda ging zögernd in Richtung der Tür zum Zimmer ihres Vaters, Marietta unterdessen trat an den Sekretär und zog die Schublade auf. Sie sagte etwas Italienisches zu ihrer Schwester, dann nahm sie den Pass aus der Schublade und reichte ihn dem Arzt. Dann blieb sie neben Lucas stehen und sagte: »Lucas, unser Vater hatte vor drei oder vier Jahren einen Herzinfarkt. Er wollte aber nicht, dass jemand davon erfährt. Du weißt doch: Krank zu werden ist ganz mies für die Karriere.«

Und für die Eitelkeit, setzte ich im Geiste dazu. Miercoledi hatte doch immer versucht, sich ungeachtet seines Alters als Sportler und wahrer Supermann zu präsentieren. Ich erinnerte mich an die Fotos, die er in den sozialen Medien veröffentlicht hatte: Miercoledi ganz in Weiß mit Schweißband um die Stirn auf dem Tennisplatz; Miercoledi in Badehose und Schutzweste auf dem Jetski; Miercoledi mit Töchtern beim Skifahren; Miercoledi im Dress des AC Florenz bei einem Fußball-Charity-Match.

Je länger der Arzt am Formular schrieb, desto neugieriger wurde ich. Schließlich konnte ich nicht mehr widerstehen.

Ich ging zum Tisch, schenkte mir auch einen Kaffee ein und schielte über die Schulter des Doktors auf das Papier. Es erinnerte mich mit seinen grau-weiß unterlegten Kästen an eine Steuererklärung, nur dass in dem obersten Kästchen »Totenschein« stand. Darunter kamen die persönlichen Angaben für Miercoledi, Guido Mario Michelangelo. Mein Blick fiel auf »Geburtsdatum«. Wie Lucas gesagt hatte: Miercoledi hatte in den letzten Jahren bezüglich seines Geburtsdatums geschummelt. Er hatte vor ein paar Tagen angekündigt, dass er in Kürze eine große Party zu seinem 75. Geburtstag schmeißen werde. Doch nun hatte der Arzt das Geburtsdatum aus dem Pass eingetragen: 24. August 1935. Also war Miercoledi 83 gewesen.

Bei »Identifikation« hatte der Doktor zwei Kästchen angekreuzt: »Nach Pass« und »Nach Angaben von Angehörigen/Dritten«. Darunter kam unter »Todesort« Name und Anschrift unseres Hotels und unter »Totenzeitpunkt« stand »circa vier Uhr«.

Zwei Zeilen tiefer wurde nach der »Todesart« gefragt. Da hatte der Arzt »Natürlicher Tod« angekreuzt.

Ich hatte gar nicht bemerkt, dass ich beim Lesen die Luft angehalten hatte. Es fiel mir erst auf, als ich mich bei einem erleichterten Ausatmen erwischte. Ich stellte die halbvolle Tasse ab – der Kaffee war inzwischen lauwarm und schmeckte abgestanden – und ging zu Lucas, der sich in einem Sessel niedergelassen hatte. Ich klemmte mich auf die Lehne und legte meinen Arm um seine Schulter, wofür ich ein kleines Lächeln bekam.

Seine Nähe beruhigte mich und plötzlich überlegte ich mir, warum ich ob des natürlichen Todes so erleichtert gewesen war. Es war doch wohl außer Zweifel gestanden, dass bei Miercoledi niemand nachgeholfen hatte! Verrückte Idee – wahrscheinlich meinem Schock beim Anblick der Leiche entsprungen.

Ich lehnte mich ein wenig mehr an Lucas. Er lächelte mir kurz zu, aber seine Augen blieben ernst und er wandte seine Aufmerksamkeit sofort wieder dem Arzt zu, der gerade sein Formular stempelte.

Lucas räusperte sich. »Wie geht es jetzt weiter?«

Der Arzt zuckte mit den Schultern und räumte Mappe, Stift und Stempel wieder in seine Tasche. »Das ist nicht mehr mein Problem. Von mir bekommen Sie jetzt den Totenschein und die Rechnung. Dann bin ich weg.«

Dem Hotelmanager, der die ganze Zeit schweigend an der Wand gelehnt hatte, war es offenkundig peinlich, dass der von ihm eingeführte Arzt so unfreundlich war. Er schaute ihn strafend an. »Ich denke, hier muss der Bestatter übernehmen. Wenn es Ihnen recht ist, begleite ich den Herrn Doktor Hartmann nach unten, regle die Sache mit der Rechnung und rufe den Bestatter an.«

Ich konnte mich nicht einmischen, aber Lucas hatte damit kein Problem. »Brauchen wir nicht noch die Polizei?«, erkundigte er sich.

Der Arzt, der gerade seinen Rucksack schloss, schüttelte den Kopf. Ohne Lucas anzuschauen, antwortete er: »Polizei brauchen Sie nicht. Ich habe ›Natürlicher Tod‹ angekreuzt, außerdem hatte er keine ansteckende Krankheit Also besteht keine Seuchengefahr. Unter diesen Umständen interessieren sich weder die Polizei noch das Gesundheitsamt für den Mann, also können Sie ihn normal bestatten lassen.« Er warf sich seinen Rucksack über die Schulter. »Tja, das war's für mich. Schönen Sonntag kann ich hier wohl nicht wünschen. Also alles Gute!«

*

Nachdem der Arzt verschwunden war, erwachte Marietta aus ihrer Erstarrung und wurde aktiv, indem sie erst einmal Antonio Merlato, den langjährigen Agenten ihres Vaters, anrief und nach Lindau beorderte. Lucas und ich schauten uns unterdessen an, er nickte kurz und wir standen im gleichen Moment auf. Er rieb sich über die unrasierte Wange. »Ihr entschuldigt uns? Ich muss mich rasieren, Victoria will sich sicher anziehen. Aber wenn ihr uns braucht, meldet ihr euch, ja? Wir sind nur einen Anruf entfernt!«

Ich war erleichtert, als wir in unserer Suite angekommen waren. Obwohl wir beide Mario Miercoledi nicht sehr gemocht hatten – diesen Tod hätten wir ihm nicht gewünscht und so waren wir sehr erschüttert. Dementsprechend waren wir dann eine ganze Weile schweigend am Fenster gestanden, bevor ich mich ins Bad verzog. Als ich endlich geduscht und angekleidet war, orderte ich erst einmal Frühstück – noch mehr Kaffee und Spiegeleier mit Speck für Lucas, Tee und Obstsalat für mich.

Ich saß schon am Tisch, als Lucas frisch rasiert aus dem Bad kam. Er hatte das blaue T-Shirt, in dem er geschlafen hatte, gegen ein graues Polohemd getauscht, statt den Jeans trug er nun eine anthrazitfarbene Bundfaltenhose.

»Sein Tod geht dir ziemlich an die Nieren«, sprach ich ihn an.

Er nickte, ließ sich neben mir nieder und schenkte sich Kaffee ein. »Ich habe Giulia und die Mädchen gut 25 Jahre lang gekannt und er hat mich sogar ›Freund‹ genannt.« Er verstummte, rührte einen Würfel Zucker in seinen Kaffee und sagte langsam: »Die Mädchen tun mir leid. Es ist seltsam …« Er trank einen Schluck. »Ich habe Mafalda und Marietta immer gewünscht, dass sie sich von ihm freimachen und endlich ein eigenständiges Leben führen können.«

Ich wusste, dass er jetzt an seine eigene, sehr selbständige Tochter dachte, die Agrarbiologie studiert hatte und nun als Dozentin in Weihenstephan ist. Lucas hing sehr an ihr, telefonierte einmal in der Woche mit ihr, freute sich über jede Mail, vermisste sie und war sehr stolz darauf, dass sie ihr Leben so gut im Griff hatte.

Die Miercoledi-Töchter hatten nie eine Chance dazu bekommen. Beide Eltern hatten sie festgehalten und immer wieder den Familienzusammenhalt beschworen. Und in der Branche redete man darüber, dass Miercoledi ihnen gerne auch Männer ausgesucht hätte – wobei mir erzählt worden war, Lucas und Cayetano seien da Kandidaten gewesen. Ansonsten hatte der eifersüchtige Patriarch seine Töchter wie weiland Rigoletto beschützt – und der wollte den Herzog, der sich seinem Blondchen genähert hatte, bekanntlich umbringen lassen.

Lucas setzte sich, nahm die Silberhaube von seinem Rührei und begann zu essen. Nach einem Moment schluckte er. »Jetzt sind Marietta und Mafalda frei – aber ich hätte ihnen gerne den Schock erspart, ihren Vater in so einem Zustand sehen zu müssen.« Er fasste nach meiner Hand. »Dir und Giulia natürlich auch.«

»Für mich war es nicht so schlimm. Mir stand er ja nicht nahe.« Ich hatte mir Tee eingeschenkt, rührte zwei Kandisbrocken ein und lauschte auf das Knistern, mit dem sie sich im heißen Wasser auflösten. »Ich überlege mir nur, woran Miercoledi gestorben ist. Der Arzt vermutet, dass es das Herz war, aber wie passt das zu seinen Magen-Darm-Beschwerden?«

»Hinterwandinfarkt«, sagte Lucas. »Mein Vater ist an einem Hinterwandinfarkt gestorben. Die ersten Symptome sahen aus, als ob er sich einen Magen-Darm-Virus eingehandelt hätte.« Er war damals noch mit Ruth, seiner ersten Liebe, verheiratet gewesen. Sie war Ärztin und er hatte einiges bei ihr mitbekommen. »Ruth hat mir damals erklärt, das sei normal. Bei einem so schweren Infarkt schaffe es das Herz nicht mehr, alle Organe mit Blut zu versorgen, also schalte es erst mal die ab, die nicht unbedingt zum Überlegen gebraucht werden. Dazu gehört das Verdauungssystem.«

»Ruth wird darüber Bescheid gewusst haben«, sagte ich. Mich fröstelte beim Gedanken, wie einsam und elend Miercoledi gestorben sein musste. Andererseits: Er war 83 Jahre alt gewesen, er hatte Probleme mit dem Herzen gehabt, war aber dennoch wie ein Junger ständig um die ganze Welt gejettet und hatte überall den starken Mann gegeben. Ich kannte Leute, die ihn dafür bewunderten und seine Jugendlichkeit priesen.

Ich allerdings hatte mich schon länger gefragt, was ihn antrieb. Geld konnte es eigentlich nicht mehr sein. Er war als durchaus merkantil bekannt, man wusste, dass er in seinen besten Zeiten sehr hohe Gagen verlangt hatte, die er professionell hatte anlegen lassen, aber in den letzten Jahren hatte er in Insiderrunden immer damit angegeben, dass er eine ganze Schafherde im Trockenen habe.

Was war es dann gewesen? Das, was Lucas manchmal den »Bühnenüberflug« nannte? Es sei eine Form von Euphorie, die ihn überkomme, wenn in einer Rolle, die ihm besonders am Herzen liege – Don Giovanni, Posa, Beckmesser – die Vorstellung gut laufe und er das Gefühl habe, seine Rolle und seine Stimme voll im Griff zu haben. Dann mache es richtig Spaß und dann überkomme ihn manchmal die Euphorie. »Man fühlt sich da, als ob man nur die Arme ausbreiten müsste, um einen Rundflug unter der Decke machen zu können!«, hatte Lucas diesen Zustand einmal beschrieben.

War es das auch bei Miercoledi gewesen? Ich hatte Schwierigkeiten, mir das vorzustellen, denn in den letzten Jahren hatte Miercoledi doch immer wieder mit seiner Stimme gekämpft. Andererseits hatte er das wohl nicht so empfunden – er hatte nach einer Arie immer noch die Arme hochgerissen wie ein siegender Boxer im Endkampf und hatte es genossen, wenn sein Publikum ihn feierte.

War es das vielleicht gewesen? Beifall schien für Miercoledi so etwas wie das Lebenselixier gewesen zu sein. Ich musste nicht lange im Gedächtnis kramen, um das Bild vor Augen zu haben, wie Miercoledi und Lucas ihre »Vorhänge« – so nennt man es im Theater, wenn die Darsteller am Ende des Stückes an die Rampe treten und sich bejubeln lassen – bewältigt hatten. Lucas sah trotz seiner langen Bühnenerfahrung immer noch ein wenig verlegen aus, vergaß aber nie, sich beim Orchester zu bedanken und auch den Leuten auf den oberen Galerien ein Lächeln zu schicken. Er verschwand dann aber schnell wieder.

Miercoledi dagegen hatte im Applaus gebadet und mich immer an den alten Tenorwitz erinnert: Was macht ein Tenor bei Regen? – Er verbeugt sich nach allen Seiten, weil er das Prasseln an den Scheiben für Beifall hält. Miercoledi hatte sich nicht nur verbeugt, sondern außerdem Blümchen eingesammelt, Küsschen verteilt, Handibussis ins Publikum geworfen, mit der Hand auf dem Herzen den Gerührten gegeben – das volle Programm. Und, was Lucas stets amüsiert hatte: Beim Inspizienten stand dann Miercoledis Assistent, der nicht nur mitzählen musste, wie viele Vorhänge sein Maestro an diesem Abend hatte, sondern der es dann auch mit Datum und Ort hinten im Klavierauszug für die jeweilige Oper einzutragen hatte.

Miercoledi genoss es aber auch, auf der Straße erkannt zu werden! Vor vier oder fünf Tagen war ich dazugekommen, als er in Bregenz vor der Seebühne stand und zwei ältere Damen, die ihn verzückt anstrahlten, mit Autogrammen beglückte. Er hatte nämlich immer einige Fotos von sich in der Brusttasche seines Sakkos gehabt, weil er die Fans, die ihn unterwegs erkannten, »nicht enttäuschen wollte«. Gleichzeitig klagte er manchmal darüber, wie »lästig« es doch sei, dauernd erkannt und angesprochen zu werden. Er könne nicht mal in Ruhe ein Eis essen!

Ich riss mich aus meinen Gedanken und schaute Lucas an, der in Gedanken versunken sein inzwischen kaltes Rührei umstapelte. »Du, es ist vielleicht pietätlos, danach zu fragen«, fing ich an, »aber wie geht es jetzt mit unserer Produktion weiter? Müssen wir absagen?«

Lucas runzelte die Stirn und die Ärgerfalte erschien über seiner Augenbraue. »Das glaube ich nicht. Wir sind hier ja nicht beim Miercoledi-Festival. Allerdings werden wir Posa ersetzen müssen.«

»Hmm.« Ich kratzte mich hinter dem linken Ohr. »Andrew Payne? Er ist ein toller Posa.«

»Dein Lieblings-Posa?« Lucas grinste – solange sein durchaus attraktiver englischer Kollege nicht in der Nähe war, amüsierte er sich gerne darüber, dass ich den ausgesprochen mochte und auch recht ansehnlich fand.

»Du bist mein Lieblings-Posa!«, verteidigte ich mich. »Aber du willst ihn ja nicht mehr singen!«

»Hase, liebster!« Er verdrehte die Augen. »Ich bin zu alt für Posa.«

»Spaßvogel!« Ich schüttelte den Kopf. »Miercoledi fühlte sich mit 83 nicht zu alt – bei dem war Posa eben Carlos' väterlicher Freund! Aber bei dir muss man nur die grauen Schläfen überfärben und ein bisschen schminken, dann gehst du auf der Bühne locker für 30 durch!«

»Wenn du meinst …« Lucas klang ziemlich skeptisch. »Aber auf jeden Fall wäre ich nicht wild darauf, den Posa zu singen und die Produktion zu inszenieren.«

»Das hast du mir schon vor Wochen erklärt, mein Goldstück!«, gab ich zurück. »Und deswegen habe ich eben

Andrew Payne vorgeschlagen. Er ist für mich der zweitbeste Posa.«

»Leider nicht bei uns!«, bedauerte Lucas. »Der jodelt in Bayreuth den Abendstern* an.«

»Iiiih!« Ich bin kein Wagner-Fan, was Lucas sehr wohl weiß. »Nach Bayreuth kriegt man mich erst wieder, wenn du dort den Beckmesser** singst.« Ich fischte ein Stück Pfirsich und eine Viertel Walnuss aus meinem Obstsalat und kaute darauf herum. »Jacques Exbrailo«, fiel mir ein. Der junge Australier war ein Schüler von Lucas und ich fand, dass er ähnlich klang.

»Ist nicht zu haben!«, antwortete Lucas. »Er singt in Glyndebourne ›Billy Budd‹ – und wenn er damit fertig ist, macht er Familienurlaub mit Weib und Kindern. Den Urlaub brauchen er und seine Stimme dann auch – ›Billy Budd‹ ist verdammt anstrengend.«

Ich stieg von Tee auf frisch gepressten Orangensaft um. »Dann fällt mir noch Alexej Kudrjawzew ein. Das würde Mischa freuen – der mag den sehr.«

»Und noch mehr würde es unseren Intendanten freuen, denn mit dem schönen Alexej kriegt er die Bude mindestens so voll wie mit Miercoledi.« Lucas grinste.

»Klar – wenn du dann noch eine Szene einbaust, in der er das Hemd auszieht und seine Muskeln und das Tattoo zeigt? Die muss dann in den Trailer zur Vorankündigung,«

»Oh ja!«, stöhnte Lucas. »Dann bräuchten wir schon für die Proben verstärkte Security. Doch so sehr das dem Intendanten gefallen würde – Alexej ist auch nicht zu haben. Der singt in Salzburg den Scarpia.« Er trank einen Schluck Mine-

* Das heißt, dass er den Wolfram von Eschenbach in Richard Wagners »Tannhäuser« singt. Dessen Staats- und Prachtarie beginnt mit den Worten »O du mein holder Abendstern«.

** Sixtus Beckmesser ist der penible Stadtschreiber in Wagners »Die Meistersinger von Nürnberg«.

ralwasser, dann stand er auf. »Aber du hast mich daran erinnert, dass ich jetzt unseren Herrn Intendanten in seinem Sonntagsfrieden stören muss. Dann können wir gemeinsam überlegen, wie wir Miercoledi ersetzen.«

*

Während Lucas mit Martin Haller-Rojas, dem Intendanten der Bregenzer Opernfestspiele, telefoniert hatte, war ich in unser Schlafzimmer ausgewichen und hatte meine Freundin Riikka angerufen.

Das Gespräch mit ihr schockte mich. Meine warmherzige, sonst so liebenswerte finnische Freundin erwies sich nämlich als ausgesprochen kaltschnäuzig. Meine Mitteilung von Miercoledis Tod kommentierte sie mit »Du erwartest hoffentlich nicht, dass ich in Tränen ausbreche, oder?«

Ich schluckte und sagte: »Bestimmt nicht. Er ist dir ja mindestens so schlimm wie mir auf die Nerven gegangen.«

Riikka zögerte einen Augenblick und ich hörte, wie sie eine Tür schloss. Dann sagte sie: »Ich fürchte, mir ist er noch mehr auf den Geist gegangen – ich musste ja öfter mit ihm arbeiten und ich wusste schon lange, dass er ein ausgesprochener Kotzbrocken ist …« Sie korrigierte sich sofort zu einem »war« und meinte, daran müsse sie sich erst einmal gewöhnen. Das würde aber schnell gehen, denn: »Ich bin froh, dass er weg ist.«

Das Thema schien sie mehr zu berühren, als ich es für möglich gehalten hätte, denn jetzt redete sie sich richtig in Rage. »Ich glaube nicht, dass irgendjemand in der Szene Miercoledis Ableben bedauern wird – außer vielleicht ein paar Kriecher, die er mitgezogen hat, weil er es genoss, wenn ihm jemand Zucker in die Kehrseite blies. Nein, ich kann mir wirklich nicht vorstellen, dass groß um ihn getrauert wird. Wahrscheinlich ist sogar seine Frau erleichtert, dass er endlich das Zeitliche gesegnet hat. Die hat er betrogen und gedemütigt und angelogen und behandelt, als wenn sie dennoch froh sein müsste, dass er sich zu ihr herunterlässt! Warte nur, bis sie über den ersten Schock hinweg ist! Dann wird sie feststellen, dass sie ohne ihn besser dran ist. Und mit dem Vermögen, das sie hoffentlich geerbt hat, kann sie als lustige Witwe gut noch ein paar schöne Jahre haben.«

»Na ja.« Ich kam auch mal wieder zu Wort. »Vorhin wirkte sie sehr erschüttert.« Wahrscheinlich war es mal wieder mein ausgeprägtes Harmoniebedürfnis, das mich – bei aller Zuneigung zu Riikka – so sehr über ihren Ausbruch stolpern ließ. Wenn es nach mir ginge, müssten immer alle Menschen in meiner Umgebung bussi-bussi und lieb miteinander sein. »Die eine oder andere gute Eigenschaft wird er wohl gehabt haben – auch wenn wir beide wenig davon gemerkt haben.«

Ich hörte, wie Riikka tief ausatmete. Sie schien sich wieder etwas beruhigt zu haben, als sie antwortete: »Er war eindeutig gut darin, die guten Eigenschaften zu verstecken. Ich habe bei ihm jedenfalls nur eine entdeckt: Er konnte jungen Kollegen als abschreckendes Beispiel dafür dienen, wie mies sich Ruhm und Reichtum auf den Charakter auswirken können. Aber mal abgesehen davon: Hast du eine Ahnung, wie es mit unserer Produktion weitergeht? Was sagt Lucas?«

»Er telefoniert gerade mit Haller-Rojas«, erwiderte ich. »Er geht davon aus, dass die Produktion weitergeht und man einen anderen Bariton engagieren wird.«

»Gute Idee! Dann wird's besser«, fand Riikka ungerührt. »Weißt du, ich habe eh nie verstanden, warum Haller-Rojas überhaupt Miercoledi engagiert hat. Als Bariton war der doch ein Witz – und nicht mal ein guter!«

»Stimmt«, gab ich zu. »Lucas war auch nicht eben glücklich über die Besetzung.«

»Die letzten Proben waren die Pest!«, schimpfte Riikka. »Sei froh, dass du bei der Orchester-Sitzprobe nicht dabei warst! Ich dachte, Mischa platzt vor Zorn! Und als du am Freitagmorgen mit dem Chor rumgemurkst hast, waren Ileana, Lucas, Miercoledi und ich mit Christopher im kleinen Studio. Es war die komplette Pest! Bei ihm kann man inzwischen wirklich sagen: Wenn er das in der Höhe hätte, was ihm in der Tiefe fehlt, wär's eine gute Mittellage. Und wenn ihm dann mal einer gesagt hätte, dass es nicht reicht, die Töne ungefähr zu treffen …«

»Ja, Lucas hat auch schon geklagt …«, gestand ich ein.

»Wenn Lucas ihm vorgeführt hat, wie er es wollte, klang er besser als Miercoledi! Also, ich sag's dir: Wenn der Regisseur in der Rolle besser klingt und aussieht als der Darsteller, ist im Besetzungsbüro ein Fehler passiert!« Riikka war eindeutig auf 180.

»Du hast recht.« Ich versuchte, meine Freundin ein wenig zu beruhigen. »Aber ich habe gar nicht gewusst, dass du ihn so sehr gefressen hast.«

»Tja …« Riikka schien einen Augenblick zu überlegen, dann sagte: »Bis ich zu dem ›De mortuis nil nisi bene‹* komme, kann es noch eine Weile dauern.«

Meine Neugierde war erweckt. »Hast du mal mit ihm Stress gehabt oder warum bist du so sauer auf ihn?«, fragte ich und grub gleichzeitig im Gedächtnis. Wann war Riikka vor Bregenz schon einmal mit Miercoledi zusammengekommen? Mir fiel nur eine »Carmen« in Wien ein, bei der Riikka die Titelrolle und Miercoledi den Don Jose – damals vor acht oder neun Jahren war er noch als Tenor unterwegs gewesen – gesungen hatte.

Und dann kam es auch schon: »Ich hatte zweimal das Vergnügen mit ihm. Das erste Mal war eine ›Carmen‹ in

* lateinisch »Über die Toten nichts als Gutes«

Wien – mein Debüt dort. Und das zweite Mal war ein Jahr danach – die Neunte* in München. Beide Male war er stimmlich nicht eben in Form.« Sie atmete tief durch. »Menschlich auch nicht.« Wieder eine kleine Pause, dann ein bitteres Auflachen: »Darüber schweigt der Sängerin Höflichkeit wohl besser. Aber jetzt ist er tot – und ich werde ihn sicher nicht betrauern.«

* Es gibt nicht wenige Komponisten, die neun (und mehr) Sinfonien geschrieben haben. Doch wenn Sänger von »der Neunten« reden, meinen sie die von Beethoven. Da sind sie ja am Schluss beteiligt.

KAPITEL 4: STUMME ANKLAGE

**Am Bodensee,
immer noch Juli 2018**

»Lucas! Wo warst du? Ich warte hier schon eine halbe Ewigkeit!« Der rundliche Mann in einem verschwitzten Leinenanzug, einem dazu passenden Hut in der Hand und mit einer überquellenden Aktenmappe unter dem Arm stürmte durch die Hotelhalle auf Lucas zu. Mich beachtete er nicht, obwohl Lucas mich an der Hand hatte. »Ich muss unbedingt mit dir reden!«

»Das dachte ich mir schon«, sagte Lucas trocken. »Aber darf ich dich davor meiner Frau vorstellen? Victoria, das ist Antonio Merlato, Signore Miercoledis langjähriger Manager …«

»Und Freund!«, unterbrach ihn der kleine Mann.

Lucas ließ sich davon nicht aus dem Konzept bringen. »Und das ist meine Frau, Professor Victoria Rühle-Benning.«

Ich reichte dem Herrn die Hand und verkniff mir dabei ein Grinsen. Wenn Lucas es für nötig hält, mich mit dem akademischen Titel vorzustellen, möchte er Abstand schaffen.

Im Fall Merlato gelang ihm das nur bedingt. Der schmatzte einen Kuss auf meine Hand, schaute mich dabei an, als ob er überlegte, wie viel ich auf der lokalen Viehauktion einbringen würde, und legte Lucas eine fette Hand auf den Arm. »Mario hat mir gar nicht erzählt, dass du geheiratet hast.

Schön, schön – und man weiß ja: Aller guten Dinge sind drei und darum wird's im dritten Anlauf bei dir schon klappen.«

Mein Ehemann sah aus, als ob er in eine Zitrone gebissen hätte. Er hatte mir mehr als einmal gesagt, dass er es nicht als rühmlich empfinde, zwei Ehen in den Sand gesetzt zu haben. Nun aber ging er über Merlatos Taktlosigkeit hinweg. »Lass uns nach oben gehen, ja?«

»Bene, bene!«, fand Merlato und watschelte hinter uns her zum Aufzug.

Oben in unserer Suite bot Lucas Kaffee an, kam damit aber nicht gut an.

»Hast du nichts Stärkeres?«, fragte der Manager, nachdem er sich in einen Sessel gezwängt und seine Krawatte gelockert hatte. »Es war ganz schön anstrengend bei Marios Weibern!«

Lucas hatte schon das Telefon in der Hand. »Und du, Liebes?«

»Eine große Apfelsaftschorle bitte!«, bat ich.

Lucas bestellte, legte auf, setzte sich auf meine Armlehne und fragte Merlato: »Wie geht es den Damen?«

»Nicht gut«, antwortete Merlato prompt. »Giulia hat die ganze Zeit nur geheult, weil sie ihn nicht gehört hat. Sie hätte ihm doch helfen können!«

»Ob das was gebracht hätte?«, überlegte Lucas. »Mein Vater ist damals im Wartezimmer seines Kardiologen zusammengebrochen. Obwohl er sofort Hilfe bekam, hat er seinen Hinterwandinfarkt – also die Form von Infarkt, die Mario wohl auch erwischt hat – nicht überlebt.«

»Tut mir leid«, grinste Merlato. »Na ja, Giulia bekam dann von Marietta ein Beruhigungsmittel und legte sich hin. Marietta hat mit dem Bestatter gesprochen.«

»Und?«, fragte Lucas.

Ich spitzte die Ohren – ich war neugierig und wollte wissen, was die Familie beschlossen hatte.

»Der Bestatter hat Mario mitgenommen. Er wird so schnell wie möglich verbrannt, dann begleiten Giulia und die Töchter die Urne nach Spoleto zur Trauerfeier.«

»Das wird sicher ein größerer Auftrieb«, sagte Lucas nachdenklich.

»Natürlich! Er war ja eine bedeutende Persönlichkeit, Spoletos größter Sohn, Ehrenbürger, Ordensträger …«

»Ich glaube nicht, dass das da, wo er jetzt ist, noch eine Rolle spielt!«, rutschte mir heraus.

Ein kleines Grinsen von Lucas, dann sagte er: »Spoleto ist für uns natürlich problematisch. Wir können nicht mitten in unserer Probenperiode für zwei Tage nach Italien verschwinden – schon gar nicht, wenn du die Tatsache berücksichtigst, dass wir nur vier Wochen haben, um einen neuen Posa einzustudieren.«

»Deswegen wollte ich ja mit dir reden!«, kündigte Merlato an, nahm aber vorher dem Zimmerkellner seinen Cognac ab und goss ihn auf einen Schluck hinunter. Lucas signierte die Rechnung, stellte mir die Apfelsaftschorle hin und sagte süffisant: »Sag nur, du hast noch einen zum Bariton mutierten Tenor im Portfolio!«

»Nein! Aber ich habe einen hochbegabten jungen Bariton! Der ist mit 29 schon so gut wie du als Junger! Gib dem noch zwei, drei Jahre, dann werden sich die Leute die Finger nach ihm schlecken. Willst du den nicht als Ersatz?«

Lucas zog eine Augenbraue hoch. »Wie heißt denn deine unbekannte Größe?«

»So unbekannt ist er gar nicht – vor allem nicht bei dir! Du hattest ihn im letzten Jahr in einer Meisterklasse. Er heißt Renato Buscopi.«

Lucas massierte seine Stirn. Sein Personengedächtnis ist nicht schlecht, aber er hat es nicht so sehr mit Namen. »Buscopi«, wiederholte er schließlich. »Hmm – umgehauen hat er mich wohl nicht, sonst hätte ich mir den Namen gemerkt.«

»Er ist aber ein sehr hübscher Junge!«, warf der Agent ein. »Blond, blauäugig – er ist Norditaliener mit einer Mutter aus Südtirol, spricht also auch gut deutsch. Und blond – du hast Gutiérrez-Martin als Carlos, nicht? Zu seinen schwarzen Locken würde so ein Blonder doch gut aussehen!«

»Wenn ich zu besetzen hätte, würden mich Stimmen immer noch mehr interessieren als Aussehen …«

»Ach, Lucas, nun tu doch nicht so! Wenn du einen bestimmten Sänger willst, wird Haller-Rojas den engagieren!«

Lucas schüttelte nur den Kopf und kraulte mit zwei Fingern meinen Nacken.

Merlato zappelte vor Ungeduld. »Schön, schön, aber du könntest ihn doch anhören! Renato ist hier! Du kannst ihn jederzeit vorsingen lassen.«

»Hat er den Posa drauf?«

»Nein«, gab der Manager zu. »Aber er ist jung! In seinem Alter lernt man schnell. Gib ihm drei, vier Tage und dann kann er Posa.«

Lucas schüttelte den Kopf. »Verzeih, wenn ich dir widerspreche, aber den Posa lernt man nicht in drei, vier Tagen. Und selbst wenn man das schaffen würde, so hat man ihn bestimmt nicht so verdaut, dass man ihn glaubwürdig interpretieren kann. Bei unserer kurzen Probenzeit brauche ich aber jemanden, der in der Partie sicher ist. Sorry für deinen Youngster! Ein anderes Mal höre ich ihn gerne an, aber momentan sind wir zu sehr unter Druck.

Immerhin verstand Merlato, dass er verloren hatte, und beschloss, das Feld zu räumen. Er nahm kurz und desinteressiert Abschied von mir und ließ sich von Lucas zur Tür geleiten.

Ich unterdessen streifte meine Schuhe ab, zog die Füße aufs Sofa, faltete die Arme um meine Knie und packte das Kinn darauf. Die Kaltschnäuzigkeit des Managers beeindruckte mich fast. Erst betonte er, mit Miercoledi befreundet gewesen zu sein, aber der war noch kaum ganz kalt, als sein Agent schon bemüht war, den Nachfolger an den Start zu bringen. Klar – Einspringer waren eine Chance für junge Sänger, an große Partien zu kommen, aber mir erschien es dennoch unverfroren, am Todestag des einen Sängers schon den nächsten für die Rolle anzubieten.

*

Am Abend hatten wir beide keine Lust, zum Essen auszugehen. Ich hatte mich an den Schreibtisch verzogen, um an meinem neuen Buch, dem Nachfolger meines erfolgreichen »Oper für Dummies«, zu basteln. »Konzerte für Anfänger« war der Arbeitstitel und ich versuchte, die Must-haves für Konzertgänger vorzustellen.

Lucas unterdessen hatte noch einmal mit dem Intendanten telefoniert, der versprochen hatte, dass sein Büro am nächsten Morgen auf die Suche nach einem neuen Posa gehen würde. Er hoffe aber auch, dass Lucas was einfalle.

Der hatte aber erst einmal sein weiteres Abendprogramm abgearbeitet, indem er den Rest des Ensembles – Tenor Cayetano Gutiérrez-Martin, der den Carlos sang; Bass Rocco Banhardt, unser von Weib und Kind ungeliebter König; die falsch liebende Königin Ileana Leodorescu – über Miercoledis Ableben informiert hatte. Anschließend war Mischa dran, den er im Auto erwischte – er war nach Stuttgart gefahren, um dort »eine Bekannte« zu besuchen, und kam jetzt nach Lindau zurück.

Nach dem Gespräch mit ihm legte Lucas auf, lehnte sich zurück und schüttelte den Kopf. »Junge, Junge – ich hoffe bloß, dass die Nachrufe, die ich mal kriege, freundlicher ausfallen! Der Einzige, den zumindest leichtes Bedauern überkam, war Cayo.«

Ich drehte mich zu Lucas um. »Na ja, den hat Miercoledi ja in den ersten Jahren seiner Karriere durchaus gefördert.«

»Ja.« Lucas dehnte das »a« fast endlos.

»War nicht einfach für Cayetano, hmm? Miercoledi hat einiges an Dankbarkeit und Loyalität dafür verlangt, dass er ihm ein paar Engagements vermittelt hat.«

»Eben!«, brummte Lucas. »Mario hat immer so getan, als wenn er der Einzige gewesen sei, der Cayos außergewöhnliches Potenzial entdeckt hätte, und als ob er ihn – gegen den Widerstand der anderen Juroren – bei Operata auf den zweiten Platz gehievt hätte. Aber dem war nicht so. In der Jury saßen außerdem Dame Florence Gardiner, Katharina Orlowski, Marios Lieblingspinsler Adriano Valoso und ich. Und Florence und mir war auch schon nach fünf Takten klar, dass Cayetano etwas Besonderes ist. Und als er weitergemacht hat, wurde klar, dass er nicht nur eine wunderschöne Stimme hat, sondern durchaus musikalisch und ein begabter Schauspieler ist. Für mich wäre er der Sieger gewesen, denn genau solche Leute sucht man doch bei Operata.«

»Er ist eigentlich der Einzige von den Operata-Platzierten, der wirklich ganz groß rausgekommen ist«, sagte ich nachdenklich. »Wobei böse Zungen behaupten, er hätte sich die Startlöcher schon gegraben, bevor er zu Operata kam.«

»Um das festzustellen, braucht man nicht einmal eine böse Zunge«, befand Lucas. »Cayo war bereits in Zürich im Engagement, als er zu Operata kam, und er hatte auch schon die ersten Gastverpflichtungen. Er hätte es auch ohne Operata geschafft.« Er schaute auf sein Handy. »Jetzt müssten wir nur noch einen guten Partner für ihn finden.«

»Wo ist das Problem? Es laufen doch genug gute Baritone rum und ihr habt hier doch einiges zu bieten – du als Regisseur, Cayo als Carlos, das garantiert doch dafür, dass die Kritik allerorten euch wahrnimmt.«

»Das schon. Aber das ändert nichts daran, dass die Guten alle im Engagement sind. Früher gab's eine Sommerpause, heute haben wir Salzburg und Bayreuth, Konstanz und Glyndebourne, und wem es dann immer noch nicht reicht, kann nach Verbier fahren oder nach Boston fliegen.«

»Wie sieht es mit deinen ehemaligen Schülern aus?«

Lucas grinste. »Die gehören zu den Guten, mein Schatz – und darum sind die, die ich gerne hätte, belegt.« Er stand auf und ging in die kleine Küche neben unserem Vorraum. Ich hörte das Wasser rauschen, dann fragte er: »Soll ich dir auch einen Kaffee durchlassen?«

Ich schaute kurz auf die Uhr. »Danke, aber es ist schon nach zehn. Ich vermute, dass ich heute Nacht eh nicht gut schlafe, da sollte ich nicht auch noch Koffein auf die Schlaflosigkeit schütten.«

Lucas lachte. »Macht mir nichts.«

»Oh ja!« Ich lauschte auf das Sprudeln und Zischen der Kaffeemaschine. »Dein Blutdruck dankt es dir ja immer wieder.« Ich mochte es überhaupt nicht, wenn ich so nach Genörgel klang, aber Lucas' Blutdruck machte mir tatsächlich Sorgen.

»Hase!« Er kam mit seinem Becher aus der Küche. »Ich nehm ja gleich meine Tabletten.«

»Und dann wachst du wieder gegen drei auf und geisterst durch die Nacht?«, fragte ich.

Er beugte sich über mich und strubbelte mit der Nase in meinem Haar. »Heute Nacht war ich übrigens nicht der einzige nächtliche Wanderer. Als ich gegen drei in die Küche gegangen bin, um mir ein Mineralwasser zu holen, fiel mir auf, dass draußen auf dem Flur das Licht brannte – und du weißt, dass das nur angeht, wenn jemand durch die Lichtschranke des Bewegungsmelders läuft.«

»Das kann aber auch ein Zimmerkellner gewesen sein«, fiel

mir ein. Ich streckte die Hand aus und mein Liebster nahm sie. »Was hältst du davon, ins Bett zu gehen?«

»Mit dir?« In seinen braunen Augen tanzten goldene Funken und er strich mit einem Finger sanft über meine Unterlippe.

Ich stellte mich auf die Zehenspitzen und küsste sein Kinn. »Na ja, du könntest natürlich auch Frau Leodorescu oder die Sekretärin deines Intendanten fragen. Die scheint sehr an dir interessiert zu sein.«

Er schüttelte sich wie ein nasser Hund. »Brrr – ich glaube, vorher gewöhne ich es mir ab.« Er ging zum Barschrank und nahm eine Flasche Cognac heraus.

»Hallo, du hast ja Cognac hier! Warum hast du dem Herrn Manager vorher einen vom Zimmerservice bestellt?«, wunderte ich mich.

»Na ja«, Lucas hob die Flasche, »das hier ist ein alter Napoleon – sehr gut, sehr teuer. Ich dachte, für Merlato, der ihn eh bloß runtergießt, wäre auch ein Remy gut genug – wenn nicht gar ein Asbach Uralt. Aber so was Profanes haben sie in diesem vornehmen Haus gar nicht.« Er goss sich ein Glas ein.

»Musst du dir Mut antrinken, bevor du mir nähertrittst?«, feixte ich.

Er trank einen Schluck und ließ den Cognac über seine Zunge rollen. »Klar brauche ich einen Schluck, bevor ich mich mit dir einlasse. Ich kann nämlich immer noch nicht glauben, dass sich eine so hübsche, junge Frau auf meine Wampe, die Falten und die Geheimratsecken eingelassen hat.«

Ich kämmte mit gespreizten Fingern durch sein grau meliertes Haar. »Falsch, mein Schnurzel. Als ich mich für dich entschieden habe, warst du noch ein Jüngling mit lockigem Haar. Aber ich ahnte damals schon, dass aus dir ein sehr imposanter älterer Herr werden wird und dass ich dich dann immer noch lieben werde. Außerdem«, ich prüfte seinen Haaransatz, »sind die Geheimratsecken noch nicht so schlimm.«

Lucas trank sein Glas aus, stellte es auf dem Tisch ab, streckte mir die Hand hin und zog mich in seine Arme. »Ab ins Bett, mein Hase. Und …« Er wurde ernst und senkte die Stimme. »Danke.«

»Wofür?« Ich schaute zu ihm hinauf und in seine schönen Bernsteinaugen.

»Dafür, dass du mich liebst.« Sein Mund landete auf meinem und meine Knie wurden so weich, dass ich mich an ihm festhalten musste.

*

Mit dem Tod eines Menschen konfrontiert zu werden, erinnert einen unweigerlich daran, wie zerbrechlich und kostbar das Leben ist. Und dann feiert man es, dann will man es intensiv spüren und will sich mit einem anderen verbinden. Und so saß ich in unserem Bett, die Arme um meine Knie geschlungen, den Rücken am Kopfende und schaute auf meinen Liebsten, der neben mir schlief, sein Gesicht mit der Patriziernase entspannt, ein kleines Lächeln um seinen hübschen Mund.

Das Letzte, was er vor dem Einschlafen, schon gähnend, gesagt hatte, war: »Ach, geht's mir gut mit dir!« Und damit hatte er mich daran erinnert, wie müde und ausgelaugt er gewesen war, als wir uns nach unserer jahrelangen Trennung und unseren zwischenzeitlich »abgelebten« Ehen wiedergefunden hatten. Wir hatten in der Zeit beide Federn gelassen, aber während ich mich nett in meinem Single-Dasein eingerichtet hatte, war Lucas beim Versuch, seine zweite Ehe zu retten, in eine Depression hineingerutscht. Es hatte einige Monate gebraucht, bis er sich berappelt hatte, aber nun war er wieder der Lucas, den ich einst kennen und lieben gelernt hatte: energiegeladen, kreativ, an allem interessiert, lebhaft und meist gut gelaunt.

Ich aber war jetzt vor allem verschwitzt. Die Sommernacht war immer noch schwül und wir hatten die Klimaanlage nicht eingeschaltet, weil die trockene Luft bei mir Erkältungen und bei Lucas Heiserkeit verursachte. Das Dumme ist nur: Wenn ich mir erst einmal bewusst geworden bin, dass mir zu heiß ist, habe ich keine Chance mehr, ohne Abkühlung einzuschlafen. Aber noch mal duschen würde meiner Haut bestimmt nicht bekommen. Also begnügte ich mich damit, die »kritischen« Stellen zu waschen, schlüpfte in saubere Wäsche, Jeans und ein T-Shirt und ging ins Wohnzimmer. Auf meinem Schreibtisch fand ich Block und Stift, also bekam Lucas einen Zettel: »Brauche frische Luft, bin in den Garten gegangen. XOX – Vic«. Ich ging nicht davon aus, dass Lucas aufwachen würde, bevor ich wieder zurück war, aber ich wollte sicherstellen, dass er sich in dem Fall keine Sorgen um mich machte.

Im Flur sprang automatisch die Beleuchtung an, als ich aus der Tür trat, doch den Aufzug holte die Anlage noch nicht. Ich musste einen Augenblick warten, fuhr nach unten und ging durch die jetzt leere Halle, wo der Nachtportier Zeitungen in die Ständer sortierte. Er grüßte freundlich, ich winkte zurück, verließ das Hotel und genoss die kühle Nachtluft.

Ich ging um das Gebäude herum und durch eine kleine Pforte von oben in den Park. Meine Schritte knirschten auf dem Kiesweg, als ich an der übermannshohen Hecke entlang strich. Im Mondlicht konnte ich erkennen, dass rote Beeren am Busch neben mir hingen. Aber warum piksten die Ästchen hier so? Weiter vorne waren sie weich und elastisch gewesen.

Ich schaute den Busch genauer an, tastete die Zweige entlang und entdeckte, dass auf einer Fläche von ungefähr einem Meterquadrat alle Zweige an der Spitze gekappt worden waren.

Mein Großvater und meine Mutter haben begeistert in ihren Gärtchen gearbeitet und gegraben und am liebsten hätten sie sämtliche Familienmitglieder zum Unkrautrupfen angestellt. Bei mir hat das zu einer Abneigung gegen Gartenarbeit geführt. Dementsprechend habe ich wenig Ahnung davon. Dennoch war ich mir fast sicher, dass Hecken nicht im Hochsommer geschnitten werden, und vor allem – wer schneidet nur ein kleines Stück aus einer großen Fläche?

Aber vielleicht hatte jemand Füllmaterial für einen Blumenstrauß gebraucht? Die Zweige mit den saftig grünen Nadeln und den becherförmigen roten Beeren waren hübsch und ich konnte sie mir gut in einem Blumenstrauß vorstellen. Vielleicht kombiniert mit weißen und gelben Dahlien oder Chrysanthemen? Oder mit einer Rose wie die, die Lucas mir am Samstag bei einem Straßenhändler gekauft hatte? So ein Zweig würde sie aufwerten und die Hecke war dicht genug, dass sie es verkraften konnte, wenn ich auch noch einen Zweig abbrach.

Mit dem Ästchen bummelte ich zum See hinunter, der friedlich im Mondlicht lag. Ein Segelboot dümpelte vor dem Strand des Hotels. Es hatte an einer Boje festgemacht und schwoite im leichten Wind. Am Segelboot hing, wie ein Entenküken an der Mutter, ein Schnellboot.

Ich kann nicht segeln, aber ich weiß, dass Lucas es als Bub gelernt hat. Wir hatten immer mal wieder davon gesprochen, dass wir mal einen Segelurlaub machen würden, wobei mir da allerdings eher nach Meer als nach Bodensee gewesen wäre. Meer, mit gutem Wetter und dann irgendwo, wo keine anderen Schiffe vorbeikommen, Lucas an Deck lieben und den Wind und die Sonne auf der Haut spüren, beschattet von den weißen Segeln.

Am Bodensee frischte der Wind gerade auf. Mir wurde kalt – ich hatte keine Jacke mitgenommen, außerdem wurde ich zunehmend müde und musste morgen um zehn pünktlich zur Probe antreten.

Immer noch mit meinem Zweig ging ich zurück ins Hotel. Der Nachtportier war mit seinen Zeitungen fertig, nun polierte er seinen Tresen und lächelte mich an. »Hatten Sie einen schönen Spaziergang?«

Ich blieb vor ihm stehen und gähnte hinter vorgehaltener Hand. »Ja – und jetzt habe ich die nötige Bettschwere.«

Er deutete auf den Zweig. »Die Eibe ist hübsch mit ihren roten Beerchen, nicht?«

»Ich habe am Samstag eine rote Rose bekommen, da wollte ich sie dazu stellen«, erzählte ich.

»Das sieht bestimmt nett aus. Und sie haben ja keine Kinder oder Haustiere, also müssen Sie da auch nicht aufpassen.«

Ich klopfte mir mit der flachen Hand gegen die Stirn. »Klar, das ist Eibe – und Eibe ist giftig.« Ich wandte mich dem Portier zu. »Ich pass auf! Gute Nacht!« Ich eilte zum Aufzug, dabei dachte ich an meinen heißgeliebten Großvater, mit dem ich so gerne spazieren gegangen war. Einmal war er vor einer Eibenhecke stehen geblieben, hatte einen Zweig zu sich gezogen und ihn mir gezeigt: »Schau dir das genau an: die Nadeln, die sich gegenüberstehen, die aber weicher als zum Beispiel Fichtennadeln sind. Aber mit Eiben musst du aufpassen. Die Nadeln, die Rinde und die Samen sind so giftig, dass eine Handvoll ein Pferd – und natürlich auch einen Menschen – umbringen kann.«

Der Aufzug war oben angekommen und ich rannte über den Flur zu unserer Suite. Eine Idee geisterte durch meinen Kopf und ich wollte sie so schnell wie möglich überprüfen.

Angekommen, an den Schreibtisch. Ich zappelte vor Ungeduld, während der Computer bootete und sich im WLAN des Hotels anmeldete. Erst einmal Wikipedia zum Thema

Eibe – Inhaltsstoffe: »Die meisten Eibenarten, wie die Europäische Eibe (Taxus baccata), enthalten sehr giftige Inhaltsstoffe wie Taxin B … Giftig sind Rinde, Nadeln und Samen. Der rote Samenmantel enthält jedoch keine Giftstoffe. Fälle von tödlichen Vergiftungen durch Eiben sind von Menschen, Rindern und Pferden bekannt.«

Tja – genau wie's der Opa erklärt hatte. Und damit waren meine Befürchtungen nicht erledigt. Ganz im Gegenteil. Also weiter mit »Vergiftung durch Eibe«. Welche Symptome werden dadurch ausgelöst?

Während die Seite lud, hatte ich immer noch die Hoffnung, dass sich meine Idee als eine Ausgeburt überhitzter Fantasie nach einem langen, aufregenden Tag erweisen würde. Doch dann war die Liste der Symptome auf meinem Monitor: »Mundtrockenheit, Rotfärbung der Lippen, Pupillenerweiterung, Blässe, Übelkeit, Leibschmerzen, Schwindel, Diarrhö, Herz- und Kreislaufstörungen, Leber- und Nierenschäden, Krampfanfälle, Tod.«

Meine erste Reaktion war ein herzhaftes: »Verdammte, elende Sche…!«

Ich war Journalistin gewesen und hatte ein Volontariat absolviert. In dem hatte man mir beigebracht, nicht einfach loszuschießen, sondern erst einmal so viele Fakten wie möglich zu sammeln.

Meine nächste Frage war: Wie viel Eibe brauchte man, um jemanden umzubringen? Und wie brachte man jemanden dazu, so viel Eibe zu sich zu nehmen?

Ich las mich durch verschiedene Seiten und lernte dabei, dass das Eibengift Taxin B sehr wirksam ist. Bei Kühen reichen zehn Gramm Eibe, um sie innerhalb von 48 Stunden umzubringen. Werden sie in diesen 48 Stunden gemolken, ist das Taxin B auch in der Milch und wer genug davon trinkt, ist dann auch erledigt.

Pferde reagieren auch sehr empfindlich auf Eibe. 100 Gramm reichen und sie legen sich innerhalb von fünf Minuten hin, strecken alle viere von sich und sind tot.

Menschen sind anscheinend härter im Nehmen. Während bei Pferden 0,2 bis 0,4 Gramm Eibe pro Kilogramm Körpergewicht ausreichen, braucht es bei Menschen zwischen 0,6 und 1,3 Gramm.

Miercoledi war herzkrank gewesen. Bei ihm hatte es sicher nicht die Höchstmenge gebraucht. Also eher ein Gramm pro Kilogramm Körpergewicht – und gewogen hatte er wohl um die 95 Kilogramm. Machte also rund 100 Gramm Eibe – eine Handvoll Eibennadeln oder Samen.

Aber wie hatte ihn jemand dazu gebracht, diese 100 Gramm zu schlucken? Erst eine Kuh damit zu füttern, dann zu melken und ihm die Milch in den Kaffee zu rühren, wäre wohl zu aufwändig gewesen. Aber vielleicht ein Teechen? Ich hatte gelesen, dass Gift auch in getrockneten Eiben enthalten ist und in einem meiner Texte stand: »Schon die Einnahme eines Tees von wenigen zehn Gramm Eibennadeln reicht aus, um die Symptome hervorzurufen. Im Falle einer Heilung bleibt auf jeden Fall ein Leberschaden zurück.«

Einem Sänger einen Tee einzuflößen, ist eine leichte Übung. Die meisten sind ziemlich hysterisch, wenn es um ihre Stimme geht, und sie hoffen immer darauf, das Wundermittel zu finden, das aller Malaisen Herr wird und mit dem sie zwitschern können wie die Vögelein im Frühling.

Unser Bass Rocco war dafür ein Paradebeispiel. Der ging nicht nur mit einer halben Apotheke auf Reisen, sondern kam mit einer Thermoskanne voll Kräutertee zur Probe und pries sein jeweiliges Hexengebräu an, als ob es alle denkbaren Wehwehchen kurieren könnte. Lucas kommentierte das üblicherweise mit: »Jaja, dein Tee gibt dem Gesäß eine gesunde Gesichtsfarbe!«

Mir war inzwischen richtig kalt geworden, aber ich war überhaupt nicht mehr müde, im Gegenteil. Mein Hirn arbeitete auf Hochtouren und die Gedanken purzelten durcheinander wie die Socken in meiner Kommode. Dabei sah ich immer wieder Miercoledis Leiche vor mir, die obszön roten Lippen, das in Panik verzerrte Gesicht. Nein, ich hatte ihn nicht gemocht und ich hatte bestimmt nicht vor, jetzt etwas anderes zu erzählen. Dennoch: Einen so erbärmlichen Tod hätte ich ihm nicht gewünscht. Und ich bin eine Gegnerin der Todesstrafe, also kann mir keiner erzählen, dass ein anderer den Tod »verdient hätte«. Ich denke, dass niemand das Recht hat, über das Leben eines anderen Menschen zu entscheiden. Auch wenn er wie Miercoledi seine Frau belogen, betrogen und gedemütigt hatte – es wäre an ihr gewesen, ihn zu verlassen. Eventuelle Rachegelüste hätte sie mit ihrem Anwalt austoben können. Dann vielleicht noch das eine oder andere Interview darüber, wie sehr sie in ihrer Ehe gelitten hatte – als Schulung dafür hätte sich das berühmte »Wir waren zu dritt in der Ehe«-Interview der Princess of Wales empfohlen – und Giulia hätte darauf hoffen können, dass der Ex-Gatte, der doch so gerne einen auf allgeliebter Patriarch und Musterbürger machte, vor Zorn platzen würde.

Jetzt sah es aus, als ob jemand beim Ableben des Herrn Superstar nachgeholfen hatte – und das wiederum bedeutete, dass jemand den Bestatter aufhalten musste. Miercoledis Leiche durfte nicht einfach verbrannt werden, denn das hieße ja, dass man den Mörder davonkommen lassen würde. Wenn Miercoledi nicht obduziert wurde, fehlte der Nachweis, dass er eben nicht an einem Infarkt gestorben war.

Andererseits: Was, wenn ich mich in meiner Mordtheorie total verstiegen hatte? Der Samstagabend und die dunkle Gestalt im Park fielen mir ein. Ich war mir nicht einmal sicher, ob sie wirklich Eibe geschnitten und in der Hand gehalten hatte. Dafür war ich sicher, dass die Gestalt eine Rose gepflückt hatte.

Die Vorstellung, dass die Gestalt der Mörder gewesen war und dass er erst die tödliche Eibe und dann eine Rose geholt hatte – nein, das war zu morbid! Und überhaupt: Wenn ich jetzt meine Mordtheorie in die Öffentlichkeit tragen würde, würde die Polizei aktiv werden. Dann würde Miercoledi obduziert werden – welch eine schreckliche Vorstellung für seine Familie! Und schlimmer noch: Wenn er obduziert werden würde, würde es mindestens zwei Wochen dauern, bis die Pathologie die Leiche zur Beerdigung freigegeben hätte. Ich aber wusste aus Erfahrung – meine Eltern waren ein paar Jahre zuvor gestorben – wie wichtig die Trauerfeier für die Angehörigen war. Vor allem bei meiner Mutter, an der ich sehr gehangen und mit deren Tod ich nicht gerechnet hatte, war es so gewesen, dass ich erst in der Kapelle beim Anblick der Blumen und ihrem Bild mit dem Trauerflor begriffen hatte, was geschehen war. Damit hatte dann die Trauer angefangen und nur durch sie war ich am Ende dazu gekommen, mein Leben ohne die Mutter leben zu können.

Familie Miercoledi würde mich verfluchen, wenn sie erfahren würde, dass ich die Mordtheorie aufgebracht hatte! Und der Rest der Truppe unter Garantie auch, denn wenn die Polizei meine Idee ernst nahm, würden wohl alle, die mit Miercoledi am letzten Abend Kontakt gehabt hatten – und das war bis auf Ileana und Cayo das ganze Ensemble gewesen –, verhört werden.

Ach, verdammt! Wieso war mir die abgeschnittene Eibe aufgefallen?

Mein Mund war trocken und ich hatte Durst, also trollte ich mich in die Küche und fischte eine Flasche Zitronensprudel aus dem Kühlschrank. Als ich sie ansetzte, hörte ich leise Schritte und dann stand Lucas, nur mit dunkelgrünen Boxershorts bekleidet, in der Tür. Er gähnte hinter vorgehaltener Hand, schob sich wortlos an mir vorbei, schaltete die Kaffeemaschine ein, füllte ihr Wasserreservoir, fütterte sie mit zwei Pads und stellte einen großen Becher unter den Ausguss. Ich wartete, bis die Maschine einen doppelten Espresso in die Tasse gespuckt und Lucas den ersten Schluck getrunken hatte.

Erst dann legte ich die flache Hand auf seine Brust und schaute in seine immer noch sehr müden Augen. »Lucas, ich habe ein Problem.«

Er beugte sich zu mir herunter und küsste meine Stirn. »Morgen, mein Vickelchen. Hast du wegen des Problems nicht geschlafen?«

»Hmm!« Ich nickte, schnappte meine Flasche, ging hinüber in den Wohnraum und nahm den Eibenzweig, den ich neben mein Notebook gelegt hatte. »Weißt du, was das ist?«, fragte ich meinen Mann, der mir mit seinem Becher gefolgt war.

»Taxus«, kam die prompte Antwort. »Mein Großvater hatte eine Taxushecke um seinen ganzen Garten herum und meine Mutter bekam immer Zustände, wenn mein Opa die Enkel frei laufen ließ. Als ob meine Cousinen und ich regelmäßig die Hecke abgeweidet hätten! Ich wusste schon mit drei, dass das Zeug giftig ist und man es auf gar keinen Fall in den Mund stecken darf, weil man davon ein schlimmes Bauchi bekommt.«

»Ja – und außerdem bekommt man bei Vergiftung mit Eibe ganz rote Lippen ...«

Trotz der frühen Stunde begriff Lucas sofort. »Oh, oh – mir scheint, du hast tatsächlich ein Problem. Warte«, er schaute bedauernd in seinen leeren Kaffeebecher, »ich mache mir noch einen Kaffee und du erzählst mir, wie du zu diesem Zweig und zu der Idee gekommen bist, dass Marios Tod etwas mit Taxus zu tun haben könnte. Und wie soll das Zeug in ihn reingekommen sein?«

»Meine Eltern wollten mich eigentlich Sibylle nennen, aber dann dachten sie wohl, dass das mit den seherischen Fähigkeiten bei mir nichts wird.« Ich fühlte mich mies. Irgendwie hatte ich darauf gehofft, dass Lucas meine Theorie hirnrissig finden würde. Dann hätte ich sie unter den geistigen Teppich kehren und mit unserem wohl vertrauten Alltag weitermachen können. Ich atmete tief durch, stand auf, ging zu Lucas und ließ mich auf der Armlehne des Sessels nieder, in den er sich mittlerweile mit einem frischen Kaffee gesetzt hatte. Ich spielte in den weichen Locken an seinem Hinterkopf. »Was machen wir jetzt, Liebster?«

Er zog mich mit einer geschmeidigen Bewegung auf den Schoss. »Ich denke, wir haben keine Wahl. Wir müssen zur Polizei.« Er schaute auf seine Armbanduhr. »Halb sieben – ich vermute, das ist ein wenig früh für die Kripo. Also – wir duschen, ziehen uns an, frühstücken und machen dann einen Besuch bei der Polizei. Ich denke, wir brauchen da nicht so lange, bis du die Geschichte erklärt hast, also müssten wir es pünktlich zur Probe schaffen.«

»Und was sagen wir in der Probe?«, fragte ich.

Lucas knabberte einen Augenblick an meinem Hals. »Ich denke, von der Mordtheorie sollten wir nicht reden …«

»Das sehe ich aber nicht so«, widersprach ich. »Wenn die Kripo die ernst nimmt, müssen wir die Leute doch darauf vorbereiten, dass ihnen Fragen gestellt werden.«

»Hmm«, brummte Lucas. »Was hältst du davon, dass wir das Thema der Kripo zur Entscheidung überlassen?« Er seufzte. »Es ist leider nicht aus der Welt, dass jemand aus dem Ensemble in die Sache verwickelt ist.« Er lachte bitter auf. »Hoffen wir, dass es keiner unserer Hauptdarsteller ist. Mir reicht es, in vier Wochen einen neuen Posa einstudieren zu müssen. Wenn dann noch kurz vor der Premiere die Eboli verhaftet werden würde …«

»Hallo!«, unterbrach ich. »Wie kommst du gerade auf sie? Du wirst doch Riikka nicht verdächtigen wollen?«

Lucas zog eine Augenbraue nach oben. »Nein? Auch nicht unter Berücksichtigung der Tatsache, dass ihr Verhältnis zu Miercoledi ziemlich speziell war?«

KAPITEL 5: DIE POLIZEI, DEIN FREUND UND HELFER

**Am Bodensee,
Mitte Juli 2018**

»… und dann auf der Bregenzer Straße, aber nicht in Richtung Bregenz, sondern rein ins Städtle. Da wird die Bregenzer zur Kolpingstraße, Sie müssen durch einen Kreisverkehr und dahinter, vor dem alten Friedhof, rechts ab auf die Anheggerstraße«, hatte mir der Portier erklärt und so höflich und diskret er war, sah man ihm doch an, dass er vor Neugierde fast platzte. Wahrscheinlich hatte er es nicht oft, dass zwei Gäste ihn am frühen Montagmorgen nach dem Weg zur Kriminalpolizei fragten. Wir hatten ihm aber dennoch nicht erzählt, warum wir zur Polizei wollten, sondern hatten gedankt und uns auf den Weg gemacht.

Nun waren wir am alten Friedhof vorbei und tasteten uns durch Lindau – wobei sich mein Herr Gemahl darüber amüsierte, dass ich den Portier gefragt hatte. »Reicht dir dein Navi nicht?«

Ich antwortete lieber nicht – Lucas hatte sich schon oft genug über meinen bescheidenen Orientierungssinn amüsiert –, folgte stattdessen aber dem Navigationssystem, das mich auf einen Hof lotste und mit monotoner Stimme mitteilte: »Sie haben Ihr Ziel erreicht!«

»Also auf ins Gefecht.« Ich öffnete den Gurt, angelte nach meiner Handtasche, die ich auf den Rücksitz geworfen hatte, und stieg aus. Lucas war schon auf der anderen Seite ausgestiegen und schaute mich über das Dach hinweg ermutigend an. »Komm – es wird schon nicht so schlimm werden! Schließlich«, er setzte sich in Bewegung und streckte die Hand nach mir aus, »haben wir Miercoledi nicht umgebracht.«

Ich schaute auf das große Gebäude vor uns. Drei Stockwerke, hohes Dach mit Maisonette-Fenstern, unten eine Art Arkadenumgang. Leise seufzend erwiderte ich: »Wir müssten doof sein, wenn wir ihn umbringen und dann selbst den Mord melden würden.«

»Doof oder raffiniert!« Lucas hielt mir die Tür auf und ließ mich in die schmucklose Halle mit Gummibaum eintreten.

Vor uns saßen zwei uniformierte Beamte in einer verglasten Loge. Lucas führte mich zu ihnen, beugte sich etwas vor und sagte: »Guten Morgen. Mein Name ist Benning, das ist meine Frau. Wir wollen zur Mordkommission.«

Der ältere Beamte kratzte sich am linken Ohr, dann lächelte er freundlich. »Herr Benning, verratet Sie mir, worum S'e zur Mordkommission wellet?« Sein Alemannisch klang gemütlich.

Nun ist mein Lucas zwar in Afrika geboren, aber in Tübingen gut schwäbisch sozialisiert worden, dementsprechend gab er zurück: »Mir glaubet, dass äbber e'n Bekannte von uns umg'bracht hat.«

Der zweite, jüngere Beamte, der in einem Ordner gelesen hatte, legte ihn zur Seite und schaute uns forschend an. Dann wandte er sich seinem Kollegen zu und flüsterte etwas. Der wiederum nickte und sagte, nun deutlich formeller klingend: »Haben Sie einen Personalausweis oder Pass?«

»Sicher.« Lucas hatte seine Brieftasche in der Gesäßtasche, ich grub meinen Pass aus der Handtasche. Wir legten beide unsere Papiere auf den Tresen und sahen zu, wie der Jüngere unsere Daten in den Computer eingab. Dann schaute er auf: »Herr Benning, Frau Professor, jetzt muss ich Sie noch fotografieren, dann kriegen Sie einen Besucherausweis und die Kollegen von der Mordkommission holen Sie ab.«

Keine drei Minuten später kam ein schlaksiger Zivilist mit Hipsterbart und Jeans die Treppe herunter und steuerte auf uns zu. »Hallo, ich bin Kriminalkommissar Holler von der Mordkommission. Herr Professor Benning, Frau Benning?«

»Andersherum!«, grinste ich. »Ich bin die Frau Professor, er ist der Herr Benning. Aber wenn Sie auf Titel Wert legen, dürfen Sie meinen Mann gerne mit ›Herr Kammersänger‹ ansprechen.«

»Äh …« Der ausgeprägte Adamsapfel des Jünglings hüpfte und man sah ihm an, dass er die Familie Benning ziemlich verwirrend fand. »Wie auch immer – kommen Sie mit mir nach oben?«

Mit dem Aufzug fuhren wir in den zweiten Stock und erreichten am Ende des Flurs eine Glastür, neben der ein graues Schild mit weißer Schrift hing: »Abteilung Gewaltverbrechen, KHK Gerstenmeier, KK Holler, KK Caler, Sekretariat Knapp«. Unser Führer öffnete die Tür und wir traten in ein Büro, in dem drei Schreibtische und ein ärmlicher Ficus Benjamini vor dicht gefüllten Regalen mit Akten einstaubten. Hinter einem der Schreibtische saß eine rundliche Rothaarige, die bei unserem Anblick aufstand und ankündigte: »Ich geh Kaffee kochen. Wollen Sie auch?«

Mein Ehemann, der Kaffeeholiker, schenkte ihr sein charmantestes Don-Giovanni-Lächeln. »Kaffee wäre wundervoll!«

In diesem Augenblick trat ein schon etwas angegrauter Mann in einem beigen Polohemd und zerbeulten Khaki-Chinos durch die Tür zur Rechten von uns. »Hallo. Ich bin

Jochen Gerstenmeier, der Chef dieses Ladens. Sie wollen einen Mord anzeigen?«

Wir schauten uns an und ich versuchte, unauffällig meine feuchten Handflächen an meinem Hosenboden abzutrocknen. Warum ist man eigentlich selbst dann, wenn man bestimmt nichts angestellt hat, so nervös bei der Polizei? In meinem Fall war die größte Sorge, dass der Kommissar mich nicht ernstnehmen könnte und mir mit so etwas wie »Irreführung der Behörden« kommen würde. Himmel, warum hatte ich bei meinem Volontariat im Ressort »Modernes Leben« – intern »Sex, Crime and Royalty« genannt – nicht besser aufgepasst, wie Polizei funktioniert?

Doch nun half mir nichts mehr. Ich räusperte mich und sagte: »Ich weiß nicht, ob wir einen Mord anzuzeigen haben. Das müssen Sie entscheiden, nachdem wir Ihnen die Geschichte erzählt haben.«

Er lächelte mich an und ich bemerkte, dass er hinter seinen dicken Brillengläsern ein grünes und ein blaues Auge hatte. »Das klingt spannend. Kommen Sie – wir setzen uns und Sie erzählen.« Er deutete auf eine Tür, die links in einen Besprechungsraum – oder war es in diesem Fall ein Vernehmungszimmer? – führte. Darin wartete ein Resopal-Tisch, an dem sich vier Stühle gegenüberstanden. Lucas und ich landeten auf denen am Fenster, der Kommissar und sein Assistent nahmen uns gegenüber Platz. Die Sekretärin brachte eine Thermoskanne mit Kaffee, der Kommissar schaute uns erwartungsvoll an. »So – wer glauben Sie, hat wen umgebracht?«

Ich schaute Lucas hilfesuchend an. Ich bin eigentlich kein Hascherl, aber die Situation verunsicherte mich und ich war mal wieder froh über meinen souveränen Mann. »Fängst du an?«

Er nickte, trank einen Schluck und begann: »Ich weiß nicht, ob Sie es mitbekommen haben: Meine Frau und ich sind bei den Seefestspielen in Bregenz als Regieteam für ›Don Carlos‹

engagiert. Unser Posa sollte von Mario Miercoledi gesungen werden …«

»Von dem habe sogar ich schon gehört, obwohl ich sonst eher ein Banause bin – sagt meine Frau jedenfalls!«, unterbrach der Kommissar. »Meine Frau wollte sogar rein, aber die Tickets sind sehr teuer.«

»Tja, das könnte sich jetzt ändern«, übernahm Lucas wieder. »Wir wohnen in unserem Hotel neben Familie Miercoledi, ich kenne ihn seit vielen Jahren und habe früher oft mit ihm gearbeitet. Gestern Morgen wurden wir dadurch geweckt, dass eine Frau in Herr Miercoledis Suite schrie. Wir eilten so schnell wie möglich hinüber, konnten aber nicht mehr helfen – Herr Miercoledi lag tot vor seinem Bett …«

»Moment bitte!« Kommissar Gerstenmeier hatte die Hand gehoben. »Woher wussten Sie, dass Herr Miercoledi tot ist? Haben Sie ihn angefasst?«

Lucas und ich schauten uns an. Ich vermutete, dass er ebenso wie ich das Bild des toten Miercoledis vor Augen hatte. Wir hatten uns vor ihm geekelt und wären daher nicht auf die Idee gekommen, ihn anzufassen.

Ich räusperte mich. »Es war ziemlich eindeutig, dass er tot war. Er hatte sich übergeben und Durchfall gehabt und sein Magen- beziehungsweise Darminhalt war schon angetrocknet. Außerdem war er sehr bleich und hatte – und das wird gleich noch wichtig – knallrote Lippen. Und er hat nicht geatmet.«

»Hmm«, brummte der Kommissar. »Was haben Sie dann gemacht?« Er hatte Lucas angeschaut und der antwortete auch.

»Wir haben – in Absprache mit der Familie – einen Arzt bestellt.

Der kam dann auch, diagnostizierte den Tod des Herrn Miercoledi und stellte den Totenschein aus. Auf dem hat er ›Natürlicher Tod‹ angekreuzt.«

»Sie hatten aber Zweifel?« Gerstenmeier sprach wieder einmal meinen Mann an, der prompt irritiert die Augenbraue hochzog.

Kühl antwortete er: »Ich hatte keine Zweifel. Aber meiner Frau kam gestern Nacht, dass etwas an diesem Todesfall unnatürlich sein könnte.« Er sah mich auffordernd an.

Ich erzählte von meinen nächtlichen Spaziergängen im Park und dass ich am Samstag nicht allein gewesen war. Als ich dann bei der Eibenhecke angekommen war, hob Kommissar Gerstenmeier wieder die Hand. »Moment bitte, Frau Professor. Jetzt müssen wir ein paar Notizen machen, sonst kriegen wir das nachher nicht wieder sortiert.« Er schaute seinen Assistenten an. »Roman, schreibst du bitte mit?«

»Klar, Chef.« Der Assistent stand auf, ging hinüber in sein Büro und kam mit einem Block und einem Stift zurück.

Nachdem er sich wieder hingesetzt hatte, sprach ich weiter und erzählte, wie mich die abgeschnittenen Zweige auf die Idee gebracht hatten, Miercoledi sei vergiftet worden. »Ich habe dann gegoogelt und festgestellt, dass die Symptome – Durchfall, Erbrechen, Kreislaufprobleme, die auffallend roten Lippen – passen.«

Die beiden Kriminalisten schauten sich noch einmal an, dann fragte Gerstenmeier: »Gab es denn Ihrer Ansicht nach in der Nähe von Herrn Miercoledi jemanden, der einen Grund gehabt hätte, ihn umzubringen? Herr Benning, Sie haben vorher erwähnt, dass Sie früher häufig mit ihm gearbeitet hätten. Wissen Sie etwas über Feinde?«

»Oh je«, seufzte Lucas. »Wenn Sie jeden, mit dem Mario Miercoledi im Lauf seiner langen Karriere Ärger gehabt hat, als Verdächtigen ansehen, bekommen Sie eine Liste so lang wie mein Arm! Enttäuschte Geliebte, betrogene Ehemänner, verärgerte Veranstalter …«

»Genervte Kollegen?«, schlug Gerstenmeier vor.

»Und gefrustete Journalisten!«, rutschte mir heraus. »Herr Miercoledi hat Kritik nicht gut vertragen. Wenn irgendein Musikkritiker Unliebsames schrieb, gab es schon mal einen Anruf beim Chefredakteur oder Verleger. Und da ist so mancher eingeknickt und hat seinen Kulturredakteur rund gemacht.«

»Er scheint nicht unbedingt ein sympathischer Mensch gewesen zu sein«, fand der Kommissar.

Lucas seufzte. »Er war schwierig.«

»Sind das nicht alle Künstler?«, fragte der Assistent.

Lucas lächelte. »Ich glaube, die Frage müsste man meiner Frau stellen. Sie hat nicht nur einen Sänger zu Hause, sondern hat auch viele Jahre als Journalistin in der Szene gearbeitet.«

»Und sie zitiert dann Martin Gregor-Dellin, der eine Biographie über Richard Wagner geschrieben hat«, übernahm ich. »In der sagt er, dass man von einem Genie nicht das gefällige Benehmen eines Wiener Konditors erwarten dürfe. Nun hätte ich Herrn Miercoledi nicht unbedingt als Genie bezeichnet, aber er war auf jeden Fall schwierig, und das in einem Maß, dass er sogar in einer Szene, in der sehr viele exzentrisch und reichlich durchgeknallt sind, aufgefallen ist.«

»Unangenehm?«, hakte der Kommissar nach.

»Ja!«, bestätigte ich.

Der Kommissar schaute Lucas ausführlich an – und das gefiel mir gar nicht. Ich konnte nicht anders, sondern sagte ziemlich spitz: »Wenn mein Mann jeden Kollegen, der ihm auf die Nerven geht, umbringen würde, hätte er eine Blutspur hinterlassen und wäre wohl schon aufgefallen. Außerdem: Die Gestalt, die ich im Park gesehen habe, war kleiner und zierlicher als mein Mann.«

Gerstenmeier lächelte. »Jetzt aber, Verehrteste! Sie dürfen das gesträubte Gefieder wieder anlegen. Ich will nichts von Ihrem Mann – außer noch ein paar Informationen.«

Ich kam mir albern vor, dass ich so überreagiert hatte. »'tschuldigung«, murmelte ich.

Gerstenmeier nahm den Block seines Kollegen und schaute sich die Notizen an. Dann wandte er sich wieder an uns. »Ich habe hunderte von Fragen an Sie, aber bevor ich die stelle, sollten wir erst mal sicherstellen, dass nicht noch mehr Spuren vernichtet werden. Wissen Sie, bei welchem Bestatter die Leiche in der Kühlung ist?«

Ich schüttelte den Kopf und guckte Lucas an, der ebenfalls verneinte. »Darauf habe ich natürlich nicht aufgepasst. Aber der Direktor vom Excelsior müsste es wissen. Der hat den Bestatter besorgt.«

»Fein!« Der Kommissar wandte sich seinem Kollegen zu. »Roman, ruf mal im Excelsior den Manager an. Und dann schnappen wir uns die Leiche.«

Lucas schaute auf die Uhr. »Herr Gerstenmeier, meine Frau und ich müssen gleich zur Probe. Aber es würde uns natürlich schon interessieren, wie das jetzt weitergeht.«

Gerstenmeier nickte. »Klar. Wir werden jetzt herausfinden, wo die Leiche ist. Dann fahren wir dahin und beschlagnahmen sie, wobei wir natürlich hoffen, dass der Bestatter noch nicht viel dran gemacht hat.«

Lucas atmete tief durch. »Soviel ich weiß, wollte die Familie, dass er schnellstmöglich verbrannt wird und sie mit der Asche nach Italien fahren können …«

»Das ist gut!«, freute sich der Kommissar. »Wenn er nicht mit Brimborium aufgebahrt werden sollte, hat der Bestatter ihn auch nicht großartig präpariert. Das freut die Pathologie – dann hat sie eher die Chance, was zu finden.«

»Darf ich ganz doof fragen, wie die Leiche in die Pathologie kommt?«, warf ich ein.

Gerstenmeier lächelte. »Der Bestatter muss sie hinbringen. Wir beschlagnahmen die Leiche und geben ihm den

Auftrag, sie sofort in die Rechtsmedizin zu bringen. Dort wird sie obduziert. Wir unterdessen werden unseren Staatsanwalt informieren, denn ohne den können wir kein Ermittlungsverfahren aufziehen. Das müssen wir aber haben, weil wir als Nächstes einen Durchsuchungsbefehl für die Hotelräume brauchen. Wir reden vom Excelsior, nicht?«

»Ja«, nickte Lucas. »Die Seefestspiele haben eine Vereinbarung mit dem Laden, daher wohnt das halbe Ensemble da.«

»Ist ja auch ein gutes Haus«, kommentierte der Kommissar.

»In dem wir allerdings ein Problem haben werden«, sagte sein Assistent. »Wie ich das Excelsior kenne, haben die schon einen Putztrupp auf den Tatort losgelassen.«

»Na ja, Blutspuren kriegen die nicht so weg, dass die KT* nichts mehr findet!«, widersprach ihm sein Chef.

Lucas unterbrach die Debatte der beiden. »Was sagen wir jetzt unseren Kollegen, wenn wir in die Probe gehen?«

Die beiden Beamten wechselten wieder einen Blick, dann seufzte Gerstenmeier. »Am besten wohl die Wahrheit …«

Lucas legte seine Hand über meine. »Bitte haben Sie Verständnis, dass das meine Frau in eine sehr unangenehme Situation bringen würde. Mir wäre eigentlich daran gelegen, dass sie nicht unbedingt als die identifiziert würde, die den Stein ins Rollen gebracht hat.«

Ich hatte während seiner Rede den Kopf gesenkt und an meiner Unterlippe genagt, nun schaute ich wieder auf. »Es ist wirklich blöd. Auf der einen Seite stehe ich natürlich zu dem, was ich getan habe. Sollte es sich wirklich um einen Mord handeln, kann man es ja wohl nicht aus irgendwelchen privaten Rücksichten unter den Tisch fallen lassen. Andererseits muss ich mit den Leuten arbeiten – und ich schätze, dass die bei einer Mordermittlung teilweise recht genervt reagieren würden. Wir haben aber nicht nur an den potenziellen

* Kriminaltechnik

Mord zu denken, sondern immer auch noch an unseren ›Don Carlos‹. Am 10. August ist Premiere. Das heißt, wir haben nicht die Zeit, in epischer Breite über diese Geschichte zu diskutieren.«

Gerstenmeier nickte mir zu. »Frau Benning, es ist nicht unsere Art, irgendwelche Zeugen darüber aufzuklären, wer uns welche Informationen bei unseren Ermittlungen gegeben hat. Sie können da auf unsere Diskretion zählen. Aber ich denke, Sie«, nun schaute er wieder Lucas an, »sollten Ihren Leuten sagen, dass die Polizei ermittelt und man vielleicht auch auf sie zukommen wird.«

»Gut«, sagte Lucas. »Dann sind wir wohl in Gnaden entlassen?«

»Ja.« Der Kommissar und sein Assistent standen auf und streckten uns die Hände hin. »Wir melden uns bei Ihnen. Bis dahin: Vielen Dank, dass Sie zu uns gekommen sind.«

*

Es war schon zehn nach zehn, als wir vor der alten Fabrik, in der die Werkstätten, Verwaltung und Probenstudios der Seefestspiele untergebracht sind, vorfuhren. Auf der Fahrt hatten wir beide in Gedanken versunken geschwiegen, doch nun schaltete ich den Motor ab und griff nach Lucas' Hand. »Du, ich hab ein ganz mieses Gefühl, wenn ich da jetzt reingehe …«

Lucas verflocht seine Finger mit den meinen. »Ja, das verstehe ich. Wir haben eine Bombe gezündet.«

»Und ich fühle mich wie eine Verräterin«, jammerte ich. »Es ist blöd, aber ich empfinde es als ein ›Wir gegen die‹ – und ich bin die, die unsere Leute an die verraten hat.«

»Nein, hast du nicht!«, widersprach Lucas. »Du hast deinen Verdacht gemeldet, dass Miercoledi umgebracht wurde –

und was hättest du denn sonst tun sollen? Einen Mord decken, weil die Gefahr besteht, dass der Mörder jemand ist, der uns am Herzen liegt? Dann überleg mal: Du würdest diese Person davonkommen lassen. Aber in ein paar Jahren findet sie sich in einer ähnlichen Situation. Wieder geht ihr jemand fürchterlich gegen den Strich – und was hindert diese Person dann, den neuen Feind auch umzubringen? Hat doch beim ersten Mal gut funktioniert. Warum nicht noch mal ein feines Tässchen Eibentee servieren? Könntest du damit leben?«

Obwohl er von »dieser Person« gesprochen hatte, war es jedes Mal wie ein Stich gewesen, wenn er ein weibliches Attribut benutzt hatte. Und obwohl wir nun schon eine Viertelstunde zu spät waren, konnte ich nicht anders, als leise zu sagen: »Du denkst auch an Riikka, oder? Sie hat Miercoledi gehasst – weit über die anderen hinaus. Ich weiß nicht, was zwischen ihr und ihm gelaufen ist, aber irgendwas muss da gewesen sein.«

Lucas runzelte die Stirn und schaute mich sehr skeptisch an. »Ich weiß auch nicht, was die zwei miteinander hatten, aber Riikka traue ich nun wirklich keinen so miesen Mord zu.«

Ich schaute auf unsere Hände, als ob ich mir aus ihrem Zusammensein Kraft holen könnte. »Weißt du, was Riikkas Vater beruflich gemacht hat?«

»Keine Ahnung. Ist das relevant?«

»Leider ja«, antwortete ich. »Riikkas Vater war Apotheker und er war auf Naturheilmittel spezialisiert. In seiner Freizeit strich er, das Töchterlein an der Hand, durch die Wälder und Auen. Und bei Regenwetter, was ja in Finnland nicht selten vorkommt, hat er – auch da gerne mit der Tochter als Helferlein – im Labor neue Kräutertees zusammengebastelt, Auszüge aus diversen Pflanzen und Wurzeln gemacht und was derselben Scherze mehr sind.«

»Oops!«, machte Lucas. »Das klingt nicht gut. Aber dennoch, Vic – du wirst doch nicht wirklich glauben, dass deine beste Freundin eine Giftmischerin ist?« Er zog mich ein bisschen enger an sich. »Andererseits …«, sagte er dann, »ist deine Riikka ja noch feministischer als du. Vielleicht hat sie mit ihren Freundinnen von der Frauengruppe einen Klub gegründet, der Sexisten wie Miercoledi entsorgt? Wenn jede jeden Monat einen annimmt …«

»… bist du der Nächste, mein Lieber!«, drohte ich. »Bei dir steht zwar nicht zu befürchten, dass du Schülerinnen und Assistentinnen anmachst, aber deine Sprüche sind manchmal auch übel!«

»Und ich pinkle immer noch meist im Stehen!« Er grinste und sah aus wie ein Lausbub.

Für ein paar Schritte über den Parkplatz schwiegen wir beide. Dann lehnte ich den Kopf an seine Schulter. »Ach, Lucas – irgendwie bin ich schon ein bisschen hysterisch, hmm?«

»Du bist in deinem engsten Umfeld mit einem Mord konfrontiert. Und du hast die ganze Nacht nicht geschlafen. Da darf man dann schon ein bisschen gaga sein.« Er streichelte mit dem Knöchel über meine Wange, »Du, ich will nicht quengeln, aber wir müssen wirklich zur Probe.«

»Natürlich.« Ich rannte hinter meinem langbeinigen Herrn her, der wie immer im Renntempo unterwegs war.

»Da seid ihr ja endlich!« Rocco Banhardt, unser König Philipp, hatte unten an der Treppe eine Zigarette geraucht, drückte sie nun aber aus und folgte uns ins Gebäude. »Stimmt es, dass Miercoledi nicht einfach so gestorben ist?«

Lucas war schon auf der Treppe zum ersten Stock, also blieb es mir, die Frage zu beantworten. »Ja, Rocco.«

Ich sah über die Schulter zu ihm hinunter. Er war stehen geblieben, war bleich geworden und krampfte seine Hände so zusammen, dass die Knöchel weiß wurden. »Sch...ande!«, sagte er schließlich. »Wie ist er gestorben? Weißt du da was?«

Ich überlegte, wie ich am geschicktesten antwortete. Aber von Rocco behauptet Lucas sowieso, dass er die Aufmerksamkeitsspanne einer Fruchtfliege habe, und so war er auch jetzt schon wieder ein Stück weiter: »Seine Familie ist wahrscheinlich total fertig. Die sind doch so unselbständig! Wie sollen die denn ohne ihn klarkommen?« Er wühlte durch sein kurzgeschnittenes blondes Haar. »Öh ...«

»Ja, Rocco?«, fragte ich nach, nachdem er mich ein paar Sekunden schweigend angestarrt hatte.

»Oh ... ja, also ...« Er suchte nach Worten, schließlich sagte er: »Ich muss noch mal ... sagst du Lucas, ich bin in zehn Minuten da? Ich meine, wenn er mich braucht. Wenn er mich nicht braucht, bin ich allerdings auch in zehn Minuten da ...«

Ich schaute ihm reichlich erstaunt nach. Dass gerade Rocco von Miercoledis Tod so erschüttert schien! In den Proben hatten die beiden nicht den Eindruck gemacht, einander zu mögen. Ganz im Gegenteil. Sie hatten sich kaum gegrüßt, die unvermeidlichen Absprachen hatten sie via Regisseur oder Dirigent getroffen und ich konnte mich nicht erinnern, dass sie sich in einer Pause einmal privat unterhalten hätten.

Aber nun stand ich im Probensaal, in dem einige Versatzstücke und Klebestreifen auf dem Boden versuchten, den Wald von Fontainebleau darzustellen. An der Stirnwand des Raumes standen ein paar Stühle und Tische. Auf dem, der neben dem Flügel stand, hatte ich meinen Kram ausgebreitet und er würde mir, bis wir zu den Bühnenproben umzogen, als Regiepult dienen.

Unser Ensemble hatte sich die Wartezeit in bewährter Manier vertrieben: Riikka las ein Buch; Ileana häkelte an einer himmelblauen Babymütze; Cayo hatte sein Skizzenbuch auf den hochgezogenen Knien und zeichnete Karl von Jessen, unseren alten Großinquisitor, der in seinem Sessel eingeschlafen war. Blieb noch Christopher, Assistent unseres nicht anwesenden Dirigenten. Der saß am Flügel und studierte die Partitur. Ich klopfte ihm im Vorbeigehen auf die Schulter und feixte: »Die Partitur gehört in den Kopf des Dirigenten, nicht der Kopf des Dirigenten in die Partitur. Soll Karajan gesagt haben.«

»Der hat viel geredet, wenn der Tag lang war!« Christopher grinste und hob die Partitur so an, dass ich den Titel sehen konnte. »›Carlos‹ habe ich im Kopf. Ich lerne ›Gianni Schicchi‹ – der steht als Herbstproduktion in Stuttgart an. Übrigens mit deinem Herrn in der Titelrolle.«

Mein irdisch Glück unterdessen hatte seine Tasche auf den Stuhl neben dem meinen geworfen und baute sich gerade vor der Truppe auf. »Guten Morgen, meine Herrschaften. Ich muss erst einmal unsere Verspätung entschuldigen. Ein Teil von Ihnen hat es ja schon mitbekommen, für den Rest als Info: Mario Miercoledi ist in der Nacht von Samstag auf Sonntag verstorben. Unser Mitgefühl gilt seiner Familie ...«

Karl von Jessen war aufgewacht, rieb sich die Augen und fragte gähnend: »Weiß man schon, wo und wann er begraben wird?«

Lucas schaute kurz zu mir herüber, atmete tief durch und antwortete schließlich: »Es gibt da noch ein Problem. Die Todesursache ist ...« Er unterbrach sich, dann setzte er neu an. »Es ist noch nicht wirklich geklärt, woran der Kollege gestorben ist. Darum wird er obduziert werden.« Er hatte die Klippe elegant umschifft und wurde jetzt wieder schneller. »Wie lange das dauert, weiß man noch nicht so genau, daher ist noch nicht klar, wann er beerdigt werden kann. Es soll dann aber, soweit ich informiert bin, in Spoleto passieren.«

Das war's erst mal. Lucas hatte keine Lust, die Pferde vorzeitig scheu zu machen. Er erwähnte noch, dass die Intendanz auf der Suche nach einem Ersatz für Miercoledi sei. »Bis dahin muss ich wohl eure Einsätze als Posa singen.«

Mir allerdings fiel es schwer, mich zu konzentrieren. Ich überlegte, wie lange es wohl dauern konnte, bis die Leiche auf Taxin B untersucht worden war. Wenn dabei herauskam, dass er wirklich vergiftet worden war, würde sich das anfühlen, als wenn eine Bombe geplatzt wäre. Und dann konnte ich nur hoffen, dass Lucas und ich rechtzeitig Deckung gefunden hatten.

*

Ich hatte mich verrechnet. Die erste Bombe platzte nicht erst nach einigen Tagen, sondern schon am Nachmittag. Ich hatte den Morgen durchgehalten, war dann aber beim Mittagessen fast am Tisch eingeschlafen. Lucas hatte schließlich den Kopf geschüttelt und kommandiert: »Du, mein Hase, hast für heute genug. Du verschwindest nach dem Essen ins Hotel und dortselbst ins Gitterbettchen. Den Nachmittag kriege ich ohne dich rum.«

Wenn mein Mann diesen Ton anschlägt, widerspreche ich ihm nur, wenn es unbedingt sein muss. Es musste heute nicht, ich war wirklich erschlagen und so kam es, dass ich alleine in unserem Zimmer war, als es – keine zehn Minuten, nachdem ich gekommen war – an der Tür klopfte. Ich dachte, es wäre der Zimmerservice – wir hatten Wäsche zum Waschen gegeben – und ging darum öffnen, ohne groß darüber nachzudenken. Dummerweise waren es aber weder frische Hemden noch Socken, sondern Giulia Miercoledi, die mit hochrotem Kopf an mir vorbei in unseren Salon stürmte, sich in den Sessel fallen ließ und in einem Atemzug ankündigte, dass sie einen Cognac brauche – und fragte, wo, bitt'schön, Lucas stecke?

Der Cognac war kein Problem – der stand wieder im Barschrank und der Zimmerservice hatte das Glas, das Lucas genutzt hatte, abgespült und wieder daneben gestellt. Also bekam Madame M. das Glas und die Auskunft, dass mein Ehemann bei der Probe sei.

Meine Hoffnung, dass sie nun ihren Cognac trinken und sich wieder verziehen würde, erfüllte sich nicht. Giulia beschloss, mich – wahrscheinlich mangels Lucas – zu ihrer Vertrauten zu befördern, und schnaubte: »Stell dir nur mal vor: Mein Mario …« Sie schluchzte, zog ein Spitzentaschentuch aus dem Ärmel, putzte sich geräuschvoll die Nase und sprach endlich weiter: »… ist nicht mehr beim Bestatter!«

Ich war froh, dass sie mit ihrem Cognac beschäftigt war und mich nicht anschaute. Stattdessen trank sie und sprach weiter, während ich das Gefühl bekam, dass sich meine Ohren farbmäßig einer reifen Tomate annäherten.

»Du glaubst es nicht!«, sprach Giulia weiter. »Beim Bestatter ist die Polizei erschienen und sie haben den Leichnam meines armen Marios beschlagnahmt und in die Gerichtsmedizin mitgenommen!«

So makaber es klingen mag: In meiner Übermüdung musste ich mir fast das Lachen verkneifen, denn ich stellte mir vor, wie der Konstanzer Verschnitt-Schimanski und sein Nachwuchs-Bond mit der Leiche zwischen sich – Gerstenmeier hielt die Arme, Holler die Beine – aus dem Bestattungsinstitut Pietät heraustrabten, die Leiche in den Kofferraum falteten und damit davonfuhren.

Giulia war aber schon wieder ein Stück weiter: »Und nun musst du dir einmal vorstellen, warum die Polizei die Leiche einfach geholt hat: Sie hätten Zweifel daran, dass mio caro sposo an einer natürlichen Ursache gestorben ist! Kannst du dir das vorstellen? Ich weiß ja nicht, wie die Polizei in diesem Land zu einer so abartigen Idee kommen kann. Als ob jemand unserem liebsten Gatten und Vater etwas hätte antun können!« Wieder kam das Spitzentaschentuch zum Einsatz, dann griff sie nach der Cognacflasche. »Ich darf doch noch einmal? Ach, weißt du, Julietta, so was könnte bei uns in Italien nicht passieren!«

Abgesehen davon, dass ich Victoria und nicht Julietta heiße, war ich kurz davor, mir die Cognacflasche zu schnappen und mir einen kräftigen Schluck aus der Pulle zu gönnen. Giulias Stimme wirkte auf meine angespannten Nerven wie das Reibeisen auf die Muskatnuss und mein Schädel dröhnte wie die große Kesselpauke im Schlusssatz der Neunten. Wenn ich gekonnt hätte, hätte ich gerne wie Rocco »Oh, Froi-oooinde, nicht diese Töne!*« geschmettert.

Giulia hätte sich vermutlich davon nicht bremsen lassen. Sie erklärte mir gerade, dass sich in Italien niemand getraut hätte, der Familie Miercoledi so in die Beerdigungssuppe zu spucken. Da wisse man, mit wem man es zu tun habe, und da nehme man Rücksicht auf Leute, die so viel geleistet und Gutes getan hätten wie sie und ihr Verblichener.

»Na ja …« Ich kam endlich mal wieder zu Wort, weil sie das dritte Mal ihr Glas leerte – und mir blutete das Schwabenherz beim Gedanken daran, was der Cognac, den sie runtergurgelte wie unsereins Nachbars Apfelmost, kostete! »Wenn beim Tod deines Mannes etwas nicht mit rechten Dingen zugegangen ist, ist es doch auch in deinem Interesse, dass die Geschichte aufgeklärt wird, nicht?«

Giulia schüttelte energisch den Kopf. »Wer soll denn Mario etwas getan haben? Sicher gab es Leute, die ihn um sein Talent, sein Aussehen, seinen Ruhm und seinen Reichtum beneidet haben. Aber wer wäre denn so weit gegangen,

---

* Der Schlusschor von Beethovens Neunter wird bekanntlich durch ein Bass-Solo eingeleitet: »Oh Freunde, nicht diese Töne, sondern lasst uns angenehmere anstimmen!«

ihm etwas anzutun? Wir sind doch nicht im Wilden Westen! Und nun stell dir einmal vor, wie es sich für seine Seele anfühlt, nun keine Ruhe finden zu können!«

Ich war inzwischen so müde, dass ich mich zwingen musste, die Augen aufzuhalten. Dennoch sagte ich energisch: »Giulia, was geschehen ist, tut mir schrecklich leid. Aber wie kann ich dir denn helfen?« Selbst mir fiel auf, dass mein Ton ungewohnt schroff war, aber immerhin wirkte er stopfend auf Giulias Wortdiarrhö.

Sie schaute mich einen Augenblick schweigend an, dann fragte sie spitz: »Störe ich dich etwa mit meinem Kummer?«

Tja – was macht man da? Als Pfarrerstochter war ich zu steter Hilfsbereitschaft erzogen und einen Augenblick fühlte ich mich tatsächlich versucht, der armen Witwe zu versichern, dass sie sich jederzeit an meiner Schulter ausweinen dürfe. Doch dann fiel mir ein, dass Giulia nicht allein war. Ihr Schwager, der die Familienfinanzen managte, war inzwischen eingetroffen und er hatte seine Frau mitgebracht. Außerdem waren Giulias Töchter am Bodensee und ich schielte beim Gedanken daran, was der Miercoledi-Familienclan kommunikationsmäßig am Abend aufführen würde, sehnsüchtig nach meinen Ohrstöpseln. Also zwang ich mir ein verbindliches Lächeln ins müde Gesicht und sagte: »Darf ich ehrlich sein, Giulia? Ich bin nur deswegen nicht bei der Probe, weil ich Kopfschmerzen habe und mich hinlegen wollte. Darum bin ich momentan eher eine schlechte Zuhörerin.«

Zu meinem Erstaunen war sie sofort auf den Beinen. »Verzeih mir! Aber warum hast du nicht früher etwas gesagt? Du siehst ja auch ganz bleich aus und natürlich musst du dich hinlegen, wenn du Kopfschmerzen hast! Ich kenne das von meiner Migräne – rasende Schmerzen! Ich kann dann keinen Laut ertragen. Und du hast es ja auch nicht leicht! Dein

Lucas ist ja sehr charmant und er sieht ja immer noch gut aus, aber dementsprechend werden seine Ansprüche sein!«

Ich schluckte und fragte kühl: »Ich weiß nicht, wie ich das verstehen soll.«

»Na, komm, Professora!« Sie beugte sich zu mir und tätschelte meine Schulter. »Wir sind doch beide gestandene Frauen und wissen, dass man solchen Männern im Bett schon richtig was bieten muss, damit sie einem nicht abhandenkommen!«

Ich muss geguckt haben wie die berühmte »Mulle, wenn's donnert«*. Dann holte ich tief Luft und fragte ironisch: »Strengt er sich dann im Gegenzug auch an, damit ich ihm nicht abhandenkomme? Ich meine, ich bin 16 Jahre jünger als Lucas und nicht ganz hässlich. Außerdem bin ich nicht doof und kann mich schon selbst ernähren. So gesehen kann Lucas froh sein, dass er mich abgekriegt hat!«

Giulia schaute mich skeptisch an und stellte säuerlich fest: »Du musst wissen, wie du deine Ehe führst. Aber du solltest vielleicht manchmal darüber nachdenken, dass du schon die dritte Frau Benning bist – und speziell deine Vorgängerin hat Lucas nicht nur einmal schlecht behandelt. Dabei hat sie sich die allergrößte Mühe mit ihm gegeben und war ihm so ergeben!«

Ich wurde wütend und fühlte mich, als wenn ich meinen Liebsten verteidigen müsste. Was wusste Giulia von seiner zweiten Ehe, in der trotz beiderseitigem gutem Willen keine Gemeinsamkeit entstanden war? Was wusste sie davon, wie sehr sich Lucas mit Schuldgefühlen geplagt hatte, weil er Cornelia nicht so hatte lieben können, wie sie es forderte?

Er sagte manchmal: »Cornelia hat das Schlechteste in mir zum Vorschein gebracht, aber ich habe vermutlich ebenso auf sie gewirkt.« Und dann sang er mir Schumanns »Wid-

* Eine »Mulle« ist eine schwäbische Katze. Die gucken angeblich besonders erstaunt, wenn es bei einem Gewitter donnert.

mung« mit dem Satz »Dass du mich liebst, macht mich mir wert«. Und ja, auch das war beidseitig. Wir taten uns gegenseitig wohl – auch in dem, dass wir den jeweils anderen nicht als Übermensch sahen und bereit waren, ihn auch in schwachen Momenten anzunehmen.

Doch was würde es bringen, Giulia davon zu erzählen? Sie erinnerte mich an die »Weiber-Tratsch-Runde« in meinem ehemaligen Reitstall. Dort trafen sich die Damen einmal in der Woche, um bei reichlich Ramazotti und Aperol Spritz über die Unfähigkeit ihrer Männer in so ziemlich allem – Job, Haushalt, Liebesleben – herzuziehen. Das Fazit war im Allgemeinen, dass Männer nur Dreck und Stress machten. Fragte man aber eine dieser Frauen, warum sie aus der Erkenntnis nicht die Konsequenz zog und den nervigen Kerl entsorgte, wurde man aus großen Kulleraugen angestaunt und bekam zu hören: »Aber ich lieb ihn doch!«

Und war es – nach Auskunft meines Mannes – nicht Giulia gewesen, die einst postuliert hatte, dass sie lieber mit ihrem Ehegespons unglücklich als ohne ihn zufrieden wäre?

Ich raffte mich auf und schenkte ihr noch einmal ein müdes Lächeln. »Du wolltest eigentlich Lucas sprechen, nicht? Kann ich ihm etwas ausrichten?«

Giulia stand vor dem großen Spiegel in unserem Eingangsbereich und zupfte an ihrem schwarzen Kleid. »Es reicht, wenn du ihm ausrichtest, dass ich mit ihm reden will!« Sie wischte sich ein Stäubchen von der Brust. »Und du solltest dich mit deinen Kopfschmerzen am besten hinlegen.«

*

Ich saß auf dem Hosenboden in dem Bereich des Probenstudios, den ich mit Hilfe von Klebeband und Holzkästen in den Kreuzgang des Klosters von San Giusto – in dem spielen nämlich das erste Bild des zweiten und der komplette fünfte Akt von »Don Carlos« – zu verwandeln hatte. Neben mir lag der Plan, den Lucas und sein Bühnenbildner Peter gemacht hatten, und ich rechnete gerade an einer Position herum, als ich Schritte hörte. Ich sah auf und mein Blick wanderte über blau-rote Sneakers, bleiche Stachelbeerwaden und eine schlammbraune Dreiviertelhose zu einem runden Gesicht mit kurzgeschnittenem, blondem Bart, Kartoffelnase und blauen Augen.

»Morgen, Rocco!«, grüßte ich. »Du bist aber früh dran.«

»Grüß dich, Vic.« Rocco Banhardt ging neben mir in die Knie. »Kann ich dir irgendwie helfen?«

»Gern.« Ich reichte ihm die Rolle mit dem schwarzen Klebeband und eine Schere. »Kannst du von hier zu dem Kreidekreuz da vorne abkleben? Guck mal«, ich zeigte ihm den Plan, den ich neben mir liegen hatte, »das ist die linke Seite vom Kreuzgang mit den Arkaden.«

»Ah ja.« Rocco war am ersten Probentag in der Konzeptionsbesprechung gewesen und hatte sich die Modelle der Bühnenbilder, die Lucas und Peter gebaut hatten, sehr interessiert angeschaut. Jetzt rollte er ein Stück schwarzes Band ab, krabbelte hinüber zum Kreidekreuz und klebte es da an, bevor er zu mir zurückkam, das Band hinter sich herziehend. Er schnitt es ab, drückte es am Ende fest und lächelte mich an. »Ich glaub, das Bild wird richtig stark.« Er schaute über meine Schulter auf den Plan, folgte mit dem Finger einer Linie und fragte: »Sehe ich richtig – hier kommt eine Säule und dahinter dann wieder die Arkade?«

»Ja«, bestätigte ich.

»Fein. Dann kann ich das ja abkleben.« Er schnappte sich mein Maßband und legte es auf den Boden. »Weißt du, bei Lucas' Bühnenbildern merkt man einfach, dass er selbst schon genug auf Bühnen gestanden hat. Der baut keinen

Hindernisparcours mit Plüsch, Pleureusen und Killefit und bei ihm muss man keine Angst haben, dass man bei einer Drehung mit dem Hintern was umwirft und damit einen Dominoeffekt auslöst.«

»Dabei stehen bei ihm die Sänger nicht nur rum!«, lachte ich und klebte mit Rot ab, wo nachher auf der Bühne eine Säule stehen sollte.

Rocco lachte. »Hast du etwa was gegen Stehpartys?«

»Oh, im Gegenteil. Was könnte toller sein, als wenn ein Rudel Sänger rumsteht und jodelt?«, sagte ich sarkastisch. »Und besonders schick ist es natürlich, wenn das im Halbdunkeln stattfindet und alle irgendwelche hautfarbenen Trikots tragen.«

»Das geht noch!«, fand Rocco. »Ich hab neulich in einem ›Tristan‹ einen Marke im feuerroten Anzug mit Pilotenbrille gegeben. Ich hab ausgesehen wie ein Feuermelder, der anonym bleiben will!«

»Die Freuden eines Sängers!«, bemitleidete ich ihn. »Aber immerhin bist du bei ›Tristan‹ von Miercoledi verschont geblieben.«

»Wenn ich ihn da auch hätte aushalten müssen, wäre es wahrscheinlich in Mord und Totschlag ausgeartet. Apropos: Hast du eine Ahnung, warum die Polizei Miercoledis Leiche kassiert hat? Ich habe da eine wilde Story gehört: Die Kriminalpolizei sei mit Tatütata beim Bestatter vorgefahren, habe Miercoledi in den Zinksarg gesteckt und den ins Gerichtsmedizinische Institut an der Uni verfrachtet. Und die Leute reden jetzt darüber, dass Miercoledi ermordet worden sei …« Wie immer, wenn Rocco länger sprach, kam sein Leipziger Dialekt durch.

»Von Tatütata weiß ich nichts.« Ich versuchte, auf einen Nebenschauplatz auszuweichen, und überlegte dabei, wer ihm wohl was über einen Mord erzählt haben könnte.

»Spannend!«, fand Rocco. »Wenn den tatsächlich jemand

umgebracht hat, haben wir hier ja eine richtige Mordermittlung.«

Ich schob ein Versatzstück als Pseudosäule auf die rote Markierung, lehnte mich daran und schüttelte den Kopf. »Du scheinst von der Vorstellung, dass jemand Miercoledi umgebracht hat, nicht sonderlich betroffen zu sein.«

Rocco klebte rechts von mir eine Arkadenöffnung ab. »Ich vermute, dass du weit laufen musst, bis du in der Branche jemanden findest, der um Miercoledi weint. Du hast ihn doch gekannt – der Mann war ein Kotzbrocken erster Güte!«

»Ich habe ihn nicht so gut gekannt …« Ich stand wieder auf und vermaß die nächste Arkade. »Aber nach allem, was ich gehört habe …«

»… war er ein Ekelpaket!«, vollendete Rocco den Satz für mich. »Als ich gehört habe, dass den wahrscheinlich einer um die Ecke gebracht hat, war ich nicht im mindestens verwundert. Er hat doch regelrecht darum gebettelt!«

Ich hätte ihn gerne nach Beispielen gefragt, kam aber nicht mehr dazu. Lucas, den unvermeidlichen Kaffeebecher in der Hand, war eingetroffen. Und mit ihm war unser Hauptdarsteller Cayetano gekommen, wobei die beiden sich lebhaft unterhielten. Sie mochten sich und ich fand, dass sie in ihrer Gegensätzlichkeit ein hübsches Paar waren. Neben dem breitschultrigen, großgewachsenen Lucas wirkte Cayetano fast zierlich, dabei war er sogar ein paar Zentimeter größer als ich.

*

»Guten Morgen, Herr Kammersänger!« Ich hörte Kommissar Gerstenmeier und mein Puls beschleunigte sich. Gerstenmeier unterdessen klang gemütlich, als er erzählte: »Ich hab mir die Tage einiges von Ihnen auf Youtube angehört.«

Lucas führte ihn und seinen Assistenten in den Salon, Gerstenmeier sprach weiter. »Sie klingen gut! Aber ich war richtig erstaunt. Sie singen ja nicht nur Opern, sondern auch so Lieder und Schlager!«

»Nein, Musical!«, korrigierte Lucas sanft. »Das aber ausgesprochen gerne.« Er bot den Herren mit einer Handbewegung die zwei freien Stühle am Tisch an. »Darf ich Ihnen einen Kaffee einschenken?«

»Danke, aber nein danke.« Gerstenmeier schüttelte den Kopf. »Wir sind schon eine Weile unterwegs und haben heute auch noch einiges vor. Wir wollten Sie nur kurz informieren. Wir haben nämlich ein Resultat aus der Pathologie.«

»Und?« Ich hätte ihn dafür, dass er es so spannend machte, am liebsten geschüttelt.

»Man kann Ihnen zu Ihrer Beobachtungsgabe gratulieren, Frau Professor! Es war ein Volltreffer: Miercoledi hatte Taxin B – also das Gift der Eibe – im Blut. Die Gerichtsmediziner meinen, die Wahrscheinlichkeit, dass es sich um das Gift der Eibe im Hotelpark handelt, ist recht hoch. Aber die DNA-Tests laufen noch.«

Ich hatte mit dieser Nachricht gerechnet und doch erschütterte sie mich. »Ach, du Sch…ande!«, rutschte mir raus.

Ich schaute Lucas an, der versonnen in seinem Joghurt rührte. Er nickte, dann räusperte er sich und sagte: »Was für ein gemeiner, hinterhältiger Mord. Wer macht denn so was?«

Mein Mund war trocken geworden. Ich trank meinen lauwarmen Kaffee und fragte: »Haben die Gerichtsmediziner eine Ahnung, in welcher Form man Herrn Miercoledi das Gift verpasst hat?«

Der Assistent antwortete, indem er den Kopf hin und her wiegte. »Ja und nein. Die Pathologen vermuten, dass ihm das Gift oral eingegeben wurde – die Menge und die Konzentration weisen darauf hin. Aber in welcher Form das Opfer das Gift zu sich genommen hat, werden hoffentlich weitere Untersuchungen ergeben.«

»Gibt es da so viele verschiedene Möglichkeiten?«, erkundigte sich Lucas, wartete aber nicht auf eine Antwort, sondern setzte dazu: »Spontan würde mir Tee einfallen. Ich stelle es mir so vor, dass man eine Handvoll Eibenblätter pflückt …«

»Nadeln, Herr Kammersänger!«, unterbrach ihn der Assistent. »Die Eibe ist ein Nadelbaum.«

»Okay, Eibennadeln!«, nickte Lucas. »Also, man pflückt eine Handvoll Eibennadeln, mischt sie mit irgendeinem anderen Zeug – Hagebutten, Hibiskus, Kamille oder was immer man sonst für Tee verwendet –, überbrüht sie mit kochendem Wasser und lässt sie eine Weile ziehen. Ginge das so?«

Die Beamten schauten sie an, dann antwortete Gerstenmeier: »Ich vermute, dass es so funktioniert hat. Man könnte aber auch die Kerne der Eibenfrüchte – die haben so hübsche, rote Beeren – in ein Müsli rühren oder mit Alkohol einen Auszug aus Eibe machen und damit so was wie einen Magenbitter oder Cocktail zusammenrühren.«

»Ich wollte gerade fragen, ob man die Eibe aus einem Tee nicht herausschmecken würde!«, warf ich ein.

»Na ja, laut unseren Giftspezialisten schmeckt Eibe bitter. Aber das tun ja viele Tees.« Der Assi grinste. »Meine Oma hat alle möglichen Malaisen mit Kräuterteechen behandelt. Hat man sich darüber beklagt, dass die gallebitter sind, hat sie einem einen Vortrag darüber gehalten, dass die Bitterstoffe gerade das Gesunde daran sind.«

Ich gestehe, dass mir beim Thema Tee überhaupt nicht wohl war. Ich musste die ganze Zeit an Rocco und seine Thermoskanne denken – und dass er sie üblicherweise mit sich herumschleppte und Kollegen großzügig anbot. Und irgendwann die Tage hatte auch Miercoledis Kaffeebecher daneben gestanden.

»Wir waren vorher beim Staatsanwalt!«, erzählte jetzt Kommissar Gerstenmeier. »Ab jetzt ermitteln wir ganz offiziell in der Mordssache Miercoledi. Und wir fangen gleich mit Ihnen beiden an, wobei das natürlich eine Formsache ist. Dennoch muss ich Sie das fragen: Wo waren Sie in der Nacht von Samstag, 14. Juli, auf Sonntag, 15. Juli, Herr Kammersänger?«

Lucas stöhnte. »Auf die Gefahr hin, Sie zu enttäuschen: Ich verbringe meine Nächte für gewöhnlich im Bett. In der Nacht von Samstag auf Sonntag habe ich geschlafen. Da meine Frau aber einen nächtlichen Spaziergang gemacht hat, kann sie das noch nicht mal bezeugen.«

»Teilweise schon!«, widersprach ich. »Ich bin gegen halb zwölf losgezogen. Da hast du selig und süß geschlafen. Und als ich um halb eins zurückgekommen bin, hast du immer noch geschlafen.«

»Na, prima!« Der Assistent hatte in einem kleinen Notizbuch mitgeschrieben, nun blätterte er und fragte: »Und Sie haben für Ihren Spaziergang zumindest einen Alibizeugen, Frau Professor.«

»Hab ich?«, wunderte ich mich, um mir dann mit der flachen Hand vor den Kopf zu schlagen. »Natürlich – den Nachtportier! Mit dem habe ich mich unterhalten.«

»Genau!«, bestätigte Roman Holler. »Und der konnte uns Ihre Zeiten sogar plusminus fünf Minuten bestätigen. Ganz kurz nachdem Sie das Hotel verlassen haben, rief ein Amerikaner an, der eine Reservierung machte. Der Portier, ein Herr Mirosevic, hat die direkt ins System eingetragen und auf dem Eintrag ist verzeichnet, wann er gemacht wurde: genau um 23.34 Uhr. Ihre Rückkehr ist minutiös nachvollziehbar: Ungefähr eine Minute, bevor Sie reinkamen, hat der Barkeeper das Haus verlassen. Der hatte sein Auto auf dem Parkplatz und musste zum Rausfahren seinen Hausausweis an der Schranke einstecken. Die hat aufgezeichnet, wann er rausgefahren ist. Die Daten kriegen wir noch. Aber Sie sind von allen Leuten, die wir verhören müssen, sowieso die Unverdächtigste. Sie müssten ja von allen guten Geistern verlassen sein, wenn Sie, nachdem der Mord bei der ersten Leichenschau gar nicht aufgekommen ist, zu uns gekommen wären.«

»Erste Leichenschau?«, hakte Lucas ein. »Gibt es eine zweite?«

»Ja«, nickte der Kommissar. »Unabhängig von Ihrer Anzeige ist das Vorschrift, wenn eine Leiche kremiert werden soll. Vor der Verbrennung findet eine zweite Leichenschau statt und die wird von einem Pathologen vorgenommen, also jemandem, der wirklich was davon versteht. Ich gehe davon aus, dass der Miercoledi nicht so einfach in den Ofen durchgelassen hätte …«

Lucas war kaltblütiger als ich. Während ich ob der Worte des Kommissars mit einer Gänsehaut kämpfte, grinste er. »Vielleicht ist meine Frau speziell raffiniert? Sie hat Ihnen den Mord gemeldet, um damit unverdächtig zu sein?«

Ich hätte ihm am liebsten den Mund zugehalten! Ich hatte überhaupt kein Bedürfnis danach, ihn als Verdächtigen in einem Mordfall zu erleben! Doch was, wenn die Polizei ihn als solchen sah? Schließlich wurde in der Szene immer eifrig darüber getratscht, dass Lucas in den letzten Jahren nicht mehr mit Miercoledi aufgetreten war und natürlich waren diverse Mücken dabei zu Elefanten herangewachsen. Ich hatte sogar einmal gerüchteweise vernommen, die beiden hätten ihre Zusammenarbeit eingestellt, nachdem Miercoledi Lucas' zweite Frau angebaggert hatte. Lucas sei eifersüchtig wie Othello und weigere sich seitdem, mit Miercoledi zu arbeiten.

Die Geschichte hatte ich allerdings nie geglaubt. Meine Vorgängerin Cornelia und ich sind zwar bestimmt nicht in übermäßiger Sympathie füreinander entbrannt, aber dass sie Stil hat, würde ich nie bezweifeln – und das hat sicher dafür gesorgt, dass ihr Miercoledi nie nahegekommen ist.

Andererseits ließ sich Kommissar Gerstenmeier von Lucas jetzt doch einen Kaffee einschenken und blödelte mit ihm. Nein, das sah wirklich nicht aus, als ob da ein Verdacht aufkommen könnte.

Aber da war immer noch Rocco – und je länger ich über mein Gespräch mit ihm nachdachte, desto unbehaglicher wurde mir. Vor einigen Tagen war ich beim Bodensee-Radio gewesen. Als ich zurückgekommen war, hatte ich gesehen, dass Rocco auf dem Parkplatz der Seebühne neben seinem Motorrad unter einem Baum stand – und da war Mafalda Miercoledi bei ihm gewesen. Die beiden hatten diskutiert – oder gestritten? Auf jeden Fall hatten sie durchaus vertraut ausgesehen. Später war sie auf der Probe gewesen – und da hatte sie nur Augen für Rocco gehabt. Sie hatte im Probenstudio keinen Ton mit ihm geredet, sie hatte, als er gesungen hatte, in einem Klavierauszug geblättert, aber mir war aufgefallen, dass sie unter den gesenkten Wimpern die ganze Zeit auf ihn geschaut hatte.

»Frau Professor?« Gerstenmeiers Stimme scheuchte mich aus meinen Gedanken. »Sie haben erwähnt, dass Sie in der Nacht vom Samstag auf den Sonntag im Park jemanden gesehen haben. Können Sie versuchen, diese Person möglichst präzise zu beschreiben?«

»Oh je!«, seufzte ich. »Es war Vollmond, aber der Himmel war teilweise bewölkt. Da konnte ich nicht allzu viel erkennen.« Ich schloss dennoch die Augen, um mir das Bild des Rosendiebes ins Gedächtnis zu rufen. Eines war auf jeden Fall klar: Rocco war es nicht gewesen.

Die Gestalt im Garten war eher schmal gewesen und hatte sich geschmeidig bewegt. Sie hatte – und deswegen war ich über ihr Geschlecht so unsicher – relativ breite Schultern gehabt. Andererseits war ihre Jacke relativ voluminös gewesen, weswegen ich nun nichts über den Oberkörper und die Taille sagen konnte. Allerdings hatte auch das Fahrgestell nicht zu Rocco gepasst. Der hatte zwar nicht so lange Beine wie mein Lucas, aber die schmalen Hüften eines Tänzers und – Frauen achten auf so etwas – einen knackigen Hintern.

Jedenfalls war eines klar: Rocco und Lucas waren nicht im Garten gewesen. Beide waren zu breitschultrig und zu groß. Ich konnte relativ gut abschätzen, wie groß der Rosendieb gewesen war. Er hatte nämlich neben dem Orangenbäumchen am Rosenbeet gestanden, vor dem Lucas mich vor ein paar Tagen fotografiert hatte – und das war fünf, sechs Zentimeter größer als ich mit meinen 170 Zentimetern lichter Höhe. Der Rosendieb war auch kleiner gewesen als das Orangenbäumchen – er war also ungefähr so groß wie ich.

Ich hatte das Gefühl, schon alles erzählt zu haben, was ich über die Gestalt im Garten wusste, doch Kriminalassistent Holler konnte gar nicht genug bekommen. »Wie war's mit der Kleidung? Denken Sie noch einmal ganz genau nach!«, forderte er mich auf.

»Farben konnte ich keine erkennen – dazu war's zu dunkel. Andererseits meine ich ziemlich sicher sagen zu können, dass keine helle Farbe dabei war. »Es war wohl alles dunkel. Oben kann eine Lederjacke oder so was – eben relativ ausladend, eventuell mit Schulterpolstern – gewesen sein. Die Hose ging in Richtung Skinny Jeans – wobei die Beine recht hübsch und ziemlich gerade waren.«

»Na, das ist doch schon eine ganze Menge!«, lobte Holler. »Wie sah's mit den Schuhen aus? Was meinen Sie? Sneakers, normale Halbschuhe, sonst irgendwas?«

Ich kratzte mich am Kopf. »Hmm …« Ein Bild zum Schuhwerk hatte ich nicht, aber dafür erinnerte ich mich, wie die Schritte des Rosendiebs auf dem Kiesweg geklungen hatten. Der Kies war bei jedem Schritt gerollt – das wies auf eine glatte Ledersohle hin, denn in der Profilsohle eines Sneakers wären einzelne Kieselsteine hängen geblieben. Das hätte andere Töne verursacht.

Und dann kam mir doch noch etwas. »Das waren Cowboystiefel!«, fiel mir ein. »Sie waren vorne ziemlich spitz und da war ein kleiner Absatz!«

»Oh, dann müssen wir ja bei der Körpergröße noch zwei, drei Zentimeter abziehen!«, sagte Gerstenmeier, der über die Schulter seines Assistenten auf den Block geschaut hatte. »Sie beobachten gut!«, lobte er mich.

»Ich habe als Volontärin bei der Stuttgarter Allgemeinen ein Jahr General Interest – Lokales, Gerichtsreportage, Panorama – gemacht«, erwiderte ich. »Da lernt man, genau hinzugucken.«

»Haben Sie auch am Kopf des Menschen genau hingeguckt?«, fragte nun Holler. »Was fällt Ihnen zur Frisur ein? Und die Haarfarbe?«

»Kurz und dunkel!«, antwortete ich spontan. Doch dann korrigierte ich mich: »Es kann natürlich auch eine eng anliegende, dunkle Mütze gewesen sein. Oder hochgesteckte, dunkle Haare.« Riikka fiel mir ein. Sie hat fast hüftlange Haare, trägt die aber in Proben meist zum Zopf geflochten – und wenn wir dann ins Freie gehen und es windet, stopft sie den Zopf oft unter ihre Jacke, damit er im Wind nicht zerzaust wird. Andererseits – Riikka ist so hellblond, dass ihr Haar im Mondschein geleuchtet hätte.

»Tja – in Sachen Haaren kommen wir wohl nicht zum Punkt!«, seufzte Holler.

Sein Chef lehnte sich zurück und kreuzte die Arme über der Brust. »Dann lassen wir das Thema mal und gehen zum nächsten, größeren Komplex über.« Er nahm ein Papier aus der Brusttasche und strich es glatt. »Ich habe mir bei den Seefestspielen eine Besetzungsliste geben lassen – und nun wüsste ich gerne von Ihnen, welches Verhältnis die einzelnen Leute zu Mario Miercoledi hatten – Freund, Feind, Geliebte, Verwandte, Rivale, was auch immer. Können Sie uns ein paar Stichworte liefern? Und natürlich hätten wir gerne Ihre Einschätzung, ob Sie die jeweilige Person für fähig halten, einen solchen Mord zu begehen.«

Lucas senkte den Kopf und überlegte einen Augenblick. »Grundsätzlich traue ich jedem Menschen einen Mord zu – wenn man ihn genug in die Enge treibt und provoziert …«

»Aber einen so durchdachten, kaltblütigen Mord?«, stichelte der Kommissar.

»Sie bringen uns in eine sehr unangenehme Situation!«, protestierte ich. »Die Leute, über die wir hier reden, sind größtenteils langjährige Kollegen meines Mannes, teilweise sogar Freunde. Frau Riikka Bergqvist-Seiler und ich haben fünf Jahre in einer WG miteinander gelebt, wir sind eng befreundet. Herr Cayetano Gutiérrez-Martin und mein Mann …« Ich schaute Lucas an, der nickte und übernahm.

»… sind Freunde«, brachte er es auf den Punkt. »Und wenn Sie uns um eine Charakterisierung dieser Leute bitten, kommt es uns vor wie Verrat.«

Gerstenmeier knetete sein Kinn. »Frau Benning, Herr Benning, ich verstehe Sie sehr gut. Aber es geht hier um einen ziemlich fiesen, kaltblütigen Mord. Der, der ihn begangen hat, muss einiges an krimineller Energie haben, denn er ist nicht im Zorn explodiert und hat Miercoledi in blinder Wut erschlagen, sondern wir haben es mit einer Tat zu tun, die geplant wurde. Wenn unser Mörder nicht gerade Chemiker oder Pharmazeut ist, muss er recherchiert haben, er muss sich überlegt haben, welches Gift, wie er drankommt, wie er es dosieren muss.«

In meinem Ohr klingelte das Wort »Pharmazeut«. Meine Riikka war die Tochter eines Apothekers und die Ehefrau eines Arztes und sie hatte, bevor sie sich auf Gesang verlegt hatte, ein paar Semester Pharmakologie studiert. Für sie wäre es vermutlich eine leichte Übung gewesen, einen hochkonzentrierten Auszug aus Eibe herzustellen und Miercoledi einen Cocktail mit einem Tröpfchen davon zu servieren.

Während ich an Riikka gedacht hatte, waren Gerstenmeier und Lucas ein Stückchen weitergekommen. Gerstenmeier hatte sich zurückgelehnt und las die Besetzungsliste vor: »Philipp Zwei, König von Spanien – Rocco Banhardt. Was muss ich über ihn wissen?«

Lucas gab Auskunft: »36 Jahre alt, in Leipzig geboren, bei den Thomanern ausgebildet, geschieden, Vater einer neunjährigen Tochter, war oder ist mit Mafalda Miercoledi liiert, was Mario Miercoledi nicht gepasst hat.«

Ich hatte gar nicht gewusst, dass Lucas darüber informiert war – was beweist, dass er nicht tratscht.

Ich überlegte, ob ich Gerstenmeier und Holler erzählen müsste, dass Rocco der Kräuterspezialist in unserer Truppe war, dauernd irgendwelches Gemüse sammelte, trocknete und zu Tee verarbeitete. Ich entschied mich dagegen – Himmel, ich war doch nicht die Hilfstruppe der Polizei!

Gerstenmeier war schon beim nächsten Kandidaten. »Don Carlos, Infant von Spanien, gesungen von Cayetano Gutiérrez-Martin, 36 Jahre alt, in Kolumbien geboren, seit rund 15 Jahren in Wien ansässig und österreichischer Staatsbürger. Ebenso glücklich wie treu verheiratet, Vater zweier Töchter.«

Ich sah, dass Lucas einen Augenblick zögerte, dann sprach er aus, was die Herren auch auf diversen Websites über Cayo hätten nachlesen können: »Cayetano hat, bevor er Sänger wurde, Biologie und Chemie studiert. Er hat seine Gesangsstunden finanziert, indem er an der internationalen Schule in Bogotá unterrichtet hat.«

Holler hatte sich eifrig Notizen gemacht, dann fragte er: »Und wie war das Verhältnis von Herrn Gutiérrez-Martin zu Herrn Miercoledi? Ich meine, irgendwo gelesen zu haben, dass der Herr Miercoledi den Herrn Gutiérrez-Martin sehr gefördert habe.«

»Ja«, antwortete Lucas langsam und sehr gedehnt. »Herr Miercoledi hat immer wieder betont, dass er Cayetano entdeckt habe. Ich bin da allerdings nicht so überzeugt und Cayetano fühlte sich mit der Aussage auch nicht sehr wohl. Als junger Sänger hat er Herrn Miercoledi sehr verehrt, aber später …«

»Moment bitte, Herr Kammersänger!« Holler blätterte in seinen Notizen. »Ja, hier ist es: Herr Gutiérrez-Martin hat einen von Herrn Miercoledi geleiteten Gesangswettbewerb gewonnen. Das war der Start seiner internationalen Karriere. Wie sehen Sie das?«

Lucas schaute mich an, dann verdrehte er die Augen und seufzte. »Ja, das liest man öfter so, aber ich unterschreib's nicht. Ich war damals in der Jury des Wettbewerbs und Cayetano war bereits in Zürich im Engagement. Er war also kein Fall von ›Gestern noch im Schweinestall, heute schon auf unserer Showbühne‹. Er hätte auch ohne den Wettbewerb Karriere gemacht.«

Holler wechselte einen Blick mit seinem Chef, dann fragte er: »War der Herr Gutiérrez-Martin nicht sauer, wenn Herr Miercoledi es darstellte, als wenn er ihn entdeckt hätte?«

Lucas grinste ziemlich schief. »Bestimmt nicht so sauer, dass er ihn deswegen vergiftet hätte.«

»Nun gut.« Der Kommissar hakte den Namen auf seiner Liste ab. »Der nächste auf der Liste ist Rodrigo Maquis von

Posa – das war ursprünglich Herr Miercoledi, jetzt singen Sie die Partie …«

»Ich kann Ihnen aber sichern, dass ich nicht so scharf auf Rollen bin, um deswegen Kollegen zu vergiften«, sagte Lucas süffisant. »Im Gegenteil. Ich hoffe immer noch, dass die Administration einen Kollegen findet, der den Posa drauf und Zeit für einen Einspringer hat.«

»Aber Sie haben den Posa doch schon gesungen, oder?«, fragte Holler.

»Ja, sicher«, bestätigte Lucas. »Allerdings finde ich, dass ich inzwischen zu alt für ihn bin, darum habe ich ihn nicht mehr im aktuellen Repertoire. Und ich bin nicht scharf darauf, Regie zu führen und gleichzeitig einen solchen Brocken von einer Rolle zu singen.«

Gerstenmeier betrachtete ihn mit zusammengezogenen Augenbrauen. »Miercoledi war deutlich älter als Sie.«

Lucas nickte. »Er sah die Sache mit Posa anders.«

»Und als Regisseur wären Sie damit klargekommen, dass Miercoledi nach Ihrer Auffassung zu alt für die Rolle war?«

Lucas schüttelte den Kopf. »Es hat mich nicht so sehr gestört, dass ich den Kollegen deswegen entsorgt hätte.«

»Gut«, sagte Gerstenmeier. »Machen wir weiter – der Großinquisitor.«

»Den kennt meine Frau besser als ich«, erwiderte Lucas.

»Der Großinquisitor ist Karl von Jessen«, übernahm ich. »Er war Gesangsprofessor in Stuttgart und übernimmt immer noch hin und wieder eine Meisterklasse. Karl ist ein Veteran der Szene. Den beeindruckt nichts mehr und er ist viel zu lange im Geschäft, als dass er sich noch wegen der kleinen Theaterkräche aufregen würde.«

Holler machte weiter: »Ich habe hier noch einen Mönch, der früher Karl der Fünfte war.«

»Karlheinz van Keesten«, sagte Lucas. »Holländer, Anfang

50, Mitglied des Opernchores in Stuttgart. Hatte meines Wissens keinen Grund, Miercoledi umzubringen.«

»Es sei denn, er hätte das Bedürfnis gehabt, die Tugend der von Miercoledi flach gelegten Choristinnen zu rächen«, konnte ich mir nicht verkneifen. »Herr Miercoledi war dafür bekannt, dass er sich gerne von den Damen im Chor anhimmeln ließ.«

»Und es kann nicht sein, dass Herr van Keesten dabei irgendwie mit Signore Miercoledi zusammengestoßen ist?«, überlegte sich der Kriminalassistent.

»Kaum möglich«, erwiderte ich. »Charly ist schwul und lebt mit einem Ballettmeister zusammen.«

»Natürlich könnten wir jetzt darüber spekulieren, ob Herr Miercoledi ihm anderweitig auf die Zehen gestiegen ist«, seufzte Lucas. »Aber wenn wir erst damit anfangen, können Sie so ziemlich jeden verdächtigen, mit dem Mario in den letzten 40 Jahren zu tun gehabt hat.

»So schlimm?«, fragte der Kommissar.

Lucas nickte langsam und antwortete nur mit einem »Ja, so schlimm«.

Einen Moment schwieg Gerstenmeier, dann wandte er sich wieder der Besetzungsliste zu. »Gut, dann kommen wir zu den Damen«, kündigte er an. »Königin Elisabeth – Ileana Leodorescu.«

»46 Jahre alt, in Rumänien geboren, nun in Paris beheimatet, mit einem erfolgreichen Rechtsanwalt verheiratet, keine Kinder, langjährige Immer-wieder-Partnerin von Mario Miercoledi«, zählte Lucas auf. »Vor Jahren, bei einem ihrer ersten Auftritte zusammen, hat sie ihm mal eine gescheuert, weil er sie angebaggert hat. Außerdem hat sie ihm klargemacht, dass die Kanzlei ihres Mannes ihn wegen sexueller Belästigung verklagt, wenn er noch einmal auch nur einen schrägen Blick in ihre Richtung schickt …«

»Mir scheint, in der Oper herrschen strenge Sitten!«, befand Kriminalassistent Holler.

»Ich denke, wir haben den gleichen Anteil an Idioten wie andere Branchen«, überlegte Lucas. »Ich weiß ein paar Agenten, Intendanten und Dirigenten, vor denen ich meine Schülerinnen – und teilweise auch Schüler – warne, dass sie mit diesen Herrschaften nicht alleine bleiben sollten. Allerdings könnte ich mir vorstellen, dass bei uns der Anteil ›starker Frauen‹ größer ist als zum Beispiel in der Filmindustrie.« Er schaute mich an, als wenn er meine Meinung hören wollte, und ich gab sie natürlich zum Besten.

»Ja, das glaub ich durchaus auch. In der Filmbranche ist eine Frau über 35 bereits auf dem absteigenden Ast und weiß das auch. Bei uns dagegen sind die Damen mit 35 gerade mal oben angekommen. Sie wissen, dass sie jetzt noch 10 bis 15 Jahre in der ersten Liga vor sich haben, wenn sie ihre Karten richtig spielen …«

»Gehört dazu nicht auch, hin und wieder mit einem Intendanten oder Regisseur zu schlafen?«, fragte Gerstenmeier.

»Regisseur bringt nichts!«, warf Lucas ein. »Wir haben selten Einfluss auf die Besetzung. Die wird üblicherweise vom Intendanten und musikalischen Direktor gemacht, außerdem haben manchmal die Stars einer Produktion etwas zu sagen …«

»Inwiefern?«, hakte Holler nach.

»Wenn mich ein nicht ganz so großes Haus zum Beispiel als Don Giovanni haben will, wird mir oft angeboten, dass ich mir meinen Leporello und die Damen – Donna Anna, Donna Elvira und Zerlina – selbst aussuchen darf«, antwortete Lucas. »Aber ich könnte da natürlich auch keine total Unbekannte lancieren, und wenn ich die Damen ärgere, die zum Beispiel Donna Elvira singen – ungefähr 75 Prozent in der Liste traue ich zu, dass sie Männer, die ihnen blöd kommen, so behandeln wie Ileana einst Miercoledi.«

»Gut«, sagte der Kommissar wieder einmal. »Wie hat Herr Miercoledi die Ohrfeige von Frau Leodorescu weggesteckt?«

Lucas überlegte einen Augenblick, dann erwiderte er: »Zähneknirschend. Es hat ihm natürlich nicht gepasst, aber er konnte nichts machen.«

Gerstenmeier blätterte wieder in der Besetzungsliste und sagte dann: »Prinzessin Eboli – Riikka Bergqvist-Seiler. Was muss ich über sie wissen?«

Mir krampfte sich der Magen zusammen und ich schaute Lucas flehend an. Er schien meinen Versuch der Telepathie zu verstehen, schenkte mir ein kleines Lächeln und ein Blinzeln und wandte sich dann dem Kommissar zu. »Riikka Bergqvist-Seiler ist 41 Jahre alt, Finnin, mit einem Stuttgarter Arzt verheiratet, Mutter zweier Söhne und eine enge Freundin meiner Frau …«

Ja, so konnte man wohl sagen. Und bis vor Kurzem wäre ich sogar noch weiter gegangen und hätte gesagt, dass Riikka meine beste Freundin war. Dabei waren wir sehr verschieden und in einigen Dingen sogar gegensätzlich. Ich bin zum Beispiel sehr emotional und durchaus extrovertiert. Ich rede über meine Gefühle, ich zeige sie – ob es nun Zu- oder Abneigung ist – offen. Riikka dagegen wirkt auf Fremde oft kühl, weil sie zurückhaltend ist. Sie überlegt, bevor sie handelt und spricht, während es mir oft genug passiert, dass ich losschieße, bevor ich das Hirn auf Touren gebracht habe.

So geht's dann weiter. Auf meinem Schreibtisch sieht es immer aus, als ob eine Bombe eingeschlagen hätte, meinen Kleiderschrank nennt Lucas »das Bermuda-Dreieck« und als Hausfrau bin ich ein Ausfall. Riikka aber ist perfekt organisiert. Bei ihr sind die Gewürze im Regal alphabetisch sortiert und natürlich haben sie alle ein blaues, sorgfältig beschriftetes Döschen. Bei mir dagegen verharren Gewürze in den Dosen, in denen ich sie gekauft habe, oder im Tütchen – und ein paar von meinen Tütchen sind mit Wäscheklammern zugeknipst. In Riikkas Vorratsschrank stehen die Dosen mit dem kürzesten Haltbarkeitsdatum vorne und natürlich hat sie ein Fach für Sauergemüse und eines für Tomaten, in dem die gestückelten, passierten und ganzen Tomaten in verschiedenen Abteilungen. In Riikkas Wäscheschrank gibt es beschriftete Boxen für Socken: »Sommer dunkel«, »Winter bunt« und »Rutschstopp warm«. Ich hingegen habe einen kleinen Wäschekorb, in dem die Socken landen, wie ich sie von der Leine genommen haben. Wenn sie Glück haben, verpaare ich sie mit ihrem Partner, aber ich hab auch eine ganze Sammlung von Einzelsocken – und ja, ich trag durchaus mal zwei verschiedene Socken. Im Winter, in Stiefeln, wenn's eh keiner sieht? Warum soll ich mir da morgens lange die Mühe machen, passende Socken zusammenzusuchen? Der Einzige, der mich strümpfig zu sehen bekommt, ist Lucas – und wenn der sich für meine Wäsche interessiert, dann höchstens, um mich möglichst schnell davon zu befreien.

Äußerlich sind Riikka und ich auch Gegensätze. Ich bin brünett mit blaugrauen Augen, während Riikka hochgewachsen, hellblond, aber dunkeläugig ist. Sie gehört zu den Leuten, die unter Stress abnehmen, ich dagegen tröste mich mit Sahnetorte und Leberkäs' Weckle – mit entsprechendem Ergebnis.

Dennoch sind Riikka und ich Freunde, seit wir uns an der Hochschule kennengelernt haben – ich habe Kirchenmusik und später Musikwissenschaft studiert, Riikka Gesang. Bei der Kombination hat man normalerweise wenig miteinander zu tun, aber ich spielte im Hochschulorchester und Riikka, die sagenhafte sechs Oktaven hat, sang Brahms' »Alt-Rhapsodie«. Ich war hingerissen von ihrer Musikalität und sie hat mir gefallen. Es war fast, als wenn ich verliebt gewesen wäre, nur ohne jegliches Begehren. Ich wollte sie kennenlernen und mit ihr befreundet sein.

Wir haben fünf Jahre lang eine Wohnung geteilt, ich bin die Patin ihres ersten Sohnes, ich habe sie mit dem zweiten Sohn ins Krankenhaus gefahren und ihr die Hand gehalten, bis ihr Arne – er ist Anästhesist – aus dem Notarztwagen heraus war. Da kann man von »befreundet« reden, nicht?

Mein Problem bei diesem Gespräch mit den Ermittlern war nur, dass ich von Riikka nicht sagen kann: »Sie kann keiner Fliege etwas zu Leide tun.« Abgesehen davon, dass sie Fliegen, Schnaken, Bremsen und was da sonst so kreucht und fleucht, mit Gusto erschlägt – wenn jemand Riikkas Söhne oder ihren Mann angreifen würde, würde ich keine Garantien mehr für sein Leben übernehmen. Und Riikka hat Miercoledi gehasst.

Ich schluckte und versuchte, mich wieder in das Gespräch mit den Kriminalbeamten einzubringen.

Die hatten aber mittlerweile nicht mehr viel Interesse an mir. Lucas hatte, während ich meinen Gedanken nachgehangen war, mit den Herren den Rest des Ensembles durchgekaut. Inzwischen waren sie bei Mischa und Christopher angekommen, wobei Chris – übrigens ursprünglich Student bei mir und von mir dem guten Mischa ans Herz gelegt – unverdächtig war. Er hatte Miercoledi erst hier in Bregenz kennengelernt, und obwohl er ihm auch auf die Nerven gegangen war – so weit, dass man Christopher verdächtigen musste, Miercoledi vergiftet zu haben, war es sicher nicht gegangen.

Gerstenmeier und Holler hatten ihre Notizen weggepackt und waren aufgestanden. Der Kommissar streckte mir die Hand hin. »Danke für Ihre Hilfe, Frau Benning. Wir werden den Damen Miercoledi die Nachricht überbringen, dass ihr Familienoberhaupt auf gewaltsame Weise umgekommen ist.«

»Worum ich Sie nicht beneide!« Lucas war ebenfalls aufgestanden, hatte sich von Holler verabschiedet und dann auf die Uhr geschaut. »Oh, oh – wir sollten seit fünf Minuten auf der Probe sein!« Er wandte sich an den Kommissar. »Ich vermute, wir sehen uns in Kürze wieder, Herr Gerstenmeier?«

»Ich fürchte, wir müssen Sie bei der Probe stören. Das ist die beste Gelegenheit, Ihre Leute zu treffen.«

»Klar. Aber Sie haben hoffentlich nichts dagegen, dass ich das Ensemble auf Ihren Besuch vorbereite?«

*

»Entschuldigen Sie die erneute Verspätung, meine Herrschaften.« Lucas klang etwas atemlos, was kein Wunder war. Er war am Eingang zum Verwaltungsgebäude der Seefestspiele von einer ortsansässigen Journalistin ausgebremst worden, hatte mit ihr einen Termin zum Mittagessen ausgemacht und war dann, immer zwei Stufen auf einmal nehmend, die beiden Treppen zum Probenstudio hinauf gestürmt. »Wir hatten zum Frühstück unersprießliche Neuigkeiten: Die Obduktion hat ergeben, dass Mario Miercoledi vergiftet wurde.«

»Um Himmels willen!«, entfuhr es Ileana.

Mischa, der in seinen Noten geblättert hatte, schaute auf und fragte: »Bedeutet das, dass er irgendein falsches Medikament genommen hat? Er hat ja jede Menge Chemie eingeworfen.«

»Nein, Mischa, es war sicher kein falsches Medikament«, erwiderte Lucas. »Jemand hat ihm – vermutlich mit der Absicht, ihn zu töten – Gift eingeflößt. Daraus ergibt sich, dass der Staatsanwalt eine Mordermittlung eingeleitet hat und dass wir mit Besuch von den Ermittlern zu rechnen haben. Man wird Sie vermutlich alle vernehmen.«

Seit Lucas zu reden begonnen hatte, war ich auf Riikka fixiert gewesen. Ich hatte mich an meinen Tisch hinter dem aufgeklappten Notebook verschanzt und unter halb gesenkten Wimpern meine Freundin beobachtet. Riikka, die für die

Probe einen einfachen langen Leinenrock über einer schwarzen Hose trug, saß hinten an der Wand und hatte ihren Klavierauszug aufgeschlagen vor sich. Lernte sie noch an ihrer Rolle? Immerhin debütierte sie hier mit der Eboli. Oder benutzte sie ihre Noten, um sich dahinter zu verstecken so wie ich hinter meinem Monitor? Riikka war bleich, wirkte ansonsten aber ungerührt. Oder doch nicht?

Mir war hundeelend und ich hätte mich am liebsten an Lucas' Schulter geworfen und eine Runde geheult.

Lucas hatte die Sänger, die er für die große Szene im Garten der Königin – dritter Akt, erster Aufzug – brauchte, auf die Probenbühne gebeten. Dazu gehörte Riikka, die wieder einmal Professionalität bewies. Allerdings klang sie etwas verhalten und ich konnte nicht einordnen, was dahintersteckte. War sie wegen der Ermittlung geschockt oder schonte sie einfach nur ihre Stimme?

Ich studierte sie, das schmale Gesicht unter dem hellblonden, glatten Haar – es reichte ihr fast bis zur Hüfte und war an diesem Freitagmorgen zurückgekämmt und zu einem Zopf zusammengefasst – und die makellose Haut. Ich hatte sie schon immer schön gefunden. Mein Lucas allerdings hatte einmal festgestellt, dass er Riikka – bei aller Sympathie – zu dünn und eher langweilig fand. Sie habe ein feines Gesicht, an dem nichts falsch ist. »Aber es ist so berechenbar und für meinen Geschmack zu glatt«, hatte er gesagt. Ich hatte bei diesem Urteil allerdings das Gefühl, dass Riikka ihn an seine ebenfalls verflossene Cornelia – ebenfalls zierlich und blond – erinnerte.

In unserem »Don Carlos« spielte Riikka die undurchschaubare Prinzessin Eboli, die den Infanten Carlos liebt, aber mit seinem Vater geschlafen und in dessen Auftrag bei der Königin eine Kassette mit privaten Aufzeichnungen gestohlen hat.

Riikka war nicht nur eine großartige Sängerin, sondern auch eine talentierte Schauspielerin. Man glaubte ihr die Prinzessin, die ihr eigenes Süppchen kochte und auch nicht davor zurückschreckte, den König zu manipulieren und die Königin – mit der sie doch eigentlich befreundet sein sollte – in die Pfanne zu hauen.

Hatte sich bei mir die Eboli über Riikka geschoben? War das derselbe Effekt, den ich erlebt hatte, als ich Lucas das erste Mal als Don Giovanni gesehen hatte? Dabei war er so überzeugend gewesen, dass ich erschrocken war. Wie er die von ihm betrogene und belogene Donna Elvira eiskalt für verrückt erklärt und sie gleichzeitig bedroht hatte! Er war so unglaublich fies gewesen! Als ob es ihm Spaß machen würde, die arme Frau, die ihn liebte und unter ihm litt, zu quälen! Ich hatte im Publikum gesessen, gefröstelt und überlegt, wie Lucas das so brillant und glaubwürdig spielen konnte.

Er musste dafür den Don doch verstehen und etwas von ihm in sich finden – und wie passte das zu dem Mann, den ich sanft und liebevoll kannte? Ich hatte danach eine ganze Weile mit ihm gefremdelt und erst lernen müssen, dass er eben auch eine dunkle Seite hatte.

Und wie war das nun mit Riikka? Ich hatte einmal gesagt: »Wenn du mich nachts um drei anrufen und mir erzählen würdest, dass du gerade jemand umgebracht hast, würde ich die Schaufel in den Kofferraum werfen und losfahren, um dir dabei zu helfen, die Leiche zu verstecken.«

Das war nicht nur Geschwätz gewesen. Riikka und ich hatten so viel miteinander durchgestanden, wir waren einander so verbunden, dass ich sie bestimmt nicht der Polizei ausliefern würde. Wenn sie Miercoledi umgebracht hatte, hatte sie einen guten und auch für mich nachvollziehbaren Grund gehabt!

So. Das war der Punkt – oder nicht? Eine Stimme in meinem Hinterkopf – und sie klang sehr nach der des Pfarrers Gottlob Rühle, meines Herrn Vaters – sagte: Fünftes Gebot: Du sollst nicht töten.

Ich bin nicht sonderlich fromm, aber ich glaube durchaus daran, dass Menschen nicht das Recht haben, anderen das Leben zu nehmen. Nichts – kein Gesetz, keine Untat, keine Verletzung oder Beleidigung – rechtfertigt den Mord an einem anderen Menschen.

Also, was würde ich tun, wenn meine beste Freundin tatsächlich einen Mord begangen hatte? An meiner Zuneigung zu ihr würde es nichts ändern. Ich war überzeugt, dass sie dann wirklich einen Grund gehabt hatte. Andererseits hatte ich doch eben postuliert, dass nichts einen Mord rechtfertigte – und schon gar nicht einen so kaltblütigen und grausamen! Ich sah den toten Miercoledi vor mir, gedemütigt, einsam, im tiefsten Schmerz.

Nein. Was immer er getan hatte – und ich traute ihm so ziemlich alles zu – und wie monströs er sich auch benommen hatte, es rechtfertigte dennoch nicht, dass ihn jemand so gequält hatte. Wenn Riikka es getan hatte – was taten sich dann da für Abgründe vor mir auf?

Ich habe von meinen Freunden noch nie Perfektion erwartet. Wenn ich nur reine Engel um mich herum dulden wollte, wäre ich sehr einsam. Außerdem – wie würden die denn mit all meinen Fehlern, Macken und Unsicherheiten umgehen? Ich muss immer darauf hoffen, dass mich meine Nächsten liebend annehmen und mir aus ihrer Zuneigung heraus meine Fehler, Mängel und Irrtümer vergeben. Verpflichtet mich das nicht auch, ihnen mit Toleranz zu begegnen?

Und dann war da noch die Sache mit der Loyalität. Lucas hatte mir da vor einiger Zeit eine Lektion erteilt. Ich hatte mich an der Hochschule wegen einer ziemlich banalen Geschichte mit einer Kollegin angelegt. Die Sache stand keineswegs dafür, aber ich hatte mich in meiner Sturheit und mit verletztem Stolz darin festgefahren. Und dann war ich in der Causa auch noch mit Lucas aneinander geraten, der mir unmissverständlich klargemacht hatte, dass er nicht mit mir einverstanden war. Ich war stinkesauer und beleidigt und ich machte vor lauter Zorn die Nacht durch, weil ich nicht das Bett mit ihm teilen wollte.

Am nächsten Morgen war dann Lehrerkonferenz an der Musikhochschule – und da erlebte ich dann, wie Lucas mich nicht nur verteidigte, sondern mir eine goldene Brücke baute. Ich kam erst in der Mittagspause dazu, alleine mit ihm zu reden und mich zu bedanken. »Ich hätte nicht damit gerechnet, dass gerade du mich in Schutz nimmst«, hatte ich gesagt.

Lucas hatte eine Augenbraue nach oben gezogen. »Right or wrong – my country!«, hatte er zitiert. Und: »Was wäre meine Loyalität wert, wenn sie nur dann greifen würde, wenn ich 100 Prozent mit dir einverstanden bin? Ich werde dir immer ehrlich die Meinung sagen, auch auf die Gefahr hin, dass du dich darüber ärgerst und mich alleine schlafen schickst. Aber das findet unter vier Augen zwischen dir und mir statt. Öffentlich werde ich dir nie in den Rücken fallen.«

Auf diese Form der Loyalität hatte Riikka bei mir wohl auch Anspruch. Daraus ergab sich aber, dass ich mit ihr reden musste. Ich musste sie fragen, ob sie etwas mit Miercoledis Tod zu tun hatte – und mir graute davor. Ich bin sehr harmoniebedürftig, ich möchte am liebsten immer Friede, Freude, Eierkuchen um mich herum.

Ich sah zu meinem Ehemann hinüber und wünschte mir nichts mehr, als mit ihm allein sein zu können. Ich würde ihn bitten, mich erst einmal in den Arm zu nehmen und festzuhalten.

Ja, ich bilde mir gerne ein, eine starke Frau zu sein, und ich habe es ja auch geschafft, mindestens die Hälfte meines Erwachsenendaseins alleine zu stemmen – und Himmel die Berge, ich bin dabei nicht schlecht zurechtgekommen! Ich habe drei Bücher veröffentlicht, ich habe mir als Musikkritikerin einen gewissen Ruf erworben und ich habe mir eine Professur erarbeitet. Ich finde, ich habe mir das Recht erworben, auch einmal schwach sein und mich an die breite Schulter meines Liebsten anlehnen zu dürfen (und das umso mehr, weil ich ihm das Recht darauf, von mir getröstet zu werden, auch einräume). Aber mir wurde in diesem Moment auch klar, dass in all den Jahren und bei all meinen Kämpfen Riikka immer hinter mir gestanden hatte. Sie hatte mir vor meinem Rigorosum die Hand gehalten, sie hatte meine ersten Kritiken gegengelesen, sie war auf der Beerdigung meiner Mutter neben mir gestanden und sie hatte mich nach der Trennung von Lucas getröstet. Was immer sie jetzt auch getan hatte – sie hatte es verdient, dass ich zu ihr hielt.

*

Ich weiß wirklich nicht mehr, wie ich den Vormittag überstanden habe. Ich muss auf Autopilot geschaltet haben, jedenfalls habe ich Eintragungen in meine Dokumentation gemacht, habe zweimal wegen eines Kontinuitätsfehlers unterbrochen und der Requisitentisch, für den ich in diesem Stadium der Proben zuständig war, war in Ordnung. Ich hatte funktioniert. Allerdings: Denen, die mich gut kannten, war aufgefallen, dass es mir dabei nicht gut ging. Mischa hatte eine Weile neben mir gesessen und mich leise gefragt, ob ich in Ordnung sei; Lucas hatte schließlich eine Pause ausgerufen, Praktikantin Annsophie zum Brötchenholen in die Kantine geschickt und sich zu mir gesetzt. Auf seine Frage hin, ob ich ein Problem hätte, hatte ich für einen Augenblick meine Stirn an seine Schulter gelehnt und erwidert, dass er sich keine Sorgen machen müsse. »Wir reden heute Abend.«

Und da war Riikka gewesen, die mich immer wieder aus dem Augenwinkel beobachtet hatte. Schließlich, als sie auf der Bühne ein paar Minuten nicht gebraucht wurde, war sie zu mir gekommen. »Habe ich richtig mitbekommen, dass Lucas mit dieser Pressetrulla essen muss? Gehst du mit mir zum Japaner? Ich habe einen richtig guten entdeckt.«

Ich liebe japanisches Essen, aber ich konnte mich nicht darauf freuen. Mein Magen schien sich in einen Knoten verwandelt zu haben und ich hatte das Gefühl, dass ich nicht einmal ein Reiskorn darin unterbringen konnte, als wir von der Seebühne zu einem Japaner fuhren. Riikka lotste mich, sagte aber sonst nichts – sie schien auch in Gedanken zu sein.

Sie suchte den Tisch aus – sie kannte den Laden ja. Und ich war erleichtert, dass wir in einer Nische am Fenster des Nebenzimmers landeten. Dort würden wir nicht nur ungestört sein, sondern konnten auch von niemandem gehört werden.

Riikka bestellte Yakitori Udon – Hühnerfleisch, Teriyaki Sauce und Gemüse in Soja-Suppe. Ich tat es ihr nach: Miso Ramen – Schweinefleisch, Ei und Gemüse in Miso-Suppe. Wasser für sie, Apfelsaftschorle für mich – und als die Getränke vor uns standen und der Kellner außer Hörweite war, wurde mir fast übel, denn nun mussten wir ja reden – und wie, bitt'schön, fängt man so ein Gespräch an? Man kann seine beste Freundin schlecht fragen: »Äh, hast du zufällig einen Kollegen vergiftet?«

Riikka machte es mir leicht. Sie lehnte sich zurück, kreuzte die Arme über der Brust und stellte fest: »Du traust mir zu, Miercoledi erledigt zu haben, oder?«

»Uuuh.« Ich fühlte mich sehr überfahren, beschloss aber, ihre Direktheit durch Ehrlichkeit zu belohnen. »Ich weiß es nicht, Riikka. Ich bin total durch den Wind und ich weiß wirklich nicht mehr, wo in dieser Geschichte vorne und hinten ist.«

»Dann sollten wir versuchen, Klarheit zu schaffen. Was bringt dich auf die Idee, dass ich Mario umgebracht haben könnte?«

Ich vermutete, sie hätte nicht viel anders geklungen, wenn sie mich nach meinem Rezept für eingelegte Auberginen gefragt hätte. Ich holte tief Luft. »Dummerweise fallen mir mehrere Punkte ein. Der erste: Du scheinst ein Motiv gehabt zu haben. Du hast Miercoledi gehasst.«

»Stimmt«, bestätigte Riikka. »Wenn du mir deine anderen Gründe nennst, erzähle ich dir, warum ich Miercoledi so verabscheut habe.«

»Gut. Mein zweiter Punkt: Du hast Ahnung von Giftpflanzen. Für dich wäre es kein Problem gewesen, Eibe zu finden und aufzubereiten.«

»Ah?« Sie hob eine Augenbraue. »Eibe? Taxus baccata, also Taxin B – sehr wirkungsvoll. Aber auch ziemlich gemein.«

»Ja. Er hat furchtbar ausgesehen.«

Riikka dankte dem Ober, der unsere Suppe servierte, und gönnte sich einen Löffel. Dann schaute sie mich an und sagte, ihre Stimme ganz ruhig: »Mir wäre etwas Besseres als Eibe eingefallen. Das ist so leicht nachweisbar. Außerdem hatte er doch was mit dem Herzen …«

»Woher weißt du das?«, unterbrach ich.

»Hör mal, ich bin mit einem Arzt verheiratet und ich habe in der Apotheke meines Vaters auch das eine oder andere gelernt. Ich hab's Mario angesehen – der knallrote Kopf und dass er selbst bei normalen Temperaturen geschwitzt hat – das deutet auf einen zu hohen Blutdruck hin. Und hin und wieder hatte er blaue Lippen. Also hätte ich, wenn ich ihn hätte vergiften wollen, wohl Digitalis genommen. Ich habe gestern erst beim Spaziergang am Wegesrand Digitalis purpurea – das ist der rote Fingerhut – gesehen. Und im Garten meines Nachbarn zu Hause blüht Digitalis lutea, der gelbe

Fingerhut. Bei Miercoledis Herz hätte ich nicht viel davon gebraucht, um ihn in die ewigen Jagdgründe zu schicken. Obendrauf wären die Symptome einer Digitalis-Vergiftung bei ihm nicht so aufgefallen. Die Chance, damit sogar bei einer großen Obduktion durchzukommen, wäre gar nicht so klein gewesen.«

Ich mochte dieses Gespräch nicht und mir missfiel die Kaltblütigkeit, mit der Riikka die Möglichkeiten eines Mordes diskutierte. Aber wir hatten damit angefangen und nun mussten wir es zu Ende bringen.

»Können wir noch mal über die Eibe reden?«, fragte ich, nachdem ich den ersten Löffel der heißen Suppe geschluckt hatte. »Zwei, drei Stunden, bevor Miercoledi gestorben ist, war ich im Park des Hotels und habe jemanden beobachtet, der Zweige von der Eibenhecke geschnitten hat.« Damit hatte ich die Wahrheit gleich in zwei Punkten etwas strapaziert: Ich hatte keine Ahnung, wann Miercoledi gestorben war, und ich war nicht sicher, ob der Rosendieb tatsächlich an der Eibe gewesen war. Aber ich wollte sehen, wie Riikka reagierte, und so setzte ich fort: »Es war dunkel und ich konnte die Gestalt nicht erkennen, aber von der Größe und vom Körperbau her könntest du das gewesen sein.«

»Mmmm«, murmelte Riikka und bugsierte eine Scheibe Lachs auf ihren Löffel. Sie kaute, schluckte und fragte: »Konntest du nicht erkennen, ob es ein Mann oder eine Frau war?«

»Leider nicht. Die Gestalt trug eine voluminöse Jacke – so wie meine Biker-Lederjacke. Gepolsterte Schultern, daher um die Brust herum recht weit – da kann man nicht erkennen, ob da ein Busen drunter ist oder nicht.«

»Und das Becken? Das ist doch normalerweise ziemlich verräterisch?«

»Nicht in dem Fall. Wenn es eine Frau war, hat sie zumindest keinen Hintern wie diese amerikanischen Trash-TV-Tussis.« Meine Suppe war abgekühlt, aber das störte mich nicht. Ich hatte sowieso keinen Appetit mehr. Ich schob die Schüssel weg und sagte leise: »Mir ist ziemlich mies.«

»Das kann ich verstehen.« Riikka allerdings schien kein Problem zu haben. Sie aß den Rest ihrer Suppe und angelte nach der Karte. »Ich glaube, ich brauche noch eine kleine Sushi-Platte, sonst knurrt mir nachher der Magen. Und du?«

»Ich hab keinen Appetit!« Ich fand Riikka sehr robust.

Sie winkte dem Kellner, bestellte eine kleine, gemischte Platte mit Makis und Sashimi, dann schob sie die Hand über den Tisch und legte sie über meine. »Vickylein – das geht dir ganz schön an die Nieren, hmm?«

Ich schüttelte den Kopf. »Du sprichst so unbeteiligt darüber!« Ich wiederum war den Tränen nahe – und verfluchte mal wieder die Tatsache, dass ich so nahe am Wasser gebaut bin. »Riikka, ich habe dich verdächtigt, einen Mord begangen zu haben!« Meine Stimme klang schrill.

»Jetzt nicht mehr?«, fragte Riikka.

»Ich weiß nicht.« Nun brannten meine Augen und ich fühlte, wie sich die Tränen darin sammelten.

»Och, Mädchen!« Riikka streichelte mit einem Finger über meinen Arm und ich sah, dass ihr die Hände zitterten. Also berührte sie unser Gespräch doch! Und nun senkte sie die Stimme. »Was würdest du tun, wenn ich gestehen würde, es gewesen zu sein?«

»Ich weiß nicht.« Das schien meine neue Standardantwort zu werden. Aber nach kurzer Überlegung schob ich hinterher: »Aber eigentlich – ne, bei dir passt einiges nicht. Ich weiß nicht, wie lange Eibe braucht, um jemanden umzubringen, aber wenn du das im Park gewesen wärest – das war um Mitternacht herum. Wie hättest du um die Zeit an Miercoledi herankommen und ihm die Eibe einflössen sollen?«

Nun lächelte Riikka, wenn auch ein wenig schief. »Dein berühmter analytischer Verstand arbeitet immer noch hervorragend. Zu deiner Information bezüglich Eibe: Wenn man Taxin B in entsprechend hoher Dosis verabreicht, wirkt es ziemlich schnell. Und man könnte Eibe zum Beispiel in einem Tee verstecken oder einen Auszug daraus machen.«

Ich wischte mir die Tränen von der Wange und merkte dabei, dass meine Hände feucht geworden waren. »Riikka«, unterbrach ich sie, »darf ich jetzt einfach die Frage stellen? Warst du es oder warst du es nicht?«

Riikka senkte den Kopf und schaute auf die Sushi-Platte, die der Kellner mittlerweile gebracht hatte. »Victoria«, fing sie an, »ich kann nicht abstreiten, dass ich über seinen Tod froh bin. Ich finde, die Welt ist ein besserer Platz ohne Mario. Und ich kann auch nicht abstreiten, dass ich darüber nachgedacht habe, ihn umzubringen. Aber ich dachte an Arne, Nick und Bengt – und meine Familie war mir dann doch wichtiger als Miercoledi.«

Mir war, als wenn mir ein Zentnergewicht vom Herzen gefallen wäre. In meinem Hinterkopf flüsterte eine Stimme: »Glaubst du das? Einfach so?« Aber ich wollte nicht auf sie hören. Ja, ich glaubte Riikka. Sie hatte mich noch nie angelogen und selbst wenn sie jetzt damit angefangen hätte – sie hätte ihren Mann und ihre Söhne nicht hineingezogen.

Aber da war noch etwas und bevor ich darüber nachgedacht hatte, platzte ich schon heraus: »Warum hast du ihn so sehr gehasst? Hat er dir etwas angetan?«

Riikkas Augen wurden schmal. »Das hätte er sich nicht getraut! Ich hätte ihn kastriert – mit zwei Backsteinen und Hochgenuss! Aber andere …« Sie verstummte, suchte einen Augenblick nach Worten und sagte dann: »Junge Mädchen, zum ersten Mal weit weg von zu Hause, auf sich gestellt –

da gab's wohl immer wieder welche, die nicht den Mut hatten, sich gegen Mister Superstar zu wehren.« Sie atmete tief durch. »Erinnerst du dich an Sophia Malmquist? Sie hat mit mir bei Herbers studiert und ist dann nach Wien gegangen.«

Bei mir klingelte etwas. »Sie war Schwedin, nicht? Eine sehr aparte Brünette mit Veilchenaugen und einem herrlichen Alt? Ich habe mich immer gewundert, warum man nichts mehr von ihr gehört hat – so tragfähige Altstimmen sind doch gesucht! Ich dachte dann irgendwann, dass sie wohl die große Liebe gefunden, geheiratet, fünf Kinder bekommen und ihr Glück am heimischen Herd gefunden hat.« Ich war so erleichtert, dass ich ins Blabbern gekommen war. Außerdem schielte ich nach Riikkas halb abgegessener Platte. Der Thunfisch, tiefrot auf dem weißen Reis, lachte mich an. Ich stellte mir vor, wie frisch und lecker er schmecken würde. Und mit einem Hauch von der grünen Wasabi-Paste – die sorgte dafür, dass der Geschmack im Mund zu explodieren schien und sich ausbreitete. Ich hob den Arm, aber der Kellner war am Nebentisch. Immerhin hatte er mich gesehen, lächelte und kam herüber. Ich orderte Nigiri mit Thunfisch, Loup de mer und japanischem Omelette, dazu drei Makis mit Gurke und Temaki mit Lachs und Forellenkaviar.

Riikka lächelte. »Na, dir scheint es ja wieder besser zu gehen, Vic.« Sie wurde sofort wieder ernst. »Aber wir hatten über Sophia Malmquist gesprochen. Die hat leider nicht geheiratet und das Glück am häuslichen Herd gefunden, sondern sich umgebracht. Und daran war der geschätzte Kollege Miercoledi schuld.

»Oh nein!«, entfuhr es mir. Ich sah die kleine Altistin vor mir, wie sie damals durch die Musikhochschule marschiert war. Sie war niedlich gewesen, ein sehr weiblicher Typ mit ein bisschen Babyspeck, meist im Kleidchen und auf Ballerinas unterwegs. Aber am besten erinnerte ich mich an ihre großen Vergissmeinnichtaugen, mit denen sie erwartungsvoll in die Welt geguckt hatte. Damals war sie mit einem Oboisten befreundet gewesen, der wie ich öfter in der Oper gemuckt* hat. Daher habe ich sie gekannt, wenn auch nicht näher. Sie war mir zu sehr »Girlie« gewesen – eine, die sich ausführlich mit Mode und Make-up befasste, woran ich ja nun sehr wenig interessiert war. Aber Riikka war ihr näher gewesen – nicht weil sie eine Modepuppe gewesen wäre, sondern weil sie sich wohl als die Ältere für die kleine Schwedin im fremden Land verantwortlich fühlte. Und darum streichelte ich jetzt auch über ihre Hand und sagte sanft: »Es tut mir leid für dich. Du hast sie gern gehabt, nicht? Aber wann war denn das mit dem Selbstmord? Ich habe da überhaupt nichts davon mitgekriegt.«

Riikka nahm dem Kellner die Teller mit meinem Sushi ab und bestellte sich einen Kaffee. Als der Ober weg war, sagte sie: »Sophia und ich hatten eine gemeinsame Freundin, die mir die Kleine ans Herz gelegt hat, als sie nach Stuttgart kam.«

»Du hast sie ein wenig beschützt?«

Riikka nickte. »Sie war sehr schüchtern und in den ersten Wochen in Stuttgart fühlte sie sich sehr alleine und einsam.«

»Und nach dem Studium ist sie dann nach Wien gegangen, nicht? Hat sie da Miercoledi kennen gelernt?«

Riikka schüttelte den Kopf. »Nicht so direkt. Sophia ging nach Wien in den Chor – gegen meinen Rat. Aber sie wollte unbedingt eine feste Anstellung und sie hat sich nicht getraut, es als freie Solistin zu probieren. Ich habe ihr dann empfohlen, zu einer Meisterklasse von Miercoledi nach Mailand

---

* Eine »Mucke« nennen Musiker alles, was sie außerhalb ihrer normalen Tätigkeit musikalisch und für Bezahlung machen.

zu gehen. Du weißt, wie das läuft – völlig wurst, was der ›Meister‹ erzählt und ob du was davon übernimmst, wichtig ist nur, dass du drei, vier große Namen in deinem CV* hast. Sophia hatte Ileana und Lucas, es fehlte ihr eigentlich nur noch einer – und darum habe ich ihr sogar das Geld für den Kurs bei Miercoledi geliehen. Keine gute Idee, wie sich dann zeigte.«

»Oh, du Schande – hat er eine Affäre mit ihr angefangen?«, fragte ich.

Riikka nickte. »Mit allem, was bei ihm üblicherweise dazu gehörte, inklusive der ›Meine Frau versteht mich nicht, wir sind nur noch wegen der Kinder zusammen‹- und der ›Auf dich habe ich mein Leben lang gewartet‹-Nummer. Dazu hat er noch eine ordentliche Portion ›Ich mach dich zum Star und dann ziehen wir gemeinsam durch die Welt‹ untergerührt, ihr die große, weite Welt gezeigt …« Sie trank einen Schluck Kaffee.

Ich seufzte. »Du meinst seine berühmten Einladungen ins Luxusrestaurant, bei denen er erwartet, dass der Wirt die Zeche übernimmt, weil's ja eine Ehre für seinen Schuppen ist, wenn ein Miercoledi dort isst? Und wenn er im nächsten Interview erwähnt, dass er im ›La Casa di Protzo‹ gespeist hat, wird die ganze vornehme Welt dort einkehren …«

»Genau so!«, bestätigte Riikka. »Bei Sophia hat er dann das ganz große Rad gedreht. Die bekam auch noch ein paar Luxusfummel von irgendwelchen Designern …«

»Ja, klar – in denen durfte sie dann an Miercoledis Arm über einen roten Teppich stiefeln und sich fotografieren lassen. Und dafür, dass unter den entsprechenden Fotos so was wie ›Mario Miercoledis Begleiterin: Kleid von Mucci, Schuhe

* Curriculum Vita, der Lebenslauf, mit dem sich junge Sänger um ein Engagement beziehungsweise um das Vorspiel dafür bewerben.

von Gucci, Schmuck von Fucci‹ zu lesen war, stellten die den Fummel kostenlos zur Verfügung – nach dem schönen Prinzip ›Wer hat, dem wird gegeben‹!«

»He, was beschwerst du dich?« Riikka schüttelte in gespielter Indignation den Kopf. »Dein Mann müsste nur mal ein bisserl mehr auf Star machen und vielleicht das eine oder andere Open-Air-Konzert im Fußballstadion oder auf der Waldbühne juchzen …«

»Bevorzugt mit den immer wieder gerne gehörten Lieblingsarien wie ›Largo al factotum‹* und ›Avant de quitter ces lieux‹**«, seufzte ich.

Riikka lächelte: »Und dann schicken wir noch Cayo ins Konzert und mit dem kann Lucas dann das Duett aus den ›Perlenfischern‹*** singen und alle sind glücklich! Wobei ich angemerkt haben will, dass dein Herr und Meister alle drei Stücke toll singt …«

»Kein Widerspruch von mir, aber du kannst dennoch davon ausgehen, dass er sich nicht ins Fußballstadion stellen wird, um für viel Geld Mixed Pickles zu singen. Das ist nicht sein Ding, so was überlässt er lieber den Miercoledis dieser Welt«, sagte ich.

Riikka nickte. »Ich weiß – und dass man Lucas in der Branche ernst nimmt, während man wegen Miercoledi schließlich nur noch die Augen verdreht hat, liegt wohl daran, dass

---

* »Largo al factotum della città« (Macht Platz für das Factotum der Stadt) singt Figaro bei seinem ersten Auftritt in der Oper »Il barbiere di Siviglia« von Gioachino Rossini. Besagter Figaro ist ein Bariton und die Arie ist richtig schwer. Darum gehört sie zu den Glanzstücken eines Baritons und wird sehr oft in Konzerten gesungen.

** »Avant de quitter ces lieux, sol natal de mes aïeux a toi, seigneur et Roi des cieux …« ist die Kavatine des Valentins (Bariton) in Charles Gounods Oper »Faust«, mit der er beim Aufbruch in den Krieg den Himmel um den Schutz seiner Schwester Margarethe anfleht.

*** Das Duett »Au fond du Temple Saint« aus Georges Bizets »Les pêcheurs de perles« gehört zum Schönsten, was je für Tenor und Bariton geschrieben wurde. Und wenn's zwei richtig singen können, bekommt man als Hörer Gänsehaut.

Lucas sich nie prostituiert hat. Miercoledi aber hatte damit kein Problem. Im Gegenteil. Er fand es ausgesprochen doof, wenn man sich von etwas so Überflüssigem wie künstlerischer Integrität vom Geldverdienen abhalten ließ. Wenn er ein Wappen gehabt hätte, wäre der Spruch darauf wohl ›Pecunia non olet‹* gewesen.«

»Ja, er war schon ein besonderes Herzblatt«, bestätigte ich.

Riikka nickte und sprach weiter: »Geizig und gierig – tolle Kombination. Aber wenn du damals etwas Diesbezügliches zu Sophia gesagt hättest, wäre sie dir mit beiden Füßen voraus ins Gesicht gesprungen. Sie war total in ihn verknallt, sie glaubte jedes Wort, das er ihr erzählte.«

Ich konnte nur noch den Kopf schütteln. »Aber sag, der Mann war doch an die 30 Jahre älter als sie! Und attraktiv habe ich den mit seinen krummen Haxen, dem Doppelkinn und der Wampe nicht unbedingt gefunden.«

Riikka lächelte. »Ich wundere mich gerade, dass du ihn überhaupt so genau angeguckt hast. Du bist ihm wohl nur begegnet, wenn er mit Lucas gearbeitet hat – und da hast du doch nur auf Lucas gesehen und gehört!«

»Na ja, in der ›Manon‹ oder der ›Boheme‹ war Lucas ja nicht die ganze Zeit auf der Bühne!«, grinste ich sie an. »Da versuchte ich dann immer herauszufinden, warum es tatsächlich Frauen gab, die sogar dann Miercoledi anhimmelten, wenn Lucas in der Nähe war.«

»Das, meine Gute, ist der C-Effekt.« Riikka verdrehte die Augen. »Ich versteh's ja auch nicht, aber das hohe C beziehungsweise die Fähigkeit, ein solches zu singen, scheint bei manchen Frauen seltsame Erscheinungen auszulösen.«

»Bei mir nicht!«, brummte ich kauend.

---

* Lateinisch für »Geld stinkt nicht« – damit hat angeblich ein römischer Kaiser begründet, dass er Steuern für die Benutzung öffentlicher Toiletten in Rom verlangte.

»Mozart hat's auch nicht verstanden!«, lächelte meine Freundin. »Der hat Don Giovanni, dieses Urbild von Männlichkeit, mit einem Bariton besetzt.«

»Bariton ist viriler!«, behauptete ich. »Ein samtiges F – dafür lass ich doch jedes klappernde hohe C stehen!« Ich stopfte mir ein Stück Nigiri in den Mund. »Aber zurück zu deiner Sophia. Die wird sich doch wohl nicht umgebracht haben, weil Miercoledi sie angelogen und dann verlassen hat?«

»Wenn man sich allein deswegen umbringen würde, müsste Miercoledi ja einen eigenen Friedhof gehabt haben!«, schimpfte Riikka. »Aber bei Sophia waren's nicht nur seine Lügerei und seine fiesen Tricks, sondern die Tatsache, dass sie dann schwanger wurde.«

»Fertil war der Kotzbrocken in jedem Fall! Zwei eheliche Töchter, zwei außereheliche Söhne – und dann noch Sophias Kind …«, maulte ich.

»Wobei das nie geboren wurde«, unterbrach mich Riikka. »Der alles andere als glückliche werdende Vater hat Sophia zu einer Abtreibung überredet. Er hat erst mal bezweifelt, dass das Kind von ihm ist. Woher er denn wissen solle, ob sie nicht rumgeschlafen habe? Bei ihm sei sie ja nicht eben zurückhaltend gewesen …«

»Oh, das gibt's doch gar nicht! Hat der das ganze Pflichtenbuch für psychischen Missbrauch abgearbeitet?«

Riikka sprach unbeirrt weiter. »Danach hat er sie dann übelst beschimpft, weil sie so blöd war, nicht zu verhüten – in den Augen solcher Männer ist das Frauensache. Und er werde keinen Cent zahlen, wenn sie das Balg kriege, sondern im Gegenteil dafür sorgen, dass ihre Karriere beendet sei und sie nie wieder ein Engagement bekomme. Sie könne sich schon mal an der Musikschule in Öckelbö bewerben – da hätte sie vielleicht noch eine Chance auf eine Halbtagsstelle als Gesangslehrerin.«

»Und das hat sie ihm abgekauft?« Ich ballte die Fäuste. »Du, dem hätt ich ein Feuerchen unter dem faltigen Hintern angezündet! Ich hätte das Kind gekriegt, sofort einen DNA-Test machen lassen und ihn dann nicht nur vor Gericht gezogen, sondern die einschlägige Klatschpresse dazu eingeladen! Bei mir hätte der freiwillig gezahlt!«

»Tja …« Riikka zuckte mit den Schultern. »Sophia war ein Hascherl. Sie hat sich von ihm ins Bockshorn treiben lassen und war so geschockt, dass er sie zu einer Abtreibung überreden konnte. Sein Assistent hat sie nach Holland kutschiert und nach vollzogener Operation hat er ihr einen Umschlag mit 3000 Euro überreicht – sie solle sich zum Trost was Nettes kaufen.«

»So ein Schwein!«, schimpfte ich.

Riikka atmete tief durch. »Das war Maestro Miercoledi, der große Förderer des Nachwuchses! Im Fall dieser jungen Sängerin ging's halt mal daneben. Sie hat sich prompt eine fette Depression eingehandelt – und er hat sich einen Dreck um sie gekümmert. Sie saß in ihrem piefigen Appartement, hatte Schmerzen – irgendwas ist da bei der Abtreibung auch noch schiefgelaufen – und bekam den Hintern nicht mal so weit hoch, zum Arzt zu gehen. Dafür ist sie zweimal zu spät zum Dienst erschienen …«

»Oh, oh!«, rutschte mir heraus. Zuverlässigkeit und Pünktlichkeit sind die obersten Gebote in der Oper. Ein Musiker oder Sänger, der in den Ruf kommt, unzuverlässig zu sein, ist bald weg vom Fenster. Da helfen weder Talent noch Ruhm. Kein Intendant riskiert, dass der Vorhang unten bleibt, weil irgendjemand nicht gekommen ist.

Riikka seufzte. »Und dann noch mal eine Probe verpasst – und das ergab die Abmahnung. Anstatt sich dann am Straps zu reißen und superpünktlich zu sein, ließ Sophia vollends die Flügel hängen und ging einfach gar nicht mehr zum Dienst.

Das gab dann natürlich die fristlose Kündigung – und drei Tage später ist sie von der Donaubrücke gesprungen. Sie hat mir einen Brief geschrieben, in dem sie mir alles erzählt hat. Sie habe ihre Karriere ruiniert und sie habe auch privat keine Zukunft mehr – welcher Mann sie denn noch wollen würde, nachdem sie ihr Kind getötet habe? Außerdem könne sie nie wieder einem Mann vertrauen.«

»Hast du Miercoledi mal damit konfrontiert?«, fragte ich.

Riikka schnaubte, schaute auf die Uhr und hob den Arm. »Vic, wir müssen zusehen, dass wir Land gewinnen. Sonst schickt Lucas uns eine Abmahnung!« Der Kellner hatte sie gesehen und kam an den Tisch, Riikka bat um die Rechnung. Als der Ober wieder verschwunden war, lachte sie bitter auf. »Klar habe ich Miercoledi konfrontiert. Ich wollte ihm das nicht einfach so durchgehen lassen. Er war damals in Kopenhagen – ›Turandot‹* mit der Raczena, ich habe Liu gemacht. Ich habe drei Tage gebraucht, bis ich den Herrn erst mal alleine erwischt habe! Um den schwirrten entweder Journalisten oder seine Entourage rum. Ich hab ihn schließlich unter Druck gesetzt und ihm gesagt, wenn er mich nicht da und da in einem Café treffen würde, würde ich das, was ich zu sagen habe, vor seiner Frau loslassen – und das würde ihm sicher nicht gefallen.«

»Wusste er nicht, dass du mit Sophia befreundet warst?«

»Doch, klar wusste er das. Aber er tat natürlich so, als wenn er nur eine ganz oberflächliche Bekanntschaft mit ihr gehabt hätte. Und dann meinte er, ich hätte eben nicht mitgekriegt, dass sie eine ziemliche Schlampe war und mit einigen Männern rumgemacht hat …«

Die Rechnungen kamen, wir bezahlten, gingen zum Auto und ich fuhr los, zurück zur Seebühne. Unterwegs sagte ich wütend: »Es ist schon obermies, dass er sie dann auch noch nach ihrem Tod verleumdet hat.«

---

* »Turandot« ist die letzte Oper von Giacomo Puccini.

»Typisch Miercoledi. Unter den durchreisenden Sängern, mit denen Sophia was gehabt haben soll, war übrigens auch dein Lucas.« Sie verdrehte die Augen. »Himmel, ich muss dir nicht erklären, dass er sich das aus den Fingern gesogen hat, oder? Ich meine, Sophia war mal in Lucas verknallt – wer nicht in der Generation? Die Soprane wollten alle mal als Zerlina sein Häuschen besichtigen* und die Altistinnen träumten davon, als Penelope das keusche Bett samt der bestickten Wäsche** mit ihm zu teilen. Aber Sophia war damals klar, dass sie bei Lucas keine Chance hatte. Ich denke, es macht einen nicht zu kleinen Teil seiner Ausstrahlung aus, dass er zu alledem auch noch so ein anständiger Kerl ist. Und darum habe ich Miercoledi ausgelacht, als er sagte, dass Lucas der Vater von Sophias Kind gewesen wäre.«

»Unverschämtheit!«, fluchte ich. »Wann war denn das ungefähr? Und warum hast du mir nie was davon erzählt?«

Riikka seufzte. »Das war im Frühling 2011. Da ging's dir hundeelend, weil deine Mutter gerade gestorben war.«

»Ach so.« Ich war damals wirklich sehr angeschlagen gewesen. Aber nun funktionierte mein Verstand wieder. »Miercoledi fehlte eine Information, die in dem Fall doch relevant ist«, sagte ich kühl. »Lucas und seine zweite Frau wollten Kinder, aber Cornelia hatte drei Fehlgeburten. An der letzten ist sie fast verblutet, darum hat er sich sterilisieren lassen.«

»Herzi«, Riikka legte mir die Hand auf den Arm, »du musst ihn nicht verteidigen. Ich hab das eh nie geglaubt.«

---

* »La ci darem la mano« – in seiner berühmtesten Arie lädt *Don Giovanni* in der gleichnamigen Oper von Mozart die kleine Zerlina ein, sein »Häuschen« mit ihm zu besichtigen. Wahrscheinlich will er ihr da seine Briefmarkensammlung zeigen.

** Dazu müsste die Altistin Monteverdis »Il ritorno d'Ulisse in patria« singen. Darin kehrt Ulisse – meist von einem Bariton gesungen – nach xx Jahren im trojanischen Krieg auf seine Heimatinsel zurück. Sein Ehegespons Penelope (Alt) hat zwar auf ihn gewartet, erkennt ihn aber nicht wieder, bis er ihr von einem von ihr bestickten Betttuch erzählt, das sie anscheinend nur für einschlägige Unternehmungen aufgezogen hat.

Wir waren wieder auf dem Parkplatz der Seebühne angekommen und ich rangierte meine Reisschüssel in eine Parkbucht. »Ich verstehe jetzt aber deine Abneigung gegen Miercoledi.« Ich schaltete den Motor ab und wandte mich Riikka zu. »Danke. Die Geschichte lag mir wirklich schwer im Magen.«

»Ich danke dir, dass du mich nicht einfach der Polizei überlassen hast.«

»He, wir sind Freunde!«, wehrte ich ab. »Und weißt du, je mehr ich über Miercoledi erfahre, desto mehr wird mir klar, dass ich ein gewisses Verständnis für seinen Mörder habe. Versteh mich richtig: Ich glaube nicht, dass Mord eine legitime Problemlösung ist. Aber ich kann verstehen, dass Miercoledi jemanden so weit treiben konnte. Er hat offenkundig ohne Rücksicht auf Verluste seine eigenen Interessen durchgesetzt.«

»Aber ja!«, bestätigte Riikka. »Es hat ihn zum Beispiel wenig beeindruckt, dass es seiner Frau seit Jahren zunehmend mies geht. Vor zwei Jahren in diesem superheißen Sommer in Salzburg ist sie zweimal kollabiert. Beim zweiten Mal hat man ihm im Krankenhaus gesagt, dass ihr Herz angeschlagen sei und sie viel Ruhe brauche. Sein Kommentar dazu war, dass er sie ja nicht dazu zwinge, mit ihm zu reisen. Sie könne zu Hause in Spoleto bleiben, da habe sie ihre Ruhe.«

»Und er hätte die seine auf Reisen gehabt, sodass er noch ein paar Affären hätte einschieben können. Was für ein Ekelpaket!« Wir waren ausgestiegen und auf dem Weg die Treppe hinauf ins Studio.

Riikka legte den Arm um meine Taille. »Vickylein, ich bin froh, dass er uns nicht auseinandergebracht hat.«

»Das hätte er nie geschafft!« Mir war ganz leicht und froh. »Und weißt du was? Ich hab jetzt beschlossen, dass mich weder Herr Miercoledis mieses Leben noch sein fieser Tod weiter interessiert. Soll sich doch die Polizei darum kümmern! Ich habe was Besseres zu tun!«

KAPITEL 6: VON WEGEN UND »ROMANTISCHER ABEND«

**Am Bodensee,
Ende Juli 2018**

Ich war so froh, dass ich mit Riikka gesprochen hatte! Am nächsten Morgen tauchten nämlich die Herren Gerstenmeier und Holler bei der Probe auf und fingen an, das ganze Ensemble zu vernehmen.

Mich ließ der ganze Wirbel ziemlich kalt. Lucas wurde nicht verdächtigt, Riikka war aus der Schusslinie, damit war für mich die Sicherheit der liebsten Menschen gewährleistet.

Natürlich überlegte ich, wer es denn nun gewesen sein könnte, aber ich kam immer mehr zur Überzeugung, dass der Täter in Miercoledis engerem Umfeld zu finden sein würde – und mit dem waren Lucas und ich nicht wirklich involviert. Miercoledi war Anführer einer Clique von ziemlich oberflächlichen Leuten gewesen, die Glitz und Glamour genossen, ihre Urlaube auf Privatjachten im Mittelmeer verbrachten, sich für Reisen einen Learjet mieteten und beim Theater mit der großen Limousine vorfuhren. Selbstverständlich umgaben sie sich mit der entsprechenden Entourage – Mario zum Beispiel reiste in besten Zeiten nicht nur mit Ehefrau und zwei Töchtern, sondern auch mit seinem Bruder, einem Assistenten, einer Sekretärin und einem Hauslehrer für seine

Töchter. Dazu kamen dann noch diverse andere Verwandte – Schwägerin, Neffe, Cousinen und Cousins. Sein Clan erinnerte in der Tat an die Sippe des Erblassers in »Gianni Schicchi« und ebenso, wie die sich in der Oper ums Erbe fetzen, konnte ich mir vorstellen, dass die Miercoledis nun auf die Testamentseröffnung gierten.

Ich beneidete die Kriminalbeamten keineswegs darum, die Familienverwicklungen aussortieren zu müssen! Ich hatte besseres zu tun und das nicht nur tagsüber im Probensaal. Ich merkte nämlich, dass die Doppelrolle als Regisseur und einer der Hauptdarsteller – und es wurde mit jedem Tag deutlicher, dass der Intendant sich nicht eben einen Fuß ausriss, um einen Ersatz für Miercoledi aufzutreiben und Lucas damit wieder zu entlasten – meinem Mann an die Substanz ging. Seine Nerven lagen blank, er schlief schlecht und ich war besorgt.

Als gute Ehefrau bemühte ich mich um Ablenkung – einmal pro Abend eine Dosis und am Wochenende die große Portion. Lucas sprach sehr gut darauf an und er war es schließlich, der sagte: »Es ist so wichtig, daran zu denken, dass es in meinem Leben noch was anderes, Wichtigeres gibt als diese Produktion und der damit verbundene Ärger.«

»Und was ist wichtiger?«, kokettierte ich.

Ich bekam ein inniges Lächeln mit Grübchen und Goldfünkchen in seinen Augen. »Du. Wir. Unsere Ehe. Dass wir noch da sein werden, wenn dieser Knatsch hier nur noch ein ›Weißt du noch?‹ sein wird.« Und: »Lass es uns zur Regel machen: Von abends um acht bis morgens um acht reden wir nicht von der Arbeit.«

So war es dann auch an diesem Abend. Wir waren inzwischen aus dem Probenstudio auf die Bühne umgezogen, was für mich vor allem lange Wege bedeutete. Mein Regiepult stand auf der Zuschauertribüne, die während der Proben durch einen Steg mit der auf den See hinaus gebauten Spielfläche verbunden war. Die Bühne ist riesig – auf der müssen nämlich mehrere Szenerien Platz finden. Dazu gibt es darauf – sehr ungewohnt für Opernleute – jede Menge Mikrofone und Antennen, um den Ton auf die Lautsprechertürme neben den Zuschauertribünen zu übertragen. Und mein Job war unter anderem, darauf zu achten, was akustisch auf der Tribüne ankam. Gleichzeitig verwaltete ich aber auch die Requisiten; war dahinter her, dass die Kostüme richtig saßen; die Untertitel auf den Punkt auf das Leuchtband seitlich an der Bühne gespielt wurden; das Licht und die Bühnentechnik reibungsfrei zusammenarbeiteten – kurz und gut: Langweilig wurde mir bestimmt nicht. Rocco blödelte einmal, dass ich eigentlich dafür, wie oft ich zwischen Bühne, Zuschauertribüne, Verwaltung und Werkstätten hin und her sprintete, Kilometergeld verlangen sollte.

Spätestens gegen 16 Uhr merkte ich üblicherweise, dass ich sonst im Job meist saß. Und wenn wir dann gegen 18 Uhr, 18.30 Uhr unseren Probenladen dicht machten, war ich meist ziemlich erledigt. Lucas ging es nicht viel besser – seinen Zustand beschrieb Cayo eines Abends mit: »Er ist platt wie ein ungefüllter Taco.«

An diesem Abend waren wir gemeinsam unter die Dusche gesprungen, er hatte mir den Rücken gewaschen und die verspannten Schultern massiert – und ich hatte ihn angeblödelt, dass meine Wirkung auf ihn wohl verblasst sei, denn früher habe er sich nicht darauf beschränkt, mich zu waschen. Dafür biss er sanft in mein Ohr und flüsterte: »Du solltest deinen Ehemann nicht vor Mitternacht beurteilen.«

»Ach? Hast du noch was vor?«

»Hmm!« Er stellte das Wasser ab, angelte nach dem großen Badetuch und wickelte mich geschickt darin ein. Dann griff er für sich nach einem Handtuch und begann, sich zu frottieren. »Zuerst mal habe ich Hunger – und mir wäre nach diesem kleinen Restaurant am Untersee. Da ist es schön ruhig, man stolpert nicht über Ströme von Bustouristen und Japaner auf der Jagd nach dem schönsten Bodensee-Foto und man bekommt was Gutes, Regionales. Erinnerst du dich an dieses Lamm mit Reichenau-Gemüse? In die Auberginen hätte ich mich reinsetzen können!«

Also zogen wir uns an – locker und sommerlich – und fuhren wieder ein Stück weit in Richtung Bregenz. Dort fanden wir im alten Garten eines sehr hübschen Restaurants einen Tisch unter einem Kastanienbaum mit Blick auf den See. Dazu gab es einen herrlich frischen Riesling aus Meersburg und für mich Lamm mit grünen Bohnen. Lucas aß Rehrücken mit Kräuterkruste und Spätzle. Unterhaltung wurde uns am Nebentisch geboten.

Wir hatten uns kaum gesetzt, als da ein mittelalterliches Paar auftauchte, das aussah, als ob es sich bei der »Elite-Agentur für anspruchsvolle Partnerwahl« gefunden hätte. Er – Mitte 50, das schütter gewordene braune Haar kunstvoll über die Glatze gekämmt, im hellen Leinenanzug mit zartrosa Hemd und roter Seidenkrawatte. Dazu trug er helle Krokoleder-Stiefeletten, deren Form und Absatz ahnen ließ, dass sich darin ein Lift versteckte, der dem eher klein gewachsenen Herrn noch ein paar dringend benötigte Zentimeter bescherte. Lucas jedenfalls grinste ins Weinglas und sagte leise: »Erinnert mich an Mario. Der trug auch gerne solche Stiefelchen mit Lifts. Und dazu Alligatorenleder! Das kommentierte Robby – du erinnerst dich an meinen zauberhaften Wiener Ankleider? – dann auch prompt einmal mit ›Schuh' hat er an wie a Tier‹.«

Ich bin ziemlich sicher, dass Robby auch zu den Schuhen der Dame etwas eingefallen wäre. Die Stiletto-Einsätze hätte sogar Melania Trump hoch gefunden, dazu kam, dass die sicher nicht billigen Designer-Erzeugnisse im Leopardenmuster geprägt waren. Damit passten sie zu dem Schal, mit dem die Blondine ein entschieden zu enges braunes Kleid mit sehr tiefem Ausschnitt aufgepeppt hatte.

Doch die beiden schienen einander zu gefallen und überboten sich darin, ihr offenkundig noch recht neues Liebesglück zu zelebrieren. Während er sie penetrant mit Tiernamen beglückte – vom »Rehlein« über das »Vögelchen« zum »Hasi« war ein ganzer Band aus Brehms Tierleben im Einsatz – beflötete sie ihn per »Schatzi« und »mein Bär«, wozu sie dann noch einen Augenaufschlag servierte, der den neidischen staunenden Tischnachbarn klarmachen sollte, über welch animalisch-leidenschaftlichen Kräfte ihr Lover verfügte. Der Haken war nur, dass Lucas jedes Mal zusammenzuckte, wenn Vögelchen-Hasi mal wieder »perlend« die Tonleiter über zwei Oktaven auf und ab lachte. Ihre Intonation erinnerte an eine bekannte russische Sopranistin, von der behauptet wird, dass sie im Lotto mehr Treffer erzielt als bei den meisten ihrer Arien.

Die beiden waren hingerissen voneinander – und Lucas, ganz glücklich an seinem Reh kauend, überlegte, ob irgendwas am Untersee in der Luft sei und Balzstimmung auslöse. Er wischte sich den Mund mit der Serviette ab, nahm meine Hand, drehte sie und küsste – gelernt ist eben gelernt und er hat bestimmt an die 300-mal den Don Giovanni gesungen – die Innenseite des Gelenks. Dann wies er mit dem Kinn auf ein sehr flottes schwarzes Speedboot, das gerade mit einer sehr schwungvollen Kurve abdrehte. »An einem warmen Sommerabend gockelt jeder, so gut er kann. Der eine fährt schneidige Kurven, der andere macht glitschige Komplimente und ich …« Er zeigte sein fröhliches Lausbubengrinsen, beugte sich ein bisschen näher zu mir und flüsterte: »… werde dir nachher was vorsingen.«

Seine Lippen streiften über meine Wange, eine ganz kurze, leichte Berührung, aber sie genügte, um ein völliges Desinteresse an den Nachbarn – sowohl Hasi-Rehlein und ihrem Schatzi wie auch dem Jüngling, der seiner Bikini-Schönheit auf dem Boot vorführte, was für schöne Kurven er fahren konnte – auszulösen. Ich hatte genug gegessen und schaute mir lieber meinen Liebsten an, so unendlich vertraut und doch immer wieder mein bevorzugtes Studienobjekt. Er war von der Arbeit im Freien leicht gebräunt und die dunkle Haut bildete einen spannenden Kontrast zu seinen mittlerweile angegrauten Locken.

Seine Augen sind fast das Schönste an ihm: groß, hellwach, haselnussbraun. Sie erinnern mich an Schokolade – und ich liebe Schokolade. Das Gute an den mir angetrauten Augenpralinen ist aber, dass die Schokolade Splitter aus hellem Nougat enthält, die wie Fünkchen aufblitzen, wenn er glücklich ist.

Seine Nase hat mich früher amüsiert. Da war sie nämlich so klassisch-perfekt, dass sie den Verdacht erweckte, aus der Werkstatt eines am Bodensee beheimateten Schönheitschirurgen zu stammen. Inzwischen hatte er sie allerdings einmal gebrochen, wodurch ein kleiner Knubbel auf dem Nasenrücken entstanden ist. Und die Spitze steht jetzt ein bisschen schief. Aber ich mag das – es ist immer noch eine schöne Nase, aber sie sieht nicht mehr so geleckt aus.

Doch am Ende bleibt mein Blick immer an seinem Mund hängen. Über der Oberlippe kann ein Eingeweihter seinen Beruf erkennen: Über beiden Mundwinkeln zeigt er den »Sängermuskel«, der bei ihm natürlich besonders gut trainiert ist und sich darum vor allem beim Lächeln deutlich unter der Haut abzeichnet. Seine Oberlippe mit dem ausgeprägten Amorbogen verrät etwas über seine Sensibilität und Feinfühligkeit, die fein geschwungene Unterlippe spricht von Sinnlichkeit, aber auch von seiner Willensstärke und Energie.

Wenn ich seinen Mund anschaue, denke ich daran, dass er ihn nicht nur singend sehr gut einzusetzen weiß. Er kann auch richtig gut küssen! Obwohl ich, als ich ihn kennen gelernt hatte, keine Jungfrau mehr war, hat mich unser erster Kuss überrascht. Bis dahin hatte ich nämlich nie begriffen, was die Leute an der Knutscherei finden. Mit Lucas ging mir schlagartig der Kronleuchter auf – und ich knutsche heute noch gerne, oft und ausführlich mit ihm.

»Du, Frau Benning …«, unterbrach seine Stimme meine Gedanken.

»Ja, Liebling?«

»Magst du zurück ins Hotel oder einen Spaziergang mit mir machen?«, fragte er, legte dabei die Hand auf meinen Arm und spielte mit den Fingerspitzen die Anfangstakte der Bach'schen F-Dur-Invention auf meiner Haut.

Ich wollte mit ihm alleine sein, aber Hotel erschien mir zu weit. Spaziergang klang gut – vor allem, weil ich wusste, dass man vom Hotel weg am Strand entlang zu einer kleinen Bucht gehen konnte, die sich hinter einem kleinen Wäldchen versteckte und in der man das Gefühl hatte, ganz alleine auf der Welt zu sein.

Wir hatten die Decke aus dem Auto geholt und waren am Strand entlang gebummelt, wobei wir immer wieder stehen geblieben waren, um uns zu küssen. Dementsprechend brauchten wir für die Strecke, die man sonst in ein paar Minuten gehen kann, gut eine halbe Stunde. Aber dann waren wir bei dem kleinen Wäldchen und vor uns glitzerte im Schein der untergehenden Sonne der See. Ein Steg führte hinaus, daneben lag am Strand ein umgedrehtes Ruderboot. Doch weder der Steg noch das Boot interessierten uns. Da war nämlich, ungefähr zehn Meter vom Ufer entfernt, eine große, alte Trauerweide. Ihre Zweige reichten bis zum Boden und bildeten einen grünen Vorhang um den Stamm herum. Ich nahm meinen Mann an der Hand, schob ein paar Zweige zur Seite und tauchte mit ihm in den grünen Raum ein, den der Baum für uns gebildet hatte. Unsere Decke landete im Sand, wir sanken darauf …

*

Der sanfte Nachtwind ließ das Laub unseres Baumes ganz leise und silbrig klingeln und er streichelte über meine erhitzte, verschwitzte Haut. Ich schaute lächelnd auf Lucas, der ausgestreckt, den Arm über dem Kopf, eingeschlafen war. Ich verkniff mir ein Kichern und stellte wieder einmal fest: Männer und Frauen sind zumindest beim »Danach« nicht wirklich kompatibel. In einschlägigen Büchern kann man es nachlesen: Wenn die Herren der Schöpfung ihr Pulver verschossen haben, schaltet der Kreislauf auf Sparbetrieb. Es hat nichts mit »Egoismus« oder »lausiger Liebhaber« zu tun – Mann ist nach dem Sex einfach hundemüde. Und ich erwarte nicht, dass sich der Meine nur um des in Frauenzeitschriften verordneten Nachspiels willen weiß wie verbiegt. Ich lasse ihn schlafen, ziehe zu Hause ein T-Shirt oder den Bademantel über, hole mir einen Apfel oder eine Banane und setze mich aufs Fensterbrett, um ein bisschen auf die nächtliche Stadt hinunterzusehen.

Unter der Trauerweide gab's weder Obstschale noch Fensterbrett, aber dafür lockte der See – und ich war verschwitzt und bade zudem leidenschaftlich gerne nackt.

Tja, was dann geschah, habe ich ja schon geschildert. Das Boot hatte sich schon eine Weile am Rand der Bucht herumgetrieben, aber ich wäre nie darauf gekommen, dass das etwas mit mir zu tun haben könnte. Selbst im Krankenhaus konnte ich es noch nicht fassen und sah mich eher als »Zufallsopfer«. Ich war wohl zur falschen Zeit am falschen Ort gewesen und war damit zum Ziel eines Verrückten geworden.

Der Schreck war mir ordentlich in die Glieder gefahren. Ich bin alles andere als eine Heldin und dementsprechend hing ich schon auf dem Polizeiboot wie ein Klammeräffchen an Lucas und auch in der Ambulanz des Krankenhauses ließ ich ihn nur los, wenn ich musste.

Sich bedroht zu fühlen und nicht einmal zu wissen, warum jemand hinter einem her ist, verunsichert. Es gab zwei Möglichkeiten – und beide waren übel. Die erste und wahrscheinlichste, darum auch von der Polizei präferiert: Es war ein übler Scherz gewesen. So wie manche Typen, wenn sie betrunken sind, Obdachlose angreifen oder Frauen begrapschen, hatte der Typ in mir wohl jemanden gesehen, an dem er seine Macht und Überlegenheit demonstrieren konnte. Eine nackte Schwimmerin allein in einer abgelegenen Bucht hinter einem Wäldchen – das ideale Opfer für so einen Rowdy.

Ich hatte gesehen, dass zwei Personen im Motorboot gewesen waren und ich meinte mich aus dem Restaurant zu erinnern, dass eine davon ein rotes Oberteil – den BH eines Bikinis? – getragen hatte, also eine Frau gewesen war. Aber was war das für ein Paar, das über eine einsame Schwimmerin herfiel? Es hätte mein Leben kosten können – oder war das die Absicht dieser Attacke gewesen? Hatten die beiden nicht einfach eine einsame Schwimmerin, sondern mich, Victoria Rühle-Benning, angegriffen? War ich nur davongekommen, weil Lucas unter der Trauerweide doch noch aufgewacht war und klug reagiert hatte?

Im Krankenhaus hieß es, ich müsste über Nacht zur Beobachtung bleiben. Lucas organisierte ein Zimmer auf der Privatstation und dass für ihn ein zweites Bett neben meines geschoben wurde. Er tröstete und hielt mich im Arm, bis er selbst einschlief – für ihn war es ja auch ein langer, harter Tag gewesen.

Ich unterdessen knabberte an der Idee, ob es vielleicht doch ein gezielter Anschlag gewesen sein könnte. Was, wenn Miercoledis Mörder herausgefunden hatte, dass ich die Mordermittlung angestoßen hatte? Was, wenn er (oder sie) mich im Park des Hotels gesehen hatte und nun nicht wusste, wie viel ich dabei gesehen hatte? Vielleicht meinte er, tote Victoria schnüffelt nicht mehr rum und ist ihm daher sympathischer als lebendige?

Allerdings sprach etwas gegen die Theorie, dass es einen Zusammenhang zwischen dem Miercoledi-Mord und dem Anschlag auf mich gab: Wie hätte der Täter mich in der Bucht am Untersee finden sollen? Lucas und ich hatten zwar per Website den Tisch im Restaurant reserviert, aber auf die Idee mit dem Spaziergang waren wir spontan gekommen. Selbst wenn der Bösewicht uns verfolgt hätte – wie hätte er in so kurzer Zeit ein Boot auftreiben können? Als wir im Restaurant zum Spaziergang starteten und dann unter der Weide miteinander beschäftigt waren, war ja noch nicht absehbar gewesen, dass ich danach Venus im Bade spielen würde!

Nein. Es war kein gezielter Anschlag auf mich gewesen, sondern nur ein ganz mieser, unwitziger Streich eines miesen, unwitzigen Typen.

KAPITEL 7: ITALIENISCHE FAMILIENBANDE

**Am Bodensee,
Anfang Juli 2018**

Optimales Timing! Ich gratulierte mir fast dazu, als ich mit der Rorarei – so nennt Lucas mein Auto, den roten Kia Ceed, den er mir zum ersten Hochzeitstag geschenkt hat. Rorarei ist die Abkürzung für »rote, rasende Reisschüssel« – über den Anlegesteg im Meersburger Fährhafen auf die Fähre nach Konstanz rumpelte. Ich hatte Lucas und Cayetano nach Friedrichshafen zum Flughafen gebracht. Die beiden waren mit einer kleinen Chartermaschine auf dem Weg nach Köln, wo sie später live in einer Talkshow auftreten und für unsere Produktion – der Vorverkauf lief ja schon – Werbung machen würden. Ich unterdessen wollte den freien Abend für ein Treffen mit einer alten Freundin, die nach Konstanz gezogen war, nutzen.

Mir war ein wenig unbehaglich gewesen, als ich mich auf dem Flugfeld von Lucas verabschiedet hatte. Es kam immer mal wieder vor, dass wir uns für ein paar Tage trennen mussten, aber dieses Mal ging es ja nicht nur darum, dass ich mir eine Nacht im einsamen Bett um die Ohren schlagen musste, sondern auch, dass ich morgen die Probe alleine durchziehen musste. Allerdings war für morgen keine Feinarbeit angesagt, sondern Massenszenen – und in Sachen »Wie bewegt man den Chor?« bin ich inzwischen Spezialistin.

So, die Reisschüssel war auf der Fähre. Ich drückte auf den Knopf für die Handbremse, dann schaltete ich den Motor ab und lachte dabei in mich hinein. Ich erinnerte mich an den ersten Morgen mit dem Wagen und wie Lucas mir den Schlüssel in die Hand gedrückt hatte. »Dein Geburtstagsgeschenk steht im Hof!«

Der Haken daran war nur: Das Geburtstagsgeschenk war von einem seiner Studenten abgeholt worden – und so saß ich dann drin und überlegte, wie man das Ding anbekommt! Das, was ich für den Schlüssel gehalten hatte, war nämlich nur ein Sender! Ich brauchte ein paar Minuten, bis ich damals auf die Idee kam, auf den Knopf zu drücken, der da so auffällig am Armaturenbrett prangte.

Nun denn – inzwischen war ich mit meinem Kleinen verwachsen und genoss, ihn mit einem Knopfdruck abstellen und mit einem zweiten verschließen zu können. Ich kletterte die steile Treppe hinauf zum Oberdeck, ging nach vorne – und dann kam ich mir vor wie Kate Winslet in »Titanic«, nur dass hinter mir weder Leonardo di Caprio noch Lucas – und der wäre mir definitiv lieber gewesen – standen. Also wickelte ich die Arme um mich selbst und bedauerte mich ein wenig.

»Frau Professor?«

Die dunkle Männerstimme, die mich aus meinen Gedanken gerissen hatte, kam mir bekannt vor. Ich drehte mich um und lächelte Kommissar Gerstenmeier an. »Fährt die Polizei auch mit der Fähre?«

»Aber natürlich. Es ist die schnellste Möglichkeit, über und vor allem um den See herum zu kommen!«, antwortete er und deutete auf den dunkelhaarigen Mann im hellen Anzug, der neben ihm stand und mich aus dunklen Augen interessiert musterte. »Darf ich Ihnen meinen Kollegen Commissario Capo Jacopo Gremina von der Guardia di Finanza in Perugia vorstellen? Signore Gremina, das ist Professora Victoria Rühle-Benning.«

Der Italiener beugte sich zu einem formvollendeten Kuss über meine Hand. »Wie schön, Sie kennenzulernen! Kollege Gerstenmeier hat mir schon von Ihnen erzählt und natürlich bin ich ein Verehrer Ihres Ehemanns. Ich habe ihn vor drei Jahren beim Festival in Spoleto gehört und davor an der Scala und einmal als großartigen Don Giovanni im La Fenice. Wissen Sie, bis ich ihn erlebt habe, hätte ich abgestritten, dass ein Deutscher den Don Giovanni singen kann – aber er kann es.« Er sprach sehr gut deutsch, nur im Melodischen kam der Italiener durch.

Ich lächelte ihn an. »Ihr Deutsch ist großartig! Und mein Mann würde sich freuen zu hören, dass Sie ihn mochten. Aber er ist gerade mit unserem Tenor auf dem Weg nach Köln zur Aufzeichnung einer TV-Show.« Ich war neugierig auf den italienischen Ermittler. »Guardia di Finanza? Ist das so was wie bei uns die Steuerfahndung?«, erkundigte ich mich.

Der Commissario deutete mit einer einladenden Handbewegung auf zwei sich gegenüberstehende Bänke. Ich setzte mich, die Herren nahmen mir gegenüber Platz und Gremina strahlte mich an. »Sprechen Sie italienisch, Signora?«

»Leider zu wenig!«, musste ich eingestehen.

»Aber Sie haben richtig verstanden – die Guardia di Finanza ist so etwas wie in Deutschland die Steuerfahndung. Wir waren schon eine ganze Weile hinter Signore Miercoledi und seinen Unternehmen her – und jetzt mit dem Mord hat unser Fall natürlich einen ganz neuen Aspekt bekommen.« Er schaute mich forschend an. »Sie haben den Mord gemeldet? Wie kamen Sie darauf?«

Ich erzählte ihm von meinen Beobachtungen in der Nacht des Mordes und nutzte die Gelegenheit, auch eine Frage loszuwerden. Dabei schaute ich allerdings Gerstenmeier an. »Glauben Sie, es war jemand aus unserem Ensemble?«

Gerstenmeier zuckte mit den Schultern. »Ich habe, ganz ehrlich gesagt, noch keine Ahnung. Aber wir arbeiten dran.«

Das war kurz und nicht sehr ergiebig. Aber gut – ich wandte mich wieder an den Italiener. »Meinen Sie, dass Signore Miercoledi irgendwelche komischen Geschäfte gemacht hat?«

»Darauf können Sie sich verlassen!«, bestätigte er mir. »Wir sind überzeugt, dass er Steuern in Millionenhöhe hinterzogen hat und in so allerlei nicht ganz legale Unternehmungen verwickelt war.«

»Mein Mann, der Signore Miercoledi natürlich besser kannte als ich, hat einmal behauptet, er habe den Hals nicht vollkriegen können.«

Der Commissario nickte. »Das kann man so sagen. Herr Miercoledi hat ein nettes Vermögen angehäuft. Und sein Bruder, der das gemanagt hat, war sehr einfallsreich, was die Investitionen der Familie anging.«

»Könnte das in Zusammenhang mit dem Mord stehen? Ich meine …« Es kam mir albern vor, das in Anwesenheit zweier Kriminalisten auszusprechen, aber es musste wohl sein, also räusperte ich mich noch einmal und sagte es: »Mafia?«

Die Herren schauten sich an, dann sprach Gerstenmeier: »Wir überlegen natürlich auch, ob irgendwelche kriminellen Vereinigungen damit zu tun haben könnten. Deswegen ist der Kollege Gremina hier.«

Der lächelte beruhigend: »Keine Angst – wir sind nicht in Sizilien! Und selbst da ist es nicht wie in einschlägigen Filmen. Sie müssen also keine Angst haben, dass jetzt irgendwelche Herren in dunklen Nadelstreifenanzügen mit Geigenkoffern auftauchen, in denen Maschinengewehre stecken. Aber wir müssen trotzdem den Dschungel der Miercoledi-Finanzen aufräumen.«

»Ich beneide Sie nicht darum«, sagte ich.

Gerstenmeier beugte sich etwas nach vorne. »Ich habe übrigens den Bericht der SchuPo* über diesen seltsamen Vorfall in der Bucht vor Lindau gelesen. Da passt ja gar nichts! Dementsprechend laufen die Ermittlungen momentan total ins Leere. Und ich mag eigentlich nicht an einen Zufall glauben. Wenn da ein Verrückter unterwegs war, der einfach so jemanden terrorisieren wollte – erwischt der zufällig jemand, der gerade in einen Mordfall verwickelt ist? Und bevor er eine so konsequente Attacke geritten ist, hat er nicht irgendwie ›geübt‹? Andererseits: Wenn das im Zusammenhang mit dem Mord steht – wie hätte der Täter Sie da finden sollen? Dazu kommt natürlich: Wer weiß von Ihrer Beteiligung an der Geschichte? Haben Sie darüber geredet?«

Ich schüttelte den Kopf. »Nein. Außer mit meinem Mann …« Ich verstummte, denn mir war Riikka eingefallen. Also räusperte ich mich wieder einmal und erklärte, dass ich nur mit meinem Mann und meiner besten Freundin darüber gesprochen hätte. »Aber wir waren dann jeweils alleine miteinander und weder mein Mann noch Frau Bergqvist-Seiler neigen zum Tratschen.«

»Es ist wirklich seltsam«, sagte der Kommissar. »Ich wünsche mir eigentlich, dass sich das als die Attacke eines Verrückten herausstellt und wir den hopsnehmen können. Im anderen Fall finde ich es nämlich ziemlich gruselig. Doch egal, was: Bitte passen Sie gut auf sich auf. An abgelegenen Stellen nachts alleine im See zu baden, ist keine gute Idee, wenn ein Mörder frei rumläuft. Und wenn Ihnen jemand irgendwas zum Trinken anbietet – überlegen Sie bitte, ob Sie das wirklich wollen und ob Sie der Person vertrauen.«

*

* SchuPo = Schutzpolizei

Ich kam mir ziemlich albern vor, als ich an diesem Abend prüfte, ob unsere Zimmertür tatsächlich abgeschlossen war. Außerdem achtete ich darauf, dass das Telefon in Griffweite vom Bett stand – und konnte dennoch nicht schlafen. In dieser Nacht ohne Lucas hatte ich wirklich Angst. Der Gedanke, dass der Bootsfahrer am Untersee Miercoledis Mörder war, dass er es jetzt auf mich abgesehen hatte und mich vielleicht beobachtete – für mich reichte das, in dieser Nacht bei jedem Geräusch auf dem Flur zusammenzuschrecken.

Irgendwann war ich vor Erschöpfung eingeschlafen und gegen sieben wieder aufgewacht. Duschen, anziehen – es war halb acht und ich hatte das Gefühl, dass mir im Zimmer die Decke auf den Kopf fallen würde. Einen Augenblick überlegte ich, ob ich mich bei Riikka oder Mischa zum Frühstück einladen sollte, aber dann kam es mir albern vor, einen von den beiden zu wecken. Außerdem kannten sie mich zu gut – sie hätten den Zusammenhang zwischen »Vic nervös« und »Lucas nicht da« sofort begriffen und sich darüber amüsiert. Mischa zog mich sowieso mit Wonne durch den Kakao: Ich hätte mich von der Oberemanze zur treusorgenden Hausfrau entwickelt – nur weil ich jetzt bisweilen für meinen Mann koche! Mehr davon brauchte ich wirklich nicht und darum beschloss ich, den Sommermorgen für einen Bummel durch Lindau zu nutzen.

Dabei konnte ich dann auch gleich in die Apotheke gehen und mir eine Packung Paracetamol und ein Töpfchen Lippenbalsam kaufen. Und gegenüber von der Apotheke war ein Straßencafé, das auf seinen Schildern mit einem Frühstücksbüfett warb. Ein Latte macchiato, schön süß, ein knuspriges Brötchen mit Butter und Schinken, ein weiches Ei mit Toast – das wäre es und danach würde ich mich trotz des Schlafmangels besser fühlen.

Lindau ist eine hübsche Stadt und das nicht nur, weil sie am Bodensee liegt, sondern auch, weil sie mit ihrem gotischen

Rathaus und den Fachwerkhäusern im Zentrum, den hellen Farben und dem Blumenschmuck sehr freundlich wirkt. Und dazu schien die Sonne und es war, als ob ihre Strahlen die Nachtgespenster vertreiben würden. Als ich vom Hotel Richtung Insel – die Altstadt ist auf einer Insel im See – bummelte, erschien mir der Gedanke, dass jemand hinter mir her sein könnte, zunehmend absurd. Ja, Miercoledi war ermordet worden, aber das hatte doch nichts mit mir zu tun!

Das Straßencafé öffnete gerade, zwei Kellner mit weißen Schürzen stellten Tische und Stühle auf, ein junger Mann brachte einen Korb mit Brötchen und von innen duftete es verlockend nach frisch gebrühtem Kaffee. Ich lächelte die Kellner an, die jetzt Sitzkissen und Speisekarten verteilten, und steuerte die Apotheke an. Die war schon länger offen und vor mir waren auch schon zwei Kundinnen, von denen eine ein schwieriges Rezept mitgebracht hatte. Ich vertrieb mir die Zeit, indem ich an den Regalen vorbei strich – Sonnencreme, ein Sonderangebot mit Badelatschen, allerlei Kräutertees, Schwangerschaftstests, Naturkosmetik, Pflaster. Ich schnappte mir ein Päckchen mit Fingerstrips – Lucas ist Meister darin, sich die Finger zu klemmen, beim Salatschnipseln hineinzuschneiden oder sie im Theater beim Basteln an irgendwelchen Requisiten zu beschädigen. Es gibt Leute, die behaupten, ein verpflasterter Finger sei sein Markenzeichen, man sehe ihn kaum mal ohne.

Das altmodische Glöckchen an der Tür bimmelte, als ich bei der Naturkosmetik nach meinem Lippenbalsam griff. Eine junge Frau in einem kurzen Jeansrock trat ein, schaute sich nervös um und steuerte das Regal mit den Schwangerschaftstests an. Als sie dort die große Sonnenbrille abnahm, erkannte ich sie: Mafalda Miercoledi.

Sie griff nach zwei Packungen und verglich sie, dabei legte sie die Stirn in Falten.

Ja, ich gebe zu: Ich bin neugierig. Ich trat zu ihr, lächelte freundlich und sagte: »Guten Morgen, Mafalda. Kann ich Ihnen helfen?«

»Oh, Frau Benning …« Sie wirkte aufgeschreckt, ließ fast die Packung in ihrer Hand fallen und biss in ihre Unterlippe. Einen Augenblick dachte sie nach, dann reichte sie mir den Schwangerschaftstest, den sie in der Hand hielt. »Ich versuche herauszufinden, wann man den Test machen kann und wie lange es dauert, bis man ein Ergebnis bekommt.«

Ich drehte die Verpackung und fand hinten Werbung für »ein sicheres Ergebnis schon am ersten Tag nach Ausbleiben der Periode«. Auf der Seite fand sich dann der klein gedruckte Text: Der Test sei »einfach und jederzeit anwendbar« und liefere in zehn Minuten ein Ergebnis.

Ich erklärte Mafalda, was ich gefunden hatte, und fragte, wie lange sie denn schon »drüber« sei. »Ich meine, wann hätten Sie denn Ihre Tage bekommen müssen?«

Sie nagte wieder an ihrer Unterlippe und spielte dabei mit ihrem hüftlangen, dunklen Zopf. Dann entschloss sie sich zum Reden. »Eigentlich schon vor zehn Tagen, aber ich dachte natürlich zuerst, bei mir wäre wegen des Stresses mit meinem Vater etwas durcheinandergekommen. Aber jetzt …« Sie schaute auf und mich an. »Meine Brüste spannen und vorhin war mir übel …« In ihren großen, braunen Augen glänzten Tränen und sie sah plötzlich sehr jung und verletzbar aus.

»Tja, Mafalda, dann sollten Sie den Test wohl machen«, sagte ich sanft. »Ich meine, es bringt ja nix, wenn Sie sich jetzt verrückt machen und es ist vielleicht doch eine Hormonschwankung durch den Stress.«

Ihre Hände zitterten, als sie mir das Päckchen wieder abnahm. »Ja, dann sollte ich wohl …« Sie schaute auf die Uhr. »Ich habe Angst!«, sagte sie dann leise.

»Kann ich Ihnen irgendwie helfen?«, fragte ich. »Ich könnte mit Ihnen zurück ins Hotel gehen und Sie reden mit Ihrer Mutter …«

»Um Himmels willen – bloß nicht! Meine Mutter dreht durch, wenn sie davon erfährt!« Sie lehnte sich ans Regal und schloss die Augen.

»Ist Ihnen übel, Mafalda?«, fragte ich.

Sie nickte. »Mein Kreislauf …« Nun fasste sie nach meiner Hand. »Frau Professor, haben Sie ein wenig Zeit? Bleiben Sie bei mir, bis ich den Test gemacht habe?«

»Klar.« Ich streichelte mit dem Daumen über ihre Hand. »Und sagen Sie bitte Victoria zu mir. Wissen Sie was?« Ich deutete mit dem Kinn auf das Café gegenüber. »Wir bezahlen jetzt den Test und meinen Kram und dann gehen wir da rüber ins Café. Wir bestellen uns ein Frühstück, und während das zubereitet wird, machen Sie den Test – und dann sehen wir weiter.«

»Klingt gut.« Sie zwang sich ein Lächeln ab und ging zur Theke. »Aber müssen Sie nicht zur Probe?«

Ich schaute auf die Uhr. »Es ist halb neun, Mafalda. Wir sind beide sehr früh dran.« Ich wartete, bis sie bezahlt hatte, dann legte ich meine Ware hin und orderte noch eine Packung Paracetamol.

Ich war aufgeregt, nachdem Mafalda auf der Toilette verschwunden war. Ihre Nervosität schien sich auf mich zu übertragen und ich musste mich zwingen, nicht den ganzen Schaum in meinem Kaffee wegzurühren. Warum Mafalda wohl nicht mit ihrer Mutter reden wollte? Ich hatte gedacht, dass Miercoledi der Hemmschuh für das Liebesleben seiner Töchter gewesen war, aber offenkundig war auch Giulia diesbezüglich problematisch. Dafür taten mir die Schwestern aufrichtig leid. Ich konnte mir vorstellen, wie mies es sich anfühlte, noch als Erwachsene Kreise fliegen zu müssen, was den Lover anging.

Da hatte ich es einfacher gehabt. Mein Vater war durchaus ein wenig eifersüchtig auf meine Freunde gewesen, aber weiter als bis zu einer Debatte über Lucas' Attraktivität war es nie gegangen – und die war auch nur aufgekommen, weil meine Mutter sich einen Spaß daraus gemacht hatte, Lucas' Auftauchen im Fernsehen jedes Mal mit »Er ischt scho' a saub'rer Moa!« zu kommentieren. Dann sah mein Vater jedes Mal aus, als ob er in eine Zitrone gebissen hätte, und brummte etwas wie »Der hat Ohren wie ein indischer Elefant!« oder »Er kriegt eine Glatze!«

Der Kellner, bei dem ich vorher geordert hatte, kam mit einem Brötchenkorb, einem Tablett mit einer Wurst- und Käseplatte, Butterherzchen auf Eis, Eiern im Glas, ein paar Schälchen mit verschiedener Marmelade und Honig, dazu zwei große Gläser mit frisch gepresstem Orangensaft – ich halte nichts von Hipster-Frühstück mit Avocado-Toast und Quinoa-Müsli. Seien wir mal ganz ehrlich: Das Müsli schmeckt wie Vogelfutter und der Avocado-Toast hat nur dann Geschmack, wenn man reichlich Pfeffer und Salz darauf wirft. Da wäre mir im Zweifelsfall ein Schmalzbrot lieber.

Ich schnitt ein Brötchen auf, butterte es und machte mich an das Ei, das nicht nur heiß, sondern tatsächlich schön weich war.

Ich hatte gerade zwei Bissen gegessen, als Mafalda wiederkam. Sie war noch bleicher als vorher und ich sah, dass sie geweint hatte. »Oh je!«, sagte ich, als sie sich neben mich setzte.

Sie nickte, schluckte und schenkte sich Tee ein. »Ja«, antwortete sie dann auf die Frage, die ich gar nicht gestellt hatte. »Ich bin schwanger – und das geht gar nicht. Ich muss nach Holland.«

Ich griff nach ihrer Hand. »Mafalda, ich denke, eine solche Entscheidung darf man nicht übers Knie brechen.«

Sie runzelte die Stirn. »Sind Sie eine Abtreibungsgegnerin?«

»Das kann man nicht so pauschal sagen«, antwortete ich. »Ich finde, dass eine Frau das Recht haben sollte, innerhalb der ersten Wochen einer Schwangerschaft frei darüber entscheiden zu dürfen, was sie mit diesem Zellhäufchen – und um mehr geht es ja noch nicht – macht. Das ist die eine Seite. Die andere ist, dass man diese Entscheidung nicht leichtfertig und im ersten Schock treffen sollte. Ich vermute nämlich, dass man damit nicht so ganz einfach fertig wird.«

»Meine Mutter würde durchdrehen, wenn ich mit einem Kind daherkommen würde!«, klagte Mafalda und klang wie ein sehr kleines Mädchen.

»Warum?«, fragte ich. »Gibt's keinen Vater zum Kind?«

»Doch, schon ...«, sagte sie langsam. »Aber es ist schwierig. Ich kann nicht mit ihm zusammen sein. Meine Familie hasst ihn. Mein Vater sagte, er würde ihn erschießen, wenn er mir noch mal nahekäme.«

»Ihr Vater ist tot ...«, warf ich ein.

»Hmm. Aber ich bin auch nicht so sicher – ich meine, ich weiß nicht, ob er mich wirklich liebt und ob meine Familie nicht recht hat und er kein Mann zum Heiraten ist. Er hat in der Vergangenheit einigen Mist gebaut und er hat mir zwar immer versprochen, dass er damit aufgehört hat, aber ...« Sie seufzte. »Weißt du, ich lieb ihn. Aber ich weiß einfach nicht, ob ich ihm vertrauen kann. Was würdest du da machen?«

»Mit ihm reden, Mafalda!«, erwiderte ich. Und nach einem tiefen Einatmen setzte ich fort: »Sei nicht so dumm wie ich. Ich war vor Jahren schon mal mit Lucas liiert. Da war ich zu stolz, nach einem albernen Streit mit Lucas zu reden. Wir sind auseinandergelaufen – und das hat ihm seine zweite Ehe und eine schmerzliche Scheidung eingetragen. Und ohne das hätten wir vielleicht ein Kind zusammen gehabt.«

Mafalda schaute auf ihren Bauch und strich mit der flachen Hand darüber. »Eigentlich …« Sie brach ab und trank ihren Tee leer, hob die Hand und winkte den Kellner herbei, um sich einen neuen zu bestellen. »Du auch noch einen?«

Ich nickte, wartete, bis der Ober unsere Order aufgenommen hatte, und setzte dann ihren Anfang fort: »Eigentlich wünschst du dir ein Kind von ihm?«

»Hmmm … schon.« Sie war verlegen. »Woher weißt du das?«

»Och, ich glaub, das ist bei vielen Frauen so – wahrscheinlich ist es Biologie. Wir suchen uns einen Geliebten immer auch nach seiner Tauglichkeit als Vater heraus – unsere Gene wollen sich schließlich vermehren dürfen.«

»Er mag Kinder und er kann gut mit ihnen umgehen. Er hütet sogar gerne Babys, stell dir das einmal vor!« Sie lächelte versonnen. »In Wien hat er mal den ganz kleinen Säugling einer Kollegin gehütet, die zu Besuch da war. Du hättest es sehen müssen! Es war so rührend: Seine großen Hände und darin dieser Winzling! Aber der hat sich sofort beruhigt, als …« Sie stockte, dann setzte sie fort: »… er ihn auf den Arm genommen hat.«

»Warum freust du dich dann nicht einfach? Deine Familie wird sich daran gewöhnen, dass du mit ihm zusammen bist, und deine Mutter verzeiht dir, wenn sie erst ihr Enkelchen im Arm hat …«

Mafalda schüttelte den Kopf und hatte Tränen in den Augen. »Mutter würde immer daran denken, dass Vater ihn abgelehnt hat. Und sie würde ihm immer seine Fehler vorhalten. Und ich weiß eben auch nicht. Der Vater meines Kindes – und wenn er wieder anfängt zu trinken und zu spielen? Und …« Der Ober kam und brachte unseren frischen Tee,

Mafalda nahm ihm das Tablett ab, stellte mir meine Tasse hin und rührte sehr sorgfältig Zucker in ihre.

Sie hatte offenkundig ein bisschen Zeit gebraucht, aber nun half ich nach. »Und?«, wiederholte ich.

Mafalda schaute in ihre Tasse, als sie antwortete: »Er hat Schulden – ziemlich hohe.«

Ich konnte mir ein kleines Lachen nicht verkneifen. »Mafalda, ich glaube, du musst dir keine Sorgen machen, wie du dein Kind unterhältst! Dein Vater war kein armer Mann …«

»… aber das Testament ist noch nicht eröffnet und bei meinem Vater konnte man nicht wissen! Zio Pino sagt, wir müssten abwarten – es könnte sein, dass Vaters Geld komplett in der Stiftung hängt und wir nichts kriegen.«

»Zio Pino ist ein Onkel von dir, also ein Bruder deines Vaters, oder?«, versuchte ich, die Botschaft zu entschlüsseln.

»Ja, mein Onkel Guiseppe. Vater hat ihn immer nur Pino genannt, weil er halt der Kleinere war. Und Zio Pino ist nicht so begabt, wie Vater war, darum hat er eine Lehre in einer Bank gemacht. Aber das ging ganz gut und darum hat Vater ihn schließlich engagiert, um sein Vermögen und das der Stiftung zu verwalten.«

»Halt, stopp!«, unterbrach ich. »Von was für einer Stiftung redest du?«

»Mein Vater hat eine Stiftung für junge Sänger eingerichtet«, erklärte Mafalda. »Sie vergibt Stipendien an besonders begabte Sänger, allerdings müssen die dann, wenn sie Erfolg haben, einen Teil ihrer Honorare an die Stiftung überweisen, damit sie andere fördern kann.« Sie seufzte, setzte zum Reden an, stolperte aber schon über das erste Wort, trank einen Schluck und sagte schließlich: »Mein Freund – ich meine, der Vater des Kindes – sagt, die Stiftung sei eine ganz schlaue Idee von Onkel Pino gewesen und es ginge dabei nicht so sehr um junge Sänger, sondern darum, dass Vater nicht so viel Steuern zahlen muss.«

Eine solche Konstruktion konnte ich mir bei Mario Miercoledi und seinem Bruder nur zu gut vorstellen! Reinen Altruismus dafür sehr viel weniger. »Und dein Onkel kennt das Testament auch nicht und meint, das ganze Geld könnte in der Stiftung stecken? Das kann ich mir nicht vorstellen. Außerdem weiß ich zwar nicht, wie das Recht in Italien ist, aber in Deutschland würde so was gar nicht funktionieren. Da haben Kinder und Ehepartner beim Todesfall Anspruch auf einen sogenannten Pflichtteil. Da müsste man dir schon den Mord an deinem Vater nachweisen können, damit du ganz ohne Erbe rauskommen würdest.«

Mafalda schien noch einmal einen Grad bleicher geworden zu sein, ihre Lippen waren fast farblos und ihre Hände zitterten, als sie nach ihrer Tasse fasste. Sie zupfte an einem Brötchen herum, schob schließlich einen kleinen Bissen in den Mund und kaute versonnen darauf herum. Dann sagte sie: »Aber das ändert nichts daran, dass mein Freund Schulden hat und sie ihm angedroht haben, dass er das ganze Geld auf einmal zurückgeben muss, wenn er nicht die Finger von mir lässt.«

»Moment – mit ›sie‹ meinst du deinen Vater und deinen Onkel, oder? Was haben die mit den Schulden deines Kindsvaters zu tun?«

»Er hat sie doch bei ihnen, die Schulden! Er hat gegen Vater gespielt und verloren – ziemlich hoch. Er war da betrunken und da hat er einen Schuldschein unterschrieben. Und als Vater dann darauf kam, dass er mit mir …« Sie suchte ein Wort und sagte schließlich sehr verlegen: »… befreundet ist, sagte er, er würde den Schuldschein hochgehen lassen und die Gage meines Freundes beschlagnahmen. Und dann würde ihm in der Branche kein Hund mehr einen Knochen abnehmen, sein Ruf wäre ruiniert, niemand würde ihn je wieder engagieren …«

»Quatsch!«, rutschte mir raus. »Sorry, Mafalda, aber da haben dein Vater und dein Onkel Nebelwerfer gespielt und deine und deines Freundes Angst vor der Blamage ausgenutzt. Kennst du Friedemann Fürmann? Er ist Lucas' Agent und ein alter Freund von mir und er hat mir mal erzählt, dass er gerade zwei Klienten hat, die finanziell Schwierigkeiten haben und denen schon mal die Gage gepfändet wird. Der eine hat gespielt, der andere hat sich mit dem Finanzamt irgendwie verhauen. Das hat aber nie jemanden davon abgehalten, die Jungs zu engagieren. Ich denke, Intendanten sind in der Beziehung einiges gewöhnt! Sie haben mit Künstlern zu tun und die sind halt manchmal a bisserl Boheme in ihrer Lebensführung.« Und mir fiel noch etwas ein: »Ich glaub außerdem, in Deutschland könnten sie deinen Freund gar nicht pfänden. Privates Glücksspiel unterliegt ziemlich strengen Auflagen – und ich bin ziemlich sicher, dass die deinem Vater nicht so bekannt waren und er sich nicht daran gehalten hat. Wenn, wären da nämlich keine hohen Summen aufgelaufen. Also wäre der Schuldschein in Deutschland gar nicht gültig, weil unrechtmäßig erworben. Folglich gäbe es keine Pfändung des Geldes.«

»Ah ja.« Mafalda hatte aufmerksam zugehört. »Bist du da sicher?«

»Ziemlich. Aber wenn du es ganz genau wissen willst – du oder dein Freund –, solltest du wohl einen Anwalt fragen.«

»Na ja, mal sehen. Und außerdem – es geht halt nicht nur um Deutschland. Er tritt ja auch in anderen Ländern auf …«

Dieses Mal holte ich tief Luft und sagte: »Geben wir ihm doch einen Namen – wir reden von Rocco Banhardt, nicht?«

Mafalda sah mich mit aufgerissenen Augen sehr entsetzt an. »Woher weißt du das? Wird etwa über uns getratscht?

Oh Himmel, dann hat's Vater auch erfahren und Onkel Pino erzählt und der ist hier und bestimmt schon wieder hinter Rocco her!«

Ich schüttelte schweigend den Kopf. »Ich kriege sehr wenig Tratsch mit. Lucas verabscheut Geschwätz …«

»Stimmt!«, bestätigte Mafalda mit einem kleinen Lächeln. »Er ist sogar Vater über den Mund gefahren, wenn der getratscht hat. Aber … ich meine, wird sonst in der Branche über Rocco und mich geredet? Hast du es da mitgekriegt?«

»Nein«, antwortete ich. »Aber ich habe euch mal gesehen. Ihr standet auf dem Parkplatz bei den Seefestspielen neben Roccos Motorrad. Ich habe aber nicht darüber geredet.«

»Auch nicht mit Lucas?«, forschte Mafalda.

»Auch nicht mit Lucas«, bestätigte ich. »Wie ich schon sagte: Lucas mag Tratsch nicht. Und in eurem Fall – es geht ihn nichts an und es tangiert ihn nicht, warum also sollte ich mit ihm darüber reden?«

»Hmm …«, machte Mafalda nachdenklich.

Ich leerte mein Glas mit Orangensaft. »War es bei Rocco nicht so, dass dieser Absturz mit Spielen und Alkohol so um seine Scheidung herum stattfand? Das hat Lucas mal erwähnt – er hat sich damals nämlich Sorgen um Rocco gemacht und überlegte, ob er ihm irgendwie helfen kann.«

»Na ja – Roccos Ex-Frau sagt, sie habe ihn deswegen verlassen. Aber ich glaube, er hat gespielt und getrunken, weil er so unglücklich in seiner Ehe war. Seit wir zusammen sind, hat er keine Karten und keinen Alkohol mehr angefasst. Aber was, wenn unsere Beziehung auch in Schwierigkeiten gerät? Ich würde es nicht aushalten, wenn mein Mann betrunken nach Hause kommen würde, und ich finde diese Spielerei schrecklich.«

»Das verstehe ich gut«, sagte ich sanft. Ich konnte mir vorstellen, dass Mafalda da bei ihrem Vater – und der hatte offenkundig nichts ausgelassen – früh Erfahrung gesammelt hat und nicht scharf darauf war, die mit einem Lebensgefährten zu wiederholen. »Aber ich denke, man sollte jedem Menschen eine zweite Chance geben, wenn er einen Fehler gemacht hat.« Ich beugte mich ein wenig nach vorne und nahm ihre Hand. »Mafalda, ich will Ihnen nicht in Ihr Leben hineinreden, aber ich glaube, Sie sollten jetzt mit Rocco reden. Es ist auch sein Kind …«

Mafalda schaute auf ihre Hand, die ich sanft streichelte, dann schniefte sie einmal, biss sich auf die Unterlippe und flüsterte schließlich: »Aber was, wenn Rocco was mit Vaters Tod zu tun gehabt hat? Er war so wütend auf ihn, und als ich ihm sagte, dass Vater tot ist …« Sie verstummte, zog mir ihre Hand weg, holte ein Tempo aus ihrer Tasche und schnäuzte sich. »Er meinte, es täte ihm sehr leid für mich, aber ansonsten wäre die Welt ohne meinen Vater ein besserer Platz.«

Je mehr ich über Mario Miercoledi gelernt hatte, desto mehr war ich geneigt, Rocco darin zuzustimmen. Aber es wäre nicht unbedingt taktvoll und nett gewesen, das vor der Tochter zu tun und so seufzte ich. »Ich denke, Ihr Vater hat Rocco wirklich mies behandelt.« In meinem Gehirn surrten sämtliche Zahnrädchen. Wäre es möglich gewesen, dass Rocco …? Hatte er bei seinen ganzen Kräuterchen und Teechen auch etwas über Gift gelernt? Aber wie hätte er die Eibe applizieren sollen? Und außerdem: Der Rosendieb war er bestimmt nicht gewesen. Dazu war er viel zu groß und breitschultrig. Ich atmete tief durch. »Mafalda, ich kann mir nicht vorstellen, dass es Rocco gewesen war. Aber wie kommst du denn drauf? Hast du irgendeinen Anhaltspunkt, außer dass Rocco deinen Vater so verabscheut hat?«

Nun rollten die Tränen und sie schniefte noch einmal ins Taschentuch. »Er war nicht zu Hause. Als die Mama in der Nacht Vater gefunden hat … also, kurz danach habe ich versucht, Rocco anzurufen. Aber der hatte sein Handy abgeschaltet. Darauf habe ich versucht, ihn über unseren Chat zu kriegen. Wenn er zu Hause ist, hat er den immer offen. Aber da war auch nichts – er war nicht angemeldet.«

»Na ja, es war mitten in der Nacht. Da könnte es schon sein, dass er geschlafen hat«, warf ich ein.

Mafalda schüttelte den Kopf. »Das kann ich mir nicht vorstellen. Er hat zurzeit massive Schlafstörungen, und wenn er schläft, hat er einen so leichten Schlaf, dass ihn das Piepsen vom Chat auf jeden Fall aufweckt.«

»Hmm …« Ich dachte nach, aber ich konnte mir wirklich nicht vorstellen, wie Rocco das Taxin B Miercoledi verabreicht haben sollte. Also schüttelte ich den Kopf. »Auch wenn er nicht zu Hause war – ich kann mir nicht vorstellen, dass er Ihrem Vater was getan hat. Zum einen: Wie wäre er an die Eibe aus dem Hotelpark gekommen?« Ich wollte Mafalda nicht verraten, dass ich zugesehen hatte, wie der Mörder die Eibe geholt hatte. »Wie hätte er sie zu etwas verarbeiten sollen, was er deinem Vater hätte eingeben können? Und wo hätte er die Gelegenheit dazu gehabt?«

Mafalda schluckte. »Er versteht etwas von solchen Sachen. Seine Oma war so eine Kräutersammlerin und hat ihn immer auf ihre Touren mitgenommen …«

»Trotzdem!«, sagte ich. »So verfeindet wie dein Vater und Rocco waren, kann ich mir nicht vorstellen, dass Rocco zu Hause ein bisschen Gift destilliert hat, dann deinen Vater zu einem Drink in der Bar eingeladen und ihm da die Eibe ins Glas getröpfelt hat.«

»Aber …« Mafalda zögerte und ich sah, dass sie sich einen richtigen Ruck geben musste. »Ich meine, was, wenn er Vater in der Probe etwas in den Kaffee gegeben hat?«

Ich atmete tief durch. Verdammt – Rocco als Favorit in der Rolle des Mörders gefiel mir gar nicht! Und ich sah regelrecht vor mir, wie er neben dem Requisitentisch gestanden hatte, wo Miercoledi – zu meinem Ärger – meist seinen Kaffee abgestellt hatte und aus einem kleinen, in seiner Hand verborgenen Fläschchen … Nein. Das konnte nicht sein. Rocco tat so etwas nicht. Oder doch? Hatte er in Miercoledis Tod die einzige Chance gesehen, mit Mafalda zusammenzukommen?

»Siehst du!«, unterbrach Mafalda meine Gedanken. »Du machst jetzt auch daran rum.«

»Ja, natürlich«, gab ich zu. »Ich denke darüber nach. Aber ich glaub trotzdem nicht dran.«

»Aber was mache ich jetzt?«

»Mit ihm reden, Mafalda!«, empfahl ich. »Sag ihm, dass du ein Kind erwartest, und frag ihn, ob er dir bezüglich deines Vaters etwas zu sagen hat.«

»Ich kann ihn doch nicht fragen, ob er meinen Vater umgebracht hat!« Mafalda flüsterte es fast tonlos.

»Stimmt. Das kannst du wohl nicht. Aber du kannst ihn fragen, wo er in dieser Nacht war. Vielleicht gibt es eine ganz harmlose Erklärung! Er könnte mit Mischa zusammengesessen sein – der ist auch eine Nachteule und hat das Zimmer gegenüber von Rocco. Oder er könnte einen Nachtspaziergang gemacht haben. Hab ich auch in dieser Nacht! Sie war so schön – sternenklar, leichter Wind, dabei noch angenehm warm …«

»Na ja«, fiel Mafalda ein. »Er fährt nach der Probe gerne Motorrad. Er sagt, die Ecke hier ist toll und in der Schweiz oder in Gegenrichtung zur Schwäbischen Alb gibt es tolle Bergsträßchen mit vielen Kurven.«

»Siehst du!« Ich war selbst ein wenig erleichtert, dass es eine mögliche Erklärung für Roccos nächtlichen Ausflug gab. »Frag ihn einfach. Sag, du hättest versucht, ihn anzurufen, und er sei nicht erreichbar gewesen. Nicht anklagend, sondern eher neutral …«

»Hmm.« Mafalda putzte sich noch einmal die Nase, dann schaute sie auf die Uhr. »Oh – es ist halb zehn!«

»Wirst du erwartet?«, fragte ich.

»Ja! Ich bin mit meiner Mutter zum Frühstück verabredet!« Mafalda wühlte in ihrer Tasche, fand ihren Geldbeutel und wollte dem Kellner winken.

»Lass stecken – ich zahle. Ich hab noch ein wenig Zeit bis zur Probe«, sagte ich ihr. »Und nu' renn, dass du deine Mutter erwischt. Und wenn irgendwas ist und du jemand zum Reden brauchst – du weißt ja, wo ich bin!«

KAPITEL 8: AUSGESPIELT

**Am Bodensee,
Mitte Juli 2018**

Mein charmanter Ehemann behauptet manchmal, mir müsste man eigentlich ein Warnschild umhängen: »Achtung: Weiblich + Journalistin = extrem neugierig«. Doch dafür, dass er Neugierde als »typisch Frau« einzuordnen versucht, habe ich ihn schon einen Chauvi genannt und ihm erklärt, dass einer der neugierigsten Menschen, die ich kenne, ein Kerl ist: mein bester Freund, unser Dirigissimus Mischa.

Mischa ist aber nicht nur neugierig, sondern hat obendrauf ein sagenhaftes Gedächtnis, in dem er nicht nur zwei Dutzend Opern, sämtliche Bruckner- und Beethoven-Sinfonien und eine ordentliche Portion Tschaikowsky untergebracht hat, sondern außerdem auch noch den Szenetratsch aus den letzten 35 Jahren. Ich glaube, er hat schon im Laufstall neben dem Flügel seines ebenfalls dirigierenden Vaters mitgekriegt, was bei Einzelproben über das Liebesleben des Opernpersonals gesprochen wurde.

Ich habe das schon immer praktisch gefunden. Wann immer ich über jemanden ein bisschen mehr wissen will als das, was in der offiziellen Biografie steht, frage ich Mischa. Und das tat ich denn auch an diesem Freitag – einen Tag nach dem Gespräch mit Mafalda, das mich sehr beschäftigte.

Lucas war auf dem Weg zur Mittagspause wieder einmal vom Intendanten eingefangen worden, so kam es, dass Mischa und ich alleine am Ufer entlang zu der Gartenwirtschaft gingen, in der wir essen wollten. Und so konnte ich denn meine erste Frage loswerden, die da hieß: »Sag mal, weißt du was über Rocco Banhardts Finanzen? Ich habe gehört, er sei verschuldet.«

Mischa schaute mit Wohlgefallen zwei jungen Damen nach, die an uns vorbei stöckelten und ihn musterten, als ob sie ihn kaufen wollten; dann seufzte er. »Ja, der arme Kerl scheint nicht gerade ein Händchen für Geld zu haben. So wie's bei ihm aussieht, darf er wahrscheinlich die nächsten Jahre bei jeder Fernsehshow die schönsten Bassarien rauf und runter singen, um irgendwann mal wieder schwarze Zahlen schreiben zu können.«

»Aber warum?«, spielte ich die Harmlose. »Er ist doch gut im Geschäft und ich denke, wenn er so was wie den Sarastro oder König Marke* singt, dürften seine Gagen nicht schlechter liegen als Lucas', oder?«

»Na, das dann wohl doch nicht«, widersprach Mischa. »Rocco wird sicher gut bezahlt, aber Lucas ist ein Star mit entsprechendem Sonderzuschlag.«

»Dennoch müsste Rocco doch eigentlich klarkommen. Oder hat er neben seinem Motorrad noch irgendwelche teuren Hobbys?« Ja, ich wollte, dass Mischa Mafaldas Geschichte bestätigte, und ich war neugierig darauf, was in der Branche darüber geredet wurde.

Mischa öffnete die Tür der Gartenwirtschaft für mich, sah sich um und legte die Hand unter meinen Ellbogen, um mich zu einem freien Tisch unter einer Kastanie zu führen. Er

* Sarastro gehört in Mozarts »Zauberflöte«, der König Marke ist der betrogene Möchtegern-Ehemann in Wagners »Tristan und Isolde« (brancheninternauch »Tristan und Siewolltnicht« genannt).

rückte mir einen Stuhl zurecht, dabei sagte er: »Rocco hat sich das teuerste Hobby überhaupt geleistet: eine Scheidung. Seine Ehefrau hat ihn vor vier Jahren verlassen, wobei sie die beiden Söhne mitgenommen hat. Und da sie die Jungs ja versorgen muss, kann sie nicht selbst Geld verdienen, ergo löhnt er – und zwar kräftig. Und obendrauf ist er bei der Aktion noch sein Haus in Leipzig losgeworden.«

»Ach, du Schande!« Ich schnappte mir die Karte, die auf dem Tisch lag. »Hat er jetzt nicht eine Wohnung in Wien?« Ich blätterte und beschloss, wieder einmal das Backhendl mit Kartoffelsalat zu essen.

Mischa unterdessen orderte Steak, dazu eine Ofenkartoffel und zwei Apfelschorlen. Als die Bedienung verschwunden war, nahm er den Gesprächsfaden wieder auf. »Roccos Wohnung in Wien ist eine Eineinhalb-Zimmer-Butze im dritten Bezirk – sicher nicht geeignet, um darin Prinzessin Mafalda aufzubewahren!«

»Ach, das weißt du auch?«

»Das hat die ganze Branche mitgekriegt, meine Süße. Miercoledi und er haben sich deswegen an der Scala lautstark gefetzt. Miercoledi hat ihm angedroht, dass er ihn zum Countertenor* macht, wenn er die Finger nicht von seiner Tochter lässt!«

»Reizend!«, fand ich. »Was hatte er gegen Rocco?

»Eine ganz Menge: Er ist kein Italiener, er ist Protestant, er stammt aus dem ehemaligen Osten und da waren doch alle Kommunisten …«

»Wie bitte?«, staunte ich. »Wie kam er denn auf die Schnapsidee?«

»Och, das hat er mir auch mal vorgeworfen!«, sagte Mischa. »Ich bin Russe, mein Vater hat ein staatliches Sinfonieorches-

* Countertenöre singen Falsett, dadurch können sie die Tonlagen erreichen, in denen früher die Kastraten unterwegs waren. Obwohl an den Jungs (angeblich) alles dran ist, wird in der Oper oft darüber geblödelt, dass ihnen etwas fehlt und sie deswegen so hoch singen.

ter in Russland geleitet, ergo muss er ein Superkommunist gewesen sein. Und Miercoledi schien gedacht zu haben, dass sich so was vererbt wie ein Muttermal …«

»Na ja, er war nicht eben für seinen ausgeprägten Intellekt bekannt.«

Mischa lachte. »Vornehm ausgedrückt. Man könnte auch sagen: Er war doof. Ein Tenor eben – würde Lucas sagen.«

Ich war nicht so sehr an Miercoledi-Geschichten interessiert, sondern immer noch mehr Rocco. »Du, ich hab mal gehört, der Rocco würde spielen …« fing ich an. »Hast du da was mitgekriegt?«

Unser Essen kam, Mischa half der hübschen Kellnerin, ihr Tablett abzuräumen, schenkte ihr sein charmantes Lächeln und bedankte sich besonders nett. Dann schaute er mich an. »Du, ich hab richtig Kohldampf!«

»Ich auch! Guten Appetit!« Ich verstand, dass er nach der anstrengenden Probe erst einmal etwas essen wollte – und wunderte mich über mich selbst. Hatte bei mir schon ein gewisser Abhärtungsprozess eingesetzt? Je mehr ich über Rocco erfuhr, desto mehr wurde klar, dass er Miercoledi wirklich gehasst und gute Gründe gehabt hatte, seinen Abgang zu wünschen. Im Angesicht der Tatsache, dass ich ihn immer sympathisch gefunden hatte, hätte mir das eigentlich den Appetit verschlagen müssen. Wie hatte ich neulich in einem Roman gelesen? Da hatte die Heldin beklagt, die Moussaka habe nach einem emotionalen Schock wie »Asche auf ihrer Zunge« geschmeckt. Ich unterdessen konnte mir nicht vorstellen, dass mir eine Moussaka jemals nicht schmecken würde, und was mein Backhühnchen anging – es schmeckte sogar in einem Garten, in dem eine große Eibe mit ihren roten Beerchen zum reichgedeckten Büffet für Vögel geworden war. Ich knusperte am Backhendl und überlegte mir dabei, wie viele Leute man wohl mit dem Laub und den Beeren dieser Eibe umbringen konnte.

Mischa unterdessen kaute, spülte mit einem Schluck Apfelschorle nach und grinste. »Ich glaube, in letzter Zeit hat Rocco nur mit Mafalda Miercoledi gespielt – und das durchaus intensiv.«

»Wie kommst du darauf? Hast du die beiden zusammen gesehen?«

»Hmm!« Mischas Grinsen wuchs in die Breite. »Rocco und ich hatten in London das Vergnügen miteinander – und da haben wir nebeneinander gewohnt. Die Appartements waren recht hellhörig und Mafalda war ein paar Mal zu Besuch – worauf ich mich dann immer diskret ins Schlafzimmer zurückgezogen habe, sonst hätte ich zu viel mitgehört.« Er trank noch einen Schluck. »Und vor zwei oder drei Wochen habe ich sie abends in der kleinen Bucht gesehen, die Richtung Bregenz liegt. Ich war da mit dieser netten Flöte ...«

Mir war, als wenn er mir gerade die Faust in den Magen geschlagen hätte. Die Bucht nahe Bregenz – das war die, in der ich fast ersäuft worden war. Rocco kannte die – und unweit davon war eine Bootsvermietung!

Nein. Da konnte es keinen Zusammenhang geben. Rocco war – gemessen an dem, was man diesbezüglich auf Opernbühnen erlebt – kein ganz schlechter Schauspieler, aber für so kaltblütig und ausgebufft, dass er mich nachts fast umbrachte und dann am nächsten Morgen auf der Probe freundlich mit mir plauderte, hielt ich ihn nicht.

Aber den Mord an Miercoledi traute ich ihm zu. Wenn man die Bootsgeschichte wieder einmal abzog und annahm, dass das ein Rowdy gewesen war, der es zum Spaß gemacht hatte, blieb, dass Rocco doch eine Gelegenheit gehabt hätte, Miercoledi das Gift beizubringen: wenn Mafalda ihm geholfen hatte. Für sie wäre es kein Problem gewesen. Und vielleicht hatte sie von der ewigen Bevormundung und Einmischung ihres Vaters genug gehabt? Vielleicht hatte sie mit

Rocco in Ruhe leben wollen und das mit einem netten, von Papi ererbten finanziellen Polster?

Nein. Das passte nicht zu dem Mädchen, das mir gestern Morgen weinend gegenübergesessen hatte. Sie war nicht raffiniert genug, den Vater umzubringen und mir dann eine solche Nummer vorzuspielen!

Himmel die Berge, wie ich diese Situation verabscheute! Seit Miercoledis unfreiwilligem Abgang hatte ich meine beste Freundin, einen durchaus liebenswerten Sänger und die Tochter des Opfers – ein Mädchen, das in der Nacht, als sein toter Vater gefunden worden war, völlig entsetzt an seiner Mutter gehangen hatte! – verdächtigt. Wenn es so weiterging, überlegte ich am Ende noch, ob Lucas und Cayo Gifttee gebrüht hatten, weil sie von Miercoledis Knödelei so genervt gewesen waren! Oder hatte Mischa Verdi vor weiterer Schändung bewahren wollen?

Mir wurde mehr und mehr klar: Solange der Mord an Miercoledi nicht aufgeklärt war, würde ich keine Ruhe finden. Und wenn es mir schon so an die Nieren ging – wie mussten sich Giulia, Marietta und Mafalda fühlen? Auch wenn ich Miercoledi zum Weglaufen gefunden hatte – seine Familie hatte ihn wohl trotz allem geliebt. Oder nicht? Hatte seine so oft betrogene Ehefrau irgendwann beschlossen, dass er sie jetzt einmal zu oft gedemütigt hatte? Hatte sie sich vielleicht mit ihren Töchtern verbündet?

Verflixt, was trieb eigentlich die Polizei? Gerstenmeier und Holler waren in den ersten Tagen nach dem Mord in den Proben gewesen und hatten das ganze Ensemble bezüglich seiner Beziehungen zu Miercoledi befragt. Außerdem hatte Gerstenmeier doch mit diesem italienischen Steuerfahnder konferiert. Aber seitdem hatte ich nichts mehr von ihm gehört.

Andererseits beneidete ich die Herren Ermittler nicht um ihren Job. Sie waren in einer Szene unterwegs, in der selbst ich als Insider auf dem Quivive sein musste, damit mir nichts durchrutschte. Meine lieben Mitstreiter pflegten sich des Öfteren in Anspielungen und Andeutungen zu unterhalten oder zitierten aus irgendwelchen Opern. Und Lucas, Mischa und ich warfen uns manchmal Nummern aus dem Bachwerk- oder dem Köchelverzeichnis zu. So hatte Lucas bei einer langweiligen Konferenz in der Hochschule mal auf seinem Block herumgemalt, ihn dann aufgestellt – und so sah ich, dass er »BWV 248, 26« geschrieben hatte. Für mich war die Botschaft klar: Bachwerkverzeichnis Nummer 246 ist das Weihnachtsoratorium und die 26 ist der Chor der Hirten: »Lasset uns nun gehen!«

Oder neulich war unter dem Einkaufszettel, den wir immer in der Küche am Kühlschrank hängen hatten, in Lucas' Schrift gestanden: »+ KV 433«. Das ist Köchelverzeichnis, also Mozart – und da die Bass-Konzertarie »Männer suchen stets zu Naschen« (die Lucas nicht singt, weil sie ihm zu tief liegt). Und Mischa pflegt in der Kneipe bei langweiliger Gesellschaft »82« zu sagen – das Signal zum unauffälligen Abgang. Es steht für Bachwerkverzeichnis 82 – die Kantate »Ich habe genug«.

Dazu dann noch der Musikerjargon! Da wird aus Wagners stolzem Ritter Lohengrin kurzerhand »Lodengrün«, aus Webers Freischütz der »Schreifritz«, der fliegende Holländer ist natürlich ein »fliehender Flohhändler«, und wenn das Ballett Schwanensee tanzt, feixen die Opernleute, dass heute »Ententümpel« gegeben werde.

Wie sollten sich zwei harmlose Kriminalbeamte, die von Oper wahrscheinlich nicht mehr wussten, als dass Leute mit einem Messer im Bauch noch stundenlang singen, sich da auskennen und durchfinden?

Manchmal blicke noch nicht einmal ich richtig durch und da war tatsächlich noch etwas, wonach ich Mischa fragen wollte. »Sag mal, welche Rolle spielt eigentlich Miercoledis Bruder? Der verwaltet seine Geschäfte, habe ich gehört. Was muss ich mir darunter vorstellen? Sitzt der in Spoleto und zählt Geld?«

»Nein!« Mischa lachte. »Der ist sehr aktiv und sehr viel unterwegs.«

Bevor er dazu kam, mehr zu erzählen, sah ich Lucas, der eben durchs Gartentor gekommen war und sich suchend umschaute. Ich stand auf, winkte und wartete, bis er neben mich getreten war, um mich auf die Zehenspitzen zu stellen und seine Wange zu küssen.

Er klopfte Mischa auf die Schulter, schnappte sich einen Stuhl und ließ sich mit einem Seufzen nieder. »Na, ihr zwei? Tratscht ihr etwa?« Dabei griff er nach der Karte, die auf dem Tisch lag. »Ich bin spät dran, nicht? Am besten bestelle ich was Fertiges.«

»Musst du nicht.« Mischa lehnte sich zurück und schlug die langen Beine übereinander. »Ohne dich und mich fangen die nicht wieder an – und du tust dich nachher leichter, wenn du jetzt ein bisschen Ruhe gibst.« Er winkte nach der Bedienung, die sowieso schon immer wieder zu uns geschielt hatte, orderte bei ihr einen Kaffee und ein Stück Kuchen, ließ Lucas das unvermeidliche Mineralwasser und Linsen, Spätzle und Würstchen bestellen und sagte dann: »Vic und ich haben übrigens tatsächlich getratscht. Ich habe sie über die komplizierten Familienverhältnisse im Miercoledi-Clan aufgeklärt. Sein Bruderherz …« Er sprach nicht weiter, weil Lucas die Stirn runzelte. »Ich weiß, du magst es nicht, wenn man über das Privatleben von Kollegen spekuliert, aber in dem Fall muss man es einfach wissen, um das Bild abzurunden.«

Lucas seufzte, kreuzte die Arme vor der Brust und gab zurück: »Tut, was ihr nicht lassen könnt. Ich denke allerdings, dass die Beziehung der Brüder Miercoledi weniger von Geschwisterliebe als von ihrer beider Gier geprägt war.«

Mischa nickte. »Das auf jeden Fall. Die Frage war für mich immer nur: Wie loyal sind die Brüder gegeneinander?«

»Hmm.« Lucas atmete tief durch. »Ich denke, diesbezüglich war Mario ein echter Italiener. Blut war bei ihm dicker als Wasser. Und andersrum wäre Pino dumm gewesen, wenn er Mario beschissen und damit das Verhältnis riskiert hätte.«

»So gesehen, hast du recht«, gab Mischa zu. »Für Pino war Mario die Gans, die goldene Eier legt. Es war für die zwei eine Win-win-Situation: Mario bekam mit Pino einen Manager, der sich wirklich reinhängte, Pino bekam einen Job, in dem er mehr Freiheiten und ein besseres Gehalt hatte als in der freien Wirtschaft.«

Lucas bekam sein Essen, was Mischa prompt ausnutzte, um noch ein bisschen mit der Bedienung zu flirten. Und ihr gefiel mein bester Freund offenkundig. Sie strahlte ihn an, fragte, ob sie ihm noch etwas Gutes tun könne, und bekam prompt als Antwort: »Du könntest mich heute Abend auf einen Spaziergang am See begleiten.«

Lucas schaute mich an und deutete ein Kopfschütteln an, ich zuckte mit den Schultern – das war eben Mischa, der nie eine Gelegenheit zum Flirten ausließ. Und auch in diesem Fall war es eine Punktlandung. Die Blondine lächelte ihn an und sagte: »Okay. Um acht an der Ludwigsbastion im Stadtgarten?«

»Ich werde da sein!«, versprach Mischa. »Und wenn du mir jetzt noch mal einen Kaffee bringst?«

Die Kellnerin verschwand, Lucas lachte. »Du bist unglaublich, Mischa!«

»Ist etwas gegen einen Abendspaziergang mit einer netten, jungen Dame einzuwenden?« Mischa grinste.

»Willst du Miercoledis Abschusszahlen überbieten?«, fragte ich.

Er schüttelte den Kopf. »Nicht so wirklich. Vor allem

würde ich nicht so lügen wie er und ich lasse verheiratete Frauen aus.«

»Das beruhigt mich!«, stellte Lucas fest.

»Sagt mal«, Mischa schaute von Lucas zu mir und wieder zurück, »ist die Kripo eigentlich auch in diesem Bereich unterwegs? Ich erinnere mich, dass Mario mir mal erklärt hat, er möge verheiratete Frauen – da habe man keinen Stress, wenn man sie wieder loswerden wolle. Ich könnte mir aber vorstellen, dass bei solchen Geschichten Ärger mit den Ehemännern entstehen könnte. Was, wenn irgend so ein italienischer Othello ihn umgebracht hat?«

»Kann ich mir eigentlich nicht vorstellen«, antwortete Lucas kauend. »Er ist ruhiger geworden in den letzten Jahren.«

»Aber da war doch mal was mit einer verheirateten Adeligen, nicht? Eine Fürstin oder so was sogar …« Mischa kämmte mit gespreizten Fingern durch seine schulterlangen, schwarzen Haare, die Stirn gerunzelt. »Er war ziemlich angetrunken, als er mir mal erzählt hat, seine große Liebe sei eine römische Aristokratin gewesen – natürlich verheiratet. Unwiderstehlich, wie er war, hat er es aber dennoch geschafft, sie zu entführen und schließlich zu schwängern. Aber dann habe sie der Mut verlassen und sie sei mit seinem Sohn im Bauch zu ihrem adeligen Gatten zurückgekehrt und dieser miese Schwächling habe den Jungen als den seinen anerkannt.«

Lucas seufzte. »Ja, die Story kenne ich auch – das Gejammer bekam man regelmäßig zu hören, wenn er betrunken war. Man habe ihm seinen Sohn und seine große Liebe genommen, nur weil er nicht standesgemäß gewesen sei! Gleichzeitig klärte er einen aber mit Gusto über den Stammbaum der Principessa auf – der hat ihm mächtig imponiert.« Er schob sich eine Gabel mit Linsen in den Mund, kaute, schaute dann

Mischa an und fragte: »Wie sieht's denn heute Nachmittag aus? Wir machen Sitzprobe, oder?«

»Ja!«, bestätigte Mischa und legte mir die Hand auf die Schulter. »Du hast frei, Süße – zur Sitzprobe wirst du nicht gebraucht.«

*

Sitzprobe ist, wenn die Damen und Herren Sänger sich hinter dem Orchester in einem großen Probenraum versammeln und dort ihre Partien schmettern. So kommt der Dirigent dazu, seine Anmerkungen zu machen, ohne dass der Betrieb auf der Bühne ablenkt. Und Mischa hatte recht: Dazu braucht man den Assi des Regisseurs nicht.

Ich hatte mir einen Augenblick überlegt, ob ich den freien Nachmittag hindurch bummeln gehen sollte. Ich hätte durchaus das eine oder andere neue Shirt brauchen können, auch wäre es nett gewesen, wieder einmal in der Buchhandlung zu stöbern, die ich unweit des Marktplatzes entdeckt hatte. Aber dem stand im Weg, dass ich den Herren Ermittlern einiges zu erzählen hatte.

Verstehen Sie mich richtig: Normalerweise gilt bei mir, dass das, was mir im Vertrauen erzählt wurde, bei mir bleibt und nicht weitererzählt wird. Aber ein Mordfall rechtfertigt es wohl, dass man die üblichen Regeln aussetzt oder zumindest der Priorität, den Mörder aus dem Verkehr zu ziehen, unterordnet. Ich wollte, dass die Geschichte ihr Ende fand, ich wollte meine kleine, heile Welt zurück – und darum rief ich, während die Männer zur Seebühne zurückgingen, Kommissar Gerstenmeier an. Auf meine Ankündigung hin, dass ich Informationen für ihn hätte, reagierte er geradezu begeistert. »Damit bringen wir vielleicht wieder Bewegung in diesen zähen Fall! Wir treten im Moment nämlich auf der Stelle.«

Und ob ich nicht gleich ins Polizeipräsidium kommen könne? »Unsere Kantine hat heute Zwetschenkuchen. Den kann ich nur empfehlen!«

»Wer könnte einer solchen Einladung wiederstehen?« Ich musste lachen. »Ich fahre los.«

Der Zwetschenkuchen, den die Polizeikantine servierte, war wirklich gut. Er war sogar so gut, dass man die Bahnhofswartesaal-Atmosphäre des Raumes mit seinen weißen Resopal-Tischen und orangen Stapelstühlen dafür vergessen konnte. Gerstenmeier, Holler und ich saßen an einem Ecktisch mit Aussicht auf den belebten Innenhof, als ich meine Geschichte erzählte. Und immerhin. Ich hatte die volle Aufmerksamkeit der Herren, als ich von Mafaldas Beziehung zu Rocco und der sich daraus ergebenden Schwangerschaft berichtete. Und auch Roccos Spielschulden bei Miercoledi interessierte die Herren, wobei Gerstenmeier prompt sagte: »In Deutschland muss er nicht zahlen.«

»Aber Miercoledi hatte einen Schuldschein von ihm!«

»So what?« Gerstenmeier lächelte. »Wenn Herr Banhardt belegen kann, dass er den Schuldschein im Rahmen eines illegalen Glückspieles ausgestellt hat und dabei noch unter Druck gesetzt wurde, hat er eine sehr gute Chance, aus der Nummer herauszukommen.«

»Ich werde es Mafalda berichten«, kündigte ich an. »Vielleicht bringt sie Rocco dazu, einen Anwalt einzuschalten. Ich denke, wenn er Pino Miercoledi klarmacht, dass er ihn wegen des illegalen Glückspieles vor Gericht zieht, schenkt ihm der den Schuldschein.«

»Könnte gut sein«, befand Holler und stand auf. »Ich will noch ein Stück Kuchen. Sonst noch jemand?«

Sein Vorgesetzter schüttelte den Kopf. »Führ mich nicht in Versuchung!«, lächelte er. »Aber noch ein Kännchen Kaffee kannst du mir rauslassen. Wir brauchen hier noch ein bisschen.«

»Oh?« Ich wurde immer neugieriger. Aber Holler schaute mich erwartungsvoll an und so sagte ich: »Der Kuchen war prima, aber ich glaube, ich beschränke mich jetzt auf eine Limo. Fanta oder eine Spezi, wenn es das hier gibt.«

»Kein Problem!« Holler schwirrte ab Richtung Theke.

Gerstenmeier lächelte mich an. »Wir haben heute übrigens die Übersetzung vom Testament des Herrn Miercoledi bekommen.«

»Oh, wirklich?« Ich glaube, meine Augen haben geleuchtet wie die eines Trüffelschweins im Herbstwald. Ich schielte nach Holler, der am Kaffeeautomaten stand und für seinen Chef ein Kännchen abfüllte. Konnte der sich nicht ein wenig beeilen?

Gerstenmeier amüsierte sich über mein Gezappel und beschloss wohl, mir einen Vorab-Happen anzubieten. »Sagt Ihnen der Name Cranmer etwas?«

»Ja«, nickte ich. »Mario Miercoledi hatte mal eine Affäre mit einer Frau Cranmer – und aus dieser Geschichte soll ein Kind entstanden sein.«

»Genau. David Cranmer heißt er und studiert in Manchester Trompete«, wusste der Kommissar. »Miercoledi hatte anscheinend Kontakt zu ihm und er hat ihn im Testament bedacht.«

»Er war ein Chauvinist und fand, dass ein richtiger Mann Söhne zeugen müsste«, erinnerte ich mich.

»Hat er dann wohl auch ausführlich getan.« Gerstenmeier leckte über seine Unterlippe. »Sagt Ihnen auch der Name Ferramonte etwas? Principessa Ferramonte?«

»Meinem Mann hat Miercoledi von einer Principessa erzählt, die seine große Liebe gewesen sei und die einen Sohn von ihm habe. Der allerdings sei von ihrem Ehemann anerkannt worden.«

Dieses Mal nickte der Kommissar, dabei stand er auf, um seinem Kollegen Kaffeekännchen und Limo-Flasche abzunehmen. Er stellte die Flasche und ein Glas vor mich, schenkte sich Kaffee nach und setzte sich wieder.

Holler unterdessen schaufelte Sahne auf seinen Zwetschkenkuchen, schob sich einen Bissen in den Mund und fragte kauend: »Redet ihr übers Testament?«

»Ja«, bestätigte Gerstenmeier.

»Ich war ja ganz platt, wie viel so ein Sänger zu vermachen hat!«, erzählte Holler. »Der Mann war richtig reich! Der hatte Immobilien in Italien, Österreich, Deutschland und Amerika. Außerdem besaß er neben seiner Stiftung drei Unternehmen – eine Künstleragentur, einen Musikverlag und eine Eventagentur. Die Läden werden von Miercoledis Bruder Guiseppe geführt …«

»Pino«, warf ich ein. »Guiseppe Miercoledi wird in der Familie ›Pino‹ genannt.«

»Ah ja!« Gerstenmeier machte sich eine Notiz. »Das wird die Kollegen in Italien interessieren. Die haben nämlich bergeweise Briefe und Zettel von Herrn Mario Miercoledi sichergestellt und versuchen jetzt, die Anweisungen des besagten Herrn an seinen Bruder nachzuvollziehen. Doch zurück zum Testament: Guiseppe Miercoledi hat, gemessen daran, dass er für seinen Bruder sehr gutes Geld verdient hat, einen relativ kleinen Anteil geerbt.«

Holler spülte seinen Kuchen mit einem Schluck Kaffee hinunter. »Dafür hat Mario Miercoledi einem Principe Feramonte einiges vermacht.«

»Da die Wahrscheinlichkeit, dass Miercoledi mehrere Prinzessinnen beglückt hat, doch relativ gering ist, gehe ich davon aus, dass dieser Prinz der Sohn aus seiner Affäre ist«, sagte ich.

Holler grinste. »Bei der Testamentseröffnung möchte ich nicht dabei sein! Da braucht man garantiert Ohropax. Was denkt ihr, wie die Damen kreischen, wenn sie erfahren, dass ihr Familienoberhaupt gleich zwei illegitime Söhne versorgt hat!«

Ich hätte die beiden am liebsten geschüttelt. »Wer hat denn nun den Löwenanteil geerbt? Seine Stiftung?«

»Nein!« Gerstenmeier schüttelte den Kopf, zog einen Zettel aus der Brusttasche und entfaltete ihn. »Das muss ich Ihnen als Zitat servieren!«, sagte er und suchte auf dem engbedruckten Zettel. »Also, erst mal hat er seinen Vetter Michelle Esposito, Anwalt und Notar in Spoleto, zum Testamentsverwalter eingesetzt. Und selbiger Herr wird der Stiftung vorstehen.«

»Oh!«, entfuhr es mir. »War die nicht bisher unter der Herrschaft seines Bruders?«

»Richtig. Das wird der erste Bumm-Effekt bei der Testamentsverlesung!«, kicherte Holler. »Aber da kommen noch mehr!«

»Der nächste Hammer ist Miercoledis Ausführung darüber, dass sein Bruder ihm treue Dienste geleistet hat und er ihn selbstverständlich dafür belohnen will, es aber auch im Interesse des Bruders sein müsse, dass das Vermögen an die nächste Generation weitergegeben werde. Ergo hat er seinem Bruder das lebenslange Wohnrecht in dem Haus und eine großzügige Leibrente vermacht. Ebenso ist er mit seiner Frau verfahren.«

»Und das eigentliche Vermögen?«, fragte ich gespannt.

Gerstenmeier hatte die entsprechende Stelle in seinem Papier gefunden und las vor: »Das Vermögen, über das ich nicht anderweitig verfügt habe, fällt meinen geliebten Kindern Marietta Miercoledi, Mafalda Miercoledi, David Cranmer und Cesare Maria Fabiano Andrea Principe Ferramonte di Passano zu.«

»Na, bumm!«, sagte ich. »Das ist eine nette Stinkbombe, die er da hinterlassen hat.«

»Das Schönste ist, dass uns sein Avvocato darüber aufgeklärt hat, dass seine Familie wohl nichts von diesem Testament wusste. Eine seiner Sekretärinnen und sein Bürovorsteher haben als Zeugen unterschrieben. Allerdings habe Miercoledi öfter mal damit gedroht, seine Sippe zu enterben …«, wusste der Kommissar.

Holler war mit seinem zweiten Kuchen fertig, nun beugte er sich über den Tisch mir zu und fragte: »Wie schätzen Sie Frau Miercoledi ein?«

»Im Hinblick auf den Mord an ihrem Mann?« Ich wollte spontan sagen, dass ich Giulia Miercoledi eine solche Tat nicht zutraute, aber dann dachte ich nach. Ihr Mann hatte sie ständig belogen und betrogen und er war dabei nicht sonderlich diskret gewesen. Dazu die außerhalb der Ehe gezeugten Kinder – und darüber, dass er kein treuer Ehemann gewesen war, wusste die ganze Szene Bescheid.

Mir fiel die Fast-Ex-Gattin eines Filmstars ein, die ich während meines Volontariats zu interviewen gehabt hatte. Sie hatte bezüglich des Noch-Ehegesponses Gift und Galle gespuckt, wobei sich dann herausstellte, dass sie ihm seine zahlreichen Affären nicht so übel nahm wie die Tatsache, dass er sich dauernd dabei hatte erwischen lassen. »Dass er mich derart öffentlich gedemütigt hat, werde ich ihm nie verzeihen!«

Von öffentlicher Bloßstellung und Demütigung konnte Giulia Miercoledi auch ein Liedchen singen – und was, wenn sie nun zu viel bekommen hatte? Vielleicht hatte sie doch etwas von diesem Testament gewusst? Es war eine erneute Demütigung – und vielleicht war es der Tropfen gewesen, der das Fass zum Überlaufen gebracht hatte? Vielleicht hatte sie da beschlossen, nicht nur ihre Ehe zu Ende zu bringen, sondern auch gleich ihren Mann?

Was das angeht, wäre ein Giftmord dann ja vorteilhaft gewesen. Dabei muss man sich nicht auf eine Konfrontation mit dem Opfer einlassen, es ist nicht mit Gegenwehr zu rechnen und es fließt kein Blut. Insofern verstehe ich, dass Frauen gerne mit Gift morden – sie wissen ja, wie schwierig es ist, Blutflecken aus dem Teppich, aus Polstermöbeln und dem guten Kleid rückstandslos zu entfernen.

Ich merkte, dass die beiden Ermittler auf eine Aussage von mir warteten, holte also tief Luft und sagte: »Auf der einen Seite halte ich Giulia Miercoledi für eine schwache Frau. Sie ist eine, die sich ein Leben lang untergeordnet und die Verantwortung auf andere abgeschoben hat. Auf der anderen Seite kann ich mir vorstellen, dass sich bei ihr über die Jahre kalte Wut entwickelt hat.« Mir fiel etwas ein und darum fragte ich direkt: »Wissen Sie jetzt eigentlich, in welcher Form Miercoledi das Gift verabreicht wurde?«

Gerstenmeier seufzte. »Wir haben die Tage den Bericht aus der Pathologie bekommen. Demnach wissen wir, dass das Gift in flüssiger Form beigebracht wurde. Allerdings kann das Labor im Moment noch nicht sagen, wie es extrahiert wurde und was für einem Getränk es beigefügt wurde.«

»Aber es ist jetzt klar, dass es in einem Getränk war?«

»Richtig«, nickte Holler. »Der Verteilung des Giftes nach hat er es oral zu sich genommen – und der Magen war leer, also kann er es nicht mit etwas gegessen haben, sondern es muss getrunken worden sein.«

Ich schluckte, kniff kurz die Augen zusammen und riss sie wieder auf – ich hoffte, damit das Bild des toten Miercoledis vertreiben zu können, das ich wieder vor mir gesehen hatte. »Haben Sie eine Ahnung, wann er das Gift verabreicht bekam?«

»Das kann man zurückrechnen«, antwortete Holler. »Laut Report aus der Pathologie ist Miercoledi zwischen zwei und halb drei in der Nacht gestorben. Bei der Konzentration des Giftes in seinem Körper kann es nach der Einnahme des Zeugs nicht länger als eine halbe Stunde bis 45 Minuten gedauert haben, bis es wirkte. Also können Sie's ausrechnen: Wenn er um zwei gestorben ist, hat er das Gift ungefähr um 1.15 Uhr zu sich genommen. Gehen wir davon aus, dass er um halb drei gestorben ist und das Gift eine halbe Stunde gebraucht hat, bekam er es gegen zwei verabreicht. Damit haben wir also den Spielraum 1.15 Uhr bis zwei Uhr.«

Ich runzelte die Stirn. »Meine Begegnung im Park des Hotels – das war kurz nach Mitternacht. Wenn der Täter da die Eibe geschnitten hat, blieb ihm nicht viel Zeit, sie aufzubereiten.«

»Er hat die Eibe im Hotelpark geschnitten«, bestätigte Gerstenmeier. »Man kann inzwischen auch so etwas wie die DNA einer Eibe bestimmen und demnach ist das Labor fast sicher, dass Miercoledi am Gift der Hoteleibe gestorben ist.«

Ich kratzte mich am Kopf und atmete tief durch. »Das schränkt den Kreis der Täter aber sehr ein. Wer außer seiner Familie hatte die Chance, ihn mitten in der Nacht zu vergiften?«

»Schön wär's, wenn der Täterkreis so eingeschränkt wäre!«, seufzte Gerstenmeier. »Aber den Gefallen, den ganzen Abend im Kreis seiner Lieben zu verbringen, hat er uns nicht getan. Er war zwar mit ihnen essen und danach noch in einem Straßencafé, ist aber anschließend immer noch nicht ins Bett gegangen, sondern hat sich mit seinen Damen gefetzt. Danach ging er noch auf einen Absacker in die Hotelbar – und die war an diesem Abend gut bevölkert.«

»Die Herren in Ihrem Ensemble«, schaltete sich Holler ein, der seinen Notizblock aus der Tasche genommen hatte und darin blätterte, »hängen anscheinend sehr aneinander. Ja, hier habe ich es: Die Herren von Jessen, Banhardt, Gutiérrez-Martin und Gulbrandsen saßen an der Bar und pokerten. Miercoledi stieß zu ihnen, gleichzeitig kamen die Herren Hashimoto, Körner und Hrdlicek vom Orchester dazu und kiebitzten. Außerdem anwesend waren der Bühnenbildner Michael Simon mit seiner Freundin und Fabian Hägele, der Chef im Malersaal. Alle diese Herren hätten Gelegenheit gehabt, Miercoledi das Gift ins Glas zu tröpfeln.«

Ich hob die Hand und unterbrach. »Wie bereitet man das Gift auf?« Ich konnte mir ein Grinsen nicht verkneifen. »Ich morde so selten, darum fehlen mir einschlägige Kenntnisse.«

Gerstenmeier feixte zurück. »Die Polizei, dein Freund und Helfer – wart, Freundle, ich helf dir! Also, es gibt mehrere Möglichkeiten, wie man günstig und schnell zu einem tödlichen Gift kommt. Die erste bei der Eibe: Man kann einen alkoholischen Auszug machen. Das kann's in unserem Fall aber nicht gewesen sein, denn das braucht mindestens ein paar Stunden. Bleiben also zwei andere Verfahren: Tee – also die Eibenblätter mit kochendem Wasser überbrühen und eine Weile ziehen lassen. Laut unserem Chemiker bei der KTU reicht eine Viertelstunde*.«

»Aber bräuchte man davon nicht eine ganze Menge?«, überlegte ich. »Und das Zeug schmeckt doch sicher nicht toll. Wer trinkt da einen halben Liter?«

»Ich glaube, so viel braucht man nicht«, sagte Gerstenmeier. »Außerdem kann man die Menge reduzieren, wenn man sie einkochen lässt. Das funktioniert anscheinend wie bei Saucen. Allerdings wäre mir das zu viel Mühe. Ich würde die andere Möglichkeit wählen: Eibennadeln abzupfen, in einen Blender oder in eine Schüssel, mit ein wenig Wasser auffüllen, mit einem Mixstab pürieren und fertig ist der Smoothie Special.«

»Wir vermuten übrigens, dass es ein Smoothie war«, warf Holler ein.

---

* Normalerweise können Sie, liebe Leser, sich auf meine Fakten verlassen. Sie sind recherchiert. In diesem Fall habe ich es mir aber erspart, denn ich wollte natürlich keine Handlungsanweisung zur Herstellung von Gift liefern. Ich weiß also nicht, ob man so einen Eibentee eine Viertel-, eine halbe Stunde oder gar noch länger ziehen lassen müsste.

»Was das angeht, hat's ihm Miercoledi nämlich leicht gemacht«, wusste Gerstenmeier. »Wir haben sein Barticket und demnach trank er Absinth Kamikaze Special.«

»Was ist das denn?«, erkundigte ich mich. Ich bin nämlich die, die in die Bars »was mit Fruchtsaft, ohne Alkohol, gerne süß« bestellt – sehr zum Amüsement meines Ehemanns, der findet, dass meine Geschmacksentwicklung kurz vor der Pubertät stehen geblieben sei.

»Dazu kippt man Absinth, Whisky, Cointreau, Gin, braunen Rum, Tequila, Wodka, einen Schuss Angostura und – das steht dann für das ›Special‹ – Limettenmus zusammen. Das Ganze wird auf Crushed Ice serviert – vermutlich, damit man nicht so viel davon schmeckt.«

»Absinth?«, sann ich nach. »Ist das nicht das grüne Zeug, von dem van Gogh gaga wurde? Und Angostura ist doch bitter, nicht? Schließlich das Limettenmus – also, das Grün der Eibe wäre im Absinth untergegangen, die Bitterkeit im Angostura und dass der Drink trübe wurde und eine komische Konsistenz hatte, hätte man dem Limettenmus zurechnen können.«

»Eben. Mit dem Zeug hätte man das Gift wundervoll tarnen können«, bestätigte Holler.

Mein linkes Ohr juckte. Ich kratzte nachdenklich und sagte dabei: »Aber das Gift haut einen ja nicht schlagartig um. Vermutlich ist Miercoledi erst mal schlecht geworden. Was, wenn er da einen Arzt bestellt hätte? Oder wenn in der Bar einer gewesen wäre? Wäre das für den Mörder nicht zu viel Risiko gewesen? Miercoledi wäre vielleicht gerettet worden und man wäre darauf gekommen, dass jemand versucht hatte, ihn zu ermorden.«

»Hmm …« machte Gerstenmeier. »Was machen Sie, wenn Ihnen in einer Bar übel wird?«

»In der Hotelbar? Ich würde vermutlich nach oben in mein Zimmer gehen.«

»Eben. Und selbst wenn Miercoledi da so schlecht geworden wäre, dass er den Notarzt bestellt hätte – nach Mitternacht kann man schon damit rechnen, dass der Notarzt eine Viertelstunde braucht, bis er kommt. Und bis er dann darauf kommt, dass es sich um eine Vergiftung handelt, den Patient ins Krankenhaus kutschiert und dort eine Magenspülung vornimmt …« Gerstenmeier schüttelte den Kopf. »Nein. Bei Eibe konnte der Mörder ziemlich sicher sein, dass Miercoledi an seinem Drink stirbt und er damit seiner ledig ist.«

KAPITEL 9: CURIOSITY KILLED THE CAT* – FAST

Schwäbische Alb, Bodensee, Ende Juli 2018

Wir Musikwissenschaftler sind ja angeblich Musikeunuchen: Wir wissen, wie es geht, aber wir können es nicht tun. Dafür haben wir aber eine Menge Freunde, die es gerne und ausführlich tun – und mehr noch: Wir haben üblicherweise jede Menge Freunde, die erwarten, dass wir zum Zuhören kommen, wenn sie es tun.

Erschwerend kommt dazu, dass ich ja immer noch freie Mitarbeiterin beim Feuilleton der Stuttgarter Allgemeinen bin und dass der Ressortchef immer ganz glücklich war, wenn ich ihm eine Kritik anbot. Deswegen hatte mich meine alte Freundin Diane verhaftet. Sie hatte mit ihrem Ehemann, seines Zeichens erstes Fagott in der Oper, und Freundin mit Cembalo ein Trio gegründet, das am Wochenende sein Debütkonzert im Kloster Zwiefalten geben würde.

Zwiefalten ist vom Bodensee aus keine Strecke – und von dort aus ist man in zwei Stunden in Stuttgart. Wir wollten nämlich eine Nacht im eigenen Bett schlafen und vor allem zwei, drei Ladungen Wäsche durch die eigene

* Neugierde brachte die Katze um.

Maschine jagen. (Wissen Sie, was die Wäscherei in einem Hotel kostet? Davon kann man nach Stuttgart und zurück fahren.)

Zu meiner Überraschung meldete Lucas am Freitagabend an, dass er mich begleiten wolle. Diane würde Bach- und Vivaldi-Sonaten spielen und barocke Flötenmusik sei genau die Abwechslung, die er nach vier Wochen Verdi brauche. Außerdem wäre es doch nett, wieder einmal meine Hand zu halten und Musik zu hören.

Wir nahmen trotzdem mein Auto. Nach Zwiefalten und von dort nach Stuttgart ist man viel auf Landstraßen unterwegs und da ist mein kleiner Koreaner einfach sparsamer als Lucas' englischer Schluckspecht.

Es wurde ein wunderschöner Samstag. Wir fuhren nach Zwiefalten, wo wir in der Klosterwirtschaft, beschattet von einer alten Linde, hervorragende Pilze in Rahmsoße mit Knödeln aßen. Das Konzert danach machte auch Freude und Lucas hielt tatsächlich meine Hand, krabbelte manchmal mit dem Daumen zur Innenseite des Gelenks und lenkte mich durch seine Blicke ein wenig ab. Ich dachte aber, ich hätte trotzdem genug gehört, um eine differenzierte Kritik schreiben zu können.

Wir unterhielten uns noch ein paar Takte mit den Künstlern, lehnten aber ein gemeinsames Bier ab. Wir wollten nach Hause. Also ins Auto krabbeln, Knöpfchen drücken. Neben dem Motor sprang auch gleich das Radio an und die Fanfare der Verkehrsnachrichten dudelte. Ich hörte nur auf einem halben Ohr zu, als ich losfuhr, doch dann drang zu mir: »Auf der B312 ist ein Viehtransporter umgestürzt. Die Schweine sind frei unterwegs. Die Polizei hat eine Totalsperrung kurz hinter Pfronstetten vorgenommen und bittet, die Strecke von Pfronstetten nach Engstingen großräumig zu umfahren.«

Lucas schaute mich an. »Müssen wir da nicht durch?«

»Nicht unbedingt!«, lächelte ich. Ich kenne mich nämlich in der Gegend aus. Als junges Mädchen habe ich alle meine Ferien bei Reitkursen im Haupt- und Landgestüt Marbach verbracht – und das ist unweit von Engstingen gelegen. Ergo beschloss ich, die B312 zu vermeiden, indem ich über Gomadingen nach Lichtenstein fuhr – was auch den Vorteil hatte, dass ich mich da nicht auf einer Bundesstraße, sondern auf einer romantischen Vizinalstraße mit tollen Kurven bewegte. Vor allem die Abfahrt von der Hochfläche nach Lichtenstein hinunter macht ausgesprochen Spaß.

Ich musste zuerst auf der L249 über die Hochfläche der Schwäbischen Alb – und auf der war inzwischen Nebel aufgezogen. Normalerweise weiß ich nie, wann ich die Nebelleuchten einschalten darf, aber in dem Fall war es keine Frage. In der Suppe konnte man kaum den Kühler vom Auto sehen, ergo gehörte die große Lichtorgel dazu.

Mein Mann allerdings zeigte mir, dass er mir vertraute. Er gähnte, kippte seinen Sitz etwas nach hinten und angelte nach der Decke, die auf dem Rücksitz lag. »Stört's dich, wenn ich ein bisschen döse?«

»Nein, überhaupt nicht. Ich muss mich jetzt sowieso konzentrieren«, gab ich zurück.

Hayingen, ein gutes Stück an Getreidefeldern und Obstgärten vorbei, durch einen Wald, wieder über die Felder nach Ehestetten, von dort aus nach Eglingen, ins Lautertal hinein nach Dapfen und ein Stück an der lieblichen Lauter, die durch saftige Wiesen gluckert, entlang zum Württembergischen Haupt- und Landgestüt Marbach an der Lauter. Ich schielte kurz nach rechts zum langgestreckten Verwaltungsbau hinauf. Zusammen mit den Ställen bildet es einen viereckigen Innenhof und in dem steht der berühmte Stutenbrunnen mit der Statue einer Stute und eines Fohlens. Rechts von der Straße sieht man auf Wirtschaftsgebäude – etwas unterhalb vom Gestüt ist die Wagnerei, die die Marbacher Kutschen in Schuss hält, außerdem gibt es da unten eine Sattlerei und die große Schmiede.

Auf dem Parkplatz unten an der Lauterfurt stand nur ein einsamer Kleinwagen, vermutlich gehörte er zu einem Lehrling des Gestüts, der bei der Stallwache assistieren musste. Ansonsten war das Gestüt mit seinen Pferden und Angestellten schlafen gegangen, nicht einmal in den fünf Wohnhäusern, die rechts oben an den Koppeln stehen, brannte noch ein Licht.

Weiter nach Gomadingen und Engstingen – und dort erlaubte ich mir einen Schlenker: Anstatt auf die B313 Richtung Reutlingen ging ich auf die L387. Das ist die alte Römerstraße, die durch Holzelfingen in einen Wald hinein und in dem in einer großen Kurve hinunter in den Ort Lichtenstein führt.

Lucas war aufgewacht und streichelte mit einem Finger über meinen Arm. Dabei sang er ganz leise das »So in love« aus »Kiss me, Kate« – die Zugabe in Musicalkonzerten, die Mischa als seinen »Dosenöffner« bezeichnet. Tatsächlich sollen schon einige Damen deswegen in hysterisches Kreischen ausgebrochen sein. Bei mir geht es nicht so weit, aber ich könnte auch nicht behaupten, dass seine Samtstimme keine Wirkung auf mich hätte.

Dennoch fuhr ich an der Abzweigung auf eine Forststraße vorbei. Lucas stellte prompt das Singen ein und seufzte. »Verflixt – bei dir funktioniert das nicht. Ich dachte, du fährst jetzt ein bisschen in den Wald hinein und erzählst mir, dass das Kühlwasser ins Kochen gekommen ist und du deinen Wagen erst ein wenig abkühlen lassen willst.«

»Abgesehen davon, dass dieses Auto schon sehr früh losjodelt, wenn das Kühlwasser knapp ist – dir ist bewusst, dass das nicht dein geräumiger Luxusschlitten, sondern meine kleine Reisschüssel ist? Bei der muss man Origami-Falttechniken beherrschen, wenn man einen breitschultrigen Kerl mit Gardemaß vernaschen will.«

»Ich fürchte, bei mir bräuchte es sogar die bandscheibenschonende Spezial-Falttechnik!«, seufzte Lucas. »Dabei habe ich es als Jüngling sogar in einem Fiat 500 geschafft!«

»Uuh – wie ging das denn?«

»Mit offenem Dach!«, grinste Lucas zu mir herüber, zog meine Hand an seinen Mund und biss sanft in den Daumenballen. »Aber keine Sorge – heute bleibt das Dach zu!«

Das war eine kluge Entscheidung, denn mittlerweile hatte es zu regnen begonnen. Dicke Tropfen klatschten auf die Scheibe, die Wischer kämpften auf höchsten Touren dagegen an. So langsam hatte ich von Landstraße doch genug und beschloss, bei nächster Gelegenheit auf die gut ausgebaute Bundesstraße abzuspringen. Und dann durch Reutlingen hindurch, dahinter über die B467 und die berühmte, tagsüber dauerverstopfte B27 nach Stuttgart. Es war gar nicht mehr so weit.

Die letzte große Kurve nach Lichtenstein hinunter – schön geschwungen, großzügig geschnitten. Ich fuhr mit gemäßigten 50 hinein, wohl wissend, dass die Reisschüssel bei ihrer hervorragenden Straßenlage mehr vertragen hätte. Aber bei Regen und schlechter Sicht musste das nicht sein. So war es gut … oder nicht? Was war dieses dumpfe Rumpeln von vorne? Und warum drehte das Lenkrad plötzlich frei? War da etwas an der Servolenkung kaputtgegangen?

Nein. Es war nicht die Servolenkung. Es war – bumm, mein Auto rumpelte rechts gegen die Mauer, die die Straße vom Wald abgrenzte. Es bekam dadurch einen Linksdrall und glitt wie eine Billardkugel seitlich nach links über die Straße auf die Leitplanke zu. Ich versuchte zu bremsen und hörte, wie das ABS einsetzte. Gleichzeitig bemühte sich das Anti-Schleuder-System, das Auto zu stabilisieren, aber da war nichts mehr zu machen. Der Ceed brach durch die Leitplanke, rollte in den steil abfallenden Wald hinein, blieb an irgendetwas hängen und überschlug sich. Dabei gingen mit einem lauten Krachen seine Airbags auf.

Ich fühlte mich wie ein Stück Wäsche im Schleudergang, als der Wagen sich erst über den Kühler und dann seitlich rollend überschlug. Neben mir hörte ich Lucas meinen Namen rufen. Warum war er nur mitgekommen? Warum war er nicht am See geblieben?

Noch ein Knistern und Krachen, noch eine Drehung – und dann Ruhe. Der Wagen hing seitwärts an einem Baum und zu meinem Erstaunen brannten die Lichter noch! Sie tasteten aber ins Leere – der Hang war steil und die Lichtstrahlen zeigen nach oben.

»Lucas?«, fragte ich.

»Bist du okay?«, kam zurück.

Ich bewegte Hände und Füße, atmete tief durch und tastete meinen Kopf ab. Hinten fasste ich in etwas Feuchtes, Warmes – da hatte ich offenkundig eine Platzwunde. »Nur eine kleine Platzwunde am Kopf«, antwortete ich. »Und du?«

»Knie angeschlagen!«, gab Lucas Auskunft. »Vic, ich glaub, wir müssen aus dem Wagen raus. Er hängt an einem Baum – und ob der uns hält? Mir wäre wohler, wenn wir draußen wären.« Er bemühte sich, die Tür zu öffnen, musste dazu aber seine Schulter gegen stemmen und fluchte leise. »Himmel die Berge, der Rahmen scheint verzogen zu sein! Da hilft wohl alles nix …« Er stemmte noch einmal die Schulter dagegen, dieses Mal gab die Tür nach – aber leider nicht nur sie. Das Auto schien sich zu bewegen und ich hörte jemanden schrill quietschen. Das war ich in meinem Schreck!

Doch immerhin hatte Lucas nun die Tür zur Hälfte auf und schlängelte sich hinaus. »Vic, komm nach – über den Tunnel und dann helf ich dir!«, kommandierte er.

Ich spürte plötzlich, dass ich unheimlich müde war. Am liebsten hätte ich die Augen geschlossen und einfach geschlafen. Doch Lucas hatte wahrscheinlich recht – ich musste aus dem Auto raus, bevor es vollends abstürzte. Mühsam wuchtete ich meine Füße über den Tunnel auf die Beifahrerseite, rutschte hinterher und fasste nach Lucas' Hand. Seine Wärme tat mir gut und gab mir die Kraft, mich durch die halboffene Tür nach draußen zu bewegen.

Dort zog Lucas mich noch ein Stück vom Auto weg, worauf ich mich auf den Boden sinken ließ. Es regnete immer noch und ich spürte, wie mir ein paar Tropfen in den Kragen rannen. Doch meine Aufmerksamkeit war mehr auf unser Auto gerichtet, das nach der Entlastung nach vorne kippte und sich von dem Baum, der es an der Seite hielt, löste. Es stürzte mit einem Krachen vollends ab, überrollte ein paar Büsche und blieb tiefer dann wieder an einem Baum hängen.

Lucas ließ sich neben mir nieder, streckte das Bein und legte den Arm um mich. »Puuh – den Überschlag mitzumachen, wäre für uns sicher nicht gesund gewesen!«, stellte er fest. Er grub in der Tasche seiner Jacke, zog sie dann aus und legte sie um mich, dann hörte ich es piepsen und sein Gesicht erschien plötzlich in blauem Licht. Er hatte sein Handy gefunden und wählte den Notruf. Dabei erkundigte er sich noch einmal: »Auf welcher Straße sind wir?«

»Huh – ob die eine Nummer hat, weiß ich gar nicht. Sie führt von Holzelfingen nach Lichtenstein.«

»Gut, danke.« Lucas lauschte in den Hörer und meldete sich dann: »Guten Abend. Mein Name ist Lucas Benning. Meine Frau und ich sind auf der Straße zwischen Holzelfingen und Lichtenstein in der unteren Kurve kurz vor Lichtenstein verunglückt. Das Auto ist ausgebrochen, ließ sich nicht mehr lenken und ist in den Wald gestürzt.« Er hörte kurz zu, dann sagte er: »Ein roter Kia Ceed mit dem amtlichen Kennzeichen S für Stuttgart, VB 1982.« Wieder kam etwas von der anderen Seite, Lucas nickte und gab zurück: »Wir sind aus dem Wagen heraus, der ist inzwischen auch noch ein bisschen weiter nach unten gerutscht. Und wir warten. Im Moment dürfte es kein Problem sein, uns zu finden – am Auto leuchten noch die Scheinwerfer.« Wieder eine kleine Pause, in der er lauschte, dann sagte er: »Im Moment sieht es nicht sehr schlimm aus. Meine Frau hat eine Kopfverletzung, die blutet, aber ist ansprechbar und klar. Und ich habe mir das Knie angeschlagen.«

Als er aufgelegt hatte, lehnte ich den Kopf an seine Schulter. »Sollten wir nicht hoch auf die Straße klettern?«, fragte ich.

»Wir sollten vielleicht«, antwortete Lucas. »Ich bin nur nicht sicher, ob wir das können. Du mit deinem angeschlagenen Kopf, ich mit meinem kaputten Knie – es ist vielleicht gescheiter, wenn wir hier sitzen bleiben.«

»Aber du wirst klitschnass!« Ich wollte ihm die Jacke wieder reichen, aber er hielt meine Hand fest.

»Ich halte das besser aus als du!«, begründete er und zog mich ein bisschen mehr an sich. Dann wühlte er in seiner Hosentasche und brachte sein Taschentuch zum Vorschein. »Hmm – supersauber ist es nicht mehr. Aber auch nicht wirklich benutzt.« Er faltete es zusammen und hielt es an meinen Hinterkopf. »Ich möchte die Verletzung nicht anfassen, weil ich schmutzige Hände habe«, erklärte er. »Aber für mich sieht das so aus, als ob du ein paar Stiche brauchen würdest.«

»Oh nein!«, jammerte ich. »Das heißt Krankenhaus und die behalten einen doch so gerne!«

»Na, vielleicht haben wir Glück und die Polizei fährt uns auf den Bahnhof. Dann sind wir von Reutlingen aus in einer Stunde zu Hause.«

»Ach, Mensch – mein schönes Auto! Ich hab's so gern gehabt – und es war ein Geschenk von dir!«

»Du kriegst ein neues Auto, mein Hase!«, tröstete er. »Und ich bin übrigens froh, dass wir mit dem Koreaner verunglückt sind. Sein Sicherheitsystem ist offenkundig. Bei einer anderen Karre – zum Beispiel deinem alten Passat – wären wir sicher nicht so leicht verletzt ausgestiegen.«

Ich streichelte über seinen nassen Rücken, dann versuchte ich aufzustehen. »Du, beim Verbandszeug habe ich eine Isodecke, außerdem habe ich noch einen Anorak im Auto. Die hole ich …«

Lucas fasste nach meiner Hand. »Bleib hier – es bringt nichts, wenn du nachts bei schlechter Sicht und Regen in einem steil abfallenden Wald herumkletterst. Du musst dir nicht auch noch ein Bein brechen. Bleib schön hier – die drei, vier Minuten, bis die Polizei uns erreicht, machen den Kohl jetzt auch nicht mehr fett.«

Ich gab nach, setzte mich wieder und schmiegte mich an Lucas. Die Wunde an meinem Kopf schmerzte und meine linke Schulter hatte auch etwas abgekriegt – da hatte der Gurt eine kleine Prellung verursacht.

Aber immerhin war es heute kein Anschlag auf mich gewesen, sondern ein blöder Unfall. Irgendwas am Auto war kaputtgegangen – ich hatte das Knacken und Rumpeln ja gehört. Aber wie konnte es sein, dass an einem eigentlich neuen Auto – ich hatte die Reisschüssel doch erst seit einigen Monaten! – etwas an der Lenkung so kaputtgehen konnte? Ob es unter diesen Umständen gescheit war, wieder einen Ceed zu kaufen? Andererseits hatte er uns ja beim Absturz geschützt.

Durch den dunklen Wald sah ich ein Blaulicht blinken. Es schien einen Augenblick zu stehen, dann bewegte es sich hangaufwärts, bevor es wieder stand. Gleichzeitig strahlte ein starker Scheinwerfer in den Wald hinein und Lucas' Handy klingelte. Er küsste meine Nasenspitze und nahm ab. »Benning.« Und dann: »Ja, ich sehe Sie. Warten Sie, ich stehe auf …« Er richtete sich auf und winkte, gleichzeitig sagte er: »Meine Frau braucht auf jeden Fall Hilfe beim Aufstieg …«

Keine zwei Minuten später kam die Hilfe in Form von zwei orange gekleideten Herren, die sich mit »Mir send von d'r Feuerwehr und helfet Ihnen jetzt erst a'mol den Buckel wieder nuff auf d' Straß. Da wartet der Notarzt!« vorstellten.

Ich war meinem Feuerwehrmann wirklich dankbar. Er stülpte erst einmal einen Notverband über meinen Kopf und erklärte mir, dass ich ja sonst alles mit Blut volltropfen würde. Dann zog er mir geschickt ein Geschirr an und befestigte es an dem, das er trug. »So, jetzt stellet Sie sich mit geschlossene Füß' vor mich. Ich nehm Sie quasi auf den Schoss und meine Kollegen obe' ziehet uns mit der Winde nuff«, erklärte er mir.

Im ersten Augenblick war es mir unangenehm, einem Fremden so auf die Pelle rücken zu müssen, aber im zweiten war es mir durchaus lieb. Ich war so müde und erschöpft und mein breitschultriger, kräftiger Feuerwehrmann erlaubte mir, den Kopf an ihn anzulehnen, und gab mir Sicherheit, während er mich durch den Wald hinaufschob und trug.

Oben warteten Polizei, Feuerwehr und Notarzt. Und drei Minuten nach mir kam auch Lucas an. Sein Feuerwehrmann war zwar ein bisschen kleiner, aber er hatte ihn ebenfalls vor sich. Im Licht oben fiel mir dann erst auf, dass Lucas beige Hose zerrissen und über dem Knie blutig war. »Lucas, was ist mit deinem Knie? Du hast nicht gesagt, dass es offen ist.«

»Das ist auch nur ein Kratzer!«, tröstete er.

Der Notarzt, der zu ihm getreten war und nach seiner Hand gefasst hatte, schüttelte den Kopf. »Die Beurteilung überlassen Sie am besten mir beziehungsweise den Kollegen in Reutlingen im Krankenhaus.«

Neben mir stand ein Sanitäter, der meinen Ellbogen nahm. »Sie sehen aus, als ob Sie gleich umfallen würden. Ich verfrachte Sie jetzt erst mal auf unseren Schragen.« Als ich auf dem gelandet war, musste er mir dann eine Nierenschale reichen – mein Magen meinte nämlich, sich umdrehen und seinen Inhalt loswerden zu müssen. »Oh, oh – das sieht nach einer Gehirnerschütterung aus!«, sagte der Sanitäter. »Bleiben Sie einfach ruhig liegen. Wir fahren Sie so schnell und so erschütterungsfrei wie möglich in die Klinik.«

»Wo ist mein Mann?«

»Den haben die Kollegen im zweiten Wagen. Der kommt mit Ihnen nach Reutlingen ins Klinikum am Steinenberg.«

*

Die Gehirnerschütterung bescherte mir eine Nacht auf der Wach- und zwei Nächte auf der Normalstation. Lucas durfte am Morgen danach auf seinem geprellten Knie von dannen hüpfen – wobei er mir natürlich versprach, nach Stuttgart zu fahren, das Nötigste einzupacken und dann wiederzukommen. Ich aber hing fest, hatte erst mal einen Tag lang erbärmlich Kopfweh und begann dann, mich zu langweilen. Ich durfte nämlich nicht lesen, nicht fernsehen, selbst den Knopf im Ohr, um Musik zu hören, sahen die Schwestern nicht gerne.

Immerhin: Am zweiten Nachmittag bekam ich Besuch. Gerstenmeier und eine mir unbekannte Dame in Jeans und zu kurzem, roten Merkel-Jackett traten in mein Zimmer. Gerstenmeier schaute mich besorgt an und sagte leise: »Mensch, Frau Benning – Sie haben mir vielleicht einen Schock versetzt! Wie geht's Ihnen denn?«

»Geht so. Langweilig ist mir eben«, gab ich zurück und schaute seine Begleiterin neugierig an.

»Na, machen Sie bloß keinen Blödsinn! Brav liegen bleiben! Mit so einer Kopfverletzung ist nicht zu spaßen!« Gerstenmeier lächelte fast väterlich, dann schaute er kurz seine

Kollegin und danach wieder mich an. »Darf ich Frau Kriminalkommissarin Burger vorstellen? Sie ist hier in Reutlingen bei der Mordkommission. Frau Kollegin, das ist Frau Professor Rühle-Benning, eine wichtige Zeugin im Mordfall Miercoledi.«

Bei mir war vor allem ein Wort hängen geblieben und ich wiederholte es erst einmal: »Mordkommission?«

Die Kommissarin lächelte, zog sich den Stuhl zum Bett und fragte: »Ich darf doch?«

»Natürlich. Aber sagen Sie, wie kommt mein Unfall zur Mordkommission?«

»Es war kein Unfall, Frau Professor.« Die Kommissarin hatte eine angenehme, dunkle Stimme. »Es war ein gezielter Anschlag auf Sie. Ihr Auto wurde sabotiert. Unsere Kriminaltechniker haben festgestellt, dass jemand das Lenkgestänge Ihres Wagens angesägt hat. Und derjenige kannte sich mit Autos aus und war raffiniert. Er hat das Lenkgestänge nicht etwa sofort durchgesägt, sondern nur so ungefähr zur Hälfte. Damit war klar, dass das Auto sich erst ganz normal steuern lässt, dass aber jede Bodenwelle und jede abrupte Lenkbewegung das Problem verstärkt, bis das Lenkgestänge schließlich abreißt. Genau das scheint in dieser großen Kurve passiert zu sein. Ab da hatten Sie keinen Einfluss mehr auf die Lenkung …«

»Oh ja!«, fiel mir ein und ich fühlte, wie mir bei der Erinnerung daran ein kühler Schauer über den Rücken lief. Es war ein wirklich mieses Gefühl gewesen, am Lenkrad zu ziehen und zu merken, dass ich keinen Einfluss mehr auf den Wagen hatte. Andererseits – zu wissen, dass die Lenkung manipuliert worden war, dass ich keinen Fehler gemacht und damit meinen Mann und mich gefährdet hatte, war eine Beruhigung.

Die genoss ich aber nur sehr kurz. Dann sickerte in mein Bewusstsein, was diese Nachricht bedeutete: Hinter mir war jemand her. Bei meinem »Badeunfall« hatte ich mich die ganze Zeit daran festgehalten, dass der Anschlag ja nicht mir gegolten hatte, dass es ein blöder Scherz gewesen war. Aber jetzt konnte ich die Augen nicht mehr verschließen. Es war eindeutig: Jemand hatte an meinem Auto herumgebastelt – und die Art der Bastelei ließ nicht daran zweifeln, dass er es ernst meinte. Was, wenn ich zum Beispiel wie am Freitag davor, nachts auf die Autobahn nach Stuttgart gefahren wäre? Ich fuhr eigentlich immer spät, denn da war kein Verkehr mehr. Im Schwarzwald bei Villingen bis ins Neckartal bei Horb konnte man nachts meist richtig Gas geben – und was wäre passiert, wenn ich da mit 160 und einem angesägten Lenkgestänge unterwegs gewesen wäre? Da hätten uns wahrscheinlich nicht einmal mehr die vielen Airbags und sonstigen Sicherheitseinrichtungen meiner Luxusreisschüssel gerettet.

*

Drei Tage im Krankenhaus, dann holte Lucas mich ab, wollte mich aber unbedingt in Lindau im Hotel ins Bett stecken. Ich hatte eine größere Debatte mit ihm, bis er mir erlaubte, meine Arbeit wieder aufzunehmen. Auf jeden Fall aber bekam ich eine Assistentin – eine Studentin der Theaterwissenschaft, die bei der Seebühne hospitierte – an die Hand. Nun musste die zwischen Bühne und Regiepult hin und her wetzen, während ich vorwiegend den Schriftkram am Pult erledigte und zuhörte.

Immerhin war meine Abwesenheit aufgefallen und man hatte mich vermisst – was sich nun darin zeigte, dass nicht nur Lucas, sondern auch Cayetano, Karl und Rocco dauernd um mich herumschwirrten, sich nach meinem Befinden erkundeten und anboten, Kaffee oder Limonade für mich zu organisieren.

Rocco gegenüber war ich allerdings befangen. Das Wetter war schön, ich sah ihn jeden Morgen auf seinem Motorrad auf den Parkplatz einbiegen – und der Anblick erinnerte mich immer daran, dass Rocco außer dem Motorrad noch einen alten Jaguar E hatte, an dem er immer wieder herumbastelte. Er verstand etwas von Motoren und während ich noch nicht einmal gewusst hätte, wo man ein Lenkgestänge im Motorraum sucht (oder muss man danach woanders gucken?), war es für ihn wahrscheinlich kein Problem, so ein Ding zu finden und anzusägen.

Umso mehr irritierte es mich, dass er speziell liebenswürdig und hilfsbereit war. Manchmal hatte ich sogar das Gefühl, dass er meine Nähe und das Gespräch mit mir suchte, aber ich brachte es weder über mich, ihn direkt abzuweisen, noch wollte ich mich auf etwas einlassen. Ich verabscheute die Ungewissheit mehr und mehr und merkte, dass ich Rocco immer wieder im Blick hatte. Dabei fiel mir auf, dass er oft telefonierte – und immer versuchte, sich dazu in eine ruhige Ecke zu verziehen. Gelang ihm das nicht, war er ausgesprochen einsilbig und beschränkte sich darauf, mit »Ja«, »Nein« und »Später« zu antworten. Und ich saß dann immer da und überlegte: Wusste er wohl schon, dass er Vater wurde? Vater eines Kindes, dessen Großvater er vergiftet hatte? Konnte das wirklich sein?

Gerade an diesem Morgen knabberte ich wieder einmal daran. Lucas hatte zum ersten Mal das komplette erste Bild im ersten Akt durchlaufen lassen. Darin hatte Rocco als König Philipp seine große Arie: »Ella giammai m'amò! No! Quel core chiuso è a me, Amor per me non ha!«* Doch der König beklagt nicht nur die mangelnde Liebe seiner Königin (Kunststück! Die war ja mit seinem Sohn verlobt und wurde

* »Sie liebt mich nicht! Nein! Ihr Herz ist mir verschlossen, nie hat sie mich geliebt!«

dann kurzerhand auf den Vater umgebucht. Dass es da mit dem Lieben nicht so recht geklappt hat, kann man ihr kaum verdenken.), sondern auch sein Alter, seine Einsamkeit und seine Sterblichkeit.

Rocco hatte die Arie wunderschön gesungen und er hatte mich damit sehr berührt. Nun glaube ich zwar nicht, dass böse Menschen keine Lieder kennen – ich habe zu viele Miercoledis kennengelernt –, aber ich bin fest überzeugt, dass böse – im Sinne von ichbezogene –, sich nur um sich selbst drehende Menschen es schwer haben dürften, mich mit ihrem Gesang zu berühren. Was mich an diesem Morgen bei Rocco erreicht hatte, war authentisch gewesen. Auch wenn er die Worte benutzt hatte, die Joseph Méry und Camille du Locle niedergeschrieben und die Guiseppe Verdi in Musik gesetzt hat – das, was mir darin unter die Haut gegangen war, waren Roccos Gefühle und sein Wissen über solche Situationen gewesen.

Konnte jemand so tief und sensibel empfinden und gleichzeitig eines gemeinen Giftmordes schuldig sein? Schloss das eine das andere nicht aus?

Andererseits: Wenn er den Mord begangen hatte, hatte er es getan, um seine Liebe zu Mafalda leben zu können. Dann hatte er keinen anderen Weg gesehen und wahrscheinlich hätte es auch keinen gegeben, solange ihr Vater lebte.

Im Aufgang hinter mir hörte ich Stimmen. Ich drehte mich um und sah, wie Praktikantin Annkathrin Weigert, die mir als Hilfe zugeteilt war, Gerstenmeier und seinen unvermeidlichen Holler auf die Tribüne führte.

Ich lächelte ihnen entgegen, bekam aber nur ein ernstes Nicken zurück. Dann waren die Herren bei mir angekommen und grüßten, worauf ich fragte, ob es schnell gehen würde oder ob ich ihnen einen Kaffee ordern und mich bis auf Widerruf aus der Probe abmelden solle.

Die beiden schauten sich an, Holler sagte: »Kaffee wäre fein!«, und sein Chef verkündete düster: »Es ist wohl besser, wenn Sie sich zurückziehen.« Er ließ sich in die Kunststoffschale neben mir sinken.

Mir war reichlich unbehaglich, als ich Annkathrin zum Kaffeeholen schickte und – unten auf der Bühne erklärte Lucas gerade Riikka, wie sie als Eboli aufzutreten hatte – auf den Buzzer drückte. »Lucas, ich bin eine halbe Stunde offline.« Lucas schirmte seine Augen mit der Hand gegen die Sonne ab, blinzelte zu mir herauf, erkannte die Ermittler und zog die Augenbrauen zusammen.

»Ihren Mann brauchen wir nachher auch noch für einen Augenblick!«, erklärte Gerstenmeier.

Ich deutete auf den roten Knopf vor mir. »Wenn Sie Lucas brauchen, rufe ich ihn.«

»Gut.« Gerstenmeier wechselte noch einmal einen Blick mit seinem Kollegen, dann wandte er sich mir zu. »Frau Benning, Sie sind offensichtlich ein Magnet für Unangenehmes! Ihr Auto ist inzwischen bei den Kriminaltechnikern in Stuttgart gelandet, die es komplett auseinandergenommen haben. Ihr potenzieller Mörder ist gut! Der hat mit Handschuhen gearbeitet, denn wir haben außer Ihren, den Fingerabdrücken Ihres Mannes und solchen, die sich eindeutig Ihrer Werkstatt in Fellbach bei Stuttgart zuordnen lassen, nur einen einzigen gefunden, von dem wir nicht wissen, wie er in Ihr Auto gekommen ist. Aber der ist verschmiert und nicht sauber zu erkennen.«

»Warum wundert mich das nicht? Irgendwie wäre es ja auch zu einfach gewesen, wenn da ein klarer Abdruck gewesen wäre und Sie damit den Bösewicht gekriegt hätten«, seufzte ich. »Kann in der elenden Geschichte nicht mal irgendwas zu unseren Gunsten laufen?«

»Och, da hätte ich auch nichts dagegen!« Gerstenmeier seufzte. »Uns kostet der Fall auch Nerven. Aber jetzt lassen Sie uns mal überlegen, warum unser Bösewicht so sehr hinter Ihnen her ist.«

»Ich hab ihn gesehen – und er wohl mich«, antwortete ich. »Der Haken ist nur: Er hat mich im Park damals erkannt, aber ich ihn – oder sie! – nicht.«

Holler atmete tief durch. »Frau Benning, überlegen Sie mal: Könnte es sonst noch was sein? Haben Sie noch irgendetwas beobachtet oder wissen Sie irgendwas, was unserem Täter – oder der Täterin – gefährlich werden könnte? Es muss doch eine Erklärung dafür geben, dass der – oder sie – so hinter Ihnen her ist!«

Ich zuckte mit den Schultern. »Ich weiß doch auch nicht, was ich an mir habe, was Mörder anzieht!«, jammerte ich.

»Lassen Sie uns noch mal über unsere Verdächtigten nachdenken und was Ihnen zu ihnen einfällt, ja?«, schlug Gerstenmeier vor und strich sich dabei eine Strähne aus der Stirn. Mir fiel auf, dass seine Schläfen seit Beginn der Ermittlungen grauer geworden waren. »Ich sage Ihnen einen Namen und Sie sagen mir, wie Sie den jeweiligen Menschen als potenziellen Mörder einschätzen.« Er wartete nicht ab, bis ich antwortete, sondern schoss sofort los: »Guiseppe Miercoledi?«

»Hmm!« machte ich. »Er hätte ganz sicher ein Motiv gehabt. Sein Bruder soll mit seiner Frau geschäkert haben, außerdem hat er ihn des Öfteren ziemlich mies behandelt. Insofern wäre es verständlich, wenn Pino Miercoledi seinen Bruder über die Klinge hätte springen lassen. Allerdings war er noch in Spoleto – vermutlich hat er da Geld gezählt – während Mario Miercoledi hier umgebracht wurde.«

»Gut.« Holler hatte sich eine Notiz gemacht und fragte nun: »Madame Miercoledi?«

»Hatte natürlich auch ein paar gute Gründe, aber abgesehen davon, dass ich sie nicht für so grausam halte, kann ich mir beim besten Willen nicht vorstellen, dass Giulia Miercoledi ihre einsamen Stunden damit verbringt, an Autos rumzubasteln oder Motorboote zu fahren …«

»Stimmt«, sagte Gerstenmeier. »Und die Miercoledi-Töchter? Halten Sie die für kaltblütig genug?«

Ich schüttelte den Kopf. »Eigentlich nicht. Ich versuch' gerade, mich in ihre Situation reinzudenken – aber nein, wirklich nicht. Ich habe mit meinem Vater ganz schön Stress gehabt, aber ich habe nie daran gedacht, dass ich ihn vergiften könnte! Das finde ich doch schon sehr extrem.«

Annkathrin, die ich zum Kaffee- und Limonadeholen geschickt hatte, kam mit einer Thermoskanne und ein paar Flaschen wieder. Sie stellte das Tablett auf einen freien Sitz vor uns, offerierte Kaffee, schenkte zwei Becher für die Ermittler ein, reichte mir eine Flasche Fanta und verdrückte sich wieder. Ich nuckelte an meiner Limo und musste lachen. »Ich kriege langsam den Klaps! Ich überlege mir gerade, wer im Ensemble es gewesen sein könnte. Cayetano, damit er der Singerei mit Miercoledi entkommt? Abgesehen davon, dass der teilweise einen schlimmen Stiefel zusammen intoniert hat, hat er in seinen letzten Tagen geschleppt wie ein Wolgaschiffer beim ersten Eisgang …«

»Ääääääh …«, sagte Gerstenmeier lang gezogen.

»Sorry!«, entschuldigte ich mich. »Jetzt habe ich Sie mit Fachchinesisch überfahren. Bei der Intonation geht's um die richtige Tonhöhe. In den meisten Fällen ist festgelegt, dass der Kammerton A 440 Schwingungen hat. Davon ausgehend, berechnen sich die Schwingungen aller anderen Töne und daran halten sich Orchester, Chor und Sänger. Miercoledi hatte damit aber in seinen letzten Monaten zunehmend Probleme. Und wenn Sie sich das jetzt so vorstellen: Miercoledi sang ein A, das nur 435-mal schwingt. Herr Gutiérrez-Martin sang aber ein 440er – dann klang das zusammen nicht richtig und hat den, der richtig sang, unweigerlich irritiert. Und dazu hatte Herr Miercoledi noch die schlechte Gewohnheit, dass er während einer Arie oder eines Duetts immer langsamer wurde – das nennt man: Er schleppt – er singt nicht mit dem Orchester und seinem Partner, sondern lässt sich von denen hinterherziehen.«

Holler rührte in seinem Kaffeebecher, probierte, verzog das Gesicht, trank das lauwarme Gebräu aber dennoch und sagte: »Wie viele Jahre muss man studieren, damit man da einigermaßen durchblickt?«

Ich lachte. »Schon ein paar! Aber um zu unserem Thema zurückzukommen: Ich glaube nicht, dass Herrn Gutiérrez-Martins Abneigung gegen schräge Töne so weit geht, seinen Partner für das Erzeugen von solchen zu vergiften. Sonst müsste er eine eigene Eibe pflanzen und das Gift in der Literflasche herstellen.«

Wenn das ein nordischer Krimi gewesen wäre, hätte der deprimierte Kommissar mit dem Faible für Brahms jetzt eine Erleuchtung gehabt und den Mörder gefunden. Am Bodensee aber hingen zwei Ermittler rum wie zwei verwelkte Seerosen und mir fiel auch nichts anderes ein als auf die Bühne zu schauen, auf der Lucas-Posa gerade die Riikka-Eboli ein wenig schüttelte. Im nordischen Krimi hätten die beiden wahrscheinlich eine leidenschaftliche Affäre gehabt, im Komplott zur Tarnung erst Miercoledi umgebracht, um dann unauffällig mich über die Klinge springen zu lassen.

Oder war's unsere Königin Ileana gewesen? War sie auch eine von Miercoledis Ex-Geliebten, die Rachegelüste gehegt hatte?

Mein Blick schweifte zum Flügel, der seitlich auf der Bühne stand. Mischa lehnte daran, sein Notenpult vor sich. Er kratzte sich gerade mit dem Taktstock am Rücken und schaute versonnen über den See. Hatte er Miercoledi umgebracht? »Ich konnte nicht mehr hören, wie er Verdi misshandelt«? Aber nein, so sehr mochte Mischa Verdi nicht einmal. Der würde eher bei Mozart morden.

Christopher, der am Flügel saß? Hatte sich Miercoledi etwa als sein verlorengegangener Erzeuger enttarnt? Abteilung »Ich bin dein Vater, Chrissie Skywalker«?

Ach, Quatsch. Ich schaute meine beiden welkenden Ermittler an und sagte: »Vielleicht sollten wir mal überlegen, wer die Gelegenheit gehabt hätte – und zwar nicht nur die, Miercoledi zu vergiften, sondern auch, mich da in der Bucht zu erwischen und mein Auto zu manipulieren.«

»Oh, das wollte ich sowieso fragen: Wo war Ihr Auto am Freitag vor dem Unfall?«, fragte Holler und zückte wieder einmal seinen Notizblock.

»In der Hotelgarage – und zwar schon eine ganze Weile. Ich hab's am Mittwoch zuletzt bewegt, danach waren wir mit Lucas' Jaguar unterwegs. Erst am Samstag war dann meiner wieder dran, weil der eben handlicher ist und mir bei schlechtem Wetter nachts lieber.«

Holler schrieb sich etwas auf, dann schaute er Gerstenmeier an. »Was meinst du?«

»Dasselbe wie du!« Gerstenmeier seufzte und fummelte sein Handy aus der Jackentasche. »Frau Benning, ich denke, wir lassen den Jaguar gleich abholen. Sie sollten keinen Meter mehr mit ihm fahren, bevor die Kriminaltechniker ihn auf der Hebebühne gehabt haben.«

»Na, das wird meinen Mann freuen! Er hängt sehr an seinem Auto.«

»Gerade darum sollte es ihm recht sein, dass wir gucken, ob an der Karre alles in Ordnung ist«, sagte Gerstenmeier, wählte eine Nummer, hob sein Handy ans Ohr, lauschte einen Moment, meldete sich und erklärte der Gegenseite, dass sie einen Abschleppwagen auf den Parkplatz der Seebühne schicken solle. »Sie holen einen dunkelblauen Jaguar XJL mit Kennzeichen S-LB 2010 ab und bringen ihn zu uns auf den Betriebshof. Die KT soll den ganz gründlich angucken, besonders das Lenkgestänge. Aber mit denen spreche ich nachher noch. Erst mal muss jetzt der Wagen geholt werden.«

Während er telefonierte, klopfte ich ab, wer denn Gelegenheit gehabt hätte, an meinen Wagen heranzukommen. Am einfachsten wäre es natürlich für die Ensemble-Mitglieder gewesen, die im Inselhotel wohnten, also Cayetano, Rocco, Mischa, Karl von Jessen, Ileana – nein, die konnte ich mir beim besten Willen nicht unter einem Auto und mit ölverschmierten Händen vorstellen. Mafalda und ihre Mutter aber auch nicht – und Marietta, die immer eine perfekte French Manicure vorführte?

Aber da waren auch noch ein paar Leute vom Orchester – konnte der Mörder unter ihnen sein? Vielleicht gab's da eine Dame, die eine alte Rechnung mit Miercoledi offen gehabt hatte? Oder hatte er einem der Herren die Freundin ausgespannt und der hatte sich nun gerächt?

Verflixt, warum zerbrach ich mir eigentlich schon wieder den Kopf? Ich war in dem Fall nicht Ermittlerin, sondern Opfer – und ich wollte doch nur noch, dass die Polizei den Fall löste und endlich wieder Ruhe in mein Leben einkehrte.

*

Kommissar Gerstenmeier hatte sich vor drei Tagen mit der Empfehlung, ich solle auf mich aufpassen und nichts »Gefährliches« unternehmen, verabschiedet. Ich hatte beste Vorsätze gehabt, aber irgendwie ist das bei mir mit denen manchmal so eine Sache. Ich meine, ich nehme mir jedes Jahr an Silvester vor, im nächsten Jahr gesünder zu leben und auch mal wieder richtig Sport zu machen und es wird nie was. Und jetzt … also, ich zweifelte daran, dass Gerstenmeier mir unter der Präambel »Seien Sie vorsichtig« zum Fassadenklettern geraten hätte. Um ehrlich zu sein: Ich hätte mir auch nicht dazu geraten. Aber es hatte sich halt ergeben.

Nachdem Lucas drei Tage um mich herumgegluckt war wie eine Mutterhenne auf Speed, war er an diesem Abend mit seinem Mietwagen nach Ulm abgerauscht, um an einer Podiumsdiskussion über die Zukunft der klassischen Musik teilzunehmen. Ich hatte ihn ursprünglich begleiten wollen, aber ich war ein bisschen erkältet und so war ich dann doch lieber ins Hotel gegangen, um nach der Probe mal früh ins Körbchen zu hüpfen.

Der Haken daran war nur gewesen, dass bei Miercoledis mal wieder richtig was geboten wurde – und darum turnte ich jetzt auf einem schmalen Sims im vierten Stock des Hotels Excelsior außen an der Fassade herum. Den Seeblick konnte ich dabei allerdings nicht genießen, denn ich stand mit dem Gesicht zur Wand, sodass ich mich mit meinen Fingerspitzen in einer Mauerritze festhalten konnte. Immerhin war Vollmond, sodass ich, nachdem meine Augen sich an das Dämmerlicht gewöhnt hatten, wenigstens ganz gut sah, was ich tat. Und jetzt war ein Schritt nach links angesagt – ich war ja schließlich nicht auf den Sims geklettert, um an der Wand zu kleben und zuzuhören, wie mein Herz auf 120 dahinraste! Ich wollte wissen, was in der Miercoledi-Suite abging. Ich hatte nämlich das Gefühl, dass dort gerade im Rahmen einer Familienvollversammlung »Butter bei die Fische« gegeben wurde.

Es war schräg: Man hätte eigentlich denken sollen, dass die Miercoledis sich nach dem ultimativen Abgang ihres Familienoberhauptes in die Heimat verziehen würden. Aber Giulia M. hatte anders entschieden: Ihr Verblichener lag immer noch in einer gut gekühlten Schublade im Gerichtsmedizinischen Institut in Konstanz und Giulia hatte verkündet, dass sie ihn dort nicht alleine lassen würde. Immerhin ging sie nicht so weit, die Schublade neben ihm zu beanspruchen, sondern wohnte nach wie vor im Hotel. Und da hatte sich mittlerweile nicht nur Guiseppe »Pino« Miercoledi niedergelassen, sondern auch seine Frau Gemahlin.

Am Nachmittag, als ich mit Lucas von der Probe zurückgekommen war, war sie eingetroffen: eine vollbusige Blondine in einem etwas zu jugendlichen, definitiv zu kurzen Kleid im Leopardenprint.

Bei Lucas' Anblick vergaß die Blondine, den Portier weiter mit einem italienischen Wortschwall zu übergießen. Stattdessen juchzte sie vor Begeisterung, eilte auf Lucas zu und schlug in einer Umarmung ihre tiefrot lackierten Krallen in ihn, um ihm dann lautstark zu versichern, dass sie ihn immer noch »dead sexy« fand.

Ich war kurz davor gewesen, laut loszulachen, denn meines Gatten Gesichtsausdruck war zwischen »Wo ist das nächste Mauseloch?« und »Ich ersäuf sie im See!« Dazu hatte er knallrote Ohren – wie immer, wenn er verlegen war.

Nach einem Schreckmoment hatte er die Hände der Dame geschnappt, sie energisch ein Stück von sich weggeschoben und kühl gesagt: »Hallo, Lucia. Darf ich dich meiner Frau vorstellen? Liebes, das ist Signora Lucia Miercoledi, die Schwägerin meines verstorbenen Kollegen Mario. Und das ist meine Frau, Professora Victoria Rühle-Benning.«

Madame kaute offenkundig einen Augenblick daran, dass er sie mir – es war eindeutig, dass sie die Ältere war – vorgestellt hatte. Doch sie fasste sich schnell wieder und streckte mir die Hand hin. »Mario hat erzählt, dass Lucas wohl doch an die Ehe glaubt und sich das dritte Mal getraut hat. Herzlichen Glückwunsch.«

Lucas legte mir den Arm um die Schulter. »Du kannst mich beglückwünschen, dass ich eine so tolle Frau abbekommen habe.«

Lucia Miercoledi war gut in Taktlosigkeiten. Sie schaute mich an, als ob sie überlegen würde, wie viel Kühe ich auf dem Heiratsmarkt in Umbrien wert wäre, dann sagte sie: »Sie sind einige Jahre jünger als der gute Lucas, nicht? Wollen Sie Kinder?«

Mir blieb fast die Spucke weg und ich musste erst einmal tief durchatmen, bevor ich antworten konnte: »Ich bin 16 Jahre jünger als mein Mann – und unsere Familienplanung betreiben wir intern, dank'schön.« Ich spürte dabei wie immer einen Stich. Ich hätte nämlich gerne ein Kind von Lucas gehabt, aber er ist ja nicht mehr zeugungsfähig.

Nun aber nahm er meine Hand. »Lucia, ich hoffe, deine Neugierde ist jetzt befriedigt. Sollten wir uns vermehren, schicken wir dir eine Karte und erwarten, dass du unseren Nachwuchs dafür mit einem schicken, italienischen Strampelanzug beglückst. Doch jetzt musst du uns entschuldigen. Wir haben den ganzen Tag geprobt, ich habe noch eine Abendveranstaltung und muss jetzt erst mal unter die Dusche und etwas essen.«

Eine Stunde später war klar, dass der Miercoledi-Familienzuwachs hauptsächlich eine Verstärkung der Lautstärke unserer Nachbarschaft bedeutete. Der Clan ging essen und was sich auf dem Flur vor unserer Tür abspielte, klang wie der Aufbruch zur Völkerwanderung.

Vor einer halben Stunde war die italienische Großfamilie zurückgekommen – und seitdem ging nebenan die Post ab. ich hörte vorwiegend Giulia und Lucia, dazwischen schaffte Guiseppe es hin und wieder, einen Satz einzuwerfen – und einer davon war es, der mich auf den Balkon zog: »Solange wir zusammen … kommen die …« Lag ich falsch, wenn ich den Satz zu »Solange wir zusammenhalten, kommen die nie drauf, dass wir Mario gemeinsam um die Ecke gebracht haben«? weiterdichtete. Noch schärfer fand ich aber, dass

Giulia als Antwort darauf gekreischt hatte, es sei seine Idee gewesen!

Das bestätigte, was ich schon eine ganze Weile vermutete: Der Mord war eine Familienangelegenheit gewesen. Und was im Augenblick nebenan stattfand, war das verbale Großreinemachen, in dem ganz sicher ein paar spannende Fakten zur Sprache kamen. Der Haken war nur, dass durch die Wand hindurch so viel verloren ging. Und auch auf dem Balkon verstand ich nicht alles.

Doch dann hatte ich den Sims gesehen, der als Dekoration zwischen den Balkonen über die ganze Fassade lief. Ich schätzte ihn auf 30 cm Breite ... und ohne weiter nachzudenken, flitzte ich ins Zimmer, zog ein schwarzes Hoodie und eine schwarze Hose über und schlüpfte in schwarze Sneakers. Raus auf den Balkon, übers Geländer auf den Sims ... oops, als ich darauf stand, fiel mir auf, dass er doch nicht so breit war, wie ich gedacht hatte. Aber jetzt war ich schon draußen und so leicht wollte ich nicht aufgeben. Also schob ich mich – immer an der Wand entlang – vorwärts beziehungsweise seitwärts nach links.

Meine Fingerspitzen fanden im Dekofries, der auf einer Höhe von zwei Metern über dem Sims verlief, Halt und ich pries innerlich den Historismus. Der Architekt, der das Hotel 1846 gebaut hatte, war voll drin gewesen – er hatte Türmchen, Erker, Zinnen, Fries mit Weinlaub, Gesims mit Relief und weiß was noch an die Fassade angeklebt. Heute jammerte der Hotelier zwar darüber, weil Möwen und Tauben ständig meinten, die Fassade mit ihren Hinterlassenschaften zieren zu müssen, doch Hobby-Ornithologe Lucas fand's klasse, dass oben in den beiden Treppengiebeln jeweils ein Falkenpaar nistete. Die beiden hatten Junge zu versorgen und waren darum ständig unterwegs, um Tauben, die dumm genug waren, auf einem der Simse

Platz zu nehmen, darüber aufzuklären, dass das lebensgefährlich sein konnte.

Noch drei Schritte, davor musste ich allerdings einen ganz weiten machen – der Sims war nämlich zwischen den Balkonen unterbrochen. Als ich die Kluft vorher angeschaut hatte, hatte sie noch ganz schmal gewirkt. Doch nun, als ich davorstand und hinunterschaute, schien sie plötzlich auf einen Meter angewachsen zu sein! Mir wurde ganz warm – und beim Blick nach unten vollends mies. Was hatte mich nur auf die blöde Idee gebracht, hier rumkraxeln zu wollen?

Aber im Grunde machte es jetzt keinen Unterschied: Über die Kluft zu springen, war gefährlich. Mich umzudrehen, um auf meinen Balkon zurückzukommen, konnte aber auch schiefgehen. Oh verflixt – wieso hatte ich meiner Neugierde nachgegeben? Es war nicht mein Job, diesen Mord aufzuklären! Ich hätte die Polizei rufen können. Andererseits … die Herren Gerstenmeier und Holler konnte ich mir nicht auf dem Sims vorstellen. Bei denen sprachen da wahrscheinlich irgendwelche Vorschriften dagegen. Mich dagegen hielt nichts auf – außer meiner Angst vor der Tiefe.

»Augen zu und durch!«, befahl ich mir im Geiste, beschloss dann aber, doch lieber die Guckerchen aufzumachen und stattdessen die Zähne zusammenzubeißen. Und dann locker machen, aber Oberschenkel anspannen, Schwung holen und springen.

Autsch! Ich war definitiv übers Ziel hinausgeschossen und musste mit beiden Händen in den Fries fassen, um nicht über den Sims zu rutschen, an den Miercoledi-Balkon zu knallen und abzustürzen. Dabei riss ich mir gleich zwei Fingernägel ab und schürfte die Fingerkuppen auf. Es half aber alles nix. Ich musste weiter. Es waren noch zwei Schritte, dann konnte ich über das Geländer auf den Miercoledi-Balkon klettern. Und die hatten sogar den oberen Teil der Fenster offen, sodass ich bestens mithören konnte! Dafür hatten sie seitlich die dicken Vorhänge zugezogen. So konnten sie bestimmt nicht sehen, was seitlich auf ihrem Balkon vor sich ging – wie praktisch!

Uff, endlich geschafft und nun mit einem Klimmzug auf und dann übers Geländer. Ich war in Sicherheit …

Doch dann klammerte sich eine Hand um meinen Arm! Ich dachte, mein Herz würde stehen bleiben, wollte losschreien, strampeln, mich wehren, aber da war eine zweite Hand über meinem Mund und jemand zog mich an einen warmen, großen Körper heran.

Ich trat nach hinten und versuchte, in die Hand über meinem Mund zu beißen. Meinem Angreifer gefiel das natürlich nicht. Er hielt mich noch fester. Ich spürte seinen Atem an meinem Ohr, dann sagte er leise: »Mensch, hör doch auf zu strampeln! Du bringst uns in Schwierigkeiten!«

Die Stimme – ein samtiger Bass! Das war Rocco! Und ja, ich hörte schon auf, nach ihm zu treten! Dafür belohnte er mich, indem er mich frei ließ. Ich drehte mich um, meine Augen, mittlerweile an die Dunkelheit gewöhnt, erkannten die Umrisse eines hochgewachsenen, kräftigen Mannes, der wie ich ganz in Schwarz gekleidet war. Nur hatte er sogar sein Gesicht getarnt – er trug eine Sturmhaube, die nur seine blauen Augen und den Mund frei ließ.

Er zog mich etwas zur Seite, denn höchstens zwei Meter von uns entfernt stand in der Suite Pino Miercoledi, zum Glück aber mit dem Rücken zum Balkon. Er redete so laut, dass wir ihn vermutlich auch gehört hätten, wenn wir nicht in den vierten Stock geklettert wären. Der Haken war nur, dass er nicht nur laut und schnell, sondern italienisch sprach.

Tja – in der Opernwelt kann man italienisch. Bei meinem Sprachtalent Lucas geht das sogar so weit, dass er in Italien live Interviews im Fernsehen gibt. Ich aber bin zum einen nicht sehr sprachbegabt, außerdem bin ich ja eigentlich Kirchenmusikerin und dafür lernt man Latein. Italienisch habe ich dann in der Volkshochschule gepaukt – aber so weit, einen Italiener zu verstehen, der Dialekt spricht und wasserfallartig Wortkaskaden von sich gibt, reicht es bestimmt nicht. Ich bekam immer nur einzelne Worte mit und dass das, was er sagte, den Damen seiner Familie nicht sehr gefiel. Giulia jedenfalls schluchzte immer wieder und klang hysterisch, ihre Schwägerin sah aus, als ob sie lieber ihrem Angetrauten und Giulia die Gurgel umdrehen wollte, Mafalda weinte leise und Marietta platzte fast vor Zorn und keifte immer wieder dazwischen.

Ich wusste nicht, ob ich lachen oder weinen sollte. Eines war mir auf jeden Fall klar: So was – im vierten Stock auf einem Sims herumturnen, dabei seinen Hals riskieren und dann nichts verstehen – konnte nur mir passieren.

Mein Blick fiel auf Rocco, der die Sturmhaube abgenommen hatte und an der Wand zwischen Fenster und linkem Balkongeländer lehnte. Dabei hatte er den Kopf zum schräggestellten Fenster gedreht und jeweils am Ende jeder Augenbraue stand eine steile Falte. Offensichtlich konzentrierte er sich ganz aufs Zuhören.

Innen war jetzt eine kleine Pause eingetragen. Zio Pino schenkte sich Cognac ein, Mafalda war in Mutters Arme geflüchtet und Marietta hatte eine Whiskyflasche vor Onkelchens Zugriff gerettet und goss sich einen dreifachen ins Glas. Ich schob mich einen Schritt näher zu Rocco und flüsterte: »Sprichst du italienisch?«

»Si!«, gab er zurück und im gleichen Atemzug: »Psst – die verhackstücken das Testament und wer was kriegt.« Innen ging es wieder los, er legte den Finger auf die Lippen und lauschte weiter.

Mir blieb nur zu warten, wobei ich überlegte, worum die Miercoledis sich eigentlich so zofften. Ihr Patriarch hatte doch in seinem Testament festgelegt, wer was kriegen sollte! Doch seine Hinterbliebenen brüllten jetzt durcheinander, als ob sie jede seiner erbärmlich kitschigen Weihnachts-CDs in Stücke reißen wollten.

Rocco schüttelte den Kopf. »Schluss mit der Trauer!«, kommentierte er. »Jetzt geht's ums Eingemachte. Die Agentur hatte angeblich ein schlechtes Jahr, ohne Mario muss sie komplett neu aufgestellt werden, da kann man nichts abziehen, da muss man die eine oder andere Million investieren! Mei, mei – solche Geldsorgen möchte ich auch mal haben!«

»Reden sie darüber, wie Miercoledi umgekommen ist?«, fragte ich flüsternd.

Rocco verdrehte die Augen. »Außer Mafi trauern die doch höchstens um das Geld, das er noch hätte verdienen können!«

Innen wurde es wieder für einen Moment still. Marietta hatte ihren Onkel etwas gefragt und alle hörten gespannt zu, als er antwortete – aber erst, nachdem er sein Glas wieder gefüllt hatte. Ich verstand mal wieder nur »testamente« und »la casa di Spoleto«*. Dabei hatte ich eigentlich gedacht, dass ich nach Lucas' diversen Auftritten als »Gianni Schicchi« bei diesem Thema sogar italienisch mitreden könne.

Dann drang aber doch ein bekanntes Wort an mein Ohr: »Tics« – hatte ich das richtig verstanden? Guiseppe Miercoledi hatte es verwendet – und nun wiederholte Marietta es und mein Hirn drehte auf Hochtouren.

Ich sah das Signet »Tics« – gelb auf blau, fröhlich und einladend – vor mir. Ich kannte es gut, denn ich besuche ja fleißig Konzerte und auch wenn ich oft Pressekarten habe oder vom Veranstalter eingeladen werde, so sehe ich doch immer wieder Tickets und Plakate und seit einigen Jahren prangt auf mindestens der Hälfte das Tics-Logo. Der Laden hatte sich nämlich innerhalb kurzer Zeit europaweit zu einem der

* Das Haus in Spoleto.

größten Vermarkter von Konzerten – sowohl klassisch wie auch U-Musik – und anderen Kulturevents entwickelt. So jedenfalls sagte die Werbung.

Natürlich überlegt sich unsereins bei solcher Werbung immer, ob man Auftritte eines sehr wenig bekleideten Schlagersternchens, das dann »Japsend durch den Tag« trällerte, wirklich als Kulturereignis bezeichnen konnte, aber bitt'schön, neulich versuchte jemand, mir einen blinden italienischen Knödelproduzenten* als »Opernstar« zu verkaufen.

Doch wie hatte der Tics-Geschäftsführer – übrigens ein hübscher, junger Italiener mit einem ellenlangen Doppelnamen – neulich in einem Fernsehinterview mit dem Kultursender geblubbert? Es gehe Tics generell um die »Förderung und Demokratisierung der Kultur«. Darum habe man auch keine »Berührungsängste« gegenüber der populären Kultur und das Tics-Programm umfasse alles, vom Hardrock-Festival über das »Hüttenstadl mit den kreischenden Obersteinerinnen« bis zu den Opernfestspielen in Baden-Baden, Spoleto und in der Arena in Verona. Und Salzburg und Bayreuth würde Tics auch gerne machen, aber die widerstehen anscheinend dem speziellen Charme des oh so kulturbeflissenen Italieners.

Lucas, der das Interview damals auch verfolgt hatte, war nach einer Weile aufgestanden und hatte kommentiert: »Das Einzige, was Tics nicht anfasst, sind ernstzunehmende Musikereignisse. Die bringen meist nicht genug Geld.«

Aber was hatten die Miercoledis mit Tics zu tun? Gut, sie hatten die Miercoledi-Sonderprojekte vermarktet, aber hatte er da wirklich dringehangen? Ohne dass man in der Branche davon wusste?

Familie Miercoledi hatte ihre Konferenz anscheinend beendet. Marietta war bereits aus dem Raum gerauscht, Mafalda

* Wenn ein Sänger bei höheren Tönen mächtig drücken muss und die Töne darum irgendwie gequetscht klingen, sagen Insider »Der knödelt«.

verabschiedete sich gähnend mit einem Kuss von der Mama, Onkel Pino schaute bedauernd auf die leere Cognacflasche und schielte Richtung Tür – wahrscheinlich hatte er in seinem Raum Nachschub. Seine Gattin unterdessen hatte sich auf die High Heels geschwungen, war zur Tür gestöckelt und wedelte in Richtung des Ehegespons.

Rocco legte die Hand auf meine Schulter. »Wir sollten zusehen, dass wir hier wegkommen!«, sagte er mir ins Ohr. »Nicht, dass da jemand das Bedürfnis nach frischer Luft überkommt.«

»Hmm.« Ich schaute zu dem Gesims, über das ich gekommen war, und hatte das Gefühl, dass sich die Knochen in meinen Knien in Pudding verwandelten. Himmel, was hatte mich nur auf die absolut hirnrissige Idee gebracht, in Fassadenklettern zu machen?

Rocco bückte sich, hob ein Seil auf und befestigte es an der Brüstung. Dann drehte er sich um. »Ich denke, du willst nicht auf dem Weg, auf dem du gekommen bist, in dein Zimmer zurück – oder?«

Ich schüttelte wortlos den Kopf.

»Okay. Ich seile dich ab.« Bevor ich das kommentieren konnte, wickelte er das Seil um meine Hüften, ging in die Knie, zog mit einem »Ich darf doch?« eine Schlinge zwischen meinen Beinen durch, sicherte das Ganze mit einem Knoten und begann, das Seil über meine Schultern und die Brust zu legen. »Ihr Frauen seid im Nachteil«, brummte er. »Aber wenn du dir jetzt beim Abseilen einen blauen Fleck an der Brust holst, erzähl dem Lucas bloß nicht, dass ich damit zu tun hatte.«

»Besser nicht!«, versprach ich.

»Eben.« Er war mit seiner Verschnürung fertig. »Pass auf: Du gehst über das Geländer, drehst dich nach links zur Wand und stößt dich da – vorsichtig, du willst ja nicht ins Schwingen kommen – ab. Unterdessen lasse ich dich runter.«

Ich wollte eigentlich nicht darüber nachdenken, ob es eine gute Idee war, gerade Rocco mein Leben anzuvertrauen. Der Bootsfahrer fiel mir ein und wie mein Auto ausgebrochen war und durch die Leitplanke gekracht war. Und schon gar nicht gefiel mir der Gedanke, dass Rocco nicht nur begeistert Motorrad fuhr, sondern auch mit Wonne an seinem Bike herumschraubte. Und was, zum Teufel, trieb er eigentlich auf dem Balkon?

Dennoch: Hatte ich eine andere Chance, als jetzt über das Geländer zu klettern? Ich war sicher: Ich würde es nicht schaffen, noch einmal über den Sims zu balancieren. Ich hatte butterweiche Knie, meine Hände waren verschwitzt und zitterten – abwärts an Roccos Seil war wohl meine einzige Chance.

Das Seil rieb tatsächlich an meiner Brust, aber es hielt, bis ich mich im Blumenbeet unten wiederfand.

Rocco hatte mir gesagt, dass ich die Verschnürung lösen und dann dreimal daran rucken solle. »Danach wartest du, bis ich unten bin, ja?« Also entknotete ich mich, ruckte am Seil und sah zu, wie er es nach oben zog.

Ich wartete – und mir erschien es wie eine kleine Ewigkeit, bis er in Sicht kam und neben mir landete. Er schlüpfte aus den Seilschlingen, ruckte daran und das Seil fiel nach unten, wo er es aufsammelte und zusammenrollte. Er legte es um seinen Oberkörper, hüpfte aus dem Blumenbeet auf den gekiesten Weg und streckte mir die Hand hin. »Komm, lass uns abhauen.«

Gemeinsam eilten wir zum Parkplatz, wo unter den Birken am Rand Roccos schweres Motorrad mit einem Koffer hinten drauf stand. Er öffnete die Kiste, warf sein Seil und den Wurfhaken, den er zum Aufstieg benutzt hatte, hinein und drehte sich zu mir.

»Du, Rocco, hast du mitgekriegt, dass die über Tics geredet haben?«, fragte ich.

»Ja – spannend, nicht?« Rocco zog die Sturmhaube aus der Jackentasche, packte sie zu Seil und Wurfhaken und schloss die Gepäckkiste. Er schaute zum Hotel hinüber. »Lucas ist nicht da, oder?«

»Mit Cayetano in Sachen PR unterwegs«, beschied ich ihn.

»Dann kannst du mich eigentlich zu einem Kaffee einladen – und«, er zog eine Augenbraue hoch, »mir erzählen, warum du nachts auf anderer Leut' Balkonen rumkrabbelst.«

Ich musste lachen. »Das könnte ich dich auch fragen.« Ich überlegte dabei: Kaffee in unserem Appartement? Hmm – also, wenn er mir etwas tun wollte, wäre das ein denkbar schlechter Ort. Er musste doch auch mitgekriegt haben, dass das Hotel ziemlich hellhörig war. Und so sehr die Miercoledis mit sich beschäftigt waren – ich bin ziemlich sicher: Wenn ich nebenan entsprechende Geräusche von mir geben würde, käme da schon einer aus Neugierde zum Nachschauen. Und dass mir Rocco an die Wäsche gehen würde, konnte ich mir eigentlich nicht vorstellen. Also nickte ich. »Okay, lass uns hochgehen.«

Kaffee für Rocco, den angebotenen Cognac lehnte er ab. Kakao für mich, das Sofa für ihn und ich ließ mich in den Sessel fallen, streifte die Schuhe ab und zog die besockten Füße hoch. »Verrätst du mir jetzt, was die über Tics geredet haben?«

Rocco rührte Zucker und Milch in seinen Becher. »Die Miercoledis hängen da offensichtlich drin – und nicht mit einem Minderheitenanteil. Der Onkel sagte, man könne da nicht einfach Kapital abziehen. Giulia widersprach – warum nicht, man habe da doch das Sagen. Komischerweise hat dann aber Marietta mit ihrem Onkel im Chor gesungen – man solle den Tics-Anteil lassen, wie er sei, und man brauche doch nicht unbedingt Geld, das da gut angelegt sei und arbeite.«

»Und dann?«

Rocco trank und antwortete: »Eiertanz. Giulia wollte Zahlen sehen, Onkel Pino sagte, die müsse man erst anfordern.« Er schob eine blonde Strähne, die ihm in die Stirn gefallen war, zurück. »Irgendwie ist das seltsam. Ich hatte das Gefühl, dass Marietta den Nebelwerfer spielt. Sie ist ebenso wenig wie Onkel Pino daran interessiert, dass sich jemand mit Tics auseinandersetzt.«

»Das ist auch wirklich seltsam.« Ich angelte nach der Keksdose, öffnete sie und bot sie ihm an. »Magst du?«

»Süßes immer!« Er strich dabei über sein Bäuchlein. »Sieht man mir leider an.«

»Steht dir. Zu dünn würdest du komisch aussehen.«

»Danke. Sag mal«, er kaute Schokokeks, schaute mich dabei aber eindringlich an. »Wie gut kennst du Marietta?«

»Sehr oberflächlich.« Ich konnte nicht anders, ich musste ein wenig provozieren. »Mafalda kenne ich besser.«

»Ich weiß«, nickte er. »Du warst dabei, als sie den Schwangerschaftstest gemacht hat. Sie hat es mir erzählt – und dass du wohl kein Fan von einer Abtreibung wärest. Danke.« Er suchte sich in der Keksdose ein Spritzgebackenes aus und kaute darauf.

»Du willst es?«, fragte ich neugierig.

Er nickte, dabei bildeten sich aber zwei steile Falten auf seiner Stirn. »Natürlich. Ich mag Kinder und ich will eine Familie. Ich habe Mafi aber gesagt, dass sie sich jetzt endgültig entscheiden muss. Entweder sie kommt zu mir und wir heiraten und ziehen unser Kind gemeinsam auf oder sie lässt es wegmachen, dann ist für mich unsere Beziehung beendet. Ich lass mich nicht mehr hinhalten.«

»Und wie stehen die Chancen für dich?«

Er zuckte mit den Schultern und seufzte. »Nicht so toll, fürchte ich. Ihr Clan wird aus allen Rohren gegen mich schießen – und Mafalda ist zu nachgiebig. Wenn ihre Mutter erst anfängt zu heulen und ihre Schwester ihr klarmacht, dass das ja nur schief gehen kann, und dann noch Onkel Pino erzählt, was für ein Mistkerl ich bin …« Dieses Mal schnappte er sich eine Waffel und steckte sie in den Mund. »Das verdammte Problem ist«, sprach er dann weiter, »dass ich vor drei Jahren einen richtig dummen Fehler gemacht habe. Mafi und ich waren da ein paar Monate zusammen und hatten das erste Mal richtig Stress, weil ich wollte, dass sie zu mir zieht, und sie meinte, sie könne ihre Familie nicht alleine lassen und überhaupt sei es noch zu früh. Ich hab aus Frust zu viel getrunken und bin dann im Casino Mario und seiner Entourage in die Hände gelaufen. Die meinten, Poker im Casino sei doch langweilig. Ich war blöd genug, darauf einzusteigen. Also gingen wir in eine Kneipe und haben da gepokert. In meinem Suff habe ich verloren und verloren und noch mal verloren und dann war ich pleite, konnte aber nicht aufhören, also habe ich einen Schuldschein ausgestellt. Den hat nun das Onkelchen – der war ja dabei – und der ist mir schon auf die Pelle gerückt.«

»Du hast aber nicht vor zu bezahlen, oder?« Ich dachte an mein Gespräch mit Gerstenmeier und an meine Freundin Alexandra. Die ist mir begegnet, als ich im Volontariat bei der Stuttgarter Allgemeinen Gerichtsreportage gemacht habe. Und dabei hatte ich Alexandra kennengelernt, eine Strafrechtlerin aus Hamburg. Wir hatten uns angefreundet und waren immer noch in Kontakt.

»Du bist lustig. Was soll ich denn machen? Ich muss bezahlen. Nur kann ich das Geld nicht so aus dem Handgelenk schütteln. Ich muss heim und mit meinem Banker reden.«

»So viel?«, fragte ich.

»25«, beschied er mich kurz.

»Aua! Aber ich würde dennoch nicht bezahlen …«

»Victoria! Onkelchen hat mir angedroht, dass er mich pfänden lässt, wenn ich die Kohle nicht innerhalb von zwei Wochen cash auf Kralle rüberreiche. Und abgesehen davon, dass mich dann meine Bank röstet – was würde der Herr Intendant zu einer Pfändung sagen? Da könnte ich meine Karriere beerdigen.«

»Meinst du?« Ich war skeptisch. »Lucas' Agent hat mir da so ein paar Dönnekens von seinen Musikern erzählt! Angefangen beim Dirigenten, der zwei Vaterschaftsklagen an der Backe hatte und dem der Gerichtsvollzieher in der Liederhalle eine Blutprobe für den DNA-Test abgezogen hat, über den Pianisten, der einen auf Frauenschwarm machte, aber des öfteren am Bahnhof willige Knaben aufriß und dementsprechend mal erpresst wurde, bis hin zu jenem nicht unbekannten Wagner-Tenor, der Schulden wie ein österreichischer Leutnant im Kaiserreich hatte, weil er regelmäßig seine Kohle in der Spielbank verzockte. Glaubst du, dass jemand wie Martin Haller-Rojas durch eine Pfändung zu schocken ist?«

»Hmm …«, machte Rocco.

»Sag, wo hat denn euer Spielchen stattgefunden?«

»In Baden-Baden«, antwortete er.

»Und es war in einer Kneipe? Ganz öffentlich? Nicht irgendwie in einem speziell dafür gemieteten, abgeschirmten Hinterzimmer?«

»Nein. Es war ein ganz normales Lokal und Mario fragte den Wirt, ob er frische Karten für uns hat. Der hatte und er wollte nicht nur selbst mitspielen, sondern lud auch noch einen Typen ein, der an der Bar rumhing.«

»Und dann habt ihr euch an einen ganz normalen Tisch gesetzt? Und jeder hätte reinkommen und das sehen können? Und vielleicht auch fragen, ob er mitspielen kann?«

»Ja.« Rocco pickte sich einen Keks mit Schokotropfen aus der Packung. »Warum willst du das so genau wissen?«

»Weil ich einen juristischen Rat geben will.« Ich konnte mir ein Grinsen nicht verkneifen und erzählte ihm erst einmal von dem WG-Freund und seinem Problem. »Und Alexandra hat ihn damals damit rausgehauen, dass Glücksspiel in Deutschland dann als illegal gilt, wenn man es öffentlich veranstaltet.«

»Oh …« Rocco schluckte. »Das ist ja spannend. Aber sag, kannst du mir eine Cola bestellen? Ich habe einen ganz trockenen Mund.«

»Ich hab noch eine im Kühlschrank.« Ich stand auf, holte zwei Cola und Gläser, dann erklärte ich: »Pass auf: Wenn Onkelchen wieder wegen des Schuldscheins ankommt, kannst du ihm sagen, dass er den dahin schieben kann, wo die Sonne nicht scheint. Wenn er versucht, den einzuklagen, muss er ja erklären, wie er dazu gekommen ist – und dann gilt er als Veranstalter eines illegalen Glücksspiels und darauf stehen bis zu zwei Jahre Haft.«

»Oh«, wiederholte Rocco und trank durstig. »Du hast gerade deine Freundin erwähnt, die Strafverteidigerin. Könnte die das vielleicht für mich übernehmen?«

»Klar«, sagte ich. »Ruf sie an, gib ihr eine Vollmacht und sie nimmt sich Onkelchen vor.«

Er dachte einen Moment nach, während ich aufstand, an den Schreibtisch ging und Alexandras Adresse und Telefonnummer ausdruckte. Ich reichte Rocco den Zettel und sagte: »Hier – dein Mietmaul.«

»Mietmaul?« Den Ausdruck kannte er wohl nicht.

Ich lachte. »So sagt Alexandra. Manche Dinge müsste man nicht selbst machen, sondern man miete sich ein Maul dazu. Das ihre ist sehr geschliffen und dahinter steht ein toughes Mädchen.«

»Klingt gut«, fand Rocco, faltete den Zettel und schob ihn in die Hosentasche. »Dass sie in Hamburg ist, stört da nicht? Ich wohne ja offiziell immer noch in Leipzig.«

»Ist wurst. Aber wenn es hart kommt, brauchst du wahrscheinlich Zeugen. Du weißt noch, wie die Kneipe hieß oder würdest sie wiederfinden?«

»Klar. Zudem war da nicht nur Onkelchen dabei, sondern auch Marios illegitimer Sohn, auf den er mächtig stolz war.«

»Er führte seinen illegitimen Sohn vor?« Ich konnte es nicht fassen. »Lucas hat mal erwähnt, dass er einen hat, aber dass er mit dem rumzieht …«

»Na, hör mal – ein Mann wie er muss doch einen Sohn gezeugt haben. Das hat er mir jedenfalls mal erklärt. Und dieser Cesare mit seinem ellenlangen italienischen Namen – da brauchst du wirklich einen Zettel, um den zu erinnern – sieht unbestritten sehr gut aus. Der könnte als Model seine Brötchen verdienen. Optisch schlägt er eindeutig nicht nach dem Vater.«

»Und wo lebt er? Ich meine, falls man ihn als Zeugen braucht. Wie käme man an ihn dran?«

»Ich vermute, Mafi weiß das«, erwiderte Rocco. »Er ist übrigens auch Italiener und meines Wissens sogar aus Spoleto. Also, wenn wir ihn brauchen, lässt er sich bestimmt irgendwie auftreiben.«

KAPITEL 10: ITALIENISCHES INTERMEZZO

Spoleto, Italien
Ende Juli 2018

Plötzlich ging es ganz schnell: Zwei Tage nach meiner nächtlichen Klettertour klopfte Marietta am Abend an unsere Tür und verkündete, dass die Pathologie die Leiche ihres Vaters freigegeben habe. Die sei nun auf dem Weg nach Spoleto. »Er wird nächsten Donnerstag beerdigt. Du kommst doch, Zio Lucas?« Sie schaute mich an. »Sorry, Sie sind natürlich auch eingeladen. Es wäre meiner Mutter so wichtig!«

Lucas war nicht eben glücklich darüber, mitten in den Proben unterbrechen zu müssen, aber er war nicht das einzige Ensemblemitglied, auf dessen Erscheinen die Familie Miercoledi Wert legte. Ileana, Mischa und Cayetano waren ebenfalls eingeladen und Rocco wusste zwar nicht, ob er noch eine Einladung zu dem »Auftrieb« bekommen werde, war aber fest entschlossen, nach Spoleto zu reisen, um seiner potenziellen Kindsmutter beizustehen.

Also hätten wir eh nicht sinnvoll proben können und so entschied Lucas, sich in den schwarzen Anzug zu stürzen, um dem Verstorbenen die letzte Ehre zu erweisen.

Davor hatte ich aber noch etwas herausgefunden und daraus folgend zwei Verabredungen getroffen. Ich hatte nämlich

22,45 Euro in eine Auskunft über die Besitzverhältnisse bei Tics investiert, indem ich eine Auskunftei abgefragt hatte – wozu hat man denn mal Journalismus gelernt? So fand ich heraus, dass Tics zu zehn Prozent einer römischen Konzertagentur gehörte. Außerdem hielt eine andere Firma in Rom 35 Prozent und der Rest – satte 55 Prozent – entfiel auf eine Investmentgesellschaft in San Marino.

Natürlich tauchte der Name Miercoledi nicht auf, aber ich war sicher: In einem dieser Läden hatte unser »Todfreund«, wie Lucas Mario Miercoledi einmal genannt hatte, die Finger bis zum Ellbogen drin gehabt. Und weil ich's genauer wissen wollte, engagierte ich am Abend meinen sprachbegabten Herrn Gemahl, der wiederum herausfand, dass die Firma in Rom einer Gesellschaft in Pissignano – einem Ort unweit von Spoleto gehörte, bei der zwei hochadelige Herrschaften als Inhaber eingetragen waren: Doktor Vittorio Conte di Velacci-Casagnano und Cesare Principe Ferramonte di Passano.

Bei den Namen klingelte es bei mir. Den Principe kannte ich nicht persönlich, aber bei Tics war ein »C. Ferramonte« als Geschäftsführer eingetragen – und ich erinnerte mich an sein Interview bei diesem deutsch-italienisch-französischen Kulturkanal. Da hatte er seine kulturellen Ambitionen verkündet – das war mir hängen geblieben.

Ich hatte mir den Namen von Miercoledis illegitimem Sohn nicht gemerkt, aber die Wahrscheinlichkeit, dass in Italien zwei Prinzen rumschwirrten, die Verbindung zum dahingegangenen Tenor gehabt hatten, erschien mir doch sehr gering. Lucas konnte sich allerdings auch nicht an den Namen erinnern. »Mario hat mir mal ein Foto von seinem Sohn gezeigt. Da war er ungefähr zehn oder elf. Aber frag mich nicht, ob er da den vollen Namen erwähnt hat! Ich fand es insgesamt etwas degoutant, wie er die Tatsache, dass es diesen jungen Mann gab, rumerzählte.«

Bei dem Prinzen kam ich wohl nicht weiter, aber dafür gab es ja seinen Partner, diesen Conte Velacci – und den kannte ich, weil er seinen Doktor als Musikwissenschaftler erworben hatte. Aus seiner Dissertation hatte er ein recht interessantes Buch über Wagner und Italien gemacht. Als wir uns ungefähr zwei Jahre nach der Veröffentlichung dieses Opus in Bayreuth zufällig über den Weg liefen, war er natürlich sehr geschmeichelt, dass ich sein Buch kannte. Er lud mich zum Essen ein, wir unterhielten uns ausführlich, bei der Gelegenheit erzählte er mir, dass er sogar mit Wagners Stieftochter verwandt sei: Sie hatte einen Grafen Gravina aus Sizilien geehelicht. Der wiederum hatte eine Schwester gehabt, die in die Familie Velacci eingeheiratet hatte und Vittorios Mutter geworden war.

Spannender hatte ich aber gefunden, dass mir Vittorio Velacci von einigen Monteverdi-Handschriften erzählte, die in Spoleto im Archiv seiner Familie lagen. Einer seiner Vorfahren hatte bei Monteverdi eine Motette in Auftrag gegeben und ihn auch sonst unterstützt, dafür hatte er einige Manuskripte verehrt bekommen. Darunter, so sagte Graf Vittorio damals, seien auch ein paar Skizzen zu »Il ritorno d'Ulisse in patria«* – Monteverdis großer Oper.

Ich habe den Ulisse schon immer gemocht – am liebsten, wenn Lucas ihn singt. Darum hatte ich damals schon Interesse geäußert und Graf Vittorio – übrigens ein durchaus gutaussehender, wenn auch schon weißhaariger älterer Herr – hatte mich eingeladen, ihn einmal ein paar Tage in Spoleto zu besuchen und mich durch sein Archiv zu wühlen. Das sei allerdings nicht sehr gut sortiert. Er selbst interessiere sich nicht für Renaissancemusik und irgendwie sei er nie dazu gekommen, einen Archivar zu suchen, der den Kram katalogisierte.

---

* Claudio Monteverdi, »Die Rückkehr des Odysseus ins Vaterland«.

Nun würde Lucas im Dezember mal wieder den Ulisse singen – und das nahm ich als Aufhänger, um Graf Vittorio eine E-Mail zu schreiben und anzukündigen, dass ich am 26. Juli in Spoleto sein würde und das gerne mit einem Besuch in seinem Archiv verbinden würde.

Die Antwort war am gleichen Abend auf meinem Account gelandet: Conte Vittorio war begeistert, lud mich ein, so lange zu bleiben, wie es mir angenehm sei, und versprach mir für den Donnerstag ein Abendessen. Ich nahm das Angebot dankend an – und mein liebender Gemahl pfiff das »La ci darem la mano«* und fragte, wie anziehend der Conte sei.

»Liebster, er ist ein älterer Herr mit weißen Haaren«, gab ich zurück.

»Tja, auch unter beschneiten Dächern brennt noch der Kamin – und wer weiß, wie heiß?«

Ich verdrehte die Augen – und traf meine nächste Verabredung: Ich rief Commissario Capo Jacopo Gremina an. Dem erzählte ich von Tics und der Verbindung zu Miercoledi, worauf er einen Lobgesang auf mich anstimmte und mich für den Freitag – also den Tag nach der Beerdigung – in Spoleto zum Essen einlud.

Nun war Donnerstag, wir waren in Spoleto und auf dem Weg zur Kirche, nachdem wir, wie Mischa gemotzt hatte, schon »eine kleine Weltreise« hinter uns hatten. Gestern Abend nach der Probe waren Mischa, Cayo, Lucas und ich nach Stuttgart gefahren. Cayo hatte in unserem Gästezimmer geschlafen, Mischa in seiner Wohnung – allerdings, wie er klagte, »viel zu kurz«. Um sechs ging nämlich unser Flieger nach Rom. Dort waren wir kurz nach elf angekommen, hatten uns einen Mietwagen geschnappt und waren nach Spoleto gefahren.

---

* »Reich mir die Hand, mein Leben« – der Anfang von Don Giovannis Verführungsduett mit Zerlina.

Ab halb eins – da hatten wir noch gut eine Stunde bis Spoleto – hatten Mischa und Cayo angefangen zu meckern. Sie hatten Hunger und überhaupt, war dieses Spoleto am »Ärmel der Welt«? Mischa verdrehte schließlich die Augen und verkündete: »Wenn man bedenkt, dass ich Miercoledi nicht verknusen konnte – ich muss bescheuert sein, seinetwegen durchs italienische Outback zu geistern!«

Ich war schließlich froh, dass ich die drei Helden – Lucas meckerte nämlich mit – auf der Piazza hinter der Basilika, in der die Trauerfeier stattfinden würde, absetzen konnte. Ich fuhr dann noch meinen Kram zum Palazzo meines Grafen. Dort empfing mich ein junger Mann, nahm mir den Koffer ab und flitzte die Treppe hinauf. Ich stand einen Augenblick ziemlich dämlich da, doch dann kam der Conte in einem hellen Anzug. »Ich weiß, Sie haben es eilig. Lassen Sie uns nach oben gehen, dann zeige ich Ihnen Ihr Zimmer und Sie können gleich wieder losziehen.«

Ich fragte ihn, ob er nicht zur Beerdigung gehe, worauf er den Kopf schüttelte und mir erklärte, dass die Beziehungen zwischen den Familien Velacci und Miercoledi »eher frostig« seien und man keinen »gesellschaftlichen Umgang« miteinander pflege. Ich war ja sehr neugierig, was dahintersteckte – und bekam Aufklärung versprochen: »Das erzähle ich Ihnen dann beim Abendessen, wenn es Sie interessiert«, sagte der Graf.

Ich nutzte den Boxenstopp im Palazzo, um meine leichte Sommerhose und die Bluse gegen ein langärmeliges, schwarzes Kleid zu tauschen – nicht sehr angenehm, denn in Spoleto war es richtig heiß, aber wenn man in Italien in die Kirche geht, ist ein züchtiges Gewand gefragt.

Zurück zur Piazza, wo meine Herren bereits zugeschlagen hatten. Mischa hatte schon eine halbe Pizza intus, Lucas hatte einen leeren Vorspeisenteller neben sich stehen und wickelte nun Pasta; Cayo dagegen betrachtete eher misstrauisch eine reichlich fette Lasagne. Mir allerdings war nicht so sehr nach Essen – nicht bei der Hitze und mit der bevorstehenden Beerdigung.

An die wurden wir durchgehend gemahnt, denn hinter mir war ein Lieferwagen auf den Platz gefahren, hatte sich so nah wie möglich an die Basilika herangeschoben und wurde jetzt ausgeladen. Zwei Männer trugen Kränze und Blumengestecke in die Kirche – und meine drei Lästermäuler ließen sich prompt darüber aus, dass sie sowohl den Kranz in den italienischen Nationalfarben wie auch ein überdimensionales Herz aus roten Rosen »gruselig« fanden.

Ich stocherte in einer Portion fader Antipasti herum, als ein Taxi auf den Platz fuhr. Rocco – beerdigungsfein in schwarzer Hose und schwarzem Hemd – kletterte heraus, entdeckte uns, winkte, ging aber in Gegenrichtung – und da kam gerade ein kleiner, roter Sportflitzer, aus dem Mafalda ausstieg. Sie war ebenfalls in Schwarz mit einem sehr eleganten Hut und auf High Heels, mit denen ich mir wahrscheinlich beim dritten Schritt einen Kapselbandschaden eingefangen hätte.

Rocco ging zu ihr, sie legte ihm die Hand auf die Schulter und reckte sich, um ihn zu küssen. Ihm schien das nicht so lieb zu sein – er drehte uns zwar den Rücken zu, aber der war deutlich angespannt.

Die beiden unterhielten sich – und ich bedauerte ein wenig, dass ich nicht mithören konnte. Doch auch ohne sie zu verstehen, war mir klar, dass das junge Glück nicht in vollendeter Harmonie war. Roccos Haltung verriet, dass ihm überhaupt nicht gefiel, was ihm Mafalda mit großer Gestik erklärte. Sie schien sich zu rechtfertigen und mir wäre nach Seufzen gewesen, denn mir war klar, dass sie ihm nun wohl beibrachte, dass er nicht Vater werden würde. Tatsächlich schüttelte er dann auch heftig den Kopf – worauf sie wieder loslegte und ihm dabei die Hand auf den Arm legte. Er schüttelte sie ab, schüttelte wieder den Kopf und dann trieb mir der leichte Wind einen Satzfetzen zu: »… lass mich doch von dir nicht zum Affen machen!«

Mafalda schien gegen Tränen zu kämpfen, doch dann presste sie den hübschen Mund zusammen, schloss ihr Auto ab und fragte Rocco etwas. Die Antwort war wieder ein Kopfschütteln, worauf sie sich von ihm wegdrehte und Richtung Kirche davon stöckelte.

Rocco stand noch einen Moment da und schaute auf seine schwarzen Schuhspitzen. Dann ließ er die Schultern sinken und trottete zu uns. »Darf ich?« Er schnappte sich den freien Stuhl an unserem Tisch.

»Klar, setz dich!«, antwortete Mischa.

»Hast du Ärger?«, erkundigte sich Cayo.

»Hmm.« Rocco saß, schnappte die Karte und blätterte darin. Ohne aufzuschauen, schimpfte er: »Frauen!«

»He!«, ermahnte ich ihn.

Er lächelte verlegen. »Sorry, dich habe ich nicht gemeint.«

»Zweifelst du an ihrer Weiblichkeit?« Lucas grinste.

»Ich würde es nicht wagen.«

Mischa hatte den Kellner gesehen und winkte ihn an den Tisch. »Espresso für mich – und wie sieht's mit euch aus?«

Rocco wollte einen Espresso und einen doppelten Grappa, mein Herr Gemahl orderte einen doppelten Espresso und eine Flasche Wasser und ich gab meinen halb leer gegessenen Teller zurück und bestellte den auf einer Extrakarte beworbenen Aprikosensaft. Dabei schaute ich auf die Uhr und sagte: »Meine Herren, nur als Hinweis: In 25 Minuten beginnt die Trauerfeier. Sollten wir uns nicht langsam mal in die Kirche begeben?«

»Keine Sorge – die Basilika ist groß«, wusste Lucas. »Da finden wir schon noch ein Plätzchen – und wenn nicht im

Schiff, dann auf einer der Emporen.« Dennoch packte er schon mal seine Brieftasche aus.

Vor uns auf dem Platz tat sich jetzt wieder etwas: Zwei in lange Gewänder gehüllte Geistliche kamen aus der Kirche gewedelt, um eine große, dunkle Limousine mit einem Stander auf dem Kotflügel in Empfang zu nehmen. Der Fahrer hielt an, wuselte um den Wagen herum, riss die hintere Tür auf der Beifahrerseite auf und stand da, die Mütze respektvoll unter dem Arm, während ein rundlicher Mann mit Glatze, der ganz in Rot gehüllt war, mühsam auf den Platz kletterte. Gleichzeitig stieg auf der anderen Seite ein blässlicher Jüngling aus, dessen Figur an einen Spargel – ohne Hollandaise – erinnerte.

Die beiden Priester, die aus der Kirche gekommen waren, verbeugten sich vor dem Dicken und küssten seinen Ring. Cayo kommentierte leise: »Oh – ein Kardinal. Unser Superstar wollte sich wohl auch im Tod nicht lumpen lassen.«

»Na ja, der Papst wird vermutlich keine Zeit gehabt haben«, spöttelte mein irdisch' Glück.

»Zu schade. Mit dem päpstlichen Segen kriegen brave Katholiken wie unser Verblichener wahrscheinlich ein besonders exklusives Plätzchen im Himmel«, fiel Mischa ein.

Rocco schaute von Lucas zu Mischa und wieder zurück. »Seid ihr nicht katholisch?«

»Ich?« Lucas schüttelte den Kopf. »Ich bin der Enkel eines Pfarrers und mit einer evangelischen Kirchenmusikerin, die zudem Pfarrerstochter ist, verheiratet.«

»Und ich bin Jude«, sagte Mischa. »Aber wenn ich Christ wäre, wäre ich als Russe vermutlich orthodox. Und du?«

»Protestant«, antwortete Rocco. »Ich war Thomaner und da haben sie nicht so gerne Katholiken.« Er wandte sich an mich. »Noch etwas, was Miercoledi nicht an mir leiden konnte. Seine Tochter könne doch keinen Lutheraner heiraten!«

»Und was meinte besagte Tochter dazu?«, fragte Lucas.

»Sie wollte, dass ich konvertiere.«

»Ach, du Schande!« Lucas hatte mittlerweile bezahlt und wandte Rocco seine volle Aufmerksamkeit zu. »Willst du?«

»Den Teufel werde ich tun. Ich mag den Verein und sein Getue nicht. Außerdem ist das Thema eh durch. Ich werde Mafalda bestimmt nicht heiraten.«

*

Der Gottesdienst war eine sehr langwierige Veranstaltung gewesen, bei dem ein ganzes Rudel von Messdienern eifrig den Weihrauchkessel geschwungen hatte. Dummerweise habe ich das Zeug schon immer schlecht vertragen und so trat ich denn mit butterweichen Knien, dröhnendem Schädel und quengeligem Magen aus der kühlen Kirche hinaus in die Hitze.

Mein Beerdigungsbedarf – zugegeben sehr gering – wäre danach schon gedeckt gewesen, aber die Familie Mercoledi konnte anscheinend nicht genug bekommen. Wir waren gerade aus der Kirche raus, als sechs Herren in farbenprächtigen Uniformen unter lautem Gebimmel den Sarg herausschleppten und auf einen mit sechs Rappen bespannten Wagen packten.

Ihnen folgten die gesammelten Messdiener – einer als Kreuzträger vorne weg, vier mit einem Baldachin, unter dem der dicke Kardinal wandelte, und dahinter der Rest der Geistlichkeit. Die trauernde Witwe – mit wagenradgroßem Hut samt Schleierchen und schwarzem Chanel-Kostüm samt ihren ebenfalls schwarz gewandeten, behüteten Töchtern schloss sich an, dann der Rest des Clans. Und ich bewunderte die Italienerinnen! Nicht nur, dass mir – ganz ohne Hut und Schleier – in der Hitze ganz anders wurde, während die einheimischen Damen ganz munter aussahen, nein, die stöckelten auch auf Absätzen dahin, mit denen ich auf ebenem Beton auf die Nase gefallen wäre. Die Signoras aber kamen damit über Kopfsteinpflaster, ohne auch nur zu stolpern oder es an Grazie fehlen zu lassen.

Nun ist Spoleto durchaus ein hübscher, noch sehr mittelalterlicher Ort, aber um ehrlich zu sein: Ich hätte gut darauf verzichten können, ihn hinter einem Sarg her zu durchwandern! Und selbst mein Lucas, normalerweise doch der große Spaziergänger, brummte und fragte, wo in aller Welt die denn ihre Toten beerdigen würden. »Werden die hier von irgendeinem Buckel geschubst oder in einem Turm den Geiern zum Fraß vorgesetzt? Dann würde ich ja verstehen, warum der Beerdigungsplatz so weit außerhalb ist!«

Endlich am Grab – und der Kardinal blubberte, als wenn er nach Wortanzahl bezahlt würde! Ich erinnerte mich: Bei meinem Vater war die Verabschiedung am Grab dereinst eine Viertelstunde lang gegangen. Aber katholisch kostet offenkundig mehr Zeit – und das in der prallen Sonne! Mir wurde mies und mieser und ich hing an Lucas' Arm wie Großmütterchen beim letzten Landgang. Und irgendwann schaute Mischa zu mir, gab Lucas dann einen Knuff mit dem Ellbogen und sagte leise: »Luc, ich glaube, unser Goldstück fällt bald um. Sie hat so einen Grünstich um die Nase herum …«

Lucas schaute auf mich hinunter. »Vic, wie ist dir?«

»Zu wenig Schlaf, zu viel Weihrauch und Hitze – komisch«, fasste ich zusammen.

»Liebchen, ich glaube, wir gehen in den Schatten. Komm!« Lucas schob sich rückwärts, mit mir an der Hand, durch die Menge. Als wir ein Stück vom Gewühle weg waren, legte er den Arm um mich und fasste unter meine Achsel. »Du bist wirklich kurz vor dem Umfallen!«, stellte er fest. »Aber hinter diesen Büschen müsste es kühler sein.« Er führte mich zwischen vier meterhohen Zypressen durch auf ein Mausoleum in Form eines griechischen Tempels zu. Fünf Stufen, links und rechts von einem Mäuerchen eingefasst, führten zu mit schmiedeeisernen Angeln gezierten großen Türen. Davor standen auf beiden Seiten je drei Säulen vor einem kleinen Umgang. Lucas führte mich hin, drückte mir einen Kuss auf die Stirn und sagte: »Du bleibst hier im Kühlen. Ich hol dich ab, wenn ich die Beileidswünsche losgeworden bin.«

Ich ließ mich links neben der zweiten und dritten Säule nieder und stellte fest, dass Lucas mir ein sehr nettes Plätzchen gesucht hatte. Ich konnte mich an die Basis der Säule anlehnen, die Beine auf dem kühlen Marmor strecken und hatte einen hohen Wacholderbusch vor mir, der mich nicht nur versteckte, sondern auch beschattete.

Der leichte Wind blies jetzt eine von schwerem Blech verübte »Verdi-Misshandlung« zu mir. Hatte es der Kardinal tatsächlich geschafft, das Reden einzustellen?

Die Posaunen und Hörner verstummten und ich hörte zwei Stimmen – leise, aber durchaus nahe. Ich beugte mich ein wenig nach vorne, schielte um die dritte Säule herum und sah ein Paar, das da stand und sich unterhielt. Die Frau erkannte ich sofort: Marietta Miercoledi schien sich bei der Beerdigung kurz abgesetzt zu haben, um einen dunkelhaarigen, für meinen Geschmack jedoch zu schmalen Knaben in einem eleganten, hellen Leinenanzug zu treffen. Der Herr trug kurz gestutzte, fast blauschwarze Locken, hatte ein klassisches Profil, trug eine verspiegelte Sonnenbrille und wusste offenkundig, dass er gut aussah.

Marietta, die kupferroten Haare unter einem flotten Faszinator zu einem tiefsitzenden Madonnenknoten geschlungen, passte zu ihm. Die beiden unterhielten sich – und ich verstand mal wieder nur Bruchstücke. Eines davon kam von ihm: »Padre mio«, gefolgt von einem zynischen Lachen.

Marietta konnte das Amüsement nicht teilen, sondern fauchte: »Questa è una vecchia storra!«

Ihr Romeo nahm das als Aufforderung, sie an sich zu ziehen, seine Hände auf ihrer Kehrseite zu platzieren und sie ebenso ausführlich wie leidenschaftlich zu küssen. Sie ließ sich das nicht nur gefallen, sondern küsste enthusiastisch zurück – und ich war verwirrt.

Ich meinte nämlich inzwischen, den Schönling als den Prinzen Ferramonte erkannt zu haben. Und dessen »padre mio« war doch derselbe wie Mariettas! Nun habe ich ja nichts gegen ein wenig schräg, aber Inzest?

Marietta löste sich von ihrem Lover. Sie schaute ihn noch einmal mit einem verführerischen Lächeln an, dann drehte sie sich, flötete ein »A più tardi, tesoro!*« über die Schulter und stöckelte eilig hinüber zum Grab ihres Vaters.

Der schöne Prinz schaute ihr einen Augenblick nach, dann ging er langsam auf das Mausoleum zu. Ich duckte mich in den Schatten, als er näherkam, verfolgte aber neugierig, wie er – zu meinem Erstaunen – vor dem Eingang stehen blieb und sich bekreuzigte. Mir fiel darauf ein, dass ich irgendwann einmal von einem Mafiaboss in Sizilien gelesen hatte, der ein frommer Katholik gewesen war und den man in der Kirche bei der Frühmesse verhaftet hatte.

In Italien brachte man diverse »Sünden« und Frömmigkeit anscheinend unter einen Hut – das hatte Miercoledi mit seinen ständigen Verstößen gegen das sechste Gebot ja bewiesen. Lucas hatte einmal gespöttelt: »Der Vorteil eines Katholiken: Er geht beichten, betet seine fünfeinhalb Ave-Marias oder was ihm sonst auferlegt wurde. Damit ist sein Sündenkonto gelöscht und er kann fröhlich weiter sündigen.«

---

* »Bis später, Liebling.«

Mariettas Liebhaber war weg und ich stand auf, schaute mich um – ich war alleine, niemand in der Nähe. Also ging ich zur Tür des Mausoleums, über der etwas in den Stein eingemeißelt war: Unter einer fünfzackigen Grafenkrone ein vierfach unterteiltes Schild mit einem Wildschwein, einem Turm, einem Baum und einem Schlüssel unter der päpstlichen Tiara. Darunter stand »Famiglia Velacci-Casagnano«.

Was hatte der Prinz mit der Familie meines Gastgebers zu tun? Sie waren Geschäftspartner – oder war da mehr? Waren sie verwandt? Über das hinaus, wie man beim Adel gewöhnlich miteinander verwandt ist, also der »vierte Links-Cousin vom Schwippschwager von einer ledigen Straßenbahn« (so pflegte meine Großmutter zu sagen)?

Ich fasste nach den abgegriffenen und dadurch golden schimmernden Türgriffen – und zu meinem Erstaunen gab die Tür nach. Das Mausoleum war offen und ich trat ein.

Der Geruch von abgestandener Luft, ein wenig Weihrauch und Moder empfing mich. Im Halbdüstern – es brannte nur ein rotes ewiges Licht in einer geschmiedeten Deckenlampe – erkannte ich das Fresco einer Madonna auf der Mondsichel an der Wand gegenüber der Tür, davor ein kleiner Altar mit einem Kreuz. Links und rechts an den Wänden waren Nischen mit Sarkophagen aus rötlichem Marmor. An der Frontseite waren Inschriften angebracht, bei vielen der Sarkophage kaum mehr lesbar, weil das Gold darin verblasst war.

Doch da war ein Sarg, bei dem das Gold noch glänzte und auf dem eine verwelkte, rote Rose lag. Ich beugte mich zur Inschrift und las: »Maria Alessia Principessa Ferramonte di Passano, nata Contessa Velacci-Casagnano, * 13. gennaio 1957 Spoleto, + 26. settembre 2001 Roma«.

Das war also des Pudels Kern! Die Mutter des Prinzen war eine geborene Velacci. Aber warum lag die in der Gruft der Velaccis und nicht in der des angeehelichten Geschlechts?

Meine Fantasie schlug Wellen – und ich musste fast über mich selbst lachen, weil mir so ziemlich jedes Klischee aus den »Ein Herz und eine Krone«-Romanen einfiel.

Von draußen kam eine getragene Melodie – die Blaskapelle am Grab war am Werk. Ich schloss daraus, dass es nun dem Ende zuging, und weil mein Kreislauf wieder da war, eilte ich zurück. Meinen Mann zu finden, war einfach: Er ragte ja aus jeder Menge heraus. Und hier, im Schein der südlichen Sonne, leuchtete sein Blond sogar mit einem Rotton. Ich drängelte mich zu ihm durch – »Scusi!« nach links und rechts, ein kleines Lächeln dabei. Dann schob ich die Hand unter seinen Ellbogen. Er lächelte mich an. »Wieder besser?«, fragte er leise.

Ich nickte – und dann mussten wir schon zum Grab treten. Ein Schäufelchen Erde, das dumpf auf den Sarg polterte, eine Blume aus der großen Schale, Kopf senken und ein Gebet. Dann Lucas' Hand unter meinem Ellbogen, er führte mich zu Giulia, die links und rechts von einer Tochter flankiert wurde. Irgendwie erinnerten mich die drei an die Krähen, die im Herbst den Walnussbaum auf unserem Hinterhof aberneten und die Nüsse mit Schwung auf den Hof knallten, um die Schalen zu knacken. Ich drückte Giulia und Marietta die Hand, umarmte Mafalda, murmelte etwas von »herzliches Beileid« und war froh, dass Lucas die Einladung zur Trauerfeier ablehnte und mich ein Stück vom Grab weg zu einer alten Pinie führte, unter der wir auf die anderen warteten.

Mir fiel ein, dass ich noch was abfragen wollte. »Lucas, was bedeutet ›Questa è una vecchia storra‹?«

»Das ist kalter Kaffee.«

»Wie bitte?«

»›Questa è una vecchia storra‹ heißt ›Das ist kalter Kaffee'«, erklärte Lucas. »Wie kommst du darauf?« Er streichelte meine Hand.

Ich erzählte ihm – in Kurzform – von dem Mausoleum

und der Begegnung von Marietta und ihrem Lover. »Du, ich glaube, das ist der Sohn von Miercoledi. Er sagte auch irgendwas von ›Mio padre‹. Komisch, nicht?«

Er verdrehte die Augen. »Famiglia Miercoledi.« Mehr fiel ihm dazu offenkundig nicht ein. Und er hatte auch keine Zeit mehr für weitere Einfälle, denn nun kamen Cayo, Mischa und Rocco und letzterer schaute schon auf die Uhr.

»Jungs, wir müssen sehen, dass wir nach Rom und in unseren Flieger kommen. Sonst schaffen wir's morgen nicht zur Probe und unser Regisseur reißt uns den Kopf runter.«

»Klar.« Lucas grinste. »Ich sammle Köpfe. Die kommen in ein Glas, Alkohol drauf und dann stehen sie auf einem Regal in meinem Arbeitszimmer.« Er setzte sich Richtung Ausgang in Bewegung. »Also los, meine Dame – und natürlich auch die Herren.«

»Schicke Deko!«, fand Mischa im Hinterhertraben. »Aber kannst du mich bitte in Whisky – einem guten Single Malt – einlegen? Du weißt, ich war nie so scharf auf Vodka.«

»Und du brauchst jetzt einen?« Cayos dunkle Augen blitzten vergnügt.

»Oh ja!«, stöhnte Mischa.

»Ist mir was entgangen?«, fragte ich.

Rocco klärte mich auf: »Giulia scheint beschlossen zu haben, dass Mischa ein passender Schwiegersohn wäre. Sie hat ihn gerade ausdrücklich eingeladen, sie bald zu besuchen. Marietta zeige ihm dann Spoleto und die Gegend ...«

Mischa legte eine Hand auf Lucas' Schulter. »Du bist abgelöst, Towaritsch.«

»Großartig.« Aus Lucas' Stimme tropfte Ironie. »Und wann darf man dir gratulieren?«

»Zum Gewinn eines Marathons? Schick Marietta hinter mir her und ich gewinne den Londoner City Marathon«, kündigte Mischa an.

»Lucas, warst du mal in Giulias Kandidatensammlung?«, wollte ich wissen.

Während Lucas nur seufzte, nickte Cayo. »Und wie er drin war! Bevor er dich – sehr zu Giulias Enttäuschung – geheiratet hat, war Giulia hinter ihm her wie der Teufel hinter der armen Seele! Und Mario wäre sogar einverstanden gewesen.«

»Aber Lucas ist Protestant!«, wunderte ich mich.

»Na, das kleine Problem hätte er ja lösen können«, fand Rocco. »Das wäre anscheinend nur bei mir schwierig gewesen.«

Ich grinste Lucas an. »Und? Wie sahst du das? Immerhin ist Marietta eine schöne Frau.«

»Findest du?« Er klang alles andere als begeistert. »Abgesehen davon, dass du mir besser gefällst, ist Optik ja auch nicht alles. Und mit Zicken gehe ich im Beruf genug um, das brauche ich nicht auch noch zu Hause.« Er grinste und legte seinen Arm um Cayos Schulter. »Warum hast du dich eigentlich nicht mit Mafalda verkuppeln lassen, obwohl Mario ganz wild darauf war?«

Cayo lachte. »Mit der hätte ich es immerhin besser getroffen als du mit Marietta. Mafalda ist lieb. Aber ich habe damals meine Sandra schon gekannt. Außerdem war mir Mafalda zu jung.«

»Mario sah das nicht so«, sagte Lucas und zitierte: »Es wähle das Weib sich einen Älteren stets …«*

»Tja – Sandra sah das anders. Sie ist bekanntlich ein paar Jahre älter als ich«, erzählte Cayetano. »Deswegen hat Mario mir prophezeit, dass es nicht gut gehen könne, denn in spätestens fünf, sechs Jahren würde ich mich fragen, was ich mit dem runzligen, alten Weib im Bett soll. Da sei ich dann im besten Mannesalter und sie komme in die Wechseljahre.«

---

* Der Spruch stammt von Herrn Shakespeare und wird so in »Was Ihr wollt« geäußert.

»So eine Impertinenz!«, empörte ich mich.

»Da war er gut darin, unser seliger Verblichener!«, konstatierte Lucas.

*

Mir knurrte der Magen, als ich kurz nach 21 Uhr mein Gästezimmer im Palazzo Velacci verließ und die Treppe hinunter in die Bel Etage ging.

Lucas hatte mich gegen 17 Uhr hier abgesetzt und war nach einer flüchtigen Umarmung und einem schnellen Kuss – mit den Gedanken war er schon wieder bei der Arbeit und das schließt bei ihm alles andere aus – mit den drei anderen Herren gen Rom abgeschwirrt. Und ich hatte, nachdem ich in mein Gästezimmer eingezogen war, das verschwitzte Kleid ausgezogen, mich etwas erfrischt und aufs Bett gelegt hatte, ein paar Tränen verdrückt.

Manchmal irritiert es mich. Ich hatte einige Jahre alleine gelebt und hatte mich gut in diesen Zustand hineingefunden. Manchmal hatte ich ihn sogar genossen. Wenn wieder einmal eine Freundin am Telefon in epischer Breite von ihren Partnerschaftsproblemen und den häuslichen Auseinandersetzungen erzählte, legte ich auf, dachte: Dem Himmel sei Dank – den Mist habe ich hinter mir! Und manchmal habe ich mich dann sogar mit einem Glas Wein auf den Fenstersims gesetzt, auf meine Stadt hinuntergeguckt und dabei meine Unabhängigkeit gefeiert.

Allerdings war da manchmal eine Stimme im Hinterkopf gewesen, die gespöttelt hatte: »Komm, sei ehrlich – wenn du Lucas zurückhaben könntest, würdest du mit fliegenden Fahnen ins Lager der Liierten zurückkehren.«

Bin ich dann ja auch, als Lucas wieder zu haben war – und ich habe es nie auch nur eine Minute bereut. Selbst wenn wir uns fetzen, selbst wenn ich ihn auf den Mond schießen könnte – der Tatsache, dass ich ihn liebe, bin ich mir immer bewusst.

Und ich fühle mich geliebt – auch wenn er mal mit dem Kopf ganz woanders ist.

Er bedauert manchmal unsere »verlorenen Jahre«. »Wenn ich damals nicht so stur gewesen wäre! Ich habe dich geliebt und es wäre doch nicht so schwer gewesen, dich um Verzeihung zu bitten! Es hätte uns viel erspart.«

Ich bin mir da nicht so sicher. Klar, er hat in seiner zweiten Ehe Federn lassen müssen und bei mir war es auch nicht immer leicht, aber meine erste Ehe bereue ich eigentlich nicht. Ich habe dabei mehr Glück gehabt als Lucas mit seiner Cornelia.

Allerdings – so ein wenig »Trotzreaktion« war es bei mir schon, dass ich mit Joris zusammenkam.

Ich hatte beim Friseur in einem Tratschblatt herumgelesen – und da war ein Bericht über Lucas und die »Societyschönheit« Cornelia van Dahl gewesen. Sie war aus guter Familie – der Vater Diplomat, die Mutter adelig und reich – und hatte in erster Ehe einen Herrn mit entsprechendem Einkommen geheiratet und ihm seinen Erben geschenkt. Das hatte ihn aber nicht davon abgehalten, sie zu betrügen.

Drei Jahre nach der Scheidung hatte sie sich in Lucas verliebt und ihn geheiratet.

Mir tat es weh, als ich davon hörte. Ich hatte irgendwo immer noch gehofft, dass wir noch einmal eine Chance bekommen würden. Aber seine Heirat führte dazu, dass ich mich unter den mehr oder weniger holden Herrlichkeiten in unserer Szene umschaute – und an Joris van de Velde geriet. Er war Dirigent, ein imponierender Mann mit vollem, weißem Haar und strahlend blauen Augen über einer sehr ausgeprägten Nase. Ich respektierte und bewunderte ihn, ich war gerne mit ihm zusammen, und als er mir schließlich sagte, dass er in mich verliebt sei, habe ich ihn verführt. Ich war des Alleinseins müde, ich mochte ihn wirklich und dass er 28 Jahre älter als ich war – dazu fiel mir der Satz meiner Lieblingstante ein, die einen Mann geheiratet hatte, der sogar 32 Jahre älter gewesen war: »Lieber 10 Jahre mit einem tollen Mann als 50 mit einem Idioten.«

Mir ging es gut mit Joris. Er war ein zärtlicher, feinfühliger Liebhaber und ein rücksichtsvoller, höflicher Ehemann. Er ließ mir Luft, er unterstützte mich in meinen Bemühungen – wie zum Beispiel meinem Volontariat und den diversen Kämpfen, die ich als Journalistin durchzustehen hatte. Und ich denke, ich war ihm keine schlechte Frau. Ich kümmerte mich um ihn, ich war da, wenn er mich brauchte, und als er nach siebenjähriger Ehe eines Morgens bei einer Probe zusammenbrach und an dem Herzinfarkt starb, bevor ein Arzt bei ihm ankam, war ich tief unglücklich und habe sehr um ihn getrauert.

Auf Joris' Beerdigung sah ich Lucas wieder. Er kam mit Mischa – und ich erschrak, als ich ihn sah. Er hatte zugenommen, aber es sah nicht nach »Er genießt die schönen Dinge, die das Leben zu bieten hat« aus, sondern eher nach Kummerspeck. Seine Augen, einst so voll von Leben und Vitalität, waren verhangen und er sah müde und erschöpft aus.

Ein paar Tage später telefonierte ich mit Mischa und fragte ihn, was denn mit Lucas los sei. Mischa seufzte: »Er arbeitet zu viel, er ist ständig von der Rolle und wahrscheinlich zu viel alleine.«

»Aber er hat doch eine Frau! Begleitet sie ihn nicht? Er wollte doch immer, dass seine Frau möglichst oft mit und bei ihm ist …«

»Na ja, diesbezüglich scheint er Pech gehabt zu haben. Sie ist meist in Wien, bei diversen wohltätigen Organisationen engagiert. Außerdem spielt sie Golf – ebenfalls sehr engagiert.« Mischa klang etwas spöttisch und beendete seine Rede mit: »Aber vielleicht besser so. Wenn sie ihn nämlich mal begleitet, behandelt sie alle um ihn herum wie Untergebene und macht sich herzhaft unbeliebt, was ihm dann schrecklich peinlich ist.«

Es tat mir leid. Ich hatte ihm wirklich gewünscht, dass er in seiner zweiten Ehe glücklich werden würde. Aber dann häuften sich die Berichte, dass er ständig alleine sei und es ihm dabei nicht sehr gut gehe und obendrauf war ich mit meiner Kurzhaarfrisur alle vier Wochen beim Friseur, las da die »Gesellschaftsblätter« und staunte, wie oft da die »Wiener Societylady« Cornelia van Dahl-Benning auftauchte. Ich erinnerte mich natürlich daran, dass Lucas sich gewünscht hatte, seine Frau möglichst oft bei sich zu haben.

Und dann war da mal ein Interview, in dem er – in Wien behaust, mit einer Wienerin verheiratet, österreichischer Kammersänger, Star der Wiener Staatsoper – sagte, er sehe das »Große Haus« in Stuttgart immer noch als seine künstlerische Heimat. Und tatsächlich sang er öfter in Stuttgart als in Wien. Gleichzeitig machte seine Gemahlin in Wien in Wohltätigkeit – das sah nicht eben nach einer glücklichen Ehe aus.

Und eines Tages stolperte ich in der Stuttgarter Markthalle – und fiel ihm in die Arme. Er lachte, schaute mich an, wurde ernst und sagte: »Victoria – deine Augen sind ja noch schöner geworden!«

Wir gingen zusammen einen Kaffee trinken, und als wir da hinter der Markthalle vor dem kleinen Café saßen, war alles wieder da: das Herzklopfen, die weichen Knie, die innige Zärtlichkeit, die Leidenschaft, das Vertrautsein. Ich hatte kein schlechtes Gewissen, als ich ihn zum Abschied küsste, ich ließ mich gerne von ihm in die Oper – er sang damals Danilo in der »Lustigen Witwe« – und danach zum Essen einladen.

Eine Weile bildete ich mir ein, dass unsere erneute Annäherung nur Freundschaft sei – jedenfalls von seiner Seite aus. Und da ich als Pfarrerstochter und Kirchenmusikerin durchaus Respekt vor dem sechsten Gebot habe, hielt ich mich zurück und zeigte ihm nicht, wie es wirklich um mich stand – bis zu jenem Abend im Sommer 2011. Letzte Vorstellung vor der Sommerpause – »Meistersinger« mit Lucas als Beckmesser. Letzter Akt, die Szene auf der Festwiese, Beckmessers Auftritt mit seinem Preislied – und dazu musste er auf ein Podestchen steigen, stolperte dabei, was einen Lacher produzierte, legte los, brach plötzlich ab und fiel rückwärts von seinem Podest. Auch da wieder ein Lacher, aber dann ein Aufschrei aus dem Chor, in den Lucas gefallen war. Das Orchester drehte sich und schaute auf die Bühne, Mischa am Pult klopfte ab – und dann fiel der Vorhang. Und ich, die ich zum Glück außen in einer Reihe gesessen hatte, rannte los, um das Haus herum zum Künstlereingang. Zum Glück hatte ein Portier Dienst, der mich aus alten Zeiten kannte und schon zwei- oder dreimal mit Lucas gesehen hatte. Er ließ mich durch und ich kam atemlos in Lucas' Garderobe, wo er im Sessel hing. Ein Arzt versorgte ihn gerade, kündigte aber an, dass er ihn ins Krankenhaus bringen müsse.

Lucas hatte eine Erkältung verschleppt und so war eine veritable Lungenentzündung daraus geworden. Mit der hatte er gesungen – trotz steigendem Fieber, trotz Schwindel, trotz Atemnot. Im Krankenhaus wurde es dann aber wirklich schlimm. Das Fieber stieg noch weiter, er fantasierte, man deckte ihn mit Eisbeuteln ein und er tat mir so leid!

Dennoch verabschiedete ich mich für einen Moment auf den Flur und versuchte, seine Frau in Wien anzurufen. Aber ich hatte nur eine Festnetznummer und da meldete sich der Anrufbeantworter. Er hatte aber erwähnt, dass seine Tochter Eve in Weihenstephan studierte – und tatsächlich, ich trieb sie dort auf und informierte sie. »Armer Paps! Ich komme natürlich so schnell wie möglich, aber so zwei, drei Stunden braucht es noch. Halten Sie ihm so lange die Hand?«

Ich war da schon leicht verwundert und fragte: »Meinen Sie nicht, das sollte Ihre Stiefmutter tun?«

»Ne, bestimmt nicht«, kam sehr kühl zurück. »Dann würde er sich nur aufregen.« Und nach einer kleinen Pause: »Hat er Ihnen nicht erzählt, dass er vor ein paar Wochen bei ihr ausgezogen ist? Diese Ehe war schon lange eine Art Wohngemeinschaft und jetzt hat Vater den – in meinen Augen sehr richtigen – Entschluss gefasst zu gehen.«

Die nächsten drei Tage wechselten Eve und ich uns an seinem Bett ab. Dann musste sie zurück nach Weihenstephan – sie hatte irgendein ganz wichtiges Projekt am Laufen – und er war ja auch aus dem Gröbsten heraus. Dennoch war ich täglich für Stunden im Krankenhaus. Manchmal hielt ich ihm nur die Hand, wenn er schlief; oft aber unterhielten wir uns und irgendwann sagte er mir dann auch, er habe seine Frau verlassen und die Scheidung eingereicht. »Diese Ehe war ein Fehler«, sagte er. »Ich war des Alleinseins so müde und nach dem Kummer mit dir bildete ich mir ein, dass es vielleicht besser ist, wenn man nicht leidenschaftlich liebt. Aber jetzt …« Er fasste nach meiner Hand. »Victoria, ich liebe dich. Ich will mit dir zusammen sein.«

Als er aus dem Krankenhaus entlassen wurde, suchten wir gemeinsam eine Wohnung. Und als er nach einem Jahr geschieden wurde, kam er mit roten Rosen nach Hause: »Nenn mich verrückt, aber ich bin nach wie vor ein Anhänger der Ehe. Nimmst du mich jetzt?«

Das war vor fünf Jahren – und obwohl er mich nicht darum bat, habe ich meinen mittlerweile erworbenen Lehrauftrag an der Musikhochschule auf die Hälfte der Stunden kürzen lassen. Die kann ich dann so organisieren, dass ich viel bei ihm sein kann. Und wenn er inszeniert, was inzwischen ein-, zweimal im Jahr vorkommt, assistiere ich.

In dieser Gemeinsamkeit sind wir sehr zusammengewachsen. Aber daraus entspringt, dass ich immer leide, wenn wir uns trennen müssen. Das Verrückte ist nur: Mir geht es am miesesten, wenn er gerade weggegangen ist. Je länger aber seine Abwesenheit dauert, desto mehr gewöhne ich mich daran, allein zu sein.

Ich sehnte mich sehr nach Lucas, als ich mich im Palazzo Velacci schließlich in mein »Meerkleid« – es changiert von grün nach blau in allen Farben des Meeres – kleidete und die Treppe hinunterging.

Der Conte erwartete mich, offerierte Madeira als Aperitif, fragte nach der Beerdigung und lächelte ein wenig maliziös, als ich ihm erzählte, was für ein Auftrieb es gewesen sei. Ja, das habe er sich so gedacht. »Miercoledi war ein klassischer Fall von ›Parvenü‹. Er hat immer übertrieben und er war indezent genug, sein Geld zur Schau zu stellen. Aber«, er hob sein Glas und prostete mir zu, »ich werde nicht über einen Verstorbenen lästern.« Er trank sein Glas aus, stand auf und bot mir seinen Arm an. »Ich hoffe, Sie mögen italienische Küche.«

Die Küche des Palazzo legte Ehre ein. Es gab gegrillten Ziegenkäse auf Rucola, Ravioli mit einer deliziösen Kräuter-Ricotta-Füllung in Butter geschwenkt, eine geräucherte Forelle auf mediterranem Gemüse – und die war wunderbar und zerging auf der Zunge. Der Graf mahnte mich aber, noch ein wenig Platz zu lassen, denn da kamen noch zarte, saftige Saltimbocca mit Gnocchi und zum guten Schluss Panna cotta auf einem Fruchtspiegel.

Nachtisch und Kaffee ließ der Conte im Innenhof servieren, wo neben einem fröhlich glucksenden Brunnen mit diversen nackten Göttern und Putti ein Tisch mit Korbsesseln stand. Das Ganze wurde durch einen über ein Holzgestell gezogenen, alten Weinstock beschattet und so war es trotz der immer noch recht hohen Temperaturen angenehm kühl im Hof.

Zum Abräumen von Kaffee und Dessert kam ein junger Diener, doch ihm folgte ein älterer auf dem Fuße. Er brachte eine Flasche Wein in einem Körbchen, dazu zwei sehr schöne geschliffene Gläser.

»Ich dachte, an einem Sommerabend wie diesem passt ein fruchtiger Weißwein«, sagte der Conte, ließ sich einen Schluck einschenken, probierte, nahm die Flasche und goss mein Glas voll. Sein Major Domo verbeugte sich, verschwand, kam kurz darauf mit zwei Decken, einer Öllampe und einem Silberleuchter mit fünf Kerzen wieder, dazu stellte er Schälchen mit Oliven, Salzmandeln und Käsegebäck auf den Tisch, wofür sich sein Herr bedankte und ihn verabschiedete.

Wir hatten beim Essen über Wagner gesprochen und ich gestehe: Als wir im Garten saßen, lenkte ich die Unterhaltung – mit Absicht – auf die Wagner-Familie. Während wir über die reichlich seltsamen Ehen der gesammelten Wagner Kinder und Stiefkinder sprachen, versuchte ich, auf den Prinzen Ferramonte zu sprechen zu kommen. Und da bot sich doch tatsächlich eine Gelegenheit: Der Conte – historischem Tratsch durchaus nicht abgeneigt – sprach über den Prozess, den Isolde Beidler, geborene von Bülow, gegen ihre Mutter Cosima angestrengt hatte. Sie hatte nachweisen wollen, dass ihr Vater eben nicht Hans von Bülow, zur Zeit ihrer Geburt noch Ehemann ihrer Mutter, sondern deren Liebhaber und nachmaliger Ehemann Richard Wagner gewesen war.

Sie verlor, weil ihre Mutter beschwor, dass sie zur Zeit der Zeugung eben nicht nur mit Wagner die Matratze geteilt habe, sondern auch mit ihrem Ehemann. »Dabei«, so stellte der Conte fest, »finde ich, dass den alten Fotos zufolge Isolde

Richard Wagner von allen seinen Kindern am ähnlichsten sah.«

»Ja, das dachte ich auch schon – und das passt übrigens zu einer These, die ein Psychologe mal aufgestellt hat. Der behauptete, dass Kinder, bei denen die Vaterschaft fraglich sei, sehr oft ihrem Vater sehr ähneln würden.«

Der Graf trank einen Schluck, dann zog er die Augenbrauen zusammen und dachte einen Moment nach, bevor er lächelte. »Scheint zu stimmen. Wir haben so einen Fall in der Familie.«

»Den Prinzen Ferramonte?«, fragte ich.

Der Conte schaute mich an, dann nickte er anerkennend. »Sie denken mit – und Sie kennen die Geschichte, nicht? Ihr Mann war ja sehr oft der Partner von Mario Miercoledi.«

»Genau. Und der präsentierte ja gerne seinen illegitimen Sohn. Allerdings finde ich nicht, dass der ihm ähnelt.«

Der Graf nickte. »Ich auch nicht. Er ist übrigens mein Neffe – seine Mutter war meine Schwester.« Er stand auf, nahm eine der Decken, die unten auf dem Servierwagen lagen, breitete sie aus und bot sie mir an. »Es wird doch langsam etwas kühl. Oder sollen wir ins Haus gehen?«

»Nein, nein – ich finde es hier wunderschön.« Ich nahm die Decke und legte sie über meine Beine und wartete geduldig, bis er sich mit der seinen wieder gesetzt hatte. Dann schenkte er nach, trank noch einmal etwas Wein und räusperte sich. »Um auf meinen Neffen zurückzukommen: Er sieht nicht unbedingt seinem Vater ähnlich, aber seinem Großvater väterlicherseits. Dem aber sehr! Mein Schwager hatte ein Bild von ihm, das in seinem Arbeitszimmer hing – und die Ähnlichkeit zu Cesare war wirklich überwältigend.«

»Sie sehen mich etwas verwirrt, Conte Velacci. Ich habe den jungen Herrn als Sohn von Mario Miercoledi kennen gelernt …«

Der Conte lächelte und strich sich eine weiße Strähne aus der Stirn. »Ja, Signor Miercoledi war fest überzeugt, dass Cesare der Spross seiner Lenden ist. Meine Schwester sah das anders und wie ich sagte: Man sieht ihm von Weitem an, dass er ein Ferramonte ist.«

»War Signor Miercoledis Anspruch der Grund für den Konflikt zwischen Ihren Familien?«, fragte ich neugierig.

Graf Vittorio überlegte einen Augenblick, dann nickte er langsam. »Ja – und nein. Ich fand es auch schon reichlich degoutant, wie er die Affäre mit meiner Schwester betrieben hat.«

Was hätte ich dazu sagen sollen? Ich knabberte an einer Olive und lächelte ihn an – so was wie »mitfühlend«.

»Soll ich Sie mit der ganzen Geschichte langweilen?«, fragte er.

»Ich glaube nicht, dass Sie mich damit langweilen. Ich habe – neben Musikwissenschaft und Kirchenmusik – eine Ausbildung als Journalistin gemacht. Dabei hatte ich einen Betreuer, der immer sagte: ›Nichts ist für Menschen interessanter als Geschichten von Menschen!‹.«

Der Graf lächelte, schenkte sein Glas noch einmal voll, lehnte sich dann zurück und schlug die Beine übereinander. »Also, meine Schwester Maria Alessia war eine Nachzüglerin, 16 Jahre nach mir und 13 nach meinem Bruder Alfonso geboren. Sie war sehr hübsch und der Liebling aller, dementsprechend wurde sie von vorne bis hinten verwöhnt und wuchs zu einer bezaubernden, wenn auch reichlich kapriziösen und launischen jungen Dame heran. Als sie 19 wurde, lernte sie auf dem Ball einer venezianischen Verwandten Principe Aldo Ferramonte kennen. Er sah sehr gut aus, er war sehr charmant, ein Homme à Femmes, der Frauen mochte und von ihnen gemocht wurde. Dass er 26 Jahre älter als sie war, störte meine Schwester nicht. Sie hatte sich ihn in den

Kopf gesetzt und sie ließ sich nicht davon abhalten, ihn zu heiraten.«

»Na ja«, ich lächelte. »Mein erster Ehemann war auch deutlich älter als ich. Ich war nie wild auf junge Männer. Ich mochte immer Erfahrung und vor allem, dass sie wussten, was sie wollten.«

»Meine Schwester sah das offenkundig auch so. Das Problem war nur, dass die Ferramontes schon seit Generationen besser darin waren, Geld auszugeben, als welches zu verdienen. Ihre Güter waren verschuldet, das Palazzo in Venedig vergammelt.«

Ich schaute mich unauffällig um. Die Velaccis waren offenkundig nicht pleite. Mir war schon vorher aufgefallen, dass das Haus wohl erst in jüngster Zeit renoviert und modernisiert worden war. In meinem Badezimmer zum Beispiel gab es zwar eine altertümliche Wanne auf Löwenklauen, aber an der Wand war eine moderne Heizung, die gleichzeitig zum Aufwärmen von Handtüchern diente, angebracht und in der Dusche war ein moderner Regenkopf und ein Thermostat eingebaut.

Der Graf bestätigte meinen Eindruck, als er weiter erzählte: »Meine Schwester kümmerte sich nicht um Geld. Es war immer genug da gewesen und sie ging natürlich davon aus, dass unser Vater sie entsprechend ausstatten werde – was er auch tat. Aldo unterdessen hätte ja nichts Besseres passieren können, als eine schöne, junge Frau zu bekommen, die außerdem noch eine stattliche Mitgift mitbrachte. Und so ging diese Ehe durchaus gut. Pünktlich neun Monate nach der Hochzeit kam der erste Sohn, mein Neffe Alessandro, zur Welt. Mein Schwager war stolz auf den niedlichen Kleinen und seine junge Frau, aber meine Schwester war nicht eben der mütterliche Typ. Nach drei Monaten lieferte sie ihren Sohn bei unserer Mutter ab und stürzte sich wieder mit ihrem Mann ins Jetset-Leben: Partys, Reisen, Unterhaltung.«

»Armer kleiner Junge!«, warf ich ein, während der Graf sein Glas leer trank, meines, in dem nur noch ein Schluck war, registrierte und aufstand.

»Die Sonne ist untergegangen«, stellte er mit einem Blick in den samtblauen Nachthimmel fest. »Ich denke, wir steigen auf Rotwein um. Entschuldigen Sie mich einen Augenblick?«

Er kam zurück, brachte eine Flasche und zwei Gläser mit, probierte den Wein, schenkte mir ein und setzte sich wieder, wobei er die Decke über seinen Knien ausbreitete.

Ich trank einen Schluck Wein, ließ ihn über die Zunge rollen und lobte: »Oh, der ist gut. Ein Italiener?«

»Das ist unser 15er Pinot – kaum eine halbe Stunde zu Fuß von hier angebaut. Wussten Sie, dass Umbrien eine der ältesten Weinbauregionen in Italien ist?«, erzählte er mir. »Hier haben schon die Etrusker Wein angebaut.«

»Ob der so gut war wie dieser?« Ich hatte das edle Glas in der Hand, ließ den Wein darin ein wenig rollen und schnupperte dem erdig-fruchtigen Geschmack nach.

Conte Vittorio lächelte. »Hoffen wir's für die Etrusker!«

Ich lehnte mich wieder zurück. »Graf, darf ich neugierig sein? Was ist aus Ihrer Schwester geworden? Ich war neugierig genug, auf dem Friedhof in ihr Mausoleum zu schauen, und sah, dass sie relativ jung gestorben ist.«

Der weißhaarige Edelmann wurde ernst und schloss einen Moment die dunklen Augen. »Ja, Maria Alessia lebte ein recht abenteuerliches Leben.«

»Schwierig für ihre Kinder?«

»Ach, das glaube ich nicht mal. Die hatten Großeltern, die sich kümmerten und fanden sich hier in berechenbare Routinen«, wusste der Graf. »Ich denke, das war gut für die Kinder. Sie haben die Aufregungen um ihre Mutter gar nicht mitbekommen. Im speziellen Fall: Cesare erfuhr erst 14-jährig, dass Miercoledi sich für seinen Vater hielt. Dabei hatte der versucht, diese Vaterschaft einzuklagen.«

»Wie das?«, wunderte ich mich. »Er war doch immerhin auch verheiratet.«

»Ja«, nickte Conte Vittorio. »Er war verheiratet und seine Frau war schwanger. Dennoch sprach er davon, dass er sich scheiden lassen und Maria Alessia heiraten wolle.«

»Wozu die sich aber auch hätte scheiden lassen müssen«, sagte ich.

»Ja – und sie dachte nicht daran! Für sie war diese Geschichte mit Miercoledi eine unbedeutende kleine Affäre. Er blies das zur großen Liebe auf, und als er merkte, dass Maria Alessia nicht mitspielte, drohte er mit einer Vaterschaftsfeststellungsklage. Er wollte damit einen Skandal erzeugen und hoffte, dass mein Schwager sich dann scheiden lassen würde.«

»Und?«, fragte ich neugierig in die kleine Pause hinein, die entstand, weil er an einer Olive knabberte.

Er schluckte und goss etwas Wein nach. »Ich habe ein paar Beziehungen spielen lassen und so wurde dafür gesorgt, dass diese Sache diskret behandelt wurde. Zudem hat ein Richter Miercoledi klargemacht, dass kein Gericht in Italien diese Klage annehmen werde. Vor dem Gesetz gilt ein innerhalb einer Ehe geborenes Kind automatisch als das des Ehemanns. Nur wenn der die Vaterschaft anzweifelt, wird etwas unternommen. Doch Aldo – mein Schwager – sah dazu keinen Anlass. Er war von Anfang an überzeugt, dass Cesare sein Sohn ist.«

»Nur Miercoledi hat's nie geglaubt«, sagte ich. »Er hat meinem Mann mal irgendwo ein Bild von dem Kleinen gezeigt und ihm erzählt, dass das sein illegitimer Sohn sei. Und den angedrohten Skandal hat er wohl auch nicht veranstaltet – oder?«

»Nein, davon scheint ihn seine Frau abgehalten zu haben. Und je älter Cesare wurde, desto uninteressanter erschien die Geschichte. Miercoledi erzählte zwar, Cesare sei sein Sohn, aber das hat uns nicht berührt. Er verkehrte ja nicht in unseren Kreisen und was im Opernhaus hinter der Bühne gesprochen wurde, war für uns nicht relevant.«

Ich musste mir ein Grinsen verkneifen. Ich war sicher, dass Conte Vittorio, wenn man ihn danach befragt hätte, jeden »Adelsstolz« abgestritten hätte. Dennoch war ganz klar, dass er sich dem »Fußvolk« hinter der Bühne deutlich überlegen fühlte.

Ich gönnte mir noch eine Salzmandel und fragte: »Und Ihre Schwester lebte weiterhin glücklich und vergnügt mit ihrem Gatten?«

Der Graf seufzte. »Es war eine stürmische Verbindung. Beide brachen immer mal wieder aus, es gab dramatische Szenen, aber am Ende konnten sie dann doch nicht ohne einander.« Ein Schluck Wein, noch eine Olive, dabei schaute er nachdenklich und traurig. »Eines Abends lieferten die beiden sich auf einer Party eine Szene, die dazu führte, dass meine Schwester laut verkündete, sie werde ihren Mann verlassen und in ihr Elternhaus zurückkehren. Sie stürmte raus, stieg in ihren Sportwagen und fuhr los – obwohl sie ziemlich angetrunken war. Dafür kam sie ziemlich weit, aber ungefähr 20 Kilometer vor Spoleto ist sie dann doch mit stark überhöhter Geschwindigkeit auf der Landstraße ins Schleudern gekommen und gegen die Mauer eines Weinberges gefahren.« Er atmete tief durch. »Dem Obduktionsbericht nach war sie sofort tot – eine sogenannte ›Henkersfraktur‹.«

»Schrecklich für die armen Jungen. Wie alt waren die?«

»Alessandro war zehn und Cesare sechs.«

»Hat sich der Vater dann um die beiden gekümmert?«

»Nicht so sehr«, erwiderte der Graf. »Obwohl sie so jung war, hatte Maria Alessia schon ein Testament gemacht, darin ihr ganzes Vermögen ihren Söhnen vererbt und mich als Testamentsvollstrecker eingesetzt. Also habe ich meine Schwester in unserer Familiengruft beisetzen lassen und sah zu, dass wir die Jungen groß bekamen. Mein Schwager unterdessen heiratete ein Jahr später eine reiche Amerikanerin, die allerdings darauf bestand, in USA zu leben. Dort konnte sie als Principessa mehr Eindruck schinden als bei uns – und so entschwand Ferramonte aus dem Leben seiner Söhne.«

»Na ja – Ihre Neffen hatten ja wenigstens Sie und die Großeltern …«

»Die Großeltern haben sich meist gekümmert. Ich hatte ja selbst zwei Kinder und ich habe zu dieser Zeit meist auf unserem Weingut in Pissignano gelebt. Heute weiß ich allerdings, dass es ein Fehler war, dass ich mich so wenig mit meinen Neffen befasst habe. Meine Eltern haben die beiden zu sehr verwöhnt, was üble Auswirkungen hatte. Alessandro hat – ohne dass meine Eltern es mitbekamen – angefangen, Drogen zu nehmen. Anfangs rauchte er Haschisch, doch dann stieg er auf Heroin um. 17-jährig wurde er von der Polizei bei einer Razzia in einem übel beleumdeten Lokal erwischt. Meine Eltern schickten ihn dann zu einer Entziehungskur, dort haute er ab und wir hörten ein paar Wochen nichts mehr von ihm. Dann stand eines Abends die Polizei vor der Tür. Alessandro war in Rom in einer Toilette gefunden worden – er hatte sich eine Überdosis verpasst.«

Seine Stimme hatte flach geklungen und mir war fast danach, seine Hand zu nehmen und sie zu streicheln. Stattdessen sagte ich: »Das tut mir leid. Es scheint so eine Verschwendung zu sein, wenn so ein junger Mensch stirbt.«

»Ja«, sagte der Conte langsam. »Wir fanden es auch ganz schlimm und meiner Mutter, deren Liebling Alessandro immer gewesen war, brach es das Herz. Sie ist ein halbes Jahr später gestorben. Cesare blieb mit meinem Vater und diversen bezahlten Hilfen zurück.« Er senkte den Kopf, schaute in sein Weinglas, trank schließlich einen Schluck und setzte leiser fort: »Ich muss gestehen, dass ich ihn nicht sonderlich mochte. Er war schon als Kind egoistisch – mehr als normal, meine ich. Er war arrogant, verlogen, stinkend faul und …« Er zögerte und setzte neu an. »Ich habe ihn dabei erwischt, wie er den alten Hund meines Vaters quälte. Und dann wurde mein Vater in die Schule gerufen und man sagte ihm, dass Cesare dort nicht bleiben könne. Er war der Anführer einer kleinen Gruppe von Jungen – alle so um die 15 –, die kleinere Kinder gemobbt und erpresst hatten. Mein Vater war natürlich entsetzt – und ihm fiel nichts Gescheiteres ein, als Cesare zu den Jesuiten in ein sehr strenges Internat zu geben. Ein Jahr später starb mein Vater, ich wurde Cesares Vormund, aber ich ließ ihn im Internat – es sah so aus, als ob dort alles gut gehen würde. Er hat dann auch tatsächlich seinen Abschluss gemacht und fing an, in Bologna Betriebswirtschaft zu studieren. Da hatte er schon recht teure Gewohnheiten entwickelt – und dafür reichte sein mütterliches Erbe nicht. Er hat damit spekuliert und es ganz schnell in den Grund gesetzt. Anschließend kam er zu mir, pumpte mich an, ich setzte ihm eine Apanage aus – genauso viel wie mein Sohn zum Studium bekam.«

»Und Ihr Sohn kam damit klar?«, fragte ich.

Er nickte. »Sehr gut sogar. Und ich denke, mein Eduardo hätte es ziemlich unfair gefunden, wenn ich seinem Cousin mehr gegeben hätte als ihm. Zudem steckt bei uns, wie in den meisten Familien, die ursprünglich von Landwirtschaft gelebt haben, das Vermögen in Sachwerten. Wir können komfortabel davon leben, aber wir haben hohe Belastungen. Dieses Haus hier«, er hob die Hand und deutete auf die Mauern um ihn herum, »kostet eine Menge Geld, das Elternhaus meiner Frau, das sie geerbt hat, stammt aus dem 12. Jahrhundert und war auch renovierungsbedürftig, dazu musste ich meine Schwiegermutter und mit Cesare drei Studenten ernähren – ich hätte, selbst wenn ich gewollt hätte, Cesare nicht das Leben finanzieren können, von dem er glaubte, es stehe ihm zu.« Er lachte bitter. »Er hat sich dann andere Quellen gesucht. Kaum 21 Jahre alt, wurde er mit Drogen erwischt – und behauptete, er habe die selbst nehmen wollen. Tatsächlich hatte er aber nichts im Blut und mir gegenüber hat er dann sogar mal zugegeben, dass er mit dem Zeug gehandelt hat. Er sah das offensichtlich als eine Art ›Kavaliersdelikt‹ und verstand gar nicht, dass ich mich darüber aufregte.«

»In Anbetracht der Tatsache, dass sein Bruder an Drogen gestorben ist, empfinde ich es nicht als verwunderlich, dass Sie darauf reagiert haben, Conte Vittorio.«

Er senkte den Kopf und studierte den Inhalt seines Weinglases. »Ich habe vermutlich sogar überreagiert. Ich habe ihn rausgeworfen.«

Ich atmete tief durch und beschloss einen direkten Anlauf. »Aber Sie sind Anteilseigner einer Firma, in der Ihr Neffe auch drinhängt, oder?«

»Ja – wobei das eine alte Geschichte ist. Als meine Schwester geheiratet hat, meinte mein Vater, er müsse ihren Mann in Lohn und Brot bringen. Er gründete eine Vermarktungsgesellschaft für unseren Wein und Lebensmittel aus Umbrien. Mein Schwager bekam einen 50-Prozent-Anteil und wurde Geschäftsführer. Dennoch hat er sich nie viel darum gekümmert. Mein Vater hat der Firma einige Lieferverträge zugeschanzt, die vorher dem Weingut gehörten, also bezog mein Schwager ein kleines Einkommen daraus. Als meine Schwester starb, hat mein Vater die Anteile auf die beiden Jungen übertragen lassen. Inzwischen ist es so, dass Cesare und ich je 50 Prozent halten, die Firma aber praktisch nichts mehr macht. Sie wickelt immer noch ein paar Handelsverträge ab – es ist steuerlich günstiger, das über die Gesellschaft zu machen als direkt über das Weingut.«

»Ah ja – und Ihr Neffe hat immer noch Einnahmen aus der Gesellschaft?«, fragte ich.

»Ja, aber ich glaube nicht, dass die sonderlich relevant für ihn sind. Er hat vor einiger Zeit Kontakt zu Miercoledi aufgenommen – und der ließ sich seine vorgebliche Vaterschaft etwas kosten und hat Cesare als Geschäftsführer bei einem Unternehmen eingesetzt, in dem er Hauptanteilseigner ist.«

»Stimmt. Miercoledi gehörten 55 Prozent der Konzert-Vermarktungsfirma Tics. Weitere zehn Prozent gehören einer deutschen Agentur und …« Ich wartete darauf, dass er einhaken würde, doch da kam nichts, also sprach ich weiter: »Die verbleibenden 35 Prozent gehören zur Hälfte Ihnen.«

»Wie bitte?« Er schien völlig überrascht.

»Wussten Sie das nicht? Diese Ihre Vermarktungsgesellschaft in Pissignano ist zu 35 Prozent an Tics beteiligt. Und ich vermute, dass Ihr Neffe den Anteil in der Zukunft gerne noch weiter ausbauen würde. Miercoledi hat ihn im Testament mit 16 Prozent beglückt, dazu könnte ich mir vorstellen, dass er Marietta Miercoledi heiratet, womit dann ihre 16 Prozent auch in seine Hände kommen würden. Damit hätte er insgesamt …« Ich musste rechnen, »… 53 Prozent an Tics und das Sagen.«

»Vorher wird er mir aber noch einiges zu sagen haben«, kündigte der Graf schmallippig an. »Ich habe mich in den letzten Jahren nicht sehr um unsere Gesellschaft gekümmert. Ich habe darauf geschaut, dass sie keine roten Zahlen produziert. Aber ich habe nichts von irgendeiner Beteiligung gewusst und ich frage mich jetzt natürlich, wie Cesare dazu gekommen ist, ohne dass er mich informiert und einbezogen hat.«

Ich atmete tief durch. »Conte Vittorio, es tut mir leid, dass ich Sie mit dieser unerfreulichen Geschichte konfrontiert habe.«

»Oh nein, das muss Ihnen nicht leidtun. Ganz im Gegenteil. Ich bin froh und dankbar, dass Sie mich informiert haben.«

*

Beim Frühstück am nächsten Morgen erschien mir Conte Vittorio ein wenig verlegen – als ob es ihm im Nachhinein unangenehm wäre, dass er mir so viel aus seiner Familiengeschichte erzählt hatte. Darum beschränkten wir uns im Weiteren auch auf das Berufliche. Nach Cappuccino und einem mit Schokolade gefüllten Cornetto gingen wir in die Bibliothek, wo ich mich dann drei Stunden mit Monteverdi und Ulisse beschäftigte. Danach verabschiedete ich mich von der Nobilita, warf mein Gepäck ins Auto und fuhr zu dem Landgasthof, in dessen Garten ich mich mit Commissario Capo Gremina von der Guarda di Finanza verabredet hatte.

Er erwartete mich schon und führte mich zu einem Tisch unter einer alten Kastanie. Und wir hatten noch nicht einmal die Karte, als er – vor Vorfreude vibrierend – schon lossprudelte: Mein Tipp wegen Tics, den ich ihm am Telefon gegeben hatte, sei eine »Goldader« gewesen. Und ob ich nicht als Ermittlerin arbeiten wolle? Ich sei ein Naturtalent.

»Ich bin jetzt schon fast ein Jahr hinter Miercoledi und seinen Geschäften her, aber sein Bruder ist clever. Er hat alles so verschlüsselt und verschachtelt, dass ich bisher nur Kleinigkeiten ausgraben konnte – illegal beschäftigte Hausangestellte, Schwarzarbeit beim Ausbau seiner Villa, Auslandseinnahmen nicht ordentlich versteuert. Oder glauben Sie, dass er in der Hollywood Bowl tatsächlich für 3000 Dollar Abendgage aufgetreten ist?«

»Eher nicht!« Die Wirtin – ihre rotbackige Rundlichkeit sprach dafür, dass ihr die eigene Küche schmeckte – kam und brachte uns eine handgeschriebene Karte. Sie wartete gar nicht, bis wir gelesen hatten, sondern erzählte uns, sie habe eine schöne Minestrone aus eigenem Gartengemüse und danach frische Tagliatelle mit Muscheln in Weißweinsoße, gefolgt von einem Wildhasen, den sie zwei Tage in Kräuter und Wein eingelegt habe und der dann den Vormittag im Ofen verbracht habe, wo er auf ganz kleiner Temperatur geschmorrt habe.

Bis wir Mineralwasser, einen kleinen Krug mit einem frischen Weißwein und unsere Suppe bekamen, unterhielten wir uns über die Küche in Umbrien. Erst bei den Muscheln landeten wir wieder beim Thema Miercoledi und Gremina erzählte: »Mit all dem, was wir hatten, hätten wir ihn ärgern können und es hätte sicher auch einiges an Nachzahlungen ausgemacht. Aber jetzt, mit Tics«, seine grünbraunen Augen leuchteten und er strich sich durchs dunkle Haar, »haben wir ihn richtig! Tics ist der rote Faden – und ich bin sicher: Wenn wir daran ziehen, kommt was ganz Dickes.«

Bei der Pasta wusste er dann: »Ich habe mich drei Tage lang durch die Tics-Unterlagen gewühlt, aber schließlich brauchte es Julio, meinen 19-jährigen Sohn, um mich auf die Spur zu setzen. Er studiert in Bologna, reist aber immer wieder herum, um Rockkonzerte und Festivals zu besuchen. Er sagte, er habe schon jede Menge Geld bei Tics gelassen – mindestens die Hälfte der Festivals laufe seit zwei, drei Jahren über Tics. Dabei sei ihm aufgefallen, dass die Veranstaltungen neuerdings immer sehr schnell ausverkauft seien. Manchmal sei ihm das schon unheimlich gewesen.«

In meinem Hirn liefen sämtliche Zahnrädchen auf Hochtouren. Besch…ubste Tics die Konzertgänger beim Ticketverkauf? Nach allem, was ich über Cesare Ferramonte gehört hatte, traute ich es ihm zu. Aber wie sollte das funktionieren?

Der Commissario schob seinen leer gegessenen Pastateller zur Seite und legte dafür einen Notizblock auf den Tisch.

»Schauen Sie hier – Julio hat seine Konzerttickets immer aufbewahrt und wir haben sie jetzt sorgfältig analysiert. Nehmen Sie den Eintrag hier«, er deutete mit dem Finger auf eine Notiz. »Da geht es um ein Festival in Pescara, das seit Jahren immer wieder am letzten April-Wochenende stattfindet. 2017 wurde es noch vom Veranstalter selbst vermarktet – und da hat Julio eine Woche davor für eine 10-köpfige Gruppe Tickets besorgt, ohne dass es dabei irgendwelche Probleme gab. Ein Freund von Julio hat sogar am Tag davor noch welche bekommen und man sagte ihm dabei, er hätte auch an der Tageskasse welche kaufen können. 2018 nun hat Tics dort übernommen.«

Ich war auch mit meiner Pasta fertig, wischte mir den Mund ab und trank einen Schluck Wein mit Wasser. »Also offenkundig keine besonders guten Verkäufe. Kann es sein, dass der Veranstalter deswegen Tics eingeschaltet hat?«

»Gut möglich«, nickte der Ermittler. »Mein Sohn fand allerdings seltsam, dass das 2018er Festival innerhalb der Szene deutlich weniger beworben wurde als das 2017er. Außerdem habe es 2018 keine richtige Zugnummer gegeben. Dennoch gingen Julio und seine Freunde davon aus, dass Tics mehr Karten verkaufen würde, und so bestellten sie die ihren ungefähr fünf Wochen vor dem Konzert – zu einem Zeitpunkt also, zu dem im Vorjahr noch nicht einmal der Vorverkauf gelaufen ist. Sie bekamen ihre Karten noch – aber zwei Tage später sah Julio auf der Website, dass das Festival ausverkauft war.«

»Die haben richtig Dampf gemacht«, stellte ich fest und nahm der Wirtin einen Teller mit herrlich duftendem Fleisch und goldbraun angebratener Polenta ab.

Gremina nahm seinen Teller, schnupperte und sagte: »Hmm – wenn das nur halb so gut schmeckt, wie es riecht!«

Ein paar Minuten genossen wir schweigend den wirklich hervorragenden, butterzarten Hasen, dann sagte der Commissario: »Die Geschichte in Pescara für sich sagt noch nicht viel. Aber«, er blätterte in seinem Block, las kurz und sagte dann: »Hier – Arezzo.« Er schob mir seine Notizen zu.

Auf dem Block stand »Arezzo«, danach kamen Daten: »6. – 10.9.2017«, dahinter »K => La Strada, 13.8.«.

Eine Zeile darunter dann: »5. – 9.9.2018« und »K => Tics 7.7./15.7.«.

Mit der ersten Zeile kam ich klar: Das Festival in Arezzo hatte von 6. bis 10. September 2017 stattgefunden, die Agentur La Strada – die kannte ich als lokale italienische Agentur – hatte die Tickets verkauft und Gemina junior hatte seine wohl am 13.8. erworben. Zweite Zeile: Das Festival lief vom 5. bis zum 9. September 2018, die Karten wurden von Tics verkauft, Julio Gremina hatte seine am 7.7. gekauft. Aber was bedeutete das Datum dahinter?

Ich fragte den Commissario, der kauend antwortete: »Dass da ausverkauft war. Mein Sohn wollte noch eine Karte nachbestellen – und siehe, da war nichts mehr zu machen.« Er räusperte sich, klappte seinen Notizblock zu und schaute mich an. »Kennen Sie die Rocking Stones?«

»Ja, klar – wer kennt die nicht?« Ich seufzte. »Aber ich gestehe, dass das gar nicht meine Musikrichtung ist. Aber sagen Sie, sind die Bandmitglieder nicht schon reichlich angegraut?«

Gremina nickte lächelnd. »Die Herren sind reichlich an die 70, aber noch gut im Saft. Der Leadsänger geisterte erst vor Kurzem durch die Gazetten, weil er mit seiner fünften Frau – 42 Jahre jünger als er – sein neuntes Kind gezeugt hat.«

»Tja, das sind die späten Potenzbeweise der älteren Herren«, kommentierte ich. »In unserer Branche ist so was die Spezialität der Dirigenten.«

»Und die lassen dann Frau und Kind mit der Nanny zurück und gehen auf Reisen, weil sie zu Hause das Geschrei des Babys nervt.« Wir grinsten uns an, dann wurde er wieder ernst. »Die Rocking Stones waren letztes Jahr auf Tour durch ganz Europa. Die Reise wurde komplett von Tics vermarktet.«

»Und der Spaß kostete ein Schweinegeld!«, fiel mir ein. »Da habe ich drüber gelesen – und bin fast vor Neid erblasst. In der Oper gilt man schon als elitär, wenn man mal 200 oder 300 Euro bei einer super besetzten Premiere verlangt. Aber in dem Artikel, den ich da gelesen habe – ich glaube, es war im ›Spiegel‹ oder im ›Stern‹ – stand, dass die Bands heute ihr Geld nicht mehr so sehr mit CDs verdienen, sondern mit solchen Events.«

»Ja, das kann ich mir vorstellen«, gab der Commissario mir Recht. »Bei 600 Euro pro Ticket in einem Stadion mit 30.000 Plätzen …«

»Na ja, ich glaube nicht, dass da alle Plätze 600 gekostet haben, aber selbst, wenn es nur«, letzteres reichlich ironisch betont, »250 Euro waren, sind da schwindelerregende Summen rausgekommen. Und ich kam mir einst sehr extravagant vor, als ich 120 Euro für ein Opernticket bezahlt habe!«

»Was wurde da gegeben?«

Ich aß noch ein bisschen Polenta, dann antwortete ich etwas verlegen: »Mein heutiger Ehemann sang damals in München ›Onegin‹ – und das war schon immer eine meiner Lieblingsopern, die er zudem hervorragend sang.«

»Das war bestimmt großartig. Ich habe Ihren Mann als Onegin auf CD – eine wundervolle Aufnahme. Aber zurück zu den Lärmproduzenten: Trotz der hohen Preise war das Konzert der Rocking Stones in Mailand schon 14 Tage vorher ausverkauft. Ich habe mir die Unterlagen kommen lassen und …«, er zückte wieder einmal seinen Notizblock, »… es wird spannend. Das Event fand auf einem Freigelände in Mailand statt und es gab 10.000 Tickets zu 600 Euro, 12.000 zu

400 und 10.000 für 250. Das macht 13,3 Millionen. Tics hat aber nur sieben Millionen Umsatz versteuert – und dazu noch drei Millionen Werbekosten und sonstige Kosten für Aufwendungen abgezogen.«

Ich rechnete ein wenig herum. »Na ja – Pressekarten, Ermäßigungen für Kinder und Rentner, Mengenrabatte für irgendwelche Reiseagenturen, die gleich busweise die Leute herbei schaufeln …«

»Ja, natürlich – aber wir reden hier von fast 50 Prozent des Gesamtumsatzes!« Commissario Gremina schüttelte den Kopf. »Wenn die 50 Prozent ihrer Karten zu ermäßigten Preisen verkaufen würden, wären sie schlechte Geschäftsleute. Außerdem gab es keine Kinder- und Rentnerermäßigung. Das haben wir schon geprüft.«

»Und?«, fragte ich gespannt.

»Wir überprüfen gerade die ganze Tour, wobei wir natürlich das Problem haben, dass die Band in Monaco versteuert und mindestens die Hälfte der Konzerte im europäischen Ausland stattgefunden hat. Aber«, seine Augen wurden schmal, »meine Leute und ich haben schon andere Hürden überwunden. Wenn unser Freund Guiseppe Miercoledi geglaubt hat, dass wir in der Provinz nicht so genau hinschauen, hat er sich sehr getäuscht. Ich habe Amtshilfeersuchen an Kollegen in ganz Europa geschickt – und wenn ich damit ein paar von denen darauf aufmerksam mache, dass es sich lohnen könnte, Tics zu prüfen, soll es mir recht sein.«

»Mir auch!«, sagte ich. »Leute wie die Miercoledis, die den Hals nicht vollkriegen können, sind mir herzhaft unsympathisch. Außerdem habe ich das Gefühl, dass das bei Tics geschäftsführende Prinzchen ein ganz spezielles Früchtchen ist.«

»Wussten Sie übrigens, dass das Prinzchen der Sohn von Mario Miercoledi ist und dass der ihm eine ganze Menge vererbt hat?«

»Ich habe beides gehört, aber zur ersten Information gab's inzwischen auch einen recht glaubhaften Widerspruch.« Ich erzählte ihm von meinem Besuch beim Conte Velacci, seinen Informationen über seinen Neffen und darüber, dass ich den in einem leidenschaftlichen Kuss mit Marietta Mercoledi gesehen hatte.

»Oh, oh – das ist ja spannend. Wissen meine Kollegen am Bodensee schon davon?«

»Nein, aber ich denke, ich werde mit ihnen reden, wenn ich zurück bin.«

»Darum wollte ich Sie eben bitten. Die Ermittler in Lindau sitzen ja auf einem Mord – und sie scheinen ziemlich Probleme bei der Aufklärung zu haben.«

KAPITEL 11: ERKENNTNISSE EN GROS UND EN DÉTAIL

**Lindau am Bodensee,
Ende Juli/Anfang August 2018**

Wenn ich mich nicht so ausgelutscht gefühlt hätte, wäre mir vermutlich nach Feiern gewesen: Unsere Bühne stand! Die Handwerker und Techniker hatten sich überboten und die halbe Nacht durchgearbeitet. Und nun, zehn Tage vor der Premiere, war nicht nur die Bühne fertig, sondern außerdem sämtliche Requisiten, das Licht und die Kostüme zumindest so weit, dass wir sie bei der morgendlichen Probe einsetzen konnten.

Unsere Sänger würden begeistert sein, wenn sie später auf die Bühne kämen. Sie hatten die Bühnenbilder zwar als Modelle gesehen, aber wenn man dann im Bild steht, ist es immer was ganz anderes – und in diesem Fall standen die Damen und Herren im Wald von Fontainebleau. Hinter der Bühne, auf einem weit in den See hineinreichenden Ponton, warteten die weiteren Szenarien: Das Kloster von San Giusto – das wird sowohl im ersten Aufzug des zweiten Aktes wie auch zum Schluss im fünften gebraucht –, der Garten der Königin, ein Platz für das Autodafé, das Kabinett des

Königs – ja, das ist der Platz, an dem der Maquis de Posa in einer emotionsgeladenen Szene vom König Gedankenfreiheit fordert – und das Gefängnis des unglücklichen Prinzen. Allerdings war alles mit Planen abgedeckt, auch unsere Bühne hatte einen Regenschutz bekommen – der Himmel war nämlich verhangen und der Wetterdienst hatte drei Tage Regen vorausgesagt.

Mein Arbeitsplatz mit allem, was dazu gehörte – Tisch, Stromanschluss, Mikrofon, Lautsprecher, Buzzer, Computer –, war auf einer Arbeitsplattform seitlich vor der Bühne untergebracht. Rechts daneben lag eine zweite, auf der ein Flügel stand. An dem saßen entweder Mischa oder sein Assistent.

Doch noch ruhte still der See. Ich hatte einen Zeitpuffer einkalkuliert, weil ich ganz sicher sein wollte, dass die Bühne perfekt war, bis mein in seiner Doppelrolle als Regisseur und Sänger sowieso gestresster Ehemann kam. Dabei hatte ich Bregenz‹ »Men in black« – die Bühnentechniker und Handwerker an der Seebühne sind in schwarzen Overalls unterwegs – unterschätzt. Die waren fertig und saßen nun wie die Hühner auf der Stange seitlich auf einem Geländer und harrten der Dinge, die da kommen würden.

Die Verwaltung war allerdings noch nicht so weit. Ich hatte noch kein Wi-Fi und keinen Strom. Dafür aber meldete mein Handy eine Mail von Henning Vogt. Er war dereinst mit mir Volontär bei der Stuttgarter Allgemeinen gewesen. Dabei hatten wir uns angefreundet und hielten immer noch locker Kontakt, obwohl er ebenso wie ich die StA verlassen hatte. Er hatte Karriere gemacht und war jetzt stellvertretender Chefredakteur der International Press Agency in der deutschen Niederlassung in Frankfurt.

Ich hatte ihn nach meiner Rückkehr aus Italien angerufen und einen kleinen Deal mit ihm gemacht: Er würde mir die Dossiers über Mario Miercoledi und – so eines vorhanden war – Cesare Ferramonte aus dem IPA-Archiv liefern, dafür würde ich ihn bezüglich der Mordermittlungen auf dem Laufenden halten.

Nun war das Archivmaterial da und ich war froh, dass ich meinem Handy die größte denkbare Speichererweiterung geschenkt hatte. Dennoch nudelte der kleine Chinese heftig, bis er die Miercoledi-Akte aufbrachte. Ich wühlte mich durch unzählige Artikel, in denen seine Triumphe gefeiert wurden, dazu gab's jede Menge Tratsch und Klatsch – Mario M. hatte immer zur Truppe der »Keine Feier ohne Meier«-Vertreter gehört und seine »gesellschaftlichen Pflichten« so ernstgenommen, dass der partyscheue Cayo einmal behauptet hatte, Miercoledi würde zur Eröffnung einer Heringsdose gehen, wenn da Presse angekündigt war.

Die letzten Einträge im Miercoledi-Dossier bezogen sich natürlich auf seinen Tod. Nachrufe, Berichte über den Mord und jede Menge Sensationsberichterstattung, vorwiegend aus italienischen Revolverblättern. Eines spekulierte über den »Fluch der Miercoledis«, trat die Geschichte von seiner Affäre mit der Prinzessin genüsslich breit und informierte darüber, dass aus dieser Geschichte Cesare Ferramonte entsprungen sei. Dann ließ sich das Blatt darüber aus, wer zu Miercoledis Lebzeiten in seiner Umgebung alles in die ewigen Jagdgründe eingegangen war, angefangen bei seinen Eltern – wobei ich dachte, dass es keines »Fluchs« bedürfe, um einen 86-jährigen und einige Jahre später seine 93-jährige Witwe vom Leben zum Tod zu befördern – über seine schon vor 20 Jahren an Brustkrebs verstorbene Schwester hin zur Principessa Ferramonte und ihrem ältesten Sohn. Es folgten einige düstere Andeutungen: Miercoledi sei wohl von seiner Vergangenheit eingeholt worden und dafür gestorben.

Ich dachte kurz darüber nach, ob sein Mörder wohl wirklich aus der Vergangenheit gekommen war, doch das erschien mir wenig plausibel. Nachdem er jahrelang alles vernascht hatte, was bei drei nicht auf dem Baum gewesen war, hatte er sich in den letzten Jahren doch sehr beruhigt. Giulia hatte mittlerweile Lucas einmal erzählt, dass ihr Mario gesundheitliche Probleme gehabt habe. Das Herz habe nicht mehr so recht mitgemacht, die Leber habe geschwächelt und er habe eine Osteoporose entwickelt. Die Frage war für mich, warum irgendein Gespenst aus seiner Vergangenheit jetzt hätte zuschlagen können, wo dem alten Kater die Zähne ausgefallen waren. Und wie hätte eine alte Flamme oder ein von ihm dereinst betrogener Ehemann an ihn herankommen sollen?

Nein, ich war immer mehr davon überzeugt, dass der Mord »aktuellere« Gründe hatte.

Ich schloss die Miercoledi-Akte und öffnete die des Prinzen, die deutlich mehr Files enthielt, als ich vermutet hatte. Doch der größte Teil war Tratsch, der ihn schon beim Tod seiner Mutter eingeholt hatte. Und dann der verzogene Vater und der Tod des Bruders – alles dekoriert mit Bildern des traurigen, aber sehr ansehnlichen Knaben.

Die Trauer hatte ihn dann aber nicht davon abgehalten, sein Leben zu genießen. Er hatte ein wenig gemodelt – und in seinem Fall verstand ich, warum man ihn für Kamera und Laufsteg engagiert hatte – und ansonsten in »Dolce Vita« gemacht. Im Winter fuhr er Ski und Bob, natürlich immer da, wo die »High Snobiety« unterwegs war: Kitzbühel, Sankt Moritz, Verbier und Aspen.

Beim Skifahren hatte er dann Hailey North – ja, die Hollywood-Barbie mit den drei gescheiterten Ehen und dem unerfüllten Kinderwunsch, der zur Saure-Gurken-Zeit immer mal wieder für ein paar Seiten gut war – kennengelernt. Er hatte sich dann zwei Jahre lang als ihr »Toy Boy« vorführen lassen, dann allerdings hatte sie ihn mit einem

20-jährigen Model erwischt und so war's auch in diesem Fall nix mit ihrer Sehnsucht nach einem Kind geworden.

Der nächste Artikel im Dossier zeigte den schönen Cesare ausnahmsweise nicht mit einer Frau, sondern in einem blauen Overall mit ölverschmierten Händen. Er schraubte an einem Motor herum – und wundert es jemanden, dass mein Puls sich erhöhte, als ich das sah? Es kam aber noch besser: Der Prinz hatte nicht an einem Auto gearbeitet, sondern an einem Speedboot. Allerdings war das auf dem Foto nicht schwarz, sondern rot.

Dafür stand im Text, dass Ferramonte Ahnung von Motoren hatte und Speedboot-Rennen gefahren war. Ich meinte, das Geräusch des Bootsmotors zu hören, als ich nachts in der kleinen Bucht um mein Leben geschwommen war! Und nur wenige Tage später hatte jemand mein Auto manipuliert. Ich hatte inzwischen ein neues, aber ich stieg nie ein, ohne dass es im Magen grummelte. Und ich wagte nicht mehr, nachts zu baden. Selbst tagsüber blieb ich in Ufernähe und schaute jedes Boot in der Gegend misstrauisch an.

Das Licht auf meinem Tisch ging an, ich schaltete mein Notebook ein und schloss das IPA-Dossier. Dafür lehnte ich mich zurück und begann, im Kopf die Fakten zu sortieren und Theorien zu prüfen.

Cesare Ferramonte schien skrupellos zu sein, vor allem, wenn es um Geld ging. Er brauchte es, denn sein Lebensstil mit Speedbooten, Models und Ausflügen in Nobelskiorte wollte finanziert werden.

Andererseits hatte Miercoledi geglaubt, dass Cesare sein Sohn wäre, und er hatte ihm den mit Sicherheit einträglichen Job bei Tics zugeschanzt. Was aber, wenn Miercoledi herausgefunden hätte, dass Cesare mit Marietta herummachte? Sie hätte das Verhältnis wahrscheinlich damit verteidigt, dass Cesare ja gar nicht ihr Halbbruder sei. Der nächste logische

Schritt wäre ein DNA-Test gewesen. Dabei wäre herausgekommen, dass die Herren nicht verwandt waren – und ich war ziemlich sicher, dass Miercoledi dem Nicht-Sohn sofort die Unterstützung entzogen hätte.

War eben das passiert? Und hatte sich daraus das Mordmotiv ergeben? War es Ferramonte gewesen, den ich nachts im Park bei der Eibenernte gesehen hatte? Und hatte er mich da gesehen und erkannt?

Mein linkes Ohr juckte. Das bedeutet normalerweise, dass da irgendwas ist, worüber ich nachdenken sollte. In diesem Fall war es die Frage: Waren Cesare und Marietta gemeinsam in die Sache verwickelt? Hatten sie gedacht, ich hätte einen von ihnen erkannt, und darum versucht, mich umzubringen?

Aber warum hatten sie ihre diesbezüglichen Versuche eingestellt? Weil ich mittlerweile der Polizei alles erzählt hatte, was ich wusste, und es daher keinen Sinn mehr machte, mich über die Klinge springen zu lassen? Oder war es genau andersrum? Weil ich der Polizei das, worauf es dem Mörder oder der Mörderin ankam, nicht erzählt hatte? Weil ich das, was den Herrschaften gefährlich werden konnte, doch nicht mitgekriegt hatte?

Ob ich wohl mit Gerstenmeier reden sollte? Oder würde der meine Theorie hirnverbrannt finden?

»Guten Morgen! Was geisterst du denn schon hier rum?« Rocco parkte seinen Rucksack auf meinem Tisch, gähnte mich an und drückte mir einen medizinisch riechenden Kuss auf die Nasenspitze.

»Iih – was hast du denn am frühen Morgen schon eingeworfen?«

»Nette Begrüßung!«, fand er und räusperte sich. »Ansonsten weißt du doch wohl: Morgenstund' hat Schleim im Mund. Wenn ich um diese Zeit schon jodeln soll, muss ich davor gurgeln.« Er gähnte noch einmal hinter der vorgehaltenen

Hand, dann schüttelte er sich. »Ich brauch einen Kaffee und was zu beißen. Die Tante von der Kantine ist eben auch eingelaufen – ich glaube, ich sollte ihr einen Besuch abstatten. Soll ich dir auch einen Kaffee mitbringen?«

»Oh, gerne, aber bitte …«

»… mit viel Milch und Zucker!«, vollendete Rocco meinen Satz, sprang auf den Steg, der die Bühne mit dem Land verband, und joggte in Richtung Verwaltung.

Fünf Minuten später war er mit zwei Bechern und einer Tüte wieder zurück. Er stellte einen aromatisch duftenden Kaffee vor mich. »Hier, Gnädigste. Ich hab dir einen Latte mitgebracht – mit einem Schuss Karamellsirup. Ich hoffe, das ist dir recht.«

»Sehr recht sogar!«, lobte ich.

»Und einen Muffin dazu? Du darfst aussuchen: Schokoflocken oder Blaubeeren?«

»Schoko, bitte.« Ich nuckelte am Strohhalm. »Du verwöhnst mich!«

Er reichte mir einen Muffin im Papierfaltenröckchen, dabei fasste er nach dem Stuhl neben mir. »Darf ich?«

»Natürlich!«

Er ließ sich nieder. »Im Übrigen ist es doch klar, dass ich dich verwöhne. Du hörst zu gut – und wenn ich nicht nett zu dir bin, klingelst du mich nachher ständig ab.«

»Aber Majestät!«, protestierte ich und biss in den Muffin. »Ich klingle nur, wenn jemand nicht auf seiner Position ist oder an den Tönen vorbeisingt.«

»Wie sagte der alte Gesangslehrer? ›Junge, jetzt habe ich die weißen und die schwarzen Tasten gespielt. Du aber hast immer die Ritzen dazwischen gesungen.‹«

Obwohl ich den Spruch schon kannte, lachte ich. »Muss ein Counter gewesen sein.«

Nun war Rocco amüsiert. »Du stehst nicht auf Falsett-Fisteleien? Dabei kann's dein Lucas doch richtig gut.«

»Na ja – in der ›Carmina Burana‹* muss er ja mal. Aber sein Kopf- und Brustregister** sind mir lieber«, antwortete ich. »Wobei ich letztes Jahr mal an einem Counter gelitten habe! Lucas hat doch diese Uraufführung gesungen.«

»Ja, stimmt«, nickte Rocco. »In diesem Jahrhundertwerk singt ja ein Counter eine tragende Rolle.«

»Und ich habe mir den erst achtmal in Salzburg und dann noch siebenmal in Paris angehört!«, jammerte ich.

»Du bist eine treue Seele!«, sagte Rocco. »Du bist immer da, wenn Lucas singt ...« Er klang sehnsüchtig.

»Nicht immer«, wehrte ich das unverdiente Lob ab. »Manchmal muss ich ja unterrichten und kann nicht die ganze Zeit mit Lucas zusammen sein.«

»Ja – und dann ist dein Lucas unglücklich«, wusste Rocco. »Vor zwei Jahren bei den ›Meistersingern‹ in Chicago bist du erst nach drei Wochen gekommen – und bis dahin hat er die Tage gezählt. Als du dann im Anflug warst, lief auf seinem Notebook ein Fly Tracker und je näher die Maschine kam, desto zappeliger wurde er. Die Damen im Ensemble fanden ihn da übrigens sehr süß.«

»Aber sag, bist du nicht auch zappelig, wenn deine Liebste kommt?«

---

* Carmina Burana: Carl Orff hat 1935/36 eine lateinische beziehungsweise mittelhochdeutsche Handschrift aus dem Kloster Benediktbeuren für Sopran, Tenor, Bariton, Chor und Orchester vertont. Und in der Carmina steckt eine Baritonarie, bei der der Sänger über mehrere Oktaven springen muss. Dabei sind seine hohen Töne so außerhalb der normalen Reichweite, dass er im Falsett singen muss.

** Jeder Mensch hat drei Register – Tonlagen –, in denen er singen kann. Für tiefe Töne verwendet er das Brustregister, also setzt seinen Brustraum als Resonanzkörper ein. Hohe Töne dagegen singt man im Kopfregister und für ganz hohe schaltet man ins Falsett um. Bei Profi-Sängern werden während der Ausbildung Brust- und Kopfregister trainiert, wodurch es ihnen oft möglich ist, sowohl in der Höhe wie auch in der Tiefe ihren Tonraum zu erweitern, bis er schließlich über 3 ½ bis 4 ½ Oktaven reicht. Und bei richtig guten Sängern hört man am Ende der Ausbildung nicht einmal mehr, wenn sie zwischen den Registern wechseln.

Er lachte bitter auf. »Dazu müsste ich mir wieder eine Liebste zulegen – und das wird die nächsten ein, zwei Jahre nicht passieren. Ich bin ziemlich bedient.«

»Was ist denn passiert?«, fragte ich.

Er schaute sich um. Außer uns war nur ein Handwerker im Bühnenbereich und der war so weit entfernt, dass er uns nicht verstehen konnte. Dennoch senkte Rocco die Stimme. »Mafalda hat sich von ihrer reizenden Schwester überreden lassen, unser Kind abzutreiben. Sie sind direkt von der Beerdigung nach Holland gefahren.«

»Oh je«, seufzte ich.

Er nickte und legte seinen halb gegessenen Muffin vor sich auf die Tüte. »Ich hatte ihr gesagt, dass sie für mich gestorben ist, wenn sie unser Kind umbringt …«

In mir regte sich Widerspruch. »Rocco, ich verstehe, dass du das Kind gerne gehabt hättest, aber soviel ich weiß, ist Mafalda in der zehnten oder elften Woche. Da kann man schwerlich von einem Kind reden. Der Fötus ist ungefähr 3,5 Zentimeter groß, wiegt ungefähr 12 Gramm – also, das ist eher ein Zellhäufchen als ein Kind.«

»Und du findest es vollkommen in Ordnung, wenn man so ein ›Zellhäufchen‹ einfach tötet?«, fragte er aggressiv.

Ich atmete tief durch. »Ich sitze da zwischen den Stühlen«, antwortete ich. »Grundsätzlich finde ich, eine Frau hat zumindest in den ersten Wochen einer Schwangerschaft das Recht, allein über ihren Körper zu entscheiden. Andererseits gestehe ich dir zu, dass du da mitreden willst. Und wenn ich mich in die Situation reindenke – also, wenn ich genügend Geld und einen Kindsvater hätte, der willig ist, das Kind gemeinsam mit mir großzuziehen, würde ich sicher nicht abtreiben lassen. Dann fände ich es im höchsten Grade unfair.«

»Tja – Mafalda hat mir gesagt, sie fühle sich zu jung für die Verantwortung, außerdem sei unsere Beziehung nicht stabil genug, dass man ein Kind hineinsetzen müsse, und obendrauf könne sie ihrer Mutter das so kurz nach dem Tod des Vaters nicht antun.« Er klang wütend und enttäuscht.

Ich legte meine Hand über seine. »Na ja, letzteres sehe ich nicht als gutes Argument. Ihrer Mutter täte es vielleicht sogar gut, ein Enkelkind zu bekommen.«

»Sieht Mafalda nicht so.«

»Es tut mir leid, Rocco.«

»Ach, wahrscheinlich ist es besser so. Unsere Beziehung war ja wirklich verquer und mit so vielen Stolpersteinen versehen! Wir haben es nie geschafft, einander wirklich zu vertrauen.« Er knabberte noch einmal an seinem Gebäck, dann probierte er ein Lächeln. »Immerhin bleibt mir nun die Miercoledi-Sippe erspart – die ist auch ohne Mario furchtbar. Ich habe ja beim Gedanken an Schwiegermutter Giulia schon immer das kalte Grausen gekriegt! Und Marietta als Schwägerin ist doch auch ein mittlerer Albtraum!«

»Tja, der Miercoledi-Nachwuchs …«, kommentierte ich. »Mafalda scheint noch die Netteste zu sein – sozusagen das weiße unter all den schwarzen Schafen. Aber sag, du hast doch auch mal den Sohn kennengelernt, nicht?«

»Du, ob Mafalda wirklich das weiße Schaf ist, stelle ich neuerdings in Frage«, erwiderte Rocco. »Aber im Vergleich zu ihren Geschwistern ist sie wohl das schwarz-weiß karierte Schaf. Dem schönen Cesare jedenfalls würde ich nicht weiter trauen, als ich ihn einhändig werfen kann.«

»Was ist mit ihm?«, hakte ich nach.

Rocco zupfte an dem Bart, den er sich für seine Rolle hatte wachsen lassen. »Schwierig in Worte zu fassen«, antwortete er dann. »Cesare sieht gut aus.« Er lachte auf. »Er ähnelt seinem Vater nicht. Bis auf die Haare vielleicht, aber Mario hatte ja Locken – oder, wie Steffi, Maskenbildnerin in München, mal sagte, ›krumme Haare‹. Und der Junior hat so glatte Haare, der könnte in Prinz Eisenherz machen. Dazu würden dann auch seine aristokratische Nase und die dunklen Augen passen. Und als ich ihn kennengelernt habe, war er sehr gut angezogen.«

Ich wunderte mich nicht, dass ihm das aufgefallen war. Im Gegensatz zu meinem irdischen Glück, das nur zwei Kriterien – warm und bequem – für Klamotten kennt, ist Rocco immer sehr modisch gekleidet.

»Allerdings kann ich, was Schuhe angeht, gar nicht mit den Italienern. Marios seltsame Stiefelchen fand ich schon ziemlich komisch – und der Junior stiefelte in Krokoleder rum!«, sagte Rocco.

Ich musste lachen und zitierte Lucas' Wiener Ankleider: »Schuh hat er an wie a Tier!«

»Huh?«, Rocco schaute mich fragend an.

»Lucas' Wiener Dresser Robby Novak, als Mario Mercoledi mal mit Schlangenlederstiefelchen antrabte«, erklärte ich.

»Robby ist klasse!«, fand Rocco und grinste. »Ich wusste übrigens gar nicht, dass man Schlangenlederstiefel auch mit Lifts bekommt. Für die hat er ja manchmal sogar seine Geldgier überwunden und sich Schuhe zu Kostümen selbst bauen lassen, weil die Schuhmacher in den Theatern halt keine Erhöhung einbauen. Und er wollte doch immer größer aussehen.«

»Na ja, er war eben nur ein laufender Meter.«

»Das war das zweite, worin ihm sein Junior ähnelte. Der ist auch ein wenig zu kurz gekommen«, konstatierte Rocco aus seiner Höhe von 195 Zentimetern. »Andererseits war es nicht das, was mich an ihm gestört hat. Ich mochte den Zug um seinen Mund herum nicht. Er hat etwas Blasiertes und – ich kann mir nicht helfen und vielleicht liege ich damit auch ganz daneben – etwas Grausames. Man kann sich vorstellen, dass er zu Hause ein SM-Studio im Keller, ›50 Shades of Schmutzgrau‹ auf dem Nachttisch und ein paar Societyschnepfen mit einem Faible für Unterwerfung im Adressbuch hat.«

»Du hast eine blühende Fantasie!«, fiel mir dazu ein. »Aber ich schließe nicht aus, dass du mit deiner Vorstellung richtig liegst.«

»Übrigens hat Marietta Mafi und mich in diesen blöden Film geschleppt – und danach hatten wir einen Riesenkrach, weil ich sagte, ich könne überhaupt nicht verstehen, wie jemand so dumme Klischees und so einen Schmu erotisch finden kann.«

»Dazu sind wir wohl zu normal«, befand ich. »Ich habe den Film zwar nicht gesehen, aber in der Flughafen-Buchhandlung während eines Aufenthalts mal ein bisschen in dem Opus rumgelesen – eine halbe Stunde und mir wäre danach gewesen, den Untergang der abendländischen Kultur zu beweinen!«

*

Ich konnte nicht schlafen, was wohl an dem Gewitter lag, das über dem See aufzog. Allerdings schloss ich nicht aus, dass die dadurch verursachte Spannung auch einen Beitrag dazu geleistet hatte, dass Lucas und ich uns in die Wolle bekommen hatten.

Es hatte schon eine ganze Weile in der Luft gelegen. Mein guter Lucas war am Anschlag – nervös, gereizt, verspannt, ungeduldig. Ich hatte die letzten Tage versucht, auszugleichen und ihm Steine aus dem Weg zu räumen, aber Geduld ist leider nicht meine Haupttugend und als Schuhabstreifer für einen grantigen Ehemann bin ich eine Fehlbesetzung.

Lucas hatte mich den ganzen Tag strapaziert. Er war zur Probe gekommen, als ich mich noch mit Rocco unterhalten hatte, und ich hatte statt einer Begrüßung eine spitze Bemerkung von meinem Aushilfs-Posa abbekommen. Und so ging es gerade weiter. Ich versuchte, zusammen mit dem Lichtdesigner die Ablaufpläne zu machen. Darauf muss man sich wirklich konzentrieren und darum habe ich einen Aufruf von vorne verpasst – worauf Lucas prompt auf meinem Ponton erschien und mich anpflaumte.

Ich wollte mich nicht vor dem Ensemble mit ihm streiten, also steckte ich sein Gemecker erst einmal weg. Allerdings war mir klar, dass da noch was kommen würde. Wenn mein Ehegespons Streit sucht, gibt er nicht so leicht auf.

Dementsprechend bekam ich im Lauf des Vormittags noch zwei, drei Spitzen ab. Die Krönung lieferte er allerdings in der Mittagspause: Ileana, unsere Königin, hatte sich einen Salat und ein sehr appetitlich belegtes Baguette mitgebracht. Lucas unterdessen bekam ein paar Wraps, die ich bei einem Metzger im Städtchen gekauft hatte.

Seiner schlechten Laune angemessen betrachtete er die Wraps mit einigem Misstrauen und Missfallen und brummte etwas über »Fastfood«.

Ileana gabelte ihren Salat und fragte: »Magst du keine Wraps?«

Der Mann, der mir Treue und Loyalität versprochen hatte, verzog das Gesicht und erwiderte: »Tja – ich muss sie notgedrungen mögen. In Sachen hausfraulicher Tugenden ist Vic ein bisschen unterbelichtet.«

Hatte er nicht bemerkt, dass ich hinter ihm stand? Oder hatte er es bemerkt und hatte mir noch eins mitgeben wollen? Wie auch immer: Mir wäre danach gewesen, ihm die Partitur – und die hat 537 Seiten und zwei Kilo – über den nicht vorhandenen Scheitel zu ziehen. Was bildete er sich eigentlich ein?

Ich koche ganz gerne und wie man mir bisweilen sagt, gar nicht schlecht. Aber ich gebe zu, waschen, putzen, polieren, wienern, bügeln und die Kehrwoche sind absolut nicht mein Ding. Ich habe das in meinen diversen Studentenbuden und während meines Volontariats gemacht, aber seit ich einigermaßen verdiene, kommt – mittlerweile zweimal in der Woche – meine »Lady Müllfort«. Dass ich die in die Ehe einbringe, habe ich Lucas vorher gesagt. Er meinte damals, er könne sich sowieso nicht vorstellen, mit einem schwäbischen Putzteufel verehelicht zu sein, der ihm Spitzendeckchen auf den Flügel legt und bei dem er vor der Tür die Schuhe aus- und die Pantoffel anziehen muss.

Eigentlich weiß ich, dass er mit meiner Verweigerung des klassischen Rollenbildes kein Problem hat – es sei denn, er ist unter Stress und will streiten. Dann spielt er den Chauvi, der er eigentlich gar nicht ist. Als ich mit meinem letzten Buch in der Endphase war, hat er gekocht, geputzt, gewaschen und gebügelt. Und dazwischen bekam ich frischen Tee und kalte Getränke serviert, er schälte mir Äpfelchen und schnitt sie in mundgerechte Spalten.

Doch trotz seines Spruchs hielt ich mich an die Regel, dass man sich nicht vor anderen zofft. Also schluckte ich die Kröte, nahm mir aber vor, ihm abends den Marsch zu blasen.

Doch davor begegneten wir uns am späten Nachmittag im »Wald« auf der Hinterbühne. Und da fasste er nach meiner Hand und wollte mich an sich ziehen. Gestohlene Küsse irgendwo hinten oder in einem Treppenhaus gehören bei uns eigentlich immer dazu und manchmal geht es sogar ein bisschen weiter. Mir macht es nämlich Spaß, meinem etwas prüden Pfarrerenkel zu roten Ohren zu verhelfen.

Doch an diesem Tag war mir wirklich nicht nach Knutschen. Außerdem war ich nur hinten aufgekreuzt, weil ich dringend einen Techniker brauchte. Also entzog ich ihm meine Hand, sagte, dass ich in Eile sei, und rannte weiter.

Wir sahen uns dann erst im Hotel wieder, wo er um sieben ankam und Hunger meldete. »Italiener oder Grieche?«

»Zimmerservice«, schlug ich vor. »Ich möchte mit dir reden.«

Er zog eine Augenbraue hoch, schaute mich an, verdrehte die Augen und schluffte auf Socken in die kleine Küche. Kühlschrank auf – und meckern: »Ich dachte, du warst einkaufen. Aber wir haben ja nicht mal eine Cola. Was hast du denn die ganze Mittagspause hindurch gemacht?«

»Mich über dich geärgert!«, fauchte ich. »Und wenn du eine Cola willst, kannst du ja den Zimmerkellner rufen.«

»Ich koche gerade Kaffee. Sonst tut's hier ja keiner …«

Ich war auf 180. »Sag mal, bin ich dein Haussklave? Hab ich nicht mitgekriegt, dass ich auf dem Standesamt einen Dienstvertrag unterschrieben habe?«

Er kam mit einem Becher Kaffee aus der Küche, schnappte sich die Menükarte und ließ sich in einen Sessel fallen. »Kriegst du deine Tage oder warum bist du heute so zickig?« Er ließ mir keine Zeit, auf diesen Beweis, dass er auch nur ein Kerl ist, zu antworten, sondern angelte nach dem Telefon und orderte eine Cola, ein Bier und ein Steak – blutig! – mit Ofenkartoffel. Und in die Kräuterbutter dürfe gerne jede Menge Knoblauch. »Ich habe nicht vor, heute noch jemanden zu küssen.«

Immerhin fragte er, ob ich auch was möchte und ich bestellte einen großen Salatteller und ein geräuchtes Bodenseefellchen.

Als er das Telefon aufgelegt hatte, fegte ich ihn an. Er gab natürlich entsprechend zurück, und als unser Futter kam, waren wir mitten im schönsten Krach. Doch meinem oh so sensiblen Künstlerseelchen verschlägt so schnell nichts den Appetit. Er marschierte zum Tisch, auf dem der Ober serviert hatte, dann hob er die Hand. »Können wir diesen Versuch einer Ehekrise für eine Viertelstunde aussetzen? Ich würde mein Steak gerne warm und in Ruhe essen.«

Gut. Ich setzte mich an das andere Ende des Tisches und stocherte in meinem Salat. Das war es dann. Nach dem Essen schaltete er die Glotze ein und ich verzog mich an den Schreibtisch. Rund um eine Opernproduktion fällt ja eine Menge Papierkrieg an – Probenpläne, Budget, Dokumentation. Dazu hatte ich auch noch die letzten Korrekturen meines neuen Buches bekommen.

Gegen Mitternacht musste ich ins Bad und schaute bei der Gelegenheit hinüber zur Couch. Danach schaltete ich den Fernseher aus und weckte Lucas, der ziemlich verkrampft eingeschlafen war. »Lucas, ab ins Bett – da schläfst du besser!«

»Kommst du mit?« Verschlafen und verstrubbelt sah er aus wie der kleine Junge, der er einmal gewesen war, und ich konnte einfach nicht anders: Ich stellte mich auf die Zehenspitzen und küsste seine Wange.

»Weißt du, dass du manchmal ein richtiger Stinkstiefel sein kannst?«, fragte ich ihn.

Lucas legte die Arme um mich und küsste meinen Scheitel. »Aber du magst mich trotzdem?«

»Klar. Du bist mein Stinkstiefel.«

»Und du mein Mimöschen.« Er legte einen Finger unter mein Kinn und hob mein Gesicht zu sich.

So wurde es doch noch ein richtiger Kuss – und der Knoblauchdunst störte mich dabei nicht.

Danach verzog er sich ins Bett – und ich an meinen Schreibtisch.

Eine Stunde später war ich mit meinen Korrekturen durch und schickte meiner Lektorin das File. Eigentlich hatte ich die nötige Bettschwere auch beieinander, aber mir fiel ein, dass ich Minen für meinen Druckbleistift und ein neues Notizbuch brauchte. So was bestelle ich meist bei einem Online-Auktionshaus – und weil ich schon mal auf der Seite war, fütterte ich die Suchfunktion mit dem Namen meines Mannes.

Ich mache das öfter und habe auf die Art einmal eine DVD von einer frühen Opernproduktion ergattert, die eigentlich aus dem Handel war.

In der Nacht kam die übliche Kollektion hoch: Einige CDs, zwei davon sogar signiert, ein paar DVDs und Autogrammkarten – immerhin, ein Bild von ihm als Don Giovanni in schwarzem Leder war jemandem 17,41 Euro wert.

Eine Zeile darunter blieb mein Blick an einer Zahl hängen: 1.659 Euro. Huh – was hatte jemand für das Geld zu bieten? Ich klickte und es öffnete sich eine Auktion »Don Carlos, Cayetano Gutiérrez, Lucas Benning, Bregenzer Seefestspiele«. Für die 1.659 Euro gab es zwei Premierenkarten.

1.659 Euro. Also, Premierentickets sind nie billig, aber so viel Geld?

Ich öffnete die Seite der Seefestspiele und sah, dass sowohl die Premiere wie auch die zwei Vorstellungen danach ausverkauft waren. Aber für die vierte Vorstellung gab es noch Karten und so schaute ich nach: Die billigsten kosteten 30 Euro und die teuersten im Bereich Lounge 368.

Zurück zur Auktionsseite – und da stellte ich fest, dass für jede der ausverkauften Vorstellungen Karten angeboten wurden. Dabei kosteten Plätze, die im normalen Vorverkauf mit 96 beziehungsweise 126 Euro ausgezeichnet waren, mindestens das Doppelte, während sich bei den teuren Tickets der Preis sogar vervierfachte.

Ich konnte es mir nicht verkneifen. Ich kenne mich auf der Plattform ein wenig aus und weiß, dass man bis zu zwölf Stunden vor Auktionsende ein Gebot zurückziehen kann. Also probierte ich es aus und bot auf ein Premierenticket – im regulären Vorverkauf hatte es 268 Euro gekostet. In der Auktion stand es schon auf 659. Ich setzte einen Tausender drauf. Abschießen, abwarten, bis die Seite sich neu aufgebaut hatte – und prompt kam die Meldung »Sie wurden überboten«. Ob ich mehr bieten wolle?

Ja, bitt'schön – ich hatte ja nicht vor, das bis zum Ende durchzuziehen, und mit »Spielgeld« bin ich großzügig. 1.500 drauf – und wieder kam die Meldung »Sie wurden überboten«. Also gut. Ich bot 2.000 – und dieses Mal blieb die Auktion bei 1.756,55 stehen. Also hatte irgendjemand schon 1.756,05 geboten – und wem war unsere Premiere so viel wert? Ich staunte.

Ich ließ erst einmal einen Suchlauf auf »Don Carlos, Seefestspiele Bregenz« los – und bekam zweieinhalb Seiten Ergebnis!

Ich probierte es mit der nächsten Auktion: Zweite Vorstellung, die Kategorie, die im normalen Vorverkauf 96 Euro kostete. Die Auktion stand auf 372 – und ließ sich von mir auf 611 hinaufsteigern.

Ich lehnte mich zurück und dachte nach. Schön für uns und das Ensemble, dass die Karten so begehrt waren, aber – wie kam es zu den 148 Auktionen? Davon waren ungefähr 100 für zwei Karten.

Doch das bedeutete wohl, dass 148 Leute Karten bestellt und bezahlt hatten, die sie dann doch nicht brauchten. War das wahrscheinlich? Oder hatte da jemand dran gedreht? Kaufte da jemand im großen Stil Tickets, um sie dann mit teilweise 400-prozentigem Aufschlag online zu verticken? Es schien ein gutes Geschäft zu sein. Aber andererseits musste man ja erst einiges investieren und was, wenn man dabei ein Event ausgesucht hatte, das sich nicht so gut verkaufte? Dann blieb man am Ende noch auf den Karten sitzen, die man für teuer Geld gekauft hatte.

»Vic?« Nur mit Boxershorts bekleidet, stand Lucas im Türrahmen. »Willst du durchmachen oder kommst du ins Bett?«

»Du, ich hab was Interessantes gefunden«, erzählte ich ihm. »Guck mal hier!« Ich drehte das Notebook so, dass er über meine Schulter auf den Bildschirm sehen konnte. Lucas schien sich aber erst einmal mehr für meinen Nacken als den Monitor zu interessieren. Er knabberte daran herum und ich seufzte: »Großer, du sollst mal auf die Auktionen sehen!« Ich erklärte ihm, was ich an diesen Angeboten so merkwürdig fand.

»Ja, mach ich …« Auf meine Schultern gestützt, sah er nach, bat mich zu blättern und schüttelte schließlich den Kopf. »Das ist wirklich seltsam. Warum haben so viele Leute Karten, die sie dann doch nicht brauchen?«

»Genau das habe ich mich auch gefragt. Was meinst du? Spekuliert da jemand?« Ich schaute auf die Anbieter der Auktionen und klickte die Bewertungen an.

Bei den ersten fünf sah es ähnlich aus wie bei mir: Um die 300 bis 500 Bewertungen, die meisten dafür offenkundig für Dinge, die die Leute auf der Plattform gekauft hatten. Bei den Auktionen der letzten drei Monate konnte ich sogar nachschauen, was da gekauft worden war – und da war nun wirklich nichts ungewöhnlich. Das Spektrum reichte von der Suppenschüssel zum Service über Kosmetik, Elektronik bis zu einer E-Gitarre. Aber bitt'schön, welcher Klassikfan, der Opernkarten hat, braucht eine E-Gitarre? Offensichtlich war das ein vielseitiger Mensch.

Lucas zog sich einen Stuhl heran und ließ sich erklären, was ich suchte. Bei Nummer 18 wurde ich endlich fündig: 200 Bewertungen, davon 30 für Verkäufe – und darunter waren zwei aus den letzten drei Monaten, die ich sehr interessant fand: Der User hatte vor sechs Wochen zwei Tickets für Mischas Symphoniekonzert in Berlin verkauft. Vor vier Wochen hatte er dann zwei für ein Konzert mit Adrian Vermehren in München versteigert – offenkundig ein reisefreudiger Mensch.

Nummer 38 dann war ein ebenso vielseitiger wie beweglicher Musikhörer: Er hatte Premierenkarten für eine »Aida«

im Royal Opera House at Covent Garden in London gehabt und versteigert. Die Premiere fand an einem Freitag statt. Der Verkäufer hatte aber auch Tickets für ein Rockfestival in Holstein gehabt – am Samstag, 16 Stunden nach der Premiere.

Lucas war inzwischen mit seinem Tablet zugange und meldete: »Heidewitzka – da habe ich einen eifrigen Konzertgänger mit sehr flexiblem Musikgeschmack. Vier Tickets für ›Die große Schlagernacht‹ im Stadion in Frankfurt, zwei für einen Klavierabend mit dem schönen George Valescu – und hier bedankt sich jemand dafür, dass er eine ›steile Nacht‹ mit den ›Insufferables‹ verbracht hat. Ist das nicht irgendeine Rockband?«

»Frag mich nicht – frag Google«, schlug ich ihm vor.

Drei Minuten später fragte ich Lucas: »Sagt dir der Name Konny Kotha was? Da hat jemand nicht nur Karten für unseren ›Don Carlos‹, sondern auch für ein Konzert mit diesem Typen. Ich hab den Namen schon mal irgendwo gehört, kann ihn aber nicht einordnen.«

Lucas zeigte seine Grinsegrübchen rechts und links am Mundwinkel. »Hach, Frau Professor, sind wir auf Klassik festgelegt?«, feixte er. »Du wirst lachen: Ich kenne den Herrn Konny Kotha sogar persönlich.« Sein Grinsen wurde noch breiter. »Vor acht oder neun Jahren – also bevor ich wieder das Vergnügen mit dir hatte – hat der Südfunk doch eine Aktion für Knochenmarkspenden gemacht. Erinnerst du dich?«

»Ja, da gab's doch diese CD.« Ich kratzte mich am Kopf. »Visaro mit dem Südfunk Orchester und du waren ja die einzigen Klassiker, die da beteiligt waren …«

»Genau. Ansonsten gab's diverse Pop- und Schlagerheinis – und mit denen hatten Silvio Visaro und ich dann auch beim Konzert im Gottlieb-Daimler-Stadion das Vergnügen. Dabei ist mir dieser Konny Kotha begegnet – und der war nicht sehr glücklich mit mir. Er war nach mir dran und bei der Probe hatte ich Probleme mit dem Mikro* …«

»Mal wieder?«, grinste ich.

»Wie immer!«, gab Lucas zurück. »Jedenfalls hatte ich ein bisschen zu kämpfen, der Tontechniker kam und stellte mir das Ding neu ein – und dieser Konny Kotha stürmte die Bühne und brüllte den Regisseur an, was ich denn für ein Provinzheini sei, der noch nicht mal mit einem Mikro umgehen könne. Ich grinste – und dafür pflaumte er mich an, das sei bestimmt nicht amüsant und ob ich eigentlich nicht wisse, wer er sei.«

»Das hättest du auch ihn fragen können«, amüsierte ich mich. »Hast du ihm den Marsch geblasen?«

»Stand nicht dafür.« Er schaute wieder auf sein Tablet. »Du, ich hab da noch einen, der schon zweimal Konzertkarten wieder verkauft hat.«

Ich schaute auf seinen Kandidaten und schüttelte den Kopf. »Dass man einmal Karten für einen Abend kauft, an dem es dann doch nicht passt. Aber dass einem das mehrfach passiert, finde ich schon schräg.«

»Sag mal, Liebes – es gab doch früher mal dieses Klassik-Forum, wo immer auch mit Karten gehandelt wurde. Existiert das noch?«, fragte Lucas.

»Du meinst ›Fidelio‹? Gucken wir mal, ob es das noch gibt und ob da noch mit Tickets gehandelt wird!«, schlug ich vor und rief das Forum auf. Tatsächlich: In einer Ecke dort wurden Karten zu Konzerten und für die Oper angeboten.

Und siehe, siehe: Auch da gab's unseren »Don Carlos« – und Lucas, der über meine Schulter schaute, stellte fest: »Tja –

* Probleme mit Mikrofonen kommen bei klassischen Sängern öfter vor. Die sind nämlich den Umgang mit den Dingern nicht gewohnt. Sowohl in der Oper wie auch in Konzertsälen wird ohne Verstärkung gesungen. Ein gut ausgebildeter Sänger schafft es, die Met mit ihren 3200 Plätzen mit seiner Stimme zu füllen.

sind wir besonders beliebt, weil die Leute bereit sind, bis zum Vierfachen des normalen Preises zu bezahlen? Oder müssen wir darüber nachdenken, warum so viele Leute bereits bezahlte Karten abzugeben haben?«

»Gute Frage. Ich habe aber das Gefühl, dass das nichts mit der Produktion zu tun hat.«

Ein paar Minuten wühlten wir beide schweigend durchs Netz, dann sagte Lucas: »Schau mal, da habe ich was ganz Raffiniertes. Mozartfreak101 mag auch Verdi – oder mag er ihn nicht? Er verkauft zwei Tickets für unsere Premiere.«

»Ah ja.« Ich nahm das angebotene Tablet aus seiner Hand und schaute darauf. »Ich werd verrückt!«, rutschte es mir raus.

»Das dachte ich eben auch.« Lucas stand auf und holte sich seine Mineralwasserflasche. Über die Schulter sagte er: »Wahrscheinlich hat er am zehnten, also unserem Premierabend, Hochzeitstag – und weil er bei seiner Frau nie weiß, wonach ihr das Mützchen steht, hat er nicht nur Tickets für unsere Premiere, sondern eben auch für die ›Night of Irish dance‹ – am gleichen Abend.«

»Sag, ist Irish Dance nicht dieses Gehüpfe, das aussieht wie gesteppt mit hässlichen Schuhen?«

»Sehe ich so aus, als ob ich das begeistert ansehen würde?«, grinste mein Mann. »Im Übrigen wüsste ich ja gerne, was neben ›Don Carlos‹ und dem irischen Gehüpfe die dritte Möglichkeit war. Ich meine, wenn er zwei Ticket-Sätze weiterverkauft, muss man doch davon ausgehen, dass die Leute an dem Abend was anderes machen.«

Ich war müde und gereizt genug, um loszukichern. »Vermutlich gehen sie zu einem Konzert von diesem belgischen Walzer-Fiedler mit dem angetackerten Grinsen.«

»Hmm – da kommt dann die richtige Stimmung für eine Neuauflage der Hochzeitsnacht auf!« Lucas schüttelte sich, dann tippte er auf seinem Tablet und schüttelte wieder einmal den Kopf. »Mozartfreak101 hatte auch Karten für eines der Proms* im Juli. Da fragt man sich doch wirklich, was der treibt! Wieso kauft jemand dauernd Konzerttickets und versteigert sie dann wieder?«

»Vielleicht hat er einen Partner, mit dem er fröhliches Preistreiben spielt?«, spekulierte ich.

»Wie meinst du das?«

Ich streckte meinen mittlerweile reichlich verkrampften Rücken. »Pass auf: Wir verkaufen mein Klavier. Ich stelle es für einen Euro als Auktion ein.«

»Also, deine alte Klimperkiste ist nicht mehr so toll, aber man kann sie noch ordentlich stimmen, der Rahmen ist in Ordnung, sie ist einigermaßen gepflegt – mehr als einen Euro ist sie sicher wert.«

»Ich eröffne die Auktion trotzdem für einen Euro – weil sich nämlich die Gebühren für eine Auktion nach dem Startpreis errechnen«, erklärte ich. »Also, der Klimperkasten geht für einen Euro in die Auktion. Vier, fünf Tage lang passiert nicht viel, wir sehen aber, dass unser Klavier zwei Dutzend Beobachter hat – also Leute, die gucken, was diese Auktion macht. Ungefähr zwei, drei Stunden vor Schluss schnackelt es dann – ein Gebot nach dem anderen kommt rein. Eine Stunde vor Auktionsende haben wir ein Höchstgebot von 545 Euro.«

»Nicht gerade toll für dein Klavier«, fand mein Mann. »Das wäre für den Käufer ein echtes Schnäppchen.«

»Das wir ihm nicht gönnen. Darum wirst du – natürlich nicht in unserem Netzwerk, sondern über meinen Zugang an der Musikhochschule – jetzt 750 bieten.«

---

* »Prom« steht für Promenadenkonzert und steht für eine Reihe von Konzerten, die jeweils im Sommer in der Royal Albert Hall in London stattfinden.

»Ah ja.« Lucas kämmte sich mit gespreizten Fingern eine angegraute Locke aus der Stirn. »Dann kannst du also dein Klavier behalten.«

»Nein, mein Schatz. Wir kriegen erst mal raus, wie hoch die Gebote wirklich gehen. Die Auktionsplattform setzt immer nur so viel von Deinem Geld ein, dass du Höchstbietender bist. Wenn sie also auf 545 steht, kann dahinter ein höheres Gebot stehen – und das lockst du nun mit deinen 750 raus. Hat der andere zum Beispiel 700 geboten, bist du nun mit 700,50 Höchstbietender. Hat er aber 800 geboten, geht die Auktion auf 750,50 – also 50 Cent über dein höchstes Gebot. Du kriegst dann die Nachricht, dass du überboten bist, und kannst nachlegen …«

»Mmmmhm«, brummte Lucas. »Ich erhöhe auf 1.000 Euro. Was passiert dann?«

»Wieder zwei Möglichkeiten: Entweder hat jemand schon mehr als tausend Geboten, dann geht die Auktion auf 1.000,50 und du kriegst die Nachricht, dass du überboten bist. Oder das höchste Gebot war 850 – also bist du dann mit 850,50 Höchstbietender.«

»Und wenn sich dann nicht noch mal was tut? Dann muss ich die 850,50 zahlen?«

»Nein, musst du natürlich nicht. Es reicht, wenn wir gegenüber der Auktionsplattform so tun, als wenn du bezahlt hättest. Ich überweise dann die Gebühren für die Auktion, wir geben uns gegenseitig eine gute Bewertung – und für den nächsten Versuch stellt Riikka das Klavier ein.«

»Und wir treiben dann den Preis wieder nach oben, dieses Mal etwas vorsichtiger, damit wir am Ende nicht wieder Höchstbietende sind?«

»Genau!«, lobte ich ihn. »Du hast das System verstanden.«

»Ja, schon«, erwiderte er, wühlte noch einmal in seinen Haaren, schüttelte dann den Kopf und schaute mich an. »Bei dem Spiel werden die Käufer doch beschissen! Ist das überhaupt legal?«

»Natürlich nicht«, antwortete ich. »Die Plattform verbietet das ausdrücklich. Aber bei zigtausend Auktionen am Tag können die nicht jede überprüfen. Wenn du nicht superdreist oder superdoof bist, hast du eine gute Chance, mit so einer Nummer durchzukommen. Solltest du aber doch mal erwischt werden, fliegst du bei der Auktionsplattform eben raus. Dann machst du am nächsten Tag einen neuen Account auf und das Spiel beginnt von vorne …«

»Toll!« Aus Lucas' Stimme tropfte Ironie. »Aber du könntest deine strafverteidigende Alexandra mal fragen, ob so was, wenn man es in größerem Stil betreibt, nicht auch einen Staatsanwalt interessiert. In meinen Augen ist das Betrug.«

»Könntest du recht haben. Ich werde tatsächlich mal Alex fragen.« Zunächst aber schaute ich wieder auf meinen Bildschirm – und stellte erst einmal vier Auktionen nebeneinander. »Schau mal, Luc – die sehen sich alle ähnlich, nicht? Ähnliche Überschriften, ähnliche Formulierungen – wenn nicht sogar die gleichen! – und die ganze Formatierung wie aus einem Guss.«

Lucas stand auf. »Herzchen, meine Nase juckt. Ich vermute, du hast da wirklich was gefunden. Aber ich koch uns jetzt erst einmal einen Früchtetee. Und dann gucken wir genau hin …«

Während er in der Küche herumwirtschaftete, betrachtete ich mir noch einige Auktionen – und tatsächlich: Ich fand jede Menge Auktionen, die wie Doubletten aussahen. Und ich hatte eine Idee und zog mir meinen Notizblock an den Bildschirm. Ich suchte mit dem Stichwort »Konzertkarten«, fand rund 1.000 Auktionen und pickte mir 20 heraus, die nach dem uns schon bekannten Muster aufgemacht waren. Angeboten wurden da unser »Don Carlos«, die »Aida« in der Arena in Verona, »Meistersinger« auf einer Freilichtbühne in Österreich, drei Rockfestivals und ein Schlagerkonzert.

Als Lucas mit der dampfenden Teekanne und zwei Bechern erschien, konnte ich vermelden: »Jetzt müsste ich eigentlich einen Trommelwirbel haben – hier kommt gleich der Salto Mortale – ohne Netz und Sicherheitsleine.«

Ich fütterte meinen Computer mit den Daten und fragte nach dem Vorverkauf. Lucas stand hinter mir, als die Ergebnisse eines nach dem anderen kamen und sagte schon beim dritten: »Bingo!«

»Tja – deswegen habe ich den ganzen Jazz ja angefangen. All diese Events, deren Tickets da so teuer verkauft werden, vermarktet Tics. Interessant, nicht?«

Lucas trank Tee – ich habe schon lange das Gefühl, dass er Teflon auf der Zunge hat. Er kann Kaffee direkt aus der Maschine trinken und isst dampfende Suppe. Nun leerte er seinen Becher, runzelte die Stirn und sagte dann: »Wir haben ungefähr 300 Auktionen gefunden, bei denen Karten von Tics verkauft werden. Die meisten sind ja für zwei Karten, also können wir davon ausgehen, dass da insgesamt 500 Tickets vertickt werden. Wenn jedes davon nur 150 Euro teurer ist als im Vorverkauf, macht das die Kleinigkeit von 75.000 Euro aus – steuerfrei und nebenbei.«

»Ich denke, wenn du da 100.000 ansetzt, bist du näher dran. Und wenn du dir jetzt vorstellst, dass die so eine Aktion für fünf, sechs Events im Monat durchziehen – nette Nebeneinnahme, nicht?«

»Was für eine Schweinerei!«, regte Lucas sich auf. »Da zocken die gnadenlos unsere Kundschaft ab und das immer schön an den Veranstaltern vorbei! Und wenn ich mir vorstelle, dass Mario da mitgespielt hat! Dafür möchte ich ihm posthum in die Kehrseite treten!«

»Ich glaube nicht, dass er das en détail gewusst hat. Es würde mich nicht wundern, wenn das ein Solo von diesem Schönling wäre.«

Draußen über dem See ging die Sonne auf, ihre ersten Strahlen glitzerten auf dem Wasser. Lucas gähnte und stellte fest: »Ich sollte wohl noch ein Stündchen schlafen. Aber vorher noch eine Frage: Diese ganze Gaudi bei den Auktionen – ist das nicht ein Riesenaufwand? Da braucht man soundsoviele Leute. Die meisten Anbieter haben nicht mehr als zwei oder höchstens drei Auktionen laufen, also braucht man für 300 Auktionen an die 100 Leute, oder?«

Ich schüttelte den Kopf. »Aber nein, mein Herz. Man braucht vielleicht 100 Accounts, aber dafür keine 100 Leute. Man kann die doch selbst aufmachen …«

»Aber die waren doch alle schon mal auf der Plattform aktiv. Kann man 200 Verkäufe und Käufe türken?«, fragte Lucas.

Ich nickte. »Natürlich – und für jemanden, der gut programmieren kann, ist das kein großes Problem. Man legt 150 Accounts an, dann bastelt man sich einen Bot – das ist eine Software, die über eine gewisse Zeit mit diesen Accounts kauft und verkauft. Wenn diese Accounts brav ihre Gebühren bezahlen und auch sonst keinen Ärger machen, merkt das auf der Plattform kein Mensch. Es geht in der Masse unter. Außerdem kann man übrigens Accounts kaufen.«

»Wie?«

»Schau, es gibt jede Menge Accounts auf der Plattform, die nicht mehr aktiv sind. Nimm zum Beispiel den meiner Mutter. Ich habe ihr Passwort vergessen, ich weiß noch nicht mal, mit welcher E-Mail-Adresse dieser Account gelaufen ist – also habe ich ihn nie abgemeldet. Aber ich guck auch nicht mehr drauf. Ich würde also nie merken, wenn jemand diesen Account hacken und mit ihm irgendwelche Geschäfte machen würde.«

»Und wie hackt man einen Account?«

»Man kauft sich im Dark Net ein Programm, das inaktive Accounts sucht, und eines, das Passworte knackt. Oder du kaufst eben gleich Accounts – werden im Dark Net auch angeboten. Da kriegst du dann eine Liste mit 100 Accounts und den dazugehörigen Passwörtern für eine Summe X – wobei ich keine Ahnung habe, wie viel man dafür bezahlt. Ich vermute, das ist von der Qualität der Accounts abhängig. Ich schätze mal, die auf einer Auktionsplattform sind deutlich preiswerter als zum Beispiel Daten für Kreditkarten oder eine Online Bank.«

Lucas lehnte sich zurück und kreuzte die langen Beine. »Ich stelle mir gerade vor, wie sich der Bösewicht auch die Nächte vor dem Computer um die Ohren haut …«

»Glaub ich nicht«, widersprach ich. »Der schöne Cesare steht bestimmt nicht auf solche Fuselarbeit. Vermutlich hat der sich irgendwo im Osten – Ungarn, Polen, Tschechien oder auch Russland – einen Knaben mit sehr guten Computer- und hinreichenden Deutschkenntnissen gesucht. Dem zahlt er eine nette Pauschale – bar und steuerfrei. Dafür programmiert der sich ein paar Scripts, lässt die den Kleinkram machen und hat ein nettes, bequemes Einkommen.«

»Nicht übel!« Lucas gähnte herzhaft, stand auf und streckte mir die Hand hin. »Kommst du mit ins Bett?«

»Moment, ich muss nur noch die Kiste abschalten.« Ich fuhr mein Notebook runter und gab ihm die Hand. »Übrigens ist mir eingefallen, dass Tics ja nicht nur in deutschsprachigen Ländern zugange ist. Die machen in ganz Europa Geschäfte – die Proms in London, die Arena in Verona, das Festival in Spoleto, der Kartenverkauf für La Fenice, die Pariser Oper, das Opernfest in Drottningholm …«

»Da singt deine Riikka im nächsten Sommer ›Ariodante‹* …«, wusste Lucas.

»Und das wird sicher toll. Aber was ich damit ausdrücken wollte: Die Tics arbeiten in ganz Europa und ich würde mich nicht wundern, wenn sie auch in ganz Europa ihre Auktionsmätzchen machen würden.«

»Und wenn Miercoledi dem Vogel dahintergekommen ist …«, sagte Lucas, der inzwischen auf der Bettkante saß und gerade sein T-Shirt auszog.

»Hat er vermutlich einen Anteil gewollt!«, mutmaßte ich und turnte ins Bad, um mir die Zähne zu putzen.

Als ich zurückkam, lag Lucas und streckte mir die Hand hin. Ich krabbelte auf meine Seite, rollte mich zu ihm und ließ mich mit einem zufriedenen Seufzen in den Arm nehmen. Mein Kopf landete auf seiner Schulter – ein vertrauter, geliebter Platz, auf dem ich mich immer sehr wohl fühlte. Lucas spielte auf meiner nackten Wirbelsäule Klavier. Ich erkannte Mozart KV 475** und lächelte in mich hinein – solange er Mozart spielt, ist er okay. Gefährlich wird's erst, wenn er Rachmaninoff oder gar Liszt spielt. Und wenn er Brahms spielt, weiß ich, dass er traurig ist.

»Sag mal, Luc – kannst du dir vorstellen, dass Mierco-

---

* »Ariodante«, HWV 33, ist eine Oper von Georg Friedrich Händel, deren Hauptrolle – besagter Ariodante – ursprünglich für den Mezzosopran-Kastraten Giovanni Carestini geschrieben wurde. Weil das Kastrieren von Sängerknaben aber aus der Mode gekommen ist, wird der Ariodante heute meist von einer Frau in Hosen gesungen – also ist es eine der sogenannten »Hosenrollen«.
Das »HWV« und die Zahl stehen für das Händel-Werk-Verzeichnis, das übrigens – im Gegensatz zum Köchel-Verzeichnis für die Mozart'schen Werke nicht chronologisch, sondern nach Themengebieten geordnet ist. Und die Ordnung wird übrigens auch im »BWV« – dem Bach-Werk-Verzeichnis – angewandt.

** Wolfgang Amadeus Mozart, Fantasie c-Moll KV 475 – und das »KV« steht für Köchel-Verzeichnis. Selbiges ist ein chronologisches Verzeichnis aller Mozart'schen Werke und wurde – danach heißt es ja auch – von einem gewissen Ludwig von Köchel erstellt.

ledi umgebracht wurde, weil er hinter die Umtriebe bei Tics gekommen ist?«, überlegte ich.

»Ich kann es mir nicht vorstellen«, erwiderte Lucas. »Aber ich halte Mord generell nicht für eine Lösung – was mich von dem unterscheidet, der Mario die Eibe verpasst hat.« Er atmete tief durch, seine Finger auf meinem Rücken streichelten nur noch sanft. »Victoria ...«

»Oh je!«, seufzte ich. »Wenn du ›Victoria‹ sagst, ist es dir ernst.«

»Ja, ist es mir. Versprich mir bitte, dich nicht mit diesen Tics-Leuten einzulassen. Ich habe den starken Verdacht, dass die hinter den beiden Anschlägen auf dich stecken – und ich möchte nicht erleben, dass ihr dritter Versuch zum Erfolg führt.«

Ich hob den Kopf und zielte einen Kuss auf seine Nasenspitze. »Keine Sorge! Ich bin überhaupt nicht abenteuerlustig. Aber ich vermute, du wirst heute früh zwei Stündchen auf mich verzichten müssen. Ich werde mit unserem Freund Gerstenmeier plaudern und ihm die Geschichte von den Auktionen erzählen. Der kann nämlich im Zuge einer Ermittlung von der Auktionsplattform diverse Daten fordern – so zum Beispiel die IP-Adressen der Verkäufer.«

»Moment – was ist eine IP-Adresse?«

»Eine Nummer, die dir von deinem Provider – also der Firma, die du dafür bezahlst, dir einen Internetzugang zur Verfügung zu stellen – zugewiesen wird, wann immer du dich im Internet einloggst. Und was immer du da treibst – die IP-Adresse ist quasi dein Absender, den du überall hinterlässt. Du rufst eine Website wie zum Beispiel Twitter auf – dann sagt dein Computer dem Server bei Twitter: ›Hier ist die 193.264.158.2 und ich will mich ein bisschen bei dir herumtreiben.‹ Und Twitter merkt sich die Nummer und wer von 20.10 Uhr bis 20.45 Uhr auf Twitter war. Wenn ich da jemanden beleidige und der mich bei der Polizei anzeigt, wird die bei Twitter nach der IP-Adresse fragen – und damit kann man mir dann beweisen, dass das von meinem Computer ausgegangen ist.«

Lucas kniff die Augen zusammen und schüttelte den Kopf. »Verwirrend – wie geht das genau?«

»Nicht so kompliziert, wie du denkst! Diese IP-Adressen werden von einer zentralen Stelle vergeben. Da kauft unser Provider ganze Nummernblöcke – also zum Beispiel alle Adressen von 193.260.000 bis 193.280.000.« Ich schaute Lucas fragend an.

Er nickte: »Dann haben die also 20.000 Nummern.«

»Genau. Und nun kommt unser Computer und meldet sich dort an. Er bekommt die IP-Adresse 193.261.001 – und geht damit ins Internet. Wo immer er eine Seite aufruft, hinterlässt er die Nummer.«

»Auch klar. Aber wenn du jetzt zum Beispiel auf Twitter jemanden beleidigst – kann der das von Deutschland aus irgendwie verfolgen?«

»Ja, klar! Er geht zur Polizei und zeigt mich an. Die Polizei fragt darauf bei Twitter nach, wo dieser Tweet herkam. Antwort: Den hat 193.261.001 abgesetzt. Nun schaut die Polizei bei Whois – das ist eine Seite, die ein internationales Verzeichnis für IP-Nummern führt und auf der man danach suchen kann – nach und erfährt, dass an diesem Tag zu dieser Zeit die 193.261.001 dem deutschen Provider Telekotz gehörte. Also Anfrage bei Telekotz – und die müssen über eine gewisse Zeit speichern, wem sie eine Nummer gegeben haben. Und sie sind im Fall einer Straftat gegenüber der Polizei zur Auskunft verpflichtet. Ergo steht die Bullerei ganz schnell bei mir auf der Matte …«

Lucas hatte aufmerksam zugehört, nun wuschelte er durch sein Haar. »Das bedeutet also, dass die den Vogel, der die Auktionen gestartet hat, relativ einfach kriegen können?«

»Jain«, antwortete ich. »Nehmen wir mal an, dass der Typ, der das für Tics macht, in Ungarn sitzt. Dann kriegt die Polizei zwar raus, dass das von einem ungarischen Server kommt, aber damit dürfte das Thema durch sein. Sie kann dann zwar ein Amtshilfeersuchen an die Ungarn schicken, aber ob die sich da wirklich dahinterklemmen? Und ich weiß auch nicht, wie es da mit den Daten ist. Bei uns ist es Vorschrift, dass die Provider die IP-Adressen für eine gewisse Zeit speichern, aber wie die Ungarn das halten? Keine Ahnung. Zudem könnte ich mir vorstellen: Wenn der Typ wirklich smart ist, lässt er den Kram sowieso über einen Anonymizer* laufen.«

Lucas gähnte und verdrehte die Augen. »Liebchen, ich bin sicher, du könntest mir auch noch en détail erklären, wie das funktioniert, aber um ehrlich zu sein: Ich bin zu müde. Ich würd's eh nicht mehr verstehen.« Er drehte den Kopf und küsste meine Stirn. »Ab jetzt überlässt du den Kram der Polizei, ja?«

---

* Anonymizer sind Webseiten, die es einem User erlauben, seine IP-Adresse zu verschleiern. So kann er anonym im Web surfen.

KAPITEL 12: SCHÖNES WIEDERSEHEN?

Am Bodensee,
Anfang August 2018

Wie oft habe ich »Don Carlos« schon gesehen? Das erste Mal war's das Schauspiel. Es kam im Fernsehen, war großartig besetzt und meine Mutter und ich klebten am Bildschirm. Dabei habe ich mich ein bisschen in den Posa verliebt. Ich stand nämlich noch nie auf böse Buben, sondern wollte einen Mann, den ich respektieren und vielleicht sogar ein wenig bewundern kann. Wer wäre da besser geeignet als der aufrechte, mutige Idealist Rodrigo Maquis de Posa?

Als ich 15 war, führte die Stuttgarter Oper mal wieder »Don Carlos« auf. Die Inszenierung war fragwürdig und die Herren Carlos und Posa sahen aus wie Dick (der Tenor) und Doof (der Bariton) in Operettenuniformen, aber das Stuttgarter Publikum ist Regietheaterkummer gewohnt und hat die Methode »Augen zu, Ohren auf und durch« gelernt. Und im Fall des »Don Carlos« ist die Musik schön und sie wurde an diesem Abend auch gut gesungen. Ich jedenfalls bekam Gänsehaut, als Posa sein »Carlo mio; a mé porgi la man … io morrò, ma lieto in core, ché potei cosi serbar alla spagna un salvatore! Ah … di me … non …

ti … scordar!*« sang und in Carlos' Armen starb. Und ja, in der Oper kann Posa mit einer Kugel in der Brust noch wunderschön singen; Traviata** und Mimi*** lassen sich noch nicht mal von einer Tuberkulose abhalten; Manon**** verdurstet in der Wüste – und die werden dabei alle noch nicht mal kurzatmig! Den Vogel schoss aber Wagner ab: Tristan und Isolde sterben in deutscher Gründlichkeit so ausführlich den Liebestod, dass ich bei den zwei Malen, die ich das absitzen musste, immer gerne nachgeholfen hätte.

Und doch: Bei Posa rührt es mich immer wieder, und wenn Lucas den Posa singt, geht es mir sogar unter die Haut. Und dann unsere erste Bühnenprobe, noch mit Klavier und nicht im Kostüm: Carlos Cayetano saß – in Jeans und einem orangenen Polohemd – zwischen grauen Wänden auf einer Pritsche; Posa Lucas – in schwarzen Shorts, einem reichlich verwaschenen bordeauxroten T-Shirt mit Aufdruck »Theory of Relativity for Musicians: $E = F^{\flat}$« und Espadrilles – kam durch die Tür, um seinen gefangenen Freund zu besuchen und ihm zu erzählen, dass er ein paar Papiere so hingedreht habe, dass der König nun ihn für den Rebellen halte. Folglich werde er Carlos bald aus der Haft entlassen.

Carlos aber hat mal wieder nur seine vermasselte Liebesgeschichte mit der Königin im Kopf – ich denke da jedes Mal: Himmel, Posa, kannst du ihn nicht mal schütteln, um ihm klarzumachen, dass es noch was Wichtigeres gibt als

* »Carlos, gib mir, oh Freund, die Hand! Froh scheid' ich aus diesem Leben, du sollst ihm erhalten sein: Du wirst Spanien Freiheit geben – Carlos, leb wohl, gedenke mein.«

** In Verdis »La Traviata«.

*** Mimi verstirbt in Puccinis »La Boheme«.

**** Die Geschichte der Manon Lescault hat gleich vier Komponisten inspiriert: 1830 schrieb Jacques Fromental Halévy das Ballett »Manon Lescaut«; 1856 kam Daniel-François-Esprit Auber mit der Oper »Manon Lescaut«; 1884 folgte »Manon« von Jules Massenet und 1893 kam Puccini, bei dem die Lady wieder ihren vollen Namen abbekam.

sein Liebesleben? Dummerweise beschränkt sich Posa darauf, den prinzlichen Jammerlappen zu beschwören, er möge sich doch um sein Volk kümmern! »Erhalte dich Flandern, dem Werke der Befreiung, du sollst das Werk vollbringen: Die neue goldene Zeit, durch dich soll sie erstehen. Du bist bestimmt zum Herrscher und ich zu sterben für dich.«

Letzteres kriegt Posa schneller, als er gedacht hat: Carlos bekommt noch mehr Besuch – sein Vater rückt mit dem ganzen Hofstaat an und unter den Herrschaften ist einer, der ein Püsterchen mitgebracht hat und Posa erschießt. Der fällt Carlos in die Arme, singt noch zehn Zeilen und gibt dann den Geist auf.

Diese letzten Zeilen – man könnte meinen, Verdi habe sie speziell für meinen Lucas geschrieben. Lange Legato-Linien sind nämlich seine absolute Spezialität und diese Stimme – so sanft, so seidig und doch so kraftvoll-männlich – nimmt dem Publikum da den Atem.

Vorne auf der Bühne wollte Cayo jetzt in seinen Krach mit König Rocco einsteigen, aber hinter mir klatschte jemand. In meiner Konzentration auf das Bühnengeschehen hatte ich gar nicht bemerkt, dass Kommissar Gerstenmeier und sein unvermeidlicher Holler zu mir getreten waren.

»Darf ich?« Gerstenmeier schnappte sich den Stuhl neben meinem, während sich sein Assistent an das Geländer des Pontons lehnte und das Geschehen unten beobachtete. Da regte sich nämlich der tote Posa: Lucas hatte sich zur Seite gedreht, stützte den Kopf in die Hände und beobachtete, was Cayo und Rocco da miteinander trieben.

Seit ich dem Kommissar vor ein paar Tagen von meiner Internetrecherche erzählt hatte, waren wir nicht mehr in Kontakt gewesen, dementsprechend war ich gespannt, was bei seinen Ermittlungen herausgekommen war. Ich fragte sofort danach – und Gerstenmeier seufzte. »Es sah so vielversprechend aus, aber wir sind aufgelaufen. Die Auktionsplattform hat uns sehr geholfen – innerhalb von 24 Stunden bekamen wir eine Liste mit den IP-Adressen der Verkäufer und der Leute, die auf solche Auktionen geboten haben. Unsere ITler haben dann die Nächte durchgemacht – und jetzt kann ich bestätigen, was Sie schon vermutet haben: Ungefähr die Hälfte aller Verkäufer kam über Anonymizer – einen in England, einen in Südamerika, einen in Thailand und einen in Georgien.«

»Ach, du liebes Lieschen!«, bedauerte ich ihn. »Ich vermute, die liefern nicht innerhalb von 24 Stunden ihre Daten …«

Gerstenmeier nickte. »Das können Sie wohl sagen, Frau Professor. Die Engländer haben uns was gegeben, aber sonst haben die wahrscheinlich nur gelacht, als sie unsere Mails bekamen. Ich habe dann mit Interpol telefoniert und der dortige Computerspezialist hat mir erzählt, dass sie mit dem in Georgien schon mal zu tun hatten. Da hätten sie sogar von ganz oben politisch interveniert, worauf die tatsächlich Daten geliefert hätten. Aber mit denen hätte man dann eine ganze Reihe Provider abfragen müssen – der Interpol-Mensch meinte, das könne man vergessen. Das sei ein Riesenaufwand und am Ende wisse man doch nicht, ob die Daten stimmen. Außerdem: Was sollen wir damit? Wir können in Georgien nicht aktiv werden und selbst wenn wir beweisen könnten, dass irgendein Mensch dort irgendwelche Auktionen manipuliert hat – die Frage wäre, ob das bei denen überhaupt illegal ist und ob sich die Polizei dort drum kümmern würde.«

»Wohl eher nicht«, vermutete ich. »Und in Südamerika und Thailand kann man es wahrscheinlich auch vergessen.«

»Der Mensch bei Interpol gab mir den Rat, es mal über das BKA* zu probieren, aber da haben sie mich ausgelacht.

* BKA = Bundeskriminalamt.

Wegen eines popeligen Giftmordes und Betrug im Internet machen die bestimmt kein Fass auf.«

Ich hatte ihm zugehört, dabei aber auf die Bühne geschaut, wo es gerade etwas chaotisch zuging. In Carlos' Gefängniszelle traten sich König, Carlos, Höflinge und Gefängnispersonal fast auf die Füße beziehungsweise auf Lucas' Hände – der lag nämlich immer noch als Leiche herum. Offenkundig waren meine Markierungen von der Probenbühne nicht richtig übertragen worden und nun wusste niemand so genau, wo er eigentlich hingehörte. Ich lächelte Gerstenmeier an: »Sorry!« Ich stand auf und erklärte: »Geben Sie mir bitte fünf Minuten – ich muss das Chorgulasch aussortieren!«

Nachdem ich einige Chorherren auf die zweite Ebene nach oben gescheucht und unten drei neue Markierungen geklebt hatte, sauste ich zurück zu meinem Platz. »Haben Ihnen die Daten von dem englischen Anonymizer wenigstens etwas genutzt?«, fragte ich dann.

»Cluj Napoca«, antwortete der Kommissar. »Das ist eine nicht mal so kleine Stadt im Norden Rumäniens – die Hauptstadt von Transsilvanien. Dort gibt es eine Universität, die recht gut in Sachen Informatik sein soll. Und darum herum ist eine Szene mit jeder Menge freien Programmierern entstanden, die gerne – und im Zweifelsfall auch mal ein bisschen illegal – für westliche Auftraggeber arbeiten.«

»Dracula goes internet?«, feixte ich.

»So ungefähr. Jedenfalls kam eine ganze Reihe von Auktionen aus diesem Cluj Napola. Und der Witz ist: Fünf oder sechs Auktionen, die nicht über einen Anonymizer liefen, wurden ebenfalls da gestartet. Und wir haben auch ein paar Auktionsbieter dort gefunden – wobei von denen nur sehr, sehr selten einer eine Auktion gewonnen hat. Die waren wohl nur dazu da, die Gebote nach oben zu treiben.«

»Was sollte man in Transsilvanien auch mit Karten für die Bregenzer Seefestspiele?« Ich schüttelte den Kopf. »Das zieht immer weitere Kreise.«

»Ja«, bestätigte Gerstenmeier. »Ich habe mit Commissario Gremina telefoniert und der hat auch seine Computerleute aktiviert. Die haben drei Nächte durchgemacht und auch eine ganze Menge Auktionen und dubiose Ticketangebote auf diversen Foren gefunden.«

»Und damit wird das Geschäft und der daraus gezogene Verdienst immer größer!«

Gerstenmeier nickte. »Wobei die Italiener mit den Daten inzwischen an die drei Jahre zurückgegangen sind – und da fand sich was ganz Spannendes: Momentan laufen bei denen auch die meisten Sachen über die bekannten Anonymizer und über Cluj Napoca. Aber die haben entdeckt, dass das Spielchen ungefähr vor drei Jahren angefangen hat – und da waren die noch nicht so gut im Verschleiern. Da gab es einige Auktionen und Angebote, die aus – na, raten Sie doch mal, woher die kamen!«

»Spoleto?«, schlug ich vor.

Er nickte. »Spoleto und Rom.«

»Und in Rom sitzt Tics …«, sagte ich.

Wieder nickte der Kommissar. »Gremina nimmt jetzt da alle Konten auseinander – und hat bei der Gelegenheit übrigens festgestellt, dass die auch gut gestreut sind. Schweiz, Luxemburg, Dominikanische Republik – soll keiner sagen, da seien keine Global Players am Werk.«

Ich schaute zur Bühne, wo Lucas – mittlerweile wieder auf den Beinen – mit Rocco und Cayo diskutierte. Es sah nicht so aus, als ob er mich brauchen würde, also wandte ich mich wieder Gerstenmeier zu. »Jetzt wüsste ich nur gerne, wie das alles im Zusammenhang mit dem Mord steht. Bis jetzt haben wir ja nur die Verbindung Miercoledi-Tics …«

»Sie meinen aber auch, dass es da einen Zusammenhang gibt?«, fragte der Kommissar.

»Darauf würde ich meinen Hintern verwetten.« Wieder ein Blick zur Bühne – immer noch alles klar, also konnte ich noch ein wenig herumkriminalisieren. »So aus dem Bauch heraus: Ich würde auch darauf wetten, dass das schöne Prinzchen was mit der Geschichte zu tun hat. Er ist geschäftsführender Gesellschafter bei Tics, seinen Anteil hat er von Miercoledi bekommen, den hat er auch beerbt – weil der ja meinte, das Prinzchen gezeugt zu haben.«

»Richtig.« Gerstenmeier grinste. »Wobei mich ja fast amüsiert: Wenn Miercoledi – worum er sich anscheinend einige Zeit bemüht hat – hätte nachweisen können, dass dieser Knabe sein Sohn ist, wäre der doch seinen schicken Titel los gewesen!«

»Tja – er wäre immerhin mütterlicherseits ein Conte Velacci geblieben«, gab ich zurück. »Aber ich denke gerade eher darüber nach, was Miercoledi veranstaltet hätte, wenn er darauf gekommen wäre, dass sein Nicht-Sohn mit seiner Tochter rummacht und außerdem bei Tics ein paar Geschäfte laufen hat, die wohl nicht in der Bilanz auftauchen …«

»Mmmh«, brummte Gerstenmeier, schaute kurz seinen Assi an, nickte ihm zu und senkte die Stimme. »Unter uns: Gremina hat versucht, bei Miercoledi ein bisschen Staub aufzuwirbeln. Er hat bei Guiseppe Miercoledi ein paar vage Andeutungen gemacht, dass er sich intensiv mit den Beteiligungen der Miercoledis beschäftige. Da sei einiges dubios.«

»Oh!« Dass Gremina ein recht raffiniertes Kerlchen ist, war mir schon in Italien gekommen. Und dass er die Geschichte offenkundig persönlich nahm. »Und ich könnte mir vorstellen, dass Guiseppe Miercoledi kein besonderer Fan unseres Prinzen ist. Vielleicht hat er selbst ein wenig recherchiert und ist auf was gekommen?«

Holler war inzwischen zu uns getreten und lehnte jetzt am Tisch. »Und wenn Mario Miercoledi eine Ahnung davon bekommen hätte, dass sein Pseudosohn schmutzige Geschäfte macht und ihn bescheißt …«

»… hätte er ihn mit Sicherheit abserviert. Bei Geld hörte bei Mario Miercoledi die Freundschaft auf«, wusste ich.

Beide Ermittler nickten. »Und wenn wir daran denken, um wie viel Geld es da zu gehen scheint, dann reicht das sicher für ein Mordmotiv.«

»Tja, meine Herren – nun müssen Sie's nur noch nachweisen und den Knaben aus dem Verkehr ziehen! Und bei der Gelegenheit würde ich mir seine Freundin auch angucken. Ich meine, Marietta Miercoledi hätte die Gelegenheit gehabt, ihrem Vater die Eibe anzudrehen.«

»Ja«, bestätigte Gerstenmeier. »Und bei der Gelegenheit geht die Frage nach dem Rosendieb noch mal an Sie. Könnten Sie sich vorstellen, dass das der Prinz oder Signorina Marietta Miercoledi gewesen waren?«

»Huh …« Ich streckte mich, schloss die Augen und stellte mir die Szene im Hotelgarten vor. Ich hatte Rocco ziemlich früh ausgeschlossen, weil er zu groß und zu breitschultrig war. Der Rosendieb war eher zierlich gewesen – insofern würde Marietta Miercoledi durchaus passen. Wenn sie ihre rote Mähne eingefangen und unter eine enge, schwarze Mütze gesteckt hatte? Dazu dann ausnahmsweise einmal flache Schuhe, ein enger Pulli, in dem ihre Brust ein wenig flachgedrückt wurde. Und die Lederjacke hatte bis zum Oberschenkel gereicht – darin hätte man durchaus ein weibliches Becken verbergen können.

Andererseits … Cesare Ferramonte war auch nicht gerade ein Riese. Bei der Knutscherei vor dem Mausoleum hatte Marietta ihn sogar um zwei, drei Zentimeter überragt. Allerdings hatte sie da sehr hohe Absätze gehabt.

In der Nacht, in der ihr Vater gestorben war, hatte sie sich mal an Lucas' Brust geworfen. Da hatte sie keine Schuhe getragen und war ihm so ungefähr bis zur Brust gegangen. Ich reichte barfuß bis zu seiner Schulterhöhe, also war sie kleiner als ich mit meinen 170 Zentimetern. 164 vielleicht? In Spoleto bei der Beerdigung war sie auf Zwölf-Zentimeter-Absätzen unterwegs gewesen, also auf 176. Das bedeutete, dass Cesare Ferramonte wohl um die 174 Zentimeter groß war – und das passte zum Rosendieb.

Ich nickte schließlich. »Es könnten beide gewesen sein. Durch die voluminöse Lederjacke konnte man nicht erkennen, ob das ein Weibchen oder ein Männchen ist, klar ist eigentlich nur, dass die Person nicht sehr groß war – so zwischen 165 bis 172, 173 Zentimeter, aber mehr eher nicht. Und sie war eher zierlich. Das passt auf beide. Ferramonte ist kein Muskelprotz …«

»Wir haben nur ein Bild von ihm, aber demnach ist er ein Hering!«, warf Holler ein.

»Jep«, bestätigte ich. Und mit einem Blick auf die Bühne, wo sich gerade Lucas und Rocco gegenüberstanden: »Wenn einer von den beiden Jungs da unten tief einatmet, hängt ihnen die Viertelportion Prinz quer unter der Nase.«

»Da bleibt dann nur noch die Frage: Trauen Sie Marietta Miercoledi zu, dass sie zumindest Beihilfe zum Mord an ihrem Vater geleistet hätte?«, wollte Gerstenmeier wissen.

Ich musste nicht lange nachdenken. »Ich kann es nicht sachlich begründen und sie hat mir auch keinen Anlass zu einer solchen Aussage gegeben, aber aus meinem Gefühl: ja. Ich halte sie für ziemlich kalt und berechnend.«

Gerstenmeier stand auf. »Dann werden wir halt noch mal ein paar Steine umdrehen und weitermachen. Mein Vorgänger und Lehrmeister pflegte zu behaupten, ein perfekter Mord sei einer, der nicht als solcher erkannt werde. Wenn jemand merke, dass es ein Mord gewesen ist, habe der Mörder schon einen Fehler gemacht. Also ist er nicht der perfekte Mörder – und das erhöht unsere Chancen, ihn zu überführen.«

*

Der Countdown zur Premiere beginnt erfahrungsgemäß mit der Generalprobe. Die war bei uns am Donnerstagabend gestiegen, denn wir wollten natürlich die Lichteffekte im Dunkeln sehen. Am Freitag durften unsere Sänger sich und ihre Stimmen ausruhen, am Samstagabend würde es dann premierenmäßig ernst. Und da ich mit meinem Papierkram auf dem Laufenden war, ergab sich daraus ein freier Tag. Allerdings nützte es mir nichts in Sachen »Ausschlafen«. Ich hatte mich in den letzten Wochen so daran gewöhnt, früh aufzustehen, um die Erste bei der Probe zu sein, dass ich um halb sieben schon aufwachte.

Ich lag einen Moment neben meinem tief schlafenden Lucas, strich ganz sanft eine Locke, die ihm in die Stirn gefallen war, zurück und stand dann leise auf. Ich hatte nämlich Hunger. Also ab ins Bad, Duschen, Zähne putzen, leise anziehen und Abmarsch ins Restaurant des Hotels, in dem nicht nur ein tolles Frühstücksbüffet aufgebaut war, sondern außerdem ein Koch diverses Obst auf Wunsch schnitt, während ein anderer Eier, Speck und Würstchen zubereitete. Ein Barista wartete mit einer zischenden Kaffeemaschine, vor ihm standen Gläser mit verschiedenen Kaffee- und Teesorten, aus denen man aussuchen durfte.

Ich ging erst einmal durchs Restaurant auf die Terrasse mit Seeblick, hängte meinen Pullover an einem netten Tisch über eine Stuhllehne, um damit meinen Anspruch zu signalisieren, und begann dann, mein Frühstück einzusammeln. Ein Kännchen Assam Golden Tip, ein großes Glas frischgepressten Orangensaft, zwei pochierte Eier auf Toast, eine Schüssel Fruchtsalat mit Melone, diversen Beeren, Birne, Apfel und Pfirsich, eine Butterbretzel, ein Brötchen.

Ein freundlicher Ober half mir, alles zum Tisch zu transportieren, den er mittlerweile gedeckt hatte, ich ließ mich nieder, trank den ersten Schluck Tee und schaute auf den in der Morgensonne glitzernden See hinaus.

»Vic?« Rocco war gekommen. Er trug seine Lederjacke über einem babyblauen Poloshirt, das sehr hübsch seine Augen betonte, dazu eine Jeans und knöchelhohe Wildlederstiefel. »Guten Morgen. Wünsche, wohl geruht zu haben!«

»Danke, danke. Du auch?«, fragte ich und deutete auf den Stuhl neben mir: »Magst du mit mir frühstücken?«

»Gerne. Aber wo ist denn Lucas?«

»Der krabbelt bestimmt nicht vor halb zehn aus den Federn. Und bis dahin war ich schon auf der Seebühne – ich muss noch kurz in die Schneiderei.«

Rocco winkte dem Kellner zu, der um unseren Tisch kreiste. »Legen Sie für mich ein Gedeck auf? Ich versorg mich drinnen.«

Ich fing mit meinen Eiern an und amüsierte mich dabei über Rocco, der sich drinnen einen großen Becher Kaffee, ein Mittelgebirge Rührei mit Schinken, drei Brötchen, Aufschnitt, Käse und Müsli organisierte.

Er kam zurück, setzte sich neben mich und für eine Weile herrschte gefräßiges Schweigen. Er räumte systematisch seine Teller, ich war mit meinen Eiern fertig und erfreute mich an den frischen Früchten.

Seinen zweiten Kaffee brachte der Ober. Als er wieder weg war, lächelte Rocco mich an. »Es ist schon erstaunlich, wie viel besser es einem schmeckt, wenn man nette Gesellschaft hat.«

Ich schluckte ein Stück Melone und fragte: »Fühlst du dich einsam, Rocco?«

Er atmete tief durch, stocherte ein wenig in seinem Aufschnitt, studierte eine Scheibe Paprikalyoner und antwortete dann: »Schon.« Er rollte die Wurst und schob sie in den Mund. »Eins muss man euch Süddeutschen lassen: Wurst und Backwaren könnt ihr richtig gut hier.«

»Unser Wein ist auch nicht schlecht!«, lächelte ich.

»Hmm…« Seine nächste Wurstscheibe – Fleischkäse mit Spinat – landete auf einem gebutterten Brötchen, er biss hinein und sagte kauend: »Weißt du, ich hab mir wirklich eine Weile eingebildet, dass ich wieder zu Weib und Kind komme. Und ich hab mich gefreut. Unser Job ist manchmal schon einsam. Du bist dauernd unterwegs, verbringst mehr Zeit in Hotels und möblierten Wohnungen als in deinem eigenen Haus, und wenn du jeden Tag acht bis zwölf Stunden mit deinen lieben Kollegen auf der Probe bist, hast du bestimmt nicht mehr viel Lust, die auch noch abends und am Wochenende zu sehen. Andererseits hast du aber auch nicht die Zeit, Freundschaften zu pflegen – und so vereinsamst du wirklich.«

»Ja«, nickte ich. »Lucas hat da auch schon ganz schön gelitten.«

»Er wirkte früher auch oft recht melancholisch. Er hat nie geklagt – das ist nicht sein Stil. Aber man merkte trotzdem, dass er nicht glücklich ist. Und ich erinnere mich, wie ich ihn vor zwölf Jahren kennen gelernt habe. Das war mein Debüt an der Met – Don Giovanni, er natürlich als Don G., ich als Commendatore.« Er lachte auf. »Und stell dir vor: Mir hatten sie Frigga Koskinnen als Donna Anna umgehängt.«

»Oh mei! Die ist doch deutlich älter als du!*«

»Und außerdem ganz gut beieinander – schon ein bisschen der Typ ›Primatonna‹. Gegen die wirkt selbst dein breitschultriger Lucas zierlich …«

* Und da Donna Anna die Tochter des Commendatores ist, sollte sie nicht älter aussehen als der, der ihren Vater singt.

»Aber der ist es gewöhnt, umfangreiche Ladies beschäkern zu dürfen.« Ich grinste im Wissen, dass meinem Herrn Gemahl etwas zu viel auf jeden Fall lieber ist als zu wenig.

Rocco trank noch einen Schluck Kaffee und butterte das nächste Brötchen. »Was ich eigentlich erzählen wollte: Deinem Lucas ging's bei der Produktion nicht gut. Der hatte eine Erkältung verschleppt und dann wurde es in New York plötzlich fürchterlich heiß und sein Kreislauf war angeschlagen, jedenfalls fiel er in der zweiten Vorstellung bei der Dinnerszene um – mir in die Arme. Ich habe mich dann zusammen mit ihm in die Versenkung gestürzt und den Todesschrei abgelassen* – und das Publikum hat noch nicht mal bemerkt, dass mein Don G. hinüber war.«

»Es ist immer wieder erstaunlich, was das Publikum alles nicht mitbekommt ....«

»Tja – wir waren natürlich froh, dass wir den Vorhang runterbrachten, ohne dass groß auffiel, dass unser Hauptdarsteller ausgefallen war. Die Leute haben sich dann wohl nur gewundert, dass er nicht zum Schlussapplaus erschienen ist.«

»Ich hoffe, es war ein Arzt im Haus«, sorgte ich mich noch im Nachhinein um meinen Lucas.

»Aber ja doch!« Rocco trank einen Schluck. »Die Inspizienten an der Met sind ganz ausgeschlafene Mädchen und Jungen. Der Lady, die an diesem Abend Dienst hatte, war schon aufgefallen, dass es Lucas nicht gut geht.« Rocco sah fast ein wenig verlegen aus. »Ich meine, es ist in der Branche bekannt, dass Lucas Hitze nicht so gut abkann ...«

Ich verdrehte die Augen und seufzte. Lucas ist in jungen

* Der Commendatore wird ja im ersten Akt von Don Giovanni erstochen. Im Schlussakt taucht er dann als »Gespenst« wieder auf – er ist der unheimliche Gast, der zum Abendessen kommt und Don Giovanni zur Hölle schickt. Das wird üblicherweise so dargestellt, dass Don Giovanni mit der Versenkung von der Bühne befördert wird, wobei er dann noch einen markerschütternden Schrei loslässt.

Jahren einmal bei einer Live-Fernsehübertragung der »Carmina Burana« spektakulär umgefallen. Auch da: Heißer Sommertag, er saß im Smoking unter einem Scheinwerfer und kämpfte. In einer Arie wackelte er, danach hing er in seinem Sessel, versuchte es noch mal – und da haute es ihn um. Er fiel der Länge nach – was sich bei ihm ja lohnt – zwischen die Violoncelli, die ihn dann an Händen und Füßen von der Bühne schleppten.

Rocco erzählte weiter. »Der diensthabende Arzt war am Inspizientenpult gewesen, hatte gesehen, dass Lucas kollabiert war und war nach unten gesaust. Als wir mit der Versenkung im Keller ankamen, stand er schon bereit.«

»Aber immerhin kann keiner sagen, Lucas terminiere seine Ausfälle nicht gut«, kommentierte ich ironisch. »Als Don Giovanni in der Schlussszene, als Beckmesser beim Royal Opera House ebenfalls kurz vor dem Ende …«

Rocco grinste. »Bei ihm hat die Zweitbesetzung keine Chance.« Er wurde wieder ernst. »Allerdings: Zwei Nächte im Krankenhaus hat ihm die Geschichte eingetragen. Ich hab ihn am nächsten Morgen angerufen und meinen Besuch angedroht. Dabei bat er mich, ihm aus seiner Wohnung ein bisschen Zeug – Schlafanzug, Morgenmantel, Zahnbürste und so – zu holen. Hab ich natürlich gerne gemacht, aber gewundert habe ich mich schon. Er war doch damals noch mit deiner Vorgängerin verheiratet und ich hätte eigentlich erwartet, dass die in den nächsten Flieger hüpft …«

»Ne, vom ›Kümmern‹ hielt sie nicht so viel«, sagte ich. »Ich weiß nicht, ob du es mitgekriegt hast – ein Jahr später hat's ihn in Paris auch als Don G. erwischt. Da hat ein schusseliger Bühnentechniker die Versenkung zu früh betätigt. Lucas stand nur mit einem Fuß darauf, und als das Ding plötzlich nach unten fuhr, stürzte er, fiel dreieinhalb Meter tief und brach sich vier Rippen …«

»Oh ja!« Rocco schüttelte sich. »Hat mir damals jemand erzählt – ich glaube, der Vladi, der da den Leporello gesungen hat. Es war zum Glück die letzte Vorstellung, aber Lucas war ziemlich fertig, nicht? Gebrochene Rippen tun ja fies weh.«

»Er lag da auch eine Woche in Paris im Krankenhaus, denn die Lunge war auch angeschlagen. Der Hammer war: Seine Frau Gemahlin war mit Freunden am Mittelmeer auf einer Jacht unterwegs. Sie sah es aber nicht ein, nach Paris zu kommen. Dafür hat sie ihm hinterher eine Szene gemacht, weil Charlotte Durnier ihn aus der Klinik abgeholt hat. Dabei wurden sie fotografiert und die Agentur hat sie mit seiner Frau verwechselt.«

»Sie wird ihn entsprechend angehimmelt haben«, grinste Rocco. »Sie war ja mächtig in ihn verknallt.«

Ich trank meinen Tee und schaute auf den See hinaus, wo gerade eine große Segeljacht in Sicht kam. Sie führte ein prallgefülltes schwarzes Spinnacker mit einem gelben Zeichen darauf, dahinter standen an zwei Masten baumhohe, blendend weiße Segel. Das Schiff lag leicht über und schien im Morgenwind gut Tempo zu machen. Ich habe zwar keine Ahnung vom Segeln, aber ich finde solche Jachten wunderschön. »Guck mal, Rocco!«, wies ich ihn darauf hin. »Ist das Segelschiff da nicht toll? Da wäre ich jetzt gerne drauf!«

»Na ja …« Er klang eher skeptisch. »Wäre nicht so mein Ding.«

»Magst du nicht segeln?«

»Ich bin nicht sonderlich seefest«, gab er zu. »Ich habe mal in Bremerhaven ein Konzert gesungen. Da hat mich eine Kollegin nach der Probe bequatscht, mit ihr nach Helgoland überzusetzen. Und da war richtig Seegang – und ich hab, um es ganz unvornehm auszudrücken, von Bremerhaven bis Helgoland und zurück gekotzt wie ein Reiher.«

»Oh, du Armer!«, bedauerte ich ihn. Die Jacht draußen war nun fast vorbei und ich sah, dass sie ein schwarzes Beiboot im Schlepp hatte. Irgendwie fand ich die Form komisch – eine sehr lange Schnauze, dafür war der »Ausschnitt« für eventuelle Passagiere sehr klein.

Nun war es fast auf gleicher Höhe mit uns – und ich schluckte. Das sah aus … nein, das konnte nicht sein! Oder doch? Ich stand auf, kniff die Augen zusammen, aber die Jacht mit dem schwarzen Beiboot war zu weit draußen, als dass ich irgendwelche Details hätte erkennen können.

»Was ist denn?«, fragte Rocco.

»Die Jacht«, sagte ich, »kannst du erkennen, was da auf dem vorderen Segel steht?«

»Ne, das ist zu weit weg«, erwiderte Rocco.

»Moment mal, bitte …« Ich sauste durch das Restaurant in die Hotelhalle und dort zur Theke der Portiers. Einer der Herren lächelte mich an. »Guten Morgen, Frau Professor. Was kann ich Ihnen Gutes tun?«

»Guten Morgen. Können Sie mir ein Fernglas leihen?«, fragte ich.

»Selbstverständlich. Kleinen Moment bitte …« Er eilte ins Hinterzimmer, kam mit einem Fernglas wieder und hielt es mir hin. »Soll ich Ihnen erklären, wie es geht?«

»Nein, nein danke, ich komme klar.« Immerhin ist Lucas öfter mit Fernglas unterwegs – er beobachtet gerne Vögel. Und hin und wieder habe ich auch schon durch sein Glas geguckt.

Im Eiltempo zurück auf die Terrasse – und da legte die Jacht gerade links vom Hotel an einer Boje an. Ich sah zwei dunkel gekleidete Gestalten – eine befestigte das Schiff an der Boje, die andere kletterte hinten auf die Badeplattform, zog das schwarze Beiboot näher heran und war dann mit einem geschickten Schritt darauf.

Ich nahm das Fernglas hoch und stellte es ein. Erst einmal das Segel mit den schwarzen Zeichen darauf. Ein Strich, darunter eine dreistellige Nummer – was das wohl bedeutete? Ich schwenkte das Glas – auf dem See war bei diesem herrlichen Wetter einiges los und so bekam ich drei andere Segelschiffe ins Visier. Die hatten ebenfalls Kennzeichen auf den Segeln. Die eine fuhr »GER 612«, die zweite war mit »SUI 2984« ausgezeichnet, Nummer drei schließlich mit »A 394«.

Unter diesen Umständen war nicht schwer zu erraten, dass die Buchstaben vor der Nummer ein Länderkennzeichen – GER für Germany, SUI für Schweiz und A für Österreich – waren. Also hielt ich noch einmal auf die Jacht mit dem schwarzen Spinnacker, der gerade eingezogen wurde. Ich stellte das Fernrohr schärfer – und nun wurde klar, dass der Buchstabe ein »I« war – I wie »Italia«.

»Das ist ein Italiener«, sagte ich. »Wie kommt denn der hierher?«

Rocco futterte immer noch und gab kauend Antwort. »Auf einem Tieflader. Das ist vermutlich Cesare Ferramonte mit den Miercoledi-Schwestern. Mafi hat erzählt, dass er vor ein paar Wochen hier eine Regatta fahren wollte, also hat er seine Jacht per Tieflader an den Bodensee verfrachten lassen. Und in dem ganzen Trallala wegen Miercoledi blieb sie hier und jetzt hat er Marietta und Mafalda zu einer kleinen Tour eingeladen – damit sie sich ein wenig erholen können.« Er klang bitter. »Sie waren nämlich direkt nach der Beerdigung in Amsterdam. Danach wollten sie nicht gleich zurück nach Spoleto, weil dem besorgten Mutterherzen dort ja auffallen könnte, dass Mafalda etwas blass um die Nase ist. Es ist halt ihre erste Abtreibung – da ist man noch nicht so abgebrüht.«

»Ach, Rocco …« Ich streichelte kurz über seine Hand, nahm dann aber wieder mein Glas hoch und schaute auf das Beiboot. Nun konnte ich erkennen, dass es in der Tat ein Schnellboot war – und dass es sehr nach dem aussah, das damals in der Bucht hinter mir her gewesen war.

Mit der Vergrößerung konnte ich dann auch sehen, dass die Gestalt auf dem Beiboot leuchtend rote Haare hatte. »Rocco, siehst du das Mädchen auf dem Beiboot?«

»Hmmm …« brummte er, war aber nicht wirklich interessiert. Er hatte sich wieder hingesetzt, noch einen Kaffee geordert und futterte jetzt einen Apfel.

»Aber was macht sie da?«, überlegte ich.

Nun stand er doch auf. »Gib mir doch mal kurz das Glas, bitte!« Er bekam es, hob es vor die Augen, stellte es scharf und lächelte dann spöttisch. »Marietta macht sich nützlich.« Ich bekam das Glas zurück und er setzte sich wieder, um dem Ober seinen frischen Kaffee abzunehmen und einen großen Schluck zu trinken.

»Wie macht sich denn Marietta nützlich?«, erkundigte ich mich. Ich konnte mir nämlich wirklich nicht erklären, warum sie jetzt eine Klappe vorne am Boot aufgemacht hatte, sich danebengelegt hatte und fast mit dem Oberkörper im Inneren verschwand.

»Sie operiert den Motor!«, erklärte Rocco.

»Wie bitte?« Ich konnte mir eigentlich nicht vorstellen, dass Marietta mit ihren perfekt manikürten Nägeln zu irgendwas nützlich sein könnte.

»Kein Witz!«, versicherte Rocco. »Marietta schraubt gerne. Sie versteht sogar was davon. Sie hat an meiner BMW mal den Verteilerkopf ausgetauscht.«

»Ich fass es nicht! Wie kommt sie denn dazu?«

»Ihr Ex, mit dem sie fünf oder sechs Jahre zusammen war, ist Rallyefahrer. Mit dem war sie als Beifahrerin zum Beispiel bei Paris-Dakar unterwegs – und natürlich dauernd in der Werkstatt. Sonst hätte sie ihn ja kaum gesehen. Und dabei hat sie anscheinend einiges über Motoren gelernt.«

»Genug, dass sie ein Lenkgestänge manipulieren könnte?«, fragte ich.

»Weiß ich nicht. Wie kommst du darauf?«

»Du hast doch mitgekriegt, dass ich vor ein paar Wochen einen Unfall hatte? Totalschaden – aber zum Glück sind Lucas und ich unverletzt rausgekommen«, erzählte ich. »Mein Wagen wurde von der Polizei auseinandergenommen – und dabei stellte sich heraus, dass das Lenkgestänge angesägt war.«

»Ach du Schei…« Rocco schaute mich ganz entsetzt an. »Das hast du gar nicht erwähnt!«

»Mit so was macht man ja nicht unbedingt Werbung!«, erklärte ich. »Die Polizei meinte, ich solle es lieber diskret behandeln …« Ich schaute wieder auf das Beiboot hinaus und schluckte einen Fluch. Dadurch, dass die Motorabdeckung offen war und hochstand, konnte ich nicht erkennen, ob auf der rechten Seite eine gelbe Nummer angebracht war.

Mein Handy klingelte. Ich fummelte es aus der Hosentasche, sah auf die Nummer – das Festspielhaus. Um genau zu sein: Es war die Schneiderei, die wissen wollte, wann ich mit den letzten Änderungswünschen kommen würde. Ich versprach, gleich loszufahren, verabschiedete mich von Rocco, sauste noch einmal nach oben in unser Zimmer, legte meinem immer noch friedlich schlafenden Lucas einen Zettel hin und schnappte meine Tasche.

Ab ins Auto, Handy in die Halterung, per Bluetooth verbinden lassen, losfahren und das Handy bei Gerstenmeier anrufen lassen. Er war zum Glück schon im Büro, worauf ich ihm von dem Schnellboot erzählte. Doch meine Hoffnung, dass er sich mit Tatütata in den Hafen und mit dem Polizeischiff zu einem Besuch bei Herrn Ferramonte einfinden werde, erfüllte sich nicht.

Er klang sehr skeptisch. »Na ja, bei der Regatta war mehr als ein ausländisches Boot auf dem See, und wenn ich mich richtig erinnere, sogar drei oder vier Italiener. Außerdem liegen hier auch ein paar, die regelmäßig Urlaub am See machen.«

»Und die haben alle schwarze Schnellboote im Schlepp?«, fragte ich ironisch.

»Ne, das sicher nicht«, antwortete er gedehnt. »Aber sind Sie wirklich sicher, dass es das Schnellboot ist?«

»Nein, natürlich nicht – ich kann's ja vom Ufer aus nicht erkennen!«

»Tja … wenn das wirklich Ferramonte ist, brauche ich einen Durchsuchungsbefehl, sonst schreit der Zeter und Mordio, ruft seinen Anwalt an und ich hab den schönsten Krach mit dem Polizeipräsidenten. Außerdem hat der Schadwaldt – das ist der Richter, den ich für einen Durchsuchungsbefehl brauchen würde – ziemlich Manschetten vor solchen Promis wie einem Prinzen. Da macht der erst was, wenn ich ihm was ganz Handfestes bieten kann.«

»Und mein Verdacht ist nicht handfest genug?«

»Frau Professor, es ist Freitag!«, wechselte er das Thema. Da erreicht man doch keinen Menschen! Also, ich denke, ich gebe mal an die Wasserschutzpolizei, dass die sich die Jacht und das Beiboot unauffällig angucken. Und wenn es eine gelbe Nummer hat, sollen sie fotografieren und wir sehen uns das am Montag an. Okay?«

*

Ich war reichlich frustriert, als ich vor der Seebühne aus dem Auto stieg. Bis die Wasserschutzpolizei aktiv wurde, konnten Ferramonte und die Damen doch schon lange weg sein!

Aber nun musste ich mich auf meinen Job konzentrieren. Ich rannte durch die Verwaltung und die Treppe hoch zur Schneiderei – und auf halber Strecke bemerkte ich, dass ich meine Tasche mit den Notizen im Auto hatte. Also wieder zurück – und schließlich atemlos in die Schneiderei.

Obwohl es nur um Kleinigkeiten ging, musste ich doch eine halbe Stunde lang erläutern und erklären – und danach ging es gleich weiter: Schuhmacher. Lucas hatte eine Blase an der linken Ferse, wollte also seine Stiefel geklopft bekommen; Roccos rechter Schuh war ein bisschen zu weit und schlappte; Ileana fand den vorderen Ausschnitt ihrer Pumps zu eng – und mir fiel eine berühmte Wagner-Sängerin ein, die auf die Frage, was man brauche, um die großen Wagner-Rollen zu singen, geantwortet hatte: »Eine gute Stimme und bequeme Schuhe.«

Nächste Station: Bühnentechnik. Der zuständige Herr bastelte meist auf der Bühne herum, also Treppe runter, über den Hof, auf den Steg – und da kam mir eine Idee und ich blieb stehen. Noch einen Augenblick nachdenken, dann fummelte ich das Handy aus der Tasche. Ahlers, Ahmann, Allen, Antonini, Arnstedt, Axengruber, Ballyhara, Barker – ja, verflixt, wo hatte ich denn Banhardt, Rocco? Suchfunktion – und bingo: Er war nur unter Rocco gespeichert.

Ich hatte Glück. Er meldete sich sofort, wenn auch etwas brummig, wurde aber sofort freundlich, als ich mich meldete. »Ach, du bist es. Was ist denn los?«

»Kannst du mir einen Gefallen tun und dich heute Abend mit Mafalda, Marietta und ihrem Lover treffen?«

»Huch! Warum sollte ich mir das antun?«

»Weil ich mir das Beiboot ansehen will.« Ich verklickerte Rocco, warum ich so wild darauf war, das Schiffchen aus der Nähe anzuschauen.

»Na ja«, meinte er dann. »Mafi wollte ja, dass wir Freunde bleiben. Und so könnte ich ihr schon vorschlagen, dass wir uns zum Abschied noch mal einen richtig tollen Abend machen – schick essen gehen, danach zur Spielbank … und weil ich nicht will, dass ihr Schwesterherz ganz alleine rumhängt, lade ich sie mit ein. Dann wird sie ihren Prinzen wahrscheinlich auch anschleppen und du hast Zeit, das Boot anzugehen …«

Mit »Spielbank« war ich nicht so ganz glücklich – ich wollte nicht daran schuld sein, wenn Rocco sich wieder Spielschulden zulegte. Andererseits war mir klar, dass das eine gute Chance war, Marietta und Ferramonte für eine Weile an Land zu locken. Also atmete ich tief durch. »Aber du spielst nicht so viel, oder?«

Er lachte bitter auf. »Dabei wollte ich richtig zuschlagen. Bei meinem Pech in der Liebe müsste ich doch im Spiel gewinnen wie nix …«

»Och, Rocco …«

»Nein, ich spiele nur um kleine Beträge – versprochen. Ich muss ja auch auf die anderen aufpassen. Und wir bleiben in Verbindung – nicht, dass Ferramonte plötzlich auf die Idee kommt, zu seiner Jacht zurückzuschwimmen, dich erwischt und ersäuft!«

*

Also, als Janette Bond wäre ich nicht die Idealbesetzung oder kann sich jemand vorstellen, dass die im Tretschwan auf Verbrecherjagd gehen würde? Und ja, Sie haben richtig gelesen: Tretschwan, ausführlicher: Tretboot in Form eines Schwanes. Mit dem strampelte ich nämlich im Schweiße meines geröteten Angesichts über den Bodensee.

Doch von vorne: Als ich mit den Technikern fertig war, fiel ich auf dem Hof der Seebühne dem Marketingmenschen in die Finger. Auf den war ich eigentlich nicht so gut zu sprechen, hatte er meinen Mann und Cayetano doch dazu verdonnert, am Abend vor der Premiere in einer Talkshow herumzuturnen. Die sollte in Wien aufgezeichnet werden – und der Produktion waren Lucas und Cayo so wichtig, dass sie die beiden mit einer Chartermaschine von Friedrichshafen aus einfliegen ließ. Gegen 16 Uhr würden sie sich in die Lüfte erheben, um dann morgen früh um neun zurückzukommen.

Der Marketingmensch wollte nur sicherstellen, dass Lucas und Cayo pünktlich in Friedrichshafen sein würden – und ich verkniff es mir, darauf hinzuweisen, dass Opernsänger doch eigentlich an absolute Pünktlichkeit gewöhnt sind. Zu spät zur Vorstellung zu kommen, kann nämlich teuer werden – Konventionalstrafen treffen sogar Stars.

Ich war auf dem Weg zum Parkplatz, als mein Handy klingelte. Kommissar Gerstenmeier war aktiv gewesen, hatte aber keine guten Nachrichten: »Frau Professor, ich habe die Wasserschutzpolizei losgejagt. Der ›Seehase‹ – das ist das kleinere Patrouillenboot – war draußen, fand die Jacht und das Beiboot, konnte aber nicht nahe genug ran. Die Boje, an der die Jacht festgemacht ist, liegt nämlich schon in Österreich – und wenn die deutsche Wasserschutzpolizei eine italienische Jacht in österreichischen Gewässern knipsen würde, könnte das Ärger geben.«

»Und mit dem Fernglas oder einem Zoom konnten sie auch nichts machen?«, fragte ich. »Mir ist inzwischen eingefallen, dass es an dem Schnellboot, mit dem ich angegriffen wurde, ja nicht nur diese gelbe Nummer gab, die von der rechten Seite hoch zur Motorhaube läuft, sondern dass außerdem auf der linken Seite ein Kratzer sein muss. Auf der Jagd nach mir hat der Schiffsführer einmal den Steg angekratzt …«

»Ach, Frau Benning, wenn der Schiffseigner nicht ganz doof ist, hat er doch die gelbe Nummer und den Kratzer inzwischen übermalt.«

»Und wie ist das mit der Doppelschraube? Das Schiff, das mich angegriffen hat, hatte zwei Schrauben hinten. Das ist doch auch nicht normal …«

»Da fragen Sie mich zu viel. Ich kenne mich mit Booten

nicht aus«, erwiderte Gerstenmeier. »Aber wir haben ein Amtshilfeersuchen an die Österreicher rausgegeben und in dem steht, dass wir ein Schnellboot mit einem Kratzer links und einer gelben Nummer rechts suchen. Alternativ sollen sie bitte gucken, ob das Schiff an den Seiten neu lackiert wurde – und jetzt schicke ich halt noch hinterher, dass das gesuchte Schiffchen eine Doppelschraube hat ...«

»Prima! Und wann gucken die Ösis?«

»Na ja, wir haben das Amtshilfeersuchen rübergefaxt, aber ich weiß natürlich nicht, wie das genau bei denen abläuft. Vielleicht brauchen die auch einen Richter, der das freigibt. Ich gehe auf jeden Fall davon aus, dass da am Wochenende nichts passiert.«

Ich gestehe, dass ich nach dem Auflegen mächtig gebruddelt* habe. Ich hatte nämlich das Gefühl, dass Gerstenmeier von der ganzen Geschichte inzwischen zu viel gekriegt hatte und mehr an seinem ruhigen Wochenende als an dem Schnellboot interessiert war.

Zurück ins Hotel – und siehe, siehe, mein Dornroserich war erwacht, schabte sich gerade die Bartstoppeln vom Kinn und hatte mich schon erwartet. »Sag mal, was soll ich denn da heute Abend anziehen? Ich hab den blauen und den hellen Anzug dabei.«

»Und den Smoking, oder?«

»Ja, doch – aber der wäre da ja doof! Außerdem brauche ich den für die Premierenparty.« Er seifte die linke Wange ein.

»Anzug finde ich zu formell«, sagte ich. »Weißt du, was dein Partner in Crime anzieht?«

»Wie ich Cayo kenne, kommt der in Jeans, irgendeinem knallbunten Oberteil und einem legeren Jackett.«

»Also, nimm dir ein Beispiel dran!«, lachte ich und ging zu seinem Kleiderschrank.

---

* Bruddeln (schwäbisch): Schimpfen, rummeckern.

»Jeans?«, kam prompt und mit deutlichem Missfallen. Im Gegensatz zu mir, die ich meist in Jeans unterwegs bin, mag mein Gatte den »amerikanischen Einheitslook«, wie er das nennt, nicht. Blue Denim ist ihm zu steif und außerdem … also … uhm … wenn Jeans ordentlich sitzen, kneifen sie an einer »empfindlichen Stelle«, sagt mein Mann. Deswegen trägt er im Winter weiche Cordhosen und im Sommer Chinos und die so »bequem«, dass sie – so hat jedenfalls seine Tochter mal festgestellt – »am Hintern Gesichter machen«.

Als arbiter elegantarium der Opernwelt wird der Meine bestimmt nicht in die Geschichte eingehen, aber seit ich ihn anziehe, sieht er wenigstens nicht mehr aus, als ob er »rückwärts durch eine Hecke gekrochen« wäre (sagte Rocco mal von ihm).

Ich suchte ihm eine helle Leinenhose, eine beige Chino, ein azurblaues Polohemd und ein grünes T-Shirt aus, dazu bekam er eine dunkelblaue Strickjacke und ein Paar weiche, hellbraune Mokassins verpasst. Und der doppelte Satz war nötig, weil mein Lucas gut im Kleckern ist und weil er bis zur Talkshow noch mindestens zwei Essen vor sich hatte. Ich war eigentlich schon fast in Versuchung, ihm noch einen Satz Klamotten einzupacken, aber da er immer mit leichtem Gepäck reisen will, bremste ich mich aus.

Er kam frisch rasiert und wohlduftend aus dem Bad, was ich natürlich gleich ausnutzte, um ihn zu küssen. Und weil ich zu den Frauen gehöre, deren Mund überläuft, wenn das Herz voll ist, erzählte ich ihm dann von der Jacht und dem Schnellboot und dass Gerstenmeier irgendwie nicht den richtigen Dampf dahinter hatte.

Nun kennt mein Lucas nicht nur diverse Pappenheimer, sondern auch sein Weib. Er atmete tief durch, legte den linken Arm um mich und hob mit der rechten Hand mein Gesicht so an, dass ich ihm in die Augen gucken musste. »Victoria, tust du mir einen Gefallen?«

»Hmm?«

»Halt die Füße still! Komm nicht auf die Idee, dich mit diesen Leuten auf der Jacht anzulegen. Die sind eminent gefährlich und du hast jetzt dreimal erlebt, wozu die fähig sind!«

»Dreimal?«, wunderte ich mich. »Ich erinnere mich nur an zwei Anschläge.«

»Ich denke, wir können davon ausgehen, dass die Herrschaften auch den Mord an Miercoledi zu verantworten haben – also drei Gewalttaten!« Er zog mich an sich und ich küsste an seinem Hals entlang. Das ist immer eine gute Möglichkeit, ihn abzulenken – und mir war sehr danach, ihn von diesem Thema wegzusteuern. Lucas hat nämlich die hässliche Gewohnheit, mir Versprechen abzunehmen, wenn er etwas sicherstellen will. Seine jüngere Schwester hat mir mal grinsend erzählt, er sei eben ein älterer Bruder. »Er hat schon mit zwölf gewusst, wie emotionale Erpressung geht.«

Zum Glück kam es nicht so weit. Er fragte noch ab, ob in den Werkstätten drüben in Bregenz alles in Ordnung sei, dann klopfte Cayetano – tatsächlich in Jeans mit knallgelben Schuhen und einem roten T-Shirt, auf dem stand: »Niemand ist perfekt. Aber als Tenor ist man nahe dran« – und trieb uns zum Aufbruch.

Ich packte also die Herren ins Auto und fuhr zum hochtrabend »Bodensee Airport« genannten Flughäfelchen nach Friedrichshafen. Dort stand auch schon ein österreichischer Learjet und ich musste mich mal wieder von Lucas verabschieden. Immerhin lenkte Cayo den Piloten ab und so bekam ich einen richtigen Kuss und ein sanftes »Ich werd dich vermissen, Vic!«. Und: »Pass bitte auf dich auf! Ich brauch dich noch …«

Ich zitierte Brecht: »Der, den ich liebe, hat mir gesagt, dass er mich braucht. Darum gebe ich auf mich Acht, sehe auf meinen Weg und fürchte von jedem Regentropfen, dass er mich erschlagen könnte.«

Dafür bekam ich noch einen Kuss – und dann stieg er in die Maschine und ich sah ihr hinterher, als sie abhob und im blauen Himmel verschwand. Natürlich fehlte er mir mal wieder schrecklich und ich biss mir auf die Lippen, als ich zum Auto zurückging.

Ich hatte das Handy dort gelassen, und als ich wieder ankam, klingelte es schon heftig. Das Display zeigte »Rocco« an – und er hatte gute Nachrichten. Er habe Mafalda angerufen und sie habe die Einladung in die Spielbank für sich, Marietta und Cesare Ferramonte angenommen. »Essen wollen sie allerdings nicht mit mir. Auch recht – spar ich Geld«, kommentierte Rocco. »Wir treffen uns also um neun im Casino Bregenz.« Er seufzte. »Ich glaube, Mafi setzt darauf, dass wir uns über solche Treffen wieder annähern.«

»Und? Wie siehst du das?«

»No way!«, kam ohne Zögern, die Erklärung folgte: »Ich habe zunehmend das Gefühl, dass ich mich in eine Illusion verliebt hatte und die wahre Mafalda erst jetzt kennenlerne. Ich sah sie als das zarte, unschuldige Mädchen, die vom grausamen Vater unterdrückte und gefangene Prinzessin, die ich als Ritter in schimmernder Rüstung retten konnte.«

»Lucas würde dich fragen, ob du eine Wagner-Oper zu viel gesungen hast.«

»Wahrscheinlich. Ich habe aber – auf die harte Tour – gelernt, dass Mafalda eben auch die Tochter ihres Vaters ist.« Und nach einer kleinen Pause atmete er tief durch. »Lass uns über die Logistik heute Abend reden. Ich denke, ich kann das Trio mindestens zwei Stunden im Casino beschäftigen. Reicht dir das?«

Ich war inzwischen losgefahren. »Ja, klar«, antwortete ich. »Das Speedboot dürfte dann ja in Bregenz im Hafen liegen …«

»Nein!«, widersprach Rocco. »Solche Dinger dürfen in

Bregenz nicht anlegen – Umweltschutzgründe. Und die Jacht kann nicht in den Hafen – die hat zu viel Tiefgang. Aber das ist kein Problem – es gibt ein Schlauchboot mit Außenborder für solche Zwecke.«

»Wer hat, der hat!«, seufzte ich. »Aber vielleicht ist es ja besser, wenn das Schnellboot draußen auf dem See ist. Da sieht mich niemand, wenn ich drum herumfahre und es fotografiere.«

»Und wie kommst du raus zur Jacht?«, fragte Rocco.

»Ich miete ein Boot«, antwortete ich. »In Bregenz im Hafen ist doch ein Bootsvermieter. Da fahr ich gleich mal hin und reserviere mir ein nettes Elektroboot.«

KAPITEL 13: EINE SEEFAHRT, DIE IST LUSTIG – MANCHMAL …

Am Bodensee,
Anfang August 2018

Tja – die Nummer mit dem »Elektroboot mieten« ging ordentlich daneben. Ich fuhr nach Bregenz in den Hafen, fand den Bootsvermieter und der erzählte mir erst einmal, dass er nachts keine Boote vermiete. Wer nächtens auf dem See rumkreuche, brauche nämlich entsprechende Beleuchtung und die sei ihm zu teuer und zu störanfällig.

Mir fiel ein, dass unweit von unserem Hotel noch ein Bootsvermieter war – und der hatte Beleuchtung auf seinen Booten, denn die hatte ich nachts schon herumschwirren sehen. Also zurück nach Lindau – und da bekam ich dann gesagt, dass die drei Elektroboote schon reserviert seien. »Und wie ist es mit einem Ihrer Motorboote?«

»Haben Sie einen Bootsführerschein?«

»Braucht man den dafür?«

»Ja – und wenn Sie ohne erwischt würden, hätte ich Ärger«, erklärte mir der Vermieter.

»Oh, verflixt – ich habe eine Verabredung mit einer Jacht, die auf dem See ist«, log ich.

»Dann lassen Sie sich von den Leuten doch abholen. Die haben alle Außenborder dabei.«

»Ich möchte aber unabhängig sein und ein eigenes Boot dabeihaben«, sagte ich.

Der Vermieter deutete auf drei überdimensionale Schwäne, einen Riesenfrosch und ein Einhorn, die neben dem Steg dümpelten. »Bitt'schön, Sie dürfen aussuchen …«

»Wie funktioniert das denn?«, fragte ich.

»Fleißig treten – das sind Tretboote. Damit kommt man auch überall hin«, warb der gute Mann.

Ich seufzte. »Und welches ist das Schnellste?«

»Die Schwäne sind ganz gut – und außerdem ziemlich neu. Da flutscht es noch richtig …«

Tja – so bin ich zum Tretschwan gekommen – und zur Feststellung, dass die Treterei eine ganz schön mühselige Angelegenheit ist. Zum Glück bin ich ungeduldig und deswegen war ich schon um 19 Uhr am Anleger gewesen und hatte meinen Schwan geholt.

Die Jacht war inzwischen näher am Bregenzer Ufer, ungefähr 25 Meter von einer Stelle entfernt, an der eine große, alte Trauerweide sich weit über den See beugte. Ich kam um halb 20.30 Uhr dort an, fuhr meinen Schwan unter die überhängenden Äste, streckte meine müden Beine – ich war seelisch und moralisch darauf vorbereitet, dass ich mir die Mutter aller Muskelkater anlachen würde – und beobachtete, wie die Sonne als feuerroter Ball langsam Richtung Wasser heruntersank.

Dummerweise hatte mein Versteck unter der Weide einen Nachteil: Meine Sicht auf die Jacht war eingeschränkt. Es waren einfach zu viele Blätter und Zweige vor mir. Aber immerhin konnte ich sehen, wie kurz vor 21 Uhr ein Schlauchboot ablegte. Sein Außenborder – oh, wie ich das Trio darum beneidete! – entfernte sich surrend Richtung Bregenzer Hafen.

Ich rief erst einmal Rocco an. »Deine Gäste sind unterwegs.«

»Ja, ich seh das Boot schon! Ich bin in Bregenz am Hafen. Was machst du jetzt?«

»Ich warte, bis es vollends dunkel ist, und fahre dann an das Speedboot heran. Ich muss ja nahe dran – meine Nachtsichtkamera hat nur zehn Meter Reichweite.«

»Gut. Dann pass auf dich auf – und schick mir eine SMS, wenn du wieder abhaust, ja? Muss nur ein ›fertig‹ oder so was sein, damit ich eben weiß, dass ich die drei nicht mehr aufhalten muss.«

Ich legte auf, schaute dabei auf den Akkustand – und fluchte. Ich hatte wieder einmal vergessen, das blöde Handy zu laden. Das passiert mir leider dauernd – und das hieß, dass ich nur noch 22 Prozent hatte. Da half nur eines: abschalten, Strom sparen.

Es war kurz nach 21 Uhr und schon dunkel, als ich den Schwan endlich neben das Speedboot rangierte. Ich packte erst einmal meinen kleinen Rucksack aus: Seil, Taschenlampe, die Videokamera mit Nachtsicht. Das Seil nutzte ich, Schwan und Speedboot provisorisch miteinander zu verbinden, dann schaltete ich die Taschenlampe ein und funzelte die rechte Seite des Schnellboots ab. Sie war tiefschwarz, aber man sah an einer ungefähr armlangen Stelle, dass da die Farbe nicht gespritzt, sondern mit einem Pinsel aufgetragen war – und das, wie ich dann mit den Fingerspitzen abtastete, noch nicht einmal besonders professionell und gleichmäßig.

Ob das wohl auf den Bildern der Kamera herauskommen würde? Ich knipste die Taschenlampe aus, legte sie neben mich, beugte mich weit aus dem Schwan heraus und – ops. Ich verlor fast das Gleichgewicht und jonglierte dabei auch noch mit der Kamera. Uff – gerettet, Kamera noch da und nicht nass geworden, neuer Versuch. Hmm – die Bilder waren nicht sonderlich überzeugend. Aber wenn die Techniker der

Kripo das Boot in die Finger bekamen, würden sie vermutlich den Kratzer unter dem schwarzen Lack finden.

So – und nun die Doppelschraube. Schwan losmachen, am Speedboot entlang, darum herum. Ja, da war etwas, wobei es nicht nach einer Schraube aussah, sondern eher nach zwei Abflussrohren, die ins Wasser reichten. Ich fotografierte sie, dann strampelte ich auf die linke Seite des Schnellboots.

Da war sie, die gelbe Nummer! 3576, wobei, schräg nach oben über die Seite laufend, die hintere Sechs zur Hälfte auf der Motorhaube. Und da war noch etwas, ein Signet. Was war das? Ich konnte es im Düsteren nicht klar erkennen – ebenso wie ich es damals, in der Bucht, nicht hatte ausmachen können.

Aber dieses Mal war ja niemand hinter mir her. Die Herrschaften vergnügten sich im Casino. Also konnte ich in aller Ruhe meinen Schwan festbinden – danke, geschätzter Prinz, dass Sie so nette, praktische Ösen auf Ihrem Speedboot haben! Nur blöderweise nützte es mir nichts, wenn der Schwan neben dem schwarzen Ding lag. Ich sah immer noch nicht so auf die Motorhaube, dass ich gescheit fotografieren konnte.

Aber wenn ich im Schwan stand, müsste es gehen. Nur dummerweise war mein Tretboot nicht so wahnsinnig stabil – ich kam prompt ins Wackeln, fiel – und landete zum Glück auf meiner Kehrseite auf dem Sitz. Uff. Das Steißbein tat mir zwar weh, aber so leicht gab ich nicht auf. Ich schaute hinüber auf die schwarz-glänzende Motorhaube, in der sich der Sternenhimmel spiegelte. Wenn ich da rüber kletterte, konnte ich das gelbe Symbol fotografieren.

Über den aufgestellten Flügel meines Schwans hinüber auf das Speedboot … wobei ich mich nicht geschickt anstellte und die ganze Konstruktion mit angebundenem Schwan und Schnellboot ins Wackeln kam. Dementsprechend landete ich auf den Knien auf der Motorhaube, musste mich an der

Scheibe vom Führerstand festhalten und konnte dennoch nicht verhindern, dass mein linker Fuß Kontakt mit dem Wasser bekam. Es war ziemlich kalt, aber mei – man muss Opfer bringen, wenn man etwas herausfinden will. Und jetzt hatte ich das Signet wenigstens vor mir. Um genau zu sein: Es war unter meinem Kinn.

Ich musste mich nur auf die Ellbogen stützen, dann sah ich es – und mir blieb fast die Spucke weg: Hinter der Sechs kam, ungefähr so groß wie zwei Handflächen, das Tics-Logo!

Wäre es noch unverfrorener gegangen? Wahrscheinlich nur, wenn der Prinz hinten noch das Familienwappen unter dem Tics-Symbol geflaggt hätte! Und mich dann mit diesem Boot zu jagen – sagenhaft.

Aber wie zur Hölle hatte Ferramonte herausgefunden, dass ich hinter dem Mörder her war und zur Bucht kommen würde? Oder war er zufällig dort gewesen, hatte mich gesehen und spontan beschlossen, mich zu versenken?

Vielleicht würde er es der Polizei so erzählen? Angeblich werden manche Leute bei Vernehmungen gesprächig.

Doch um einen Blaublüter in Polizeigewahrsam zu bringen, musste ich die Nummer und das Logo fotografieren, also zappelte ich mich auf die Knie und hielt drauf. Einmal von links, einmal von rechts, im Querformat, im Hochformat und als Filmchen und das Ganze zur Sicherheit noch mal – ich bin gründlich in solchen Dingen.

So gründlich und konzentriert, dass ich das Schwanken des Boots nur am Rand registrierte – bis ich das Gleichgewicht verlor, über die kleine Windschutzscheibe kugelte und auf dem Fahrersitz des Speedboots landete. Dabei schlug ich mir den Hinterkopf am Lenkrad an und mein eh schon geschädigtes Steißbein bekam noch eine ab. Das Übelste war aber, dass ich plötzlich in gleißendem Licht saß – und als sich meine Augen daran gewöhnt hatten, erkannte ich, dass vor mir auf der Motorhaube der Prinz stand – breitbeinig, selbstbewusst, mit einem Grinsen, das sein eigentlich hübsches Gesicht grausam wirken ließ.

»Buona notte, Professora! Wie nett, dass Sie mich besuchen!«, spottete er. »Aber Sie haben sich ein hübsches Transportmittel gesucht – ein Schwan. Sehr passend! Aber bevor Sie anfangen, Wagner zu singen, werde ich Ihren Schwan auf Tauchfahrt schicken. Wissen Sie, Wagner ging mir schon bei meinem Onkel Vittorio auf den Zeiger. Ich mag Puccini und Verdi viel lieber – melodiöser Bel Canto statt deutscher Stimmritzenprotzerei …« Er hob den Arm, es blitzte auf und knallte – und noch einmal und dann gluckste es und mein armer Schwan bekam Schlagseite und ging langsam unter. Ferramonte schoss noch einmal darauf, dann drehte er sich wieder zu mir und ich sah jetzt erst die Pistole, die er in der Hand hielt.

Er winkte damit: »Professora, ich denke, wir steigen um. Sie folgen mir auf die Jacht – die ist für unsere kleine Unterhaltung viel komfortabler als das Speedboot.« Mit beneidenswerter Sicherheit ging er rückwärts, stieg auf die Badeplattform, die hinten an der Jacht angebracht war, um und wedelte mit der Waffe. »Kommen Sie!«

Verflixt. Wie hatte ich es nur geschafft, in diese Lage zu kommen? Oder noch wichtiger: Wie kam ich wieder raus? Ins Wasser springen, abtauchen und ans Ufer schwimmen? Bond, James Bond, würde das wohl machen. Mir aber war klar, dass ich nicht kugelfest war und dass es schwierig würde, im Dunkeln ans Ufer zu kommen. Außerdem ist der Bodensee dafür bekannt, dass er einige ganz fiese Unterströmungen hat und mich mit denen anzulegen? Ich vermutete, dass ich da mit Ferramonte eine größere Chance hatte.

Also krabbelte ich auf Händen und Knien über die Motorhaube. Ferramonte unterdessen machte Schießübungen, um den halb versunkenen Schwan vollends zu erledigen. Dann kletterte er die kleine Leiter hinauf, die von der Plattform auf die Jacht führte, lehnte sich dort leger ans Gelände und sagte: »Ach, übrigens – ich habe jetzt sechsmal geschossen. Aber Sie sollten sich dennoch nicht der Hoffnung hingeben, dass es, wenn ich das nächste Mal durchziehe, nur ›klick‹ macht. Ich habe acht Patronen im Magazin.«

»Wie schön für Sie!« Ich hatte einfach genug davon, mir alles schweigend gefallen zu lassen. »Aber wie haben Sie vor, meine Leiche loszuwerden? Ich habe natürlich jemanden an Land, der auf mich wartet. Und wenn ich in absehbarer Zeit nicht zurück bin, wird er die Polizei alarmieren.«

»Ach, der gute Rocco Banhardt? Ihr Mann ist ja in Wien, nicht? Der Haken ist nur: Der Herr Banhardt ist nicht unbedingt die hellste Kerze auf der Torte. Ob der es fertig bringt, die richtige Polizeistelle zu alarmieren?« Er beugte sich über das Geländer und streckte mir die Hand hin. »Kommen Sie hoch – ich schenke Ihnen sogar einen Drink ein.«

Ich nahm die Hand nicht, kletterte aber die Leiter hinauf auf Deck und stand neben ihm, wobei ich mich unauffällig umschaute. Über uns war als Dach das obere Deck, links von mir standen eine weiße Couch und drei Sessel vor einem Glastisch, dahinter vor einer verspiegelten Wand eine Art Sideboard, auf einem Regal darüber eine ganze Kollektion von Kristallgläsern. Rechts standen ein paar Teakholzliegen mit weißen Polstern, dazwischen führte eine Terrassentür ins Innere der Jacht.

Ich überlegte einen Augenblick, ob jetzt wohl der richtige Zeitpunkt für eine Heldentat wäre. Mit einem Panthersprung auf Ferramonte, ihn umwerfen, den Überraschungseffekt ausnutzen, um ihm die Pistole abzunehmen ... der Haken war nur, dass er vermutlich mit dem Finger am Abzug schneller war als ich mit einem Sprung über eineinhalb Meter. So was klappt vermutlich nur im Film und darum ließ ich es und sah sogar zu, wie er die Pistole in den Bund seiner zu engen hellen Hose steckte, zum Sideboard ging und nach einer Flasche griff. »Ich könnte Ihnen einen Wodka Lime mixen – Sie mögen doch Limetten, nicht? Aber ich habe auch einen schönen Armagnac – ein echter VSOP*. Sie haben die Wahl.«

Woher weiß er, dass ich Limetten und Armagnac mag? Ich atmete tief durch und sagte: »Ich probiere es gerne mit dem Armagnac.«

Er holte zwei Cognacschwenker aus dem Regal, schenkte aus einer bauchigen Flasche ein, reichte mir ein Glas, dann deutete er auf das Sofa. »Setzen Sie sich. Wir haben ein paar Minuten, dann muss ich allerdings los. Ich habe noch eine Verabredung.«

Ich setzte mich auf die Couch, trank einen Schluck und griff an: »Sagen Sie, Prinz, was soll das hier eigentlich? Wollen Sie mich umbringen, so wie Sie Mario Miercoledi getötet haben und wie Sie es zweimal bei mir probiert haben? Kommt es Ihnen auf ein Opfer mehr oder weniger nicht an?«

Er kippte die edle, französische Flüssigkeit mit einem Schluck, dann lächelte er spöttisch. »Professora, Sie schätzen mich ganz falsch ein. Mord ist nicht mein Ding. Es war Marietta, die ihrem Vater den Eiben-Smoothie verpasst hat – und man muss sie verstehen! Sie hat wirklich sehr unter ihm gelitten.« Er trat wieder an die Bar, schenkte sich nach, kippte das zweite Glas hinunter und öffnete eine Klappe am Sideboard. »Och, schade – ich dachte, wir hätten noch schwarze

---

* Armagnac ist so etwas wie der »kleine Bruder des Cognacs«. Er wird in der Gascogne aus weißen Trauben gekeltert, allerdings im Gegensatz zum zweimal gebrannten Cognac nur einmal gebrannt. Danach lagert er in Fässern aus lokaler Steineiche, wo er seinen typischen, milden Geschmack entwickelt. Und die Qualitätsbezeichnung VSOP steht für »Very Superior Old Pale« – einen sehr alten, qualitätsvollen Armagnac.

Manzanilla Oliven*. Die mögen Sie doch gerne, nicht? Überhaupt scheinen Sie einen erlesenen Geschmack zu haben.«

»Woher wissen Sie das eigentlich?«, wollte ich wissen.

Er ging um mich herum, lehnte sich wieder ans Geländer und schaute mich einen Moment sehr interessiert an. Dann sagte er: »Eigentlich ist es ein Jammer. Sie sind eine mutige, sehr clevere und durchaus ansehnliche Frau.« Er trank einen Schluck. »Es tut mir richtig leid, dass Sie auf der falschen Seite stehen und ich Sie deswegen erschießen muss. Eigentlich bewundere ich Sie nämlich. Aber nun verraten Sie mir etwas: Wie kamen Sie darauf, bei Tics herumzuschnüffeln?«

Ich wunderte mich, wie ruhig ich war. Ich kam mir vor, als wenn ich außerhalb der Realität wäre. Nur das schmerzende Steißbein und der trockene Mund erinnerten mich daran, dass das kein komischer Film war. Aber gegen den trockenen Mund half ein Schluck Armagnac, der sanft über die Zunge rollte und auf dem Weg durch meinen Hals angenehm wärmte.

Er gab mir den Mut, die Frage zu beantworten. Es kam doch sowieso nicht mehr darauf an, denn schließlich blieben jetzt nur noch zwei Möglichkeiten: Entweder Ferramonte erwischte mich – dann war's wurst, was ich ihm vorher erzählt hatte. Oder ich erwischte irgendwie ihn – dann würde er hinter Gittern landen und durfte mit der Polizei plaudern. Also lächelte ich ihn kühl an. »Ich war auf dem Balkon, als bei Familie Miercoledi über Geld diskutiert wurde – und es war Marietta, die von ihrem Onkel Guiseppe Aufklärung über die Tics-Beteiligung verlangte.«

---

* Die Manzanilla Oliven kommen aus Dos Hermanas in der Provinz Sevilla und gelten als eine der besten Tischoliven-Sorte in Spanien. Und schwarze Oliven – wenn sie echt und nicht nur gefärbt sind – sind im Gegensatz zu den grünen ausgereift und haben so viel Geschmack, dass sie weder aromatisierte Lake noch viele Gewürze brauchen. Dafür sind sie üblicherweise auch dreimal so teuer wie die Grünen.

»Die gute Marietta. Die traut wirklich niemandem, nicht einmal mir. Andererseits hat sie natürlich recht, wenn sie das Onkelchen ein bisschen auseinandernimmt. Ich möchte gar nicht wissen, wie viel Geld der im Lauf der Jahre unterschlagen und verschoben hat.«

»Im Gegensatz zu den Summen, die Sie durch Ihren Schwarzhandel mit Tickets verdient haben, war das wohl Taschengeld.« Ich kann auch spöttisch grinsen und führte ihm das vor.

»Wenn ich genau wissen wollte, wie viel es war, müsste ich wahrscheinlich Sie fragen.« Wieder leerte er sein Glas – und ich nahm das als Zeichen dafür, dass er doch nicht so gelassen war, wie er mir vorspielen wollte. Und nun ging er auch wieder zur Bar und schenkte sich nach. »Es ist wirklich ein Jammer, dass Sie meine Gegnerin sind. So gescheit wie Sie meine Tics-Tricks enttarnt haben! Respekt, Respekt, Professora.« Er hob sein Glas. »Salute! Sie waren wirklich eine würdige Gegnerin.«

»Salute, Principe …« Ob ich es wohl schaffen würde, ihn so zum Trinken zu animieren, dass er zu viel bekam? Immerhin goss er den edlen Armagnac hinunter wie unsereins Apfelsaftschorle! Dabei prostete er mir aber immer wieder zu – und genau das war mein Problem mit dem Unternehmen »Füll ihn ab und mach ihn fertig«: Ich trinke nicht oft Alkohol, daher vertrage ich nicht viel. Und wenn ich versuchen würde, bei Ferramonte mitzuhalten, würde ich wahrscheinlich in einer halben Stunde unter Absingen trunkener Lieder unter den Tisch fallen.

Da half nur eine Verknappung des Stoffs. Es tat mir zwar leid um den wunderbaren Armagnac, aber ich kippte ihn dennoch großzügig auf mein Shirt. »Oops … ich bin aber auch zu schusselig!«

Der Prinz lächelte maliziös. »Eine gewisse Nervosität ist unter den herrschenden Umständen nachvollziehbar«, kommentierte er und schaute auf die Uhr. »Oh – wir müssen aufbrechen, sonst komme ich zu spät zu meiner Verabredung.« Er nahm die Pistole aus dem Hosenbund, wirbelte sie in bester Italo-Western-Manier einmal um den Zeigefinger, öffnete dann mit der freien Hand die Terrassentür, die ins Innere der Jacht führte, und sagte: »Wenn Sie sich bitte zu mir gesellen und mir vorausgehen würden? Ich bedauere es zwar sehr, aber ich muss Sie für eine Weile einsperren. Sonst kommen Sie vielleicht noch auf dumme Gedanken.«

Er dirigierte mich mit der Waffe in meinem Rücken durch den Salon der Jacht und eine schmale Treppe hinunter in einen Gang mit mehreren Türen. Davon öffnete er eine, schubste mich in einen kleinen Raum, in dem zwei Stockbetten an der Wand angebracht waren. Auf der anderen Seite stand ein kleiner Tisch mit zwei Stühlen davor; auf dem Tisch lag eine Rolle Panzerband. »So – ich muss Sie leider ein bisschen einschränken. Wir möchten doch nicht, dass Sie sich oder jemand anderen verletzen! Davor aber …« Mit einem geschickten Griff zog er mein Handy aus der Gesäßtasche und stellte fest: »Abgeschaltet – wollten Sie nicht gestört werden?« Er steckte es in seine Hosentasche, dann nahm er das Klebeband. »Hände auf den Rücken!«, kommandierte er.

Was blieb mir anderes übrig, als ihm zu folgen? Ich versuchte allerdings, meine Hände so gegeneinander zu halten, dass – von ihm nicht zu bemerken – ein wenig Abstand dazwischen blieb. Und zu seiner Ablenkung fragte ich: »Verraten Sie mir, woher Sie so viel über mich wissen?«

»Wi-Fi!«, antwortete er knapp, während er das Band um mich herum führte und hinten abschnitt. »Marietta hat mir die Daten des Netzwerkes im Hotel verraten – und damit war es kein Problem, alles aufzuzeichnen, was Sie auf Ihrem Computer veranstaltet haben.«

»Aber ich habe doch ein ziemlich kompliziertes Passwort eingerichtet!«, hielt ich dagegen.

Ferramonte ging in die Knie und verband meine Knöchel. »Ja, Ihr 12-stelliges Passwort mit Groß- und Kleinschreibung, Sonderzeichen und Zahlen war eine Hürde.« Er richtete sich wieder auf und schaute erneut auf die Uhr. »Wir haben noch einen Moment, also kann ich Ihre Neugierde befriedigen: Ich habe einen sehr smarten, jungen Freund in Rumänien – fast ein Genie am Computer. Er hat eine kleine App geschrieben, die Ihr Passwort geknackt hat. Sie hat zwar gut sieben Stunden dafür gebraucht, aber das Ergebnis hat das Warten gelohnt. Sie haben brav alles Mögliche per Mail berichtet, sodass ich es nachlesen konnte; ich habe Ihre Recherchen auf diversen Auktionsplattformen verfolgt und ich habe sogar die ersten Kapitel Ihres neuen Buches gelesen. Zu schade, dass es nicht mehr fertig werden wird.« Er schob mich zum unteren Bett. »Setzen Sie sich doch. Sie müssen nicht so unbequem hier herumstehen.«

»Stimmt, bevor man erschossen wird, sollte man es wenigstens bequem haben.« Irgendetwas wehrte sich in mir dagegen, die Situation ernst zu nehmen. »Aber verraten Sie mir auch noch: Warum packen Sie mich noch mühselig hier weg? Sie könnten mich doch auch einfach erschießen und in den See werfen.«

»Aber nein!«, lehnte er ab. »Der Bodensee ist Trinkwasserspeicher für die ganze Region, den sollte man nicht mutwillig verschmutzen.«

»Ja, das ist wahr – das Entsorgen von Müll und Leichen im See ist nicht gerne gesehen.« Himmel, konnte die Situation noch schräger werden? Galt das nachher als »nachhaltiger Mord« oder hatte Ferramonte vor, mildernde Umstände dafür zu verlangen, dass er den Umweltschutz beachtet hatte?

»Wir fahren nachher ein Stück den Rhein hinauf«, sagte Ferramonte nun. »Da gibt es schöne Unterströmungen, die dafür sorgen, dass das, was man in den Rheinkanal wirft, unten bleibt.«

»Na, das ist ja entzückend!«

Ferramonte schaute mich mit schräg gelegtem Kopf an. »Hmm – eigentlich sollte ich Ihnen den Mund zukleben. Aber das ist sehr unangenehm. Außerdem sind Sie doch eine kluge Frau und sehen ein, dass es Ihnen nichts bringen würde, wenn Sie hier herumschreien. Sie würden mir nur auf die Nerven gehen und mich damit in Versuchung bringen, Ihr Ableben vorzuziehen. Also lasse ich es so – einverstanden?« Er zog mein Handy aus der Hosentasche. »Verraten Sie mir Ihre PIN? Ich bin auch neugierig!«

»5164«, sagte ich – was hätte es auch gebracht, ihm die PIN nicht zu sagen?

Er gab die Nummer ein, wartete einen Augenblick, tippte etwas und sagte dann: »Oh, Ihr Gatte scheint Sie zu vermissen. Er hat dreimal angerufen. Und der gute Rocco hat es schon viermal probiert. Ist er Ihr Lover oder warum versucht er, Sie so dringend zu erreichen?«

»Vielleicht will er fragen, ob seine in der Generalprobe etwas engen Schuhe geändert worden sind?«

»Das wird es sein!« Ferramonte ging zur Tür. »So – ich muss los. Sie sind brav, ja?«

Ich war zuerst einmal froh, dass er mir den Mund nicht zugeklebt hatte – und schaute mich noch einmal gründlich im Raum um, nachdem er verschwunden war und die Tür von außen abgeschlossen hatte. Ich vermutete, dass ich in einer Crewkabine saß – jedenfalls sahen die schmucklosen, weißen Kunststoffwände, das einfache Stockbett und die Neonröhre an der Decke danach aus. Immerhin aber gab es ein Bullauge – und ich stand auf, hüpfte hin und schaute es genauer an. Es war mit sechs Kreuzschlitzschrauben geschlossen, doch immerhin war es so groß, dass ich wohl durchpassen würde. Ich bin ja nur – wie mein Mann ab und zu feststellt – eine »halbe Portion«.

Und ich hatte Lucas' Taschenmesser eingepackt, an dem ein Schraubenzieher war. Allerdings: Um den einzusetzen, musste ich die Hände noch vorne bekommen – und das ging nicht, solange sie auf meinen Rücken gefesselt waren.

Ich drehte mich um meine eigene Achse und studierte den Tisch. Nein, an dem würde mir nichts helfen. Er hatte abgerundete Kanten, ebenso die beiden Stühle. An der Eingangstür war keine Klinke, sondern ein Drehknopf – auch nicht sehr hilfreich. Waschbecken, Spiegel – Spiegel? Zerschlagen und mit einem Scherben das Panzerband durchschneiden? Würde gehen, aber wie zerlegte ich den Spiegel? Er hing auf Augenhöhe und ich hatte eigentlich nicht vor, mit dem Kopf voraus dagegen zu rennen.

Also weiter – das Stockbett. Und siehe, siehe, das hatte unter der recht dünnen Matratze einen viereckigen Stahlrahmen. Ich ging in die Knie, beugte mich zu dem Rahmen und strich mit dem Kinn darüber. Das Metall war rau – wie praktisch! Es würde wie ein Schleifstein wirken! Allerdings musste ich die Hände daran reiben – nicht ganz einfach, wenn man die Hände auf dem Rücken hat und nicht draufsieht.

Ich ging auf die Knie, rutschte so weit wie möglich an das Bett heran und bemühte mich, die Hände an den Rahmen zu manövrieren. Dummerweise setzte in diesem Moment der Motor des Schiffes ein, es ruckte und ich fiel nach hinten auf den Rahmen. Nicht sehr angenehm – jetzt tat mir auch noch der Ellbogen weh. Aber jammern brachte jetzt nichts. Stattdessen reiben – reiben – reiben.

Draußen schlug jetzt Wasser gegen das Bullauge – die Jacht hatte ziemlich Fahrt drauf und die Wellen schwappten hoch. Wohin fuhr der Prinz? Und wann würde er wieder bei mir auftauchen? Weiter am Panzerband reiben und – aua, jetzt war ich zu nahe an die Ecke gekommen und hatte mir die Hand angeschlagen. Ich zerrte am Panzerband – nein, gab noch nicht nach.

Also veränderte ich meine Position ein wenig und schrubbte weiter, Klebeband gegen Metallrahmen.

Das Motorengeräusch der Jacht verändert sich, nun surrte es nur noch leise und die Wellen schlugen nicht mehr ans Bullauge. Dafür gluckten sie unter dem Schiff. Himmel, würde Ferramonte gleich wieder hier erscheinen? Nun war ich alles andere als »gelassen«. Mein Herz schlug Trommelwirbel wie die Pauker in der »Carmina Burana«, meine Hände zitterten, mir brach der Schweiß aus und floss an meinem Rücken entlang.

Die Jacht schien sich jetzt nicht mehr zu bewegen, sondern dümpelte vor sich hin. Dafür hörte ich jetzt ein helleres Motorengeräusch – ein Außenborder. Natürlich, das Schlauchboot, mit dem Marietta und Mafalda weggefahren waren, kam zurück! Und dann hörte ich auch schon Stimmen – zwei helle Frauenstimmen und Ferramontes Tenor. Verstehen konnte ich allerdings nichts.

Ob ich vielleicht doch eine Runde brüllen sollte? Ich konnte mir nicht vorstellen, dass Mafalda einfach zugucken würde, wie ihr Quasi-Schwager mich umbrachte. Andererseits: Hatte sie eine Chance, sich gegen ihn und ihre Schwester aufzulehnen? Ich bezweifelte es.

Noch einmal die Hände gegeneinander stemmen und ziehen – nein, das blöde Panzerband gab immer noch nicht nach! Dabei wurden meine Ellbogen von der stereotypen Bewegung langsam lahm und mein linkes Knie – seit einem Reitunfall, bei dem ich darauf gefallen war, eine Schwachstelle – tat weh. Dennoch – weiter reiben, reiben, reiben!

Und was machten die da oben? Ich hörte keinen Pieps mehr! Ob ich doch Krach machen sollte? Ach nein, das brachte ja doch nichts außer Ärger.

Noch ein Versuch mit dem Panzerband – und ja, nun gab es nach, aber noch nicht genug, dass ich die Hände frei bekam. Noch mehr reiben also – und dieses Mal haute es hin: Das Klebeband dehnte sich und ich konnte das linke Handgelenk herausziehen. Sehr schön! Mit links Band festhalten, mit rechts dagegenstemmen – das Band dehnte sich noch mehr und ich konnte die rechte Hand herausziehen. Dabei ging zwar auch ein wenig Haut mit, aber darauf kam es jetzt wirklich nicht an.

In Windeseile Hände nach vorne, Taschenmesser aus der Hose holen, aufmachen – Mist, das klemmte und mein Fingernagel brach ab. Das wäre MacGyver garantiert nicht passiert! Und jetzt fuhr die Jacht auch wieder und ich hatte das Gefühl, dass die Zeit mir davonlief.

Zweiter Anlauf, abgerutscht, zweiter Fingernagel abgerissen – toll. Warum wurden solche Teile immer für Männerpfoten gebaut?

Aber Lucas behauptet ja immer, ich sei hartnäckiger als ein Terrier. »Wenn du dich erst mal in etwas verbeißt, lässt du nicht mehr los.« Stimmt. Solange ich noch Fingernägel hatte, gab ich nicht auf – und im dritten Versuch bekam ich das Messer endlich auf und klappte eine kleine Klinge aus.

So – nun die Fesseln an den Knöcheln aufschneiden. Die waren sehr eng gewesen und das Blut war schon gestaut. Es prickelte, als es wieder zu fließen begann, doch ich ließ mich nicht abhalten und hüpfte zum Bullauge. Mit der kleinen Klinge aufgeklappt, war es einfacher, den Kreuzschlitzschraubenzieher aus dem Messerkorpus herauszuziehen.

So – ran an die Schrauben. Auf den Zehenspitzen balancierend löste ich die erste oben. Dann im Uhrzeigersinn weiter zu Nummer zwei – auch kein großes Problem. Die erste halbe Umdrehung brauchte einiges an Kraft, doch dann liefen die Schrauben leicht. Offenkundig waren sie schon öfter auf- und zugemacht worden.

Drei und vier, wobei ich für vier ein wenig in die Knie gehen musste. Fünf allerdings saß wie festzementiert und mir rutschte dreimal der Schraubenzieher ab, was dem Kreuzschlitz nicht eben bekömmlich war. Ich musste mich mit vollem Körpergewicht dagegenstemmen.

Das Geräusch der Jacht veränderte sich wieder. Die Wellen schienen jetzt an Wänden aufzulaufen und zu brechen. Waren wir schon im Rheinkanal? Ich versuchte, mir das Kartenbild vor Augen zu rufen. Von Bregenz aus Richtung Westen kam man in den Zufluss des Rheins. Der reichte mit seinen Ufermauern ziemlich weit in den See hinein.

Schraube Nummer fünf – sie stand ungefähr auf zehn nach halb – löste sich endlich. Ich ließ sie fallen und ging die sechste, auf der Position zehn vor ganz an. Huh – meine Handgelenke wurden nicht kräftiger bei der Operation und ich musste richtig die Zähne zusammenbeißen und noch einmal meine ganze Kraft hineinlegen.

Die Schraube löste sich mit einem Ruck, ich rutschte mit dem Messer ab, hackte es mir ein Stück in den Daumenballen, schob den in den Mund, um das Blut abzufangen, ließ dabei das Bullauge los. Es fiel und landete prompt auf meinem linken Fuß – ja, danke schön, das Teil war solide verarbeitet und ziemlich schwer.

So, aber jetzt hatte ich zum Jaulen und Jammern keine Zeit. Das Bullauge war offen, ein Schwall Wasser klatschte herein und gegen mich. Ich schnappte mir einen der Stühle, schob ihn unter das Fenster, kletterte – etwas mühsam, denn inzwischen tat mir nicht mehr nur das Steißbein weh, sondern auch die Knie – darauf, schlängelte mich durch das Bullauge und ließ mich ins Wasser fallen.

Oh, verflixt – das war kalt! Mir blieb die Luft weg, ich schnappte wie ein Karpfen an Land, bekam Wasser in den Mund, hustete – und hörte einen wütenden, italienischen Wortschwall. Dann wurde es hell – Cesare Ferramonte hatte meinen Abgang bemerkt, den Motor angehalten und den Suchscheinwerfer eingeschaltet.

Also, sehr originell fand ich das ja nicht. Immerhin hatte Ferramonte mich schon vor Wochen mit Suchscheinwerfer und Boot gejagt! Jetzt meinte er wohl, mich im zweiten Anlauf zu bekommen.

Immerhin aber half mir sein Scheinwerfer insofern, dass er jetzt das Ufer abtastete – und wir waren übrigens tatsächlich im kanalisierten Zufluss des Rheins unterwegs. Und am Rand war ein kleines Wäldchen, darüber schien eine Art Damm mit einem Weg darauf zu sein. Der war durch Straßenlaternen beleuchtet. Aber bitt'schön, ich hatte nicht vor, einen Spaziergang darauf zu machen und die Zielscheibe für die prinzlichen Schießübungen abzugeben!

Der fing schon einmal an, sich einzuschießen – und neben mir spritzte Wasser hoch und ich bekam es ins Gesicht. Er feuerte zwei Schüsse ab – und nein, das war nicht schön. Ich beschloss, mal wieder abzutauchen, holte tief Luft und spielte Entchen: Köpfchen in das Wasser, Hintern in die Höhe und runter, obwohl es so übel kalt war. Und dunkel. Und überhaupt – warum traf es immer mich?

In der Kälte wurde mir die Luft knapp. Aber bitt'schön, es war ja dunkel und ich habe zum Glück dunkle Haare. Wenn ich das Gesicht abwendete, konnte ich es wagen aufzutauchen. Rauf, tief einatmen – hmm, Luft kann so gut sein! Und möglichst ohne großes Spritzen und Geräusche schwimmen, also Brust mit Beinarbeit wie ein Frosch.

Ssst – eine Kugel zischte über das Wasser. Himmel, war das nicht schon Nummer neun? Ferramonte hatte offenkundig ein zweites Magazin. Und damit konnte ich davon ausgehen, dass er ohne eine Pause noch mal sieben Schuss abfeuern konnte. Ungemütlich!

Ich hielt dennoch aufs Ufer zu – und überlegte mir schon mal, wie ich da hochkommen sollte! Die Mauer war relativ hoch und steil. Aber bitte – ich würde es schon irgendwie schaffen! Wenn ich etwas wirklich will, schaffe ich es fast immer. Und mir fiel an der Stelle der Oberarzt des Stuttgarter Robert-Bosch-Krankenhauses ein, bei dem ich einst nach einem Reitunfall auf eigenen Beinen, aber mit gebrochener Schulter eingelaufen war. Dieser Urschwabe hatte das mit »Sie send aber scho' a zach's Luader!«* kommentiert.

Hah – Ferramonte hatte mich offenkundig verloren. Sein Suchscheinwerfer tastete ein gutes Stück von mir entfernt die Wasseroberfläche und das Ufer ab. Dabei streifte er – ein gutes Stück von mir entfernt – über die Mauer und ich sah, dass da an einer Stelle ein Einschnitt war, an dem eine Art »Leiter« angebracht war. Sie bestand aus Stahlrohren, an denen man hinaufklettern konnte – und war es nicht praktisch, dass da eine Aussparung in der Mauer war? Sie würde mich zumindest zur Hälfte verstecken und beschatten, wenn ich an der Stelle an Land kletterte.

Noch mal abtauchen – sicher war sicher und ich wollte wirklich keine Kugel in den Kopf bekommen. Nicht so kurz vor dem rettenden Ufer.

Ich erreichte die Ufermauer, stieß mit den Fingerspitzen dagegen, tauchte auf und stellte fest, dass es hier nicht nur unangenehm roch, sondern dass die Mauer außerdem mit Algen überzogen und glitschig war. Und dementsprechend rutschte ich im ersten Versuch, nach einer der Stahlstreben zu greifen, prompt ab. Einen Moment durchatmen, dann Schwung holen, zweiter Anlauf. Mit der linken Hand erwischte ich die Strebe und umklammerte sie – obwohl sich die Algen wirklich nicht angenehm anfühlten.

Die rechte Hand auch an die Stufe, heranziehen, mit der linken nach oben, hochziehen, Fuß auf eine der Stufen – und ein Blick über die Schulter auf die Jacht. Ich sah den

---

* »Sie sind aber schon ein zähes Luder!« Das ist bei einem Schwaben durchaus anerkennend gemeint.

Schönling und sein Gangsterliebchen. Er stand am Steuer, sie bediente den Scheinwerfer – und darin schien sie nicht sonderlich talentiert zu sein. Sie suchte nämlich mittlerweile das gegenüberliegende Ufer ab. Was hätte ich denn da gesollt? Da hätte ich doch einige Meter auf der Mauer balancieren müssen, um an Land zu kommen! Nein, nein, auf meiner Seite war es besser.

Ich kletterte vollends hinauf, ließ mich oben ins Gras sinken und krabbelte auf Ellbogen und Knien auf das Wäldchen zu. Dummerweise wuchsen an seinem Rand Brombeeren und Brennnesseln, die übel piekten und juckten. Aber lieber einen kleinen Ausschlag als eine Kugel, also kroch ich durch das Buschwerk ins Unterholz und gönnte mir einen Augenblick zum Verschnaufen und zur Bestandsaufnahme.

Mir war klar, dass ich wohl nicht mehr eben präsentabel aussah. Doch darauf kam es jetzt auch nicht an. Und es war auch kein Thema, dass mein linker Handballen blutete, mein rechter Knöchel puckerte – und ich wusste nicht einmal, wo ich den angeschlagen hatte! – und ich mich total ausgelutscht fühlte. Ich musste hier weg, die Frage war nur: Wie und wohin? Schließlich konnte ich nicht da oben auf dem Damm im hellen Lampenschein spazieren gehen!

Hatte ich eine Chance, wenn ich erst mal im Wäldchen blieb und landeinwärts marschierte? Wieder rief ich mir das Kartenbild vor Augen. Der Kanal führte durch einen Vorort von Bregenz und ich konnte mir eigentlich nicht vorstellen, dass er sehr weit hinein schiffbar war – schon gar nicht für die doch nicht eben kleine Jacht, die sicher auch ein Schwert hatte, also einiges an Tiefgang. Ergo war ich sicher, wenn ich es schaffte, weit genug landeinwärts zu kommen …

Ich hörte ein Motorengeräusch auf dem Damm. Da war ein recht schweres, dunkel klingendes Gerät unterwegs – ein Motorrad? Jetzt sah ich es auch, wie sein Licht durch die

Dunkelheit schnitt – und ausging. Gleichzeitig verstummte der Motor. Was machte der Biker da? Gehörte er etwa zu Ferramontes Hilfstruppe? Ich traute es ihm zu und bekam Angst. Wenn Ferramonte mitgekriegt hatte, dass ich an Land war und nun jemanden das Ufer absuchen ließ, war ich aufgeschmissen.

Was war denn das nun wieder für ein Geräusch? Ich hob den Kopf – und dachte, dass mir jetzt wohl mein überreizter Verstand einen Streich spielte. Da sang jemand! Lauthals, mit sauberer Diktion und Intonation: »In diesen heil'gen Hallen kennt man die Rache nicht …«*

Ging es noch schräger? Offenkundig ja. Der Sänger auf dem Damm konnte die Arie nämlich richtig gut – gut genug, dass sich Ferramonte davon genervt fühlte und schoss! Ich schüttelte den Kopf und dachte: Cazzone**! Werden bei dir jetzt die Nerven dünn? Aber bitt'schön, mir soll es recht sein. Ich weiß jetzt wenigstens, dass der Sänger nicht mit dir zusammenarbeitet. Und wenn du noch mal auf ihn ballerst, ruft der vielleicht die Polizei. Das wäre doch sehr nett!

Der Bass auf dem Damm setzte wieder ein: »… und ist ein Mensch gefallen, führt Liebe ihn zur Pflicht.« Na ja, ob das bei Ferramonte noch klappen würde?

Doch jetzt erkannte ich die Stimme! Das war Rocco – ein sehr routinierter Sarastro, denn er hatte die Rolle schon x-mal gesungen.

Ich richtete mich auf und versuchte, auf den Damm zu laufen, doch es ging nicht so schnell, wie ich es gerne gewollt hätte. Dazu wackelten mir nämlich die Knie zu sehr. Und atemlos war ich auch, dennoch versuchte ich es mit einem Ruf: »Rocco!« Es klang wie das Röcheln einer Kettenrau-

---

* Die Arie des Oberpriesters Sarastro in Mozart/Da Pontes »Zauberflöte« – und Sarastro ist übrigens ein Bass.

** Italienisch: Idiot

cherin nach einer wilden Partynacht. Dennoch ein zweiter Versuch: »Rocco!«

»Vic? Bist du das?« Er hatte mich gehört und hüpfte vom Damm. Ich eilte auf ihn zu und warf mich in seine Arme. »Mensch, Rocco, bin ich froh, dich zu sehen!«

»Gleichfalls!«, gab er zurück. »Aber sag mal, du Nuss, warum hast du dein Handy abgeschaltet? Ich bin fast verrückt geworden! Ich wollte dich anrufen und dir sagen, dass die Mädchen alleine kommen und der Prinz noch auf der Jacht ist.«

»Ich hatte nicht mehr genügend Saft«, sagte ich und schaute über die Schulter Richtung Wasser. Für mich sah es aus, als ob die Jacht dem Ufer näher gekommen wäre. »Du, Rocco, wir sollten hier abhauen. Ich glaube nicht, dass Ferramonte so leicht aufgibt. Ich weiß zu viel. Er kann es sich nicht leisten, mich laufen zu lassen.«

»Na, dann ...« Rocco nahm meine Hand. »Mein Bike steht auf dem Damm.« Er zog mich in die Richtung.

Ich stolperte über eine Wurzel, schaute noch einmal zurück – wo war Ferramonte? War er inzwischen an Land gegangen? Und warum hatte Rocco seine Maschine unter einer der Laternen auf dem Damm geparkt? Da oben würden wir wie die Schießbudenfiguren mit Festbeleuchtung sein!

Es half nichts – wir mussten auf den Damm. Rocco rannte mir mit langen Schritten voraus, ich hechelte hinterher – und da knallte es und etwas Heißes, Scharfes traf mein Knie. Ich schrie auf, spürte, wie warmes Blut an meinem Bein hinunterrann – aber eigentlich tat es nicht besonders schlimm weh.

»Hat dich der Mistkerl erwischt?« Rocco war an seiner Maschine angekommen, zog sie von ihrem Ständer und startete den Motor. »Steig auf und halt dich gut fest!«, rief er über den Lärm hinweg. »Wir müssen hier weg!«

Ferramonte schoss noch einmal – und nun war er definitiv an Land! Ich sah den Mündungsblitz unten an dem Wäldchen! Allerdings: Das Zielen hatte er nicht erfunden. Er hatte nicht einkalkuliert, dass wir auf dem erhöhten Damm ein gutes Stück über ihm waren. Der Schuss ging hoch über uns weg. Ich war mir aber ziemlich sicher, dass der Prinz beim nächsten Versuch besser kalkulieren würde und schwang mich hinter Rocco auf das Motorrad. Dabei stellte ich fest, dass mein blutiges Knie funktionierte! Offenkundig war es ein Streifschuss gewesen, der nicht viel angerichtet hatte. Es schmerzte noch nicht einmal sehr. Das Unangenehmste, fand ich, war, dass der Stoff meiner Jeans sich mit Blut vollsaugte und an meiner Wade klebte.

Egal – ich legte die Arme um Rocco und den Kopf an seinen Rücken. Mir war etwas schwindelig und ich spürte, dass mich Kälte und Erschöpfung zunehmend einholten. Er unterdessen fuhr an, das Motorrad hob sich vorne ein wenig, das Hinterrad rutschte fast weg, dann hatte er es aber unter Kontrolle und es schoss über den Damm nach vorne. Uff – gerettet. Oder?

Ferramonte war anscheinend noch nicht nach Aufgeben. Ich schaute nach hinten und sah, dass er nun breitbeinig, den rechten Arm mit der Pistole ausgestreckt, die linke Hand zur Unterstützung darunter, auf dem Damm stand. Ich konnte gar nicht hinschauen, sondern drückte den Kopf wieder an Roccos breiten Rücken und schloss die Augen.

Ein Knall – und ich wartete fast darauf, einen Schlag in den Rücken zu bekommen und vom Motorrad zu fallen. Oder was sonst? Aber da kam nur eines: ein erneuter Knall.

Zielen war wirklich nicht seine Stärke! Rocco kommentierte auch dementsprechend: »Fahrkarte, die nächste!« Aber er hatte offenkundig vor, unserem Schießanfänger die Sache noch ein wenig zu erschweren, indem er Schlangenlinien fuhr. Ich krallte mich an ihn und verfluchte dabei, dass er kein Leder trug, sondern ein cremefarbenes Dinnerjacket.

Der Stoff war ziemlich glatt und ich musste ins Revers fassen. Dabei fiel mir ein, dass ich von meiner Kletterpartie an der Ufermauer ziemlich dreckige Hände hatte. Und nachdem ich Rocco nun ausführlich betatscht hatte, würde er morgen zur Premierenparty eine andere Jacke brauchen.

Schrapp – noch ein Schuss, doch der traf einige Meter hinter uns auf den Asphalt und zerriss die Oberfläche. Fetzen flogen umher und mir kam, dass es das auch vorher gewesen war, als es mein Knie erwischt hatte! Ich hatte nicht die Kugel abbekommen, sondern einen Splitter vom Straßenbelag!

Ich wagte es, hinter mich zu schauen. Ferramonte war nicht mehr auf dem Damm. »Er ist weg!«, rief ich in Roccos Ohr.

Er reagierte auf meine Mitteilung, indem er das Licht an seiner Maschine anmachte. Ich war mir nicht sicher, ob das wirklich eine gute Idee war, aber auf der anderen Seite – ohne Helm und Nierengurt bei diesem Tempo? Ferramonte entkommen zu sein, um dann als Matsch auf diesem Damm zu landen, erschien mir doch ein sehr unersprießlicher Gedanke.

Wie lang war dieser verdammte Damm eigentlich? Auf der Karte war da doch irgendwann der Ort gekommen! Und ich ging davon aus, dass wir in dem sicher sein würden.

Was war denn das für ein zweites Motorengeräusch? Ich schaute mich um und mir entfuhr unwillkürlich ein: »Oh, verdammte Sch…!«

Die Jacht lag immer noch da, wo ich vorher ausgestiegen war, aber sie hatte eine ganze Reihe starker Lichter oben angeschaltet, die den Kanal taghell ausleuchteten. Und in ihrem Gleißen erkannte ich das schwarze Schnellboot, das durch das Wasser pflügte, den Bug hoch erhoben. Und schon knallten wieder Schüsse und Rocco fluchte: »Hartnäckig, der Vogel!«, und begann wieder, Schlangenlinien zu fahren.

Ich hielt es für eine solche, als er sich nach links legte und bereitete mich darauf vor, dass er gleich in die andere Richtung abkippen würde. Keineswegs – er steuerte vom Damm herunter und ich erkannte, dass links von uns eine Rampe war, die hinter einer Brücke über den Kanal in eine Straße einmündete.

Rocco fuhr über eine Schwelle, die Maschine hüpfte, ich schlug mir das Knie an und kam fast ins Rutschen, aber dann war Rocco auf der Straße, überholte einen Lastwagen und reihte sich davor rechts ein.

Ich spürte, dass er tief durchatmete – und begriff: Wir waren in Sicherheit! Zwischen uns und dem Kanal war der hohe Aufbau des Lasters und wir entfernten uns gerade immer weiter vom Wasser. Vor uns erschienen schon die Lichter des Orts.

Ich lehnte meinen Kopf an Roccos Rücken, schloss die Augen und schluckte trocken. Ich war davongekommen! Und außer dem angedotzten Knöchel, einer puckernden Seite – beim Ausstieg durchs Bullauge hatte ich mir anscheinend die Rippen geprellt –, dem blutigen Knie und dem schmerzenden Rücken fehlte mir eigentlich nichts. Dazu war Rocco auch davongekommen und jetzt würden wir zur Polizei fahren und denen erzählen, was geschehen war, und die würden Jacht und Schnellboot auftun und Ferramonte und Marietta aus dem Verkehr ziehen! Das Spiel war an mich gegangen. Obersmartie Ferramonte hatte sich überschätzt. Vielleicht hätte er Schießen üben sollen? Ich hatte mal irgendwo gelesen, dass es gar nicht einfach ist, mit einer Pistole auf eine gewisse Distanz hin zu treffen. Selbst Polizisten müssen das immer wieder üben.

Apropos Polizisten – ich richtete mich etwas auf und rief in Roccos Ohr: »Wir sollten zur Polizei fahren!«

Er drehte den Kopf etwas und rief: »Rate mal, warum ich auf die Innenstadt zuhalte!«

Mir war mittlerweile richtig kalt in meinen nassen Klamotten und ich hoffte, dass die Polizei – hieß die hier in Österreich nicht »Gendamerie«? – nicht mehr zu weit weg war.

Zwei Minuten später lernte ich: Die Österreicher haben sich internationalem Gebrauch angepasst. Ein silberner Golf mit blau-roter Kühlerhaube und ebensolchen Türen kam uns entgegen. Auf dem Kühler stand in Spiegelschrift »Polizei«, auf dem Dach war ein weißes, beleuchtetes Schild mit der Aufschrift. Ich überlegte, ob ich winken sollte, aber da war der Streifenwagen schon vorbei.

Doch keine Minute später hörte ich hinter uns eine Sirene, die näher kam. Der Lastwagen bremste ab, ebenso Rocco, die Ordnungshüter überholten uns, aus dem Beifahrerfenster kam die Kelle, die nach rechts zu einer Seitenstraße winkte. Rocco setzte den Blinker, bog ab und folgte dem Streifenwagen auf einen kleinen Parkplatz zur Linken.

Er hatte kaum den Motor abgestellt und die Füße auf den Boden gesetzt, als schon ein rundlicher Beamter in Blau mit einer weißen Mütze in der Hand auf uns zustürmte. »Ja, sind Sie wahnsinnig?«, schimpfte er. »Ohne Helme, mit überhöhter Geschwindigkeit – was haben Sie sich dabei gedacht?«

Ein Kollege, etwas jünger und schlanker, die Mütze auf dem Kopf, kam dazu. »Sie haben wirklich Nerven!«

Rocco schaute mich an, dann an sich entlang auf sein ziemlich angeschmutztes Dinnerjacket. Mit einem Seufzen zog er es aus und hängte es um meine Schultern. »Mein Name ist Rocco Banhardt«, stellte er sich vor und deutete mit dem Kinn auf mich. »Und das ist Frau Professor Victoria Rühle-Benning. Und wir waren ohne Helm und zu schnell unterwegs, weil Frau Rühle-Benning einem Verbrecher entkommen ist, der auf uns geschossen hat.«

Man kann nicht sagen, seine Rede hätte keinen Eindruck gemacht! Die Herren Gesetzeshüter schauten sich an, als ob sie nicht glauben könnten, was sie gehört hatten, dann sagte der Ältere ironisch: »Klar. Man nennt Bregenz auch Klein-Chicago. Hier wird dauernd geschossen.«

»Die Luft hier ist extrem bleihaltig!«, unterstützte ihn sein jüngerer Kollege.

»Ist sie definitiv!«, schaltete ich mich ein. »Wenn Sie auf dem Damm am Rheinkanal auf der rechten Seite landauswärts entlangfahren, finden Sie mindestens zwei Stellen, an denen eine Kugel in den Asphalt eingeschlagen ist! Und …«, ich hielt mein blutiges Schienbein ins Licht des Autoscheinwerfers, »… was meinen Sie, wie ich dazu gekommen bin?«

Der junge Beamte schien mir zu glauben und ging in die Knie. Er fasste nach meinem Bein. »Das sieht gar nicht gut aus! Sie brauchen einen Arzt …«

KAPITEL 14: AUF ZU NEUEN UFERN

**Am Bodensee,
Anfang August 2018**

Als ich aufwachte, hatte ich vor allem ein Gefühl: Hunger! Mein Magen knurrte und ließ sich auch dadurch, dass ich die Hand darauf legte, nicht beruhigen.

Ich schaute mich um. Ich war in unserem Hotelzimmer, lag auf dem Bett, war mit meinem bequemen Micky-Maus-Big-Shirt bekleidet und neben mir lag Lucas, zur Seite gedreht, den Kopf in die Hand gestützt. Er lächelte mich an: »Na, du Katastrophenurschel? Wieder unter den Lebenden?«

»Was machst du denn hier?« Ich richtete mich auf, küsste seine Wange und rutschte näher zu ihm. »Ich dachte, du bist in Wien und kommst erst so gegen zehn wieder in Friedrichshafen an.«

»Herzblatt, es ist halb zwei!«, sagte er. »Du hast geschlafen wie eine Tote. Riikka hat dich ausgezogen, ins Bett gesteckt und hat auf dich aufgepasst, bis ich übernommen habe.«

Langsam wurde es in meinem Hirn etwas klarer und ich erinnerte mich, wie ich zähneklappernd auf dem Parkplatz in Bregenz gestanden hatte. Einer der Polizisten hatte mir eine Wolldecke umgelegt, aber das hatte nicht viel geholfen. Ich fror ja nicht nur, weil mir kalt war und ich feuchte Kleider trug, sondern wohl mehr aus Erschöpfung. Und das sah man mir anscheinend an, denn Rocco sagte ziemlich energisch: »Können Sie jetzt mal eine Ambulanz rufen? Frau Benning ist fix und foxi! Man hat auf sie geschossen, sie ist um ihr Leben geschwommen und gelaufen …«

Ich ließ ihn reden und lehnte mich einfach an ihn. Eigentlich wollte ich nur noch schlafen – und bitte schön wieder warm werden! Ich bekam nur noch wie durch eine Wand mit, dass Rocco mit den Polizisten sprach. Einer stand dann neben dem Streifenwagen, einen Telefonhörer in der Hand, und diktierte jemandem auf der anderen Seite der Leitung: »Ja, eine große Jacht mit italienischem Kennzeichen. Ist in den Rheinkanal eingefahren. Außerdem ist da ein schwarzes Speedboot unterwegs. Vorsicht, der Fahrer ist bewaffnet und schießt …«

Von der Straße, die aus dem Ort herausführte, hörte ich eine Sirene, dann bog ein Rettungswagen mit laufendem Blaulicht auf den Parkplatz ein, schaltete die Sirene aus und hielt neben uns. Bevor ich mich versah, half mir ein weiß-orange gekleideter Mensch auf einen Schragen und deckte mich zu. »Wir bringen Sie ins Krankenhaus. Bleiben Sie einfach ganz ruhig – Ihnen kann nichts mehr passieren, Sie sind bei uns sicher!«

Obwohl der Sanka mit Sirene durch Bregenz fuhr, döste ich vor mich hin. Ich war in einer »Ich hab's überstanden, jetzt lasst mich schlafen!«-Stimmung. Nur leider ging in dieser Nacht nichts nach meinem Kopf. Ich lag in der Ambulanz des Krankenhauses kaum auf dem Tisch, als schon eine Schwester und ein Pfleger mit grünen Kitteln hereinkamen. »Hallo, Frau Benning, ich bin Schwester Annett, das ist mein Kollege Bastian. Unser Doc kommt gleich, aber vorher erlösen wir Sie von Ihren nassen Klamotten.« Die Schwester griff nach einer Schere. »Darf ich?«

Der Pfleger zog mir Schuhe und Socken aus, die Schwester schnitt meine Jeans – eigentlich war's mal eine Lieblingsjeans gewesen, aber ich stehe nicht auf den Lumpenlook und sie war nun am Knie zerrissen, also schrieb ich sie ab – auf.

Eine zweite, schon etwas ältere Schwester kam herein. »Sie haben keine Papiere? Ausweis, Versicherungsnachweis?«

Ich konnte mir ein Grinsen nicht verkneifen. »Ne, aber das nächste Mal, wenn ich hinter irgendeinem Verbrecher her bin, nehme ich meine Papiere mit«, sagte ich. »Bis dahin aber könnten Sie Frau Riikka Bergqvist-Seiler im Seehotel Excelsior in Lindau anrufen. Wenn Sie ihr sagen, dass meine Unterlagen – Pass, Krankenkassenkarte, Scheckkarte und der ganze Kram – in meiner Handtasche in unserem Zimmer am Schreibtisch sind, kommt sie damit her.«

»Gut«, die ältere Schwester hatte ein Klemmboard dabei, machte sich eine Notiz, dann fiel ihr Blick auf meine rechte Hand. »Sie tragen einen Ring«, stellte sie fest. »Sollen wir Ihren Ehemann auch verständigen?«

»Geht gerade schlecht. Der ist in Wien und ich hab dummerweise seine Handynummer nicht im Kopf. Und mein Handy bin ich losgeworden. Aber er könnte mir von Wien aus gerade sowieso nicht helfen, also muss er sich nicht auch noch aufregen und sich die Nacht um die Ohren hauen. Er hat morgen einen schweren Tag.« Warum schauten sich die beiden Schwestern und der Pfleger jetzt so seltsam an? Galt ich bei ihnen jetzt als unterwürfige Ehefrau?

Wie auch immer: Ich war jetzt nackt. Die Schwester strich mit einem Finger über einen dicken, ärgerlich roten Bluterguss links auf meiner Brust. »Uuh – das sieht nicht gut aus. Ich denke, das muss man röntgen.«

»Ist nicht gebrochen!«, versicherte ich.

»Woher wissen Sie?«, fragte der Pfleger.

»Ich hab mir noch nie was gebrochen. Verstaucht, Bänder überdehnt, Gelenk ausgekugelt – aber nie einen Bruch. Und wenn das an meiner Brust einer wäre, würde er mehr wehtun. Ich kann aber noch ganz gut atmen …«

»Guten Abend!« Zwei Herren im weißen Kittel, der eine

rundlich und mit Glatze, der andere so jung, dass ich mir überlegte, ob er schon volljährig war, kamen herein. Der Ältere streckte mir die Hand hin. »Ich bin Doktor Vollmer, der Oberarzt hier; das ist mein Assistent, der Doktor Ratzek.« Er zupfte an meiner Decke. »Darf ich?«

»Natürlich.« Ich gähnte – mei, konnten die mir nicht einfach ein Bett zuweisen und mich schlafen lassen?

»Holla!«, machte Doktor Vollmer. »Sie hat es aber böse erwischt. Haben Sie mit dem Bodenseemonster gekämpft?«

»So ungefähr!« Ich zuckte, denn er hatte mein Knie geschnappt und bewegte es – und das tat weh. »Ein unfreundlicher Mensch hat auf mich geschossen.«

»Das sieht aber nicht nach einer Schutzverletzung aus!«

Der junge Arzt schaute auch auf mein blutverkrustetes Knie. »Erst mal sauber machen, damit man was sieht!« Er ging zum Sideboard und klapperte mit irgendwelchen Instrumenten.

»Der Schuss hat mich nicht getroffen, aber er schlug neben mir in Asphalt ein und ich habe einen Splitter abgekriegt«, erklärte ich.

»Hmm – und ziemlich viel Dreck in der Wunde. Ich glaube, das müssen wir vor dem Reinigen betäuben, sonst gehen Sie uns unter die Decke.«

Linkes Knie verletzt, linker Knöchel dick angeschwollen, die Brust mit dickem Hämatom, am rechten Handgelenk eine Schürfwunde und ein blauer Fleck – den hatte ich mir beim Ablösen des Panzerbandes geholt. Das war die Bestandsaufnahme der Ärzte und aus der resultierte: »Wir schieben Sie in die Röhre – dann können wir sicher sein, Sie haben keinen Bruch und keine inneren Verletzungen.«

Als ich von der Untersuchung zurückkam, war Riikka da – und überlegt wie immer, hatte sie nicht nur meine Handtasche mitgebracht, sondern außerdem eine Reisetasche mit

Ersatzklamotten. Und während meine diversen Malaisen versorgt wurden, traf Rocco ein – und brachte die Herren Gerstenmeier und Holler mit. Die wirkten beide nicht eben fit – Gerstenmeier war unrasiert und verwuschelt; Hollers Shirt sah aus, als ob er darin geschlafen hätte.

»Mensch, Frau Professor, so was wie Sie sollte man eigentlich in Schutzhaft nehmen! Ich dachte, mich trifft der Schlag, als die österreichischen Kollegen mich aus dem Bett geholt haben!«, schimpfte Gerstenmeier.

»Na ja, immerhin haben wir durch Ihre Wahnsinnsaktion unseren Mordfall aufgeklärt – und die Kollegen hier haben auch was für ihre Erfolgsstatistik«, sagte Holler.

»Habt ihr Ferramonte und die Dame Miercoledi gekriegt? Er hat gesagt, dass Marietta ihrem Vater einen Smoothie mit Eibe verpasst hat!«, sagte ich eifrig.

»Wir haben beide!«, versicherte mir Gerstenmeier. »Und obendrauf haben die Österreicher einen Dealer, hinter dem sie schon eine ganze Weile her waren und dem sie bisher nichts nachweisen konnten.«

»Jetzt können Sie!« Holler kicherte fast vor Wonne. »Die Kollegen haben ihn erwischt, wie er Ferramonte ein schönes, großes Paket mit Koks übergeben wollte.«

»Huii!«, staunte ich. »Da sag noch mal einer, die Italiener wären nicht effektiv! Ich dachte, Ferramonte ist in den Rheinkanal gefahren, weil man da gut eine Leiche – meine, um genau zu sein – entsorgen kann!«

Gerstenmeier seufzte. »Daran darf ich gar nicht denken. Der Rheinkanal hat tatsächlich ein paar ganz fiese Unterströmungen …«

»Oops – dann habe ich ja Glück gehabt. An der Stelle, an der ich rumgepaddelt bin, habe ich davon nichts gemerkt.«

»Sie scheinen das Glück sowieso gepachtet zu haben!«, fand Holler.

Das hätte ich in dem Moment nicht unterschrieben. Ich saß nämlich, während der Doc mir einen Klebeverband um die Brust wickelte – und ich habe, ehrlich gesagt, schon angenehmeres erlebt.

Doch immerhin: Mein Knöchel steckte schon in einer Luftschiene, mein Knie war gesäubert und verbunden, mein Handgelenk verpflastert, und als der Brustverband fertig war, verabschiedete sich der Oberarzt. Sein Assistent unterdessen erklärte mir, dass er mich ganz gerne eine Nacht dabehalten würde.

»Oh nein – bitte nicht. Ich habe eine ausgeprägte Abneigung gegen Krankenhäuser«, sagte ich ihm. »Bitte lassen Sie mich laufen. Ich erhole mich in meinem Hotel bestimmt besser als hier.«

Er stimmte zu – und kaum eine Viertelstunde später hinkte ich an Roccos Arm aus der Ambulanz. Gerstenmeier und Holler hatten sich verabschiedet – allerdings mit der Ansage, dass sie wiederkommen würden, weil sie ein genaues Protokoll brauchten.

Im Hotel war ich dann wie ein gefällter Baum im Bett niedergegangen und sofort eingeschlafen. Doch nun war ich wach, hatte Hunger und viele, viele Fragen.

Gegen den Hunger half eine Platte mit Sandwiches, die mein liebender Ehemann bestellte. Und während ich fröhlich durchs Bett krümelte, fragte ich kauend: »Weißt du, wie die Ferramonte und Marietta schließlich gekriegt haben?«

Lucas nickte. »Ja – ich habe vorher mit Gerstenmeier telefoniert und der hat mir erzählt, dass das heute Nacht eine richtige Großaktion war. Die Österreicher, Deutschen und Schweizer haben zusammengearbeitet, damit ihnen Ferramonte nicht durch die Lappen geht. War aber anscheinend kein großes Problem – sie haben das Trio noch im Rheinkanal aufgetan und verhaftet.«

»Und in Kürze marschieren die Anwälte an und holen sie gegen Kaution wieder raus und am Ende geht das Ganze aus wie's Hornberger Schießen!«, mutmaßte ich.

Lucas schüttelte den Kopf: »Nichts da – Ferramonte, der übrigens bis zum Designerkragen zugekokst war, hat gesungen wie sein Pseudovater in besten Zeiten. Er hat bereits zugegeben, dass er versucht hat, dich umzubringen – wobei die Nummer im See eine spontane Entscheidung war.«

»Wie das?«, fragte ich und stopfte mir ein Sandwich mit Roastbeef, Rucola und Joghurtcreme zwischen die Zähne.

»Es war ein ganz blöder Zufall«, wusste Lucas. »Die Jacht lag vor der Bucht, Marietta und ihr Lover waren mit dem Schnellboot unterwegs gewesen. Sie sahen uns bei unserem Strandspaziergang, beobachteten, wie wir unter der alten Weide verschwanden ...« Mein guter Lucas bekam doch tatsächlich etwas rote Ohren. »Und na ja ... sie haben dann eben mitgekriegt, dass du baden gingst – und bei Ferramonte hatte es vermutlich, so meint jedenfalls Gerstenmeier, davor geschneit. Daher kam er auf die Idee, auf dich loszugehen.«

»Na, toll! Und nachdem das nicht geklappt hat, hat er an meinem Auto rumgeschraubt.«

»Nicht er, mein Schatz. Das war Marietta ...«

»Reizend!«, fand ich. »So was wie ein Gewissen hat sie wohl nicht. Kaltblütig umbringen, was einem im Weg steht – erst der Vater, dann jemand, der ihr gar nichts getan hat ...«

»Öh ...« Lucas studierte seine nackten Zehen. »Also – das sieht sie wohl anders. Sie hat entschieden was gegen dich und das schon länger ...«

Ich verstand nicht. »Aber ich kannte sie doch kaum.«

Er atmete tief durch. »Du warst da – und ich habe dich vorgezogen.«

»Sie wollte dich?«

»Hmm«, gab er zu. »Erinnerst du dich, als ich vor sechs Jahren in Spoleto war? Da konntest du nicht gleich mitkommen und in diesen ersten zwei Wochen, in denen ich allein war, wurde ich quasi von Marietta verfolgt. Das ging so weit, dass sie eines Abends in ihrem Geburtstagskostüm in meinem Bett lag.«

»Ach, du Schande! Und du hast sie rauskomplimentiert?«

»Was hätte ich sonst machen sollen? Ich hab sie schon als kleines Mädchen gekannt! Und du warst für den nächsten Morgen angesagt. Aber sie hat mir das natürlich sehr übelgenommen – und in einer Art Übertragung sah sie dich als die Böse in diesem Fall. Sie war überzeugt, dass sie mich gekriegt hätte, wenn du mich nicht mit irgendwelchen fiesen Tricks eingefangen hättest.«

Ich kicherte. »Klar. Ich habe meine Verführungskünste auf dich angewandt und dir so den Kopf verdreht, dass du zu keinem klaren Gedanken mehr fähig warst!«

Er beugte sich zu mir und küsste meine Nasenspitze. »Genau. Ich kann also auf Unzurechnungsfähigkeit plädieren.«

»Das würde dir so passen!« Ich fand ein Lachssandwich und biss hinein. »Immerhin hat sich Marietta ja dann mit Herrn Ferramonte getröstet.«

»Ja – und das war ihr ernst, wobei sie meiner Ansicht nach nicht nur den Knaben reizvoll findet, sondern auch seinen Titel. Es hätte ihr schon gefallen, als Principessa Ferramonte in den entsprechenden Kreisen aufzutreten. Das Problem war nur, dass sowohl sie wie auch ihr Prinzchen von ihrem Vater abhängig waren – und der hielt Marietta eher kurz.«

»Na ja, Ferramonte hat durch seine Manipulationen gut verdient.«

»Nicht gut genug!«, widersprach Lucas. »Kokain ist teuer, außerdem haben Marietta und er gespielt – und das eben nicht nur in den staatlich überwachten Casinos, sondern auch mit Leuten, mit denen man sich besser nicht einlässt. Einer von denen hat Mario einen anonymen Brief mit einigen sehr vagen Andeutungen geschickt – und Ferramonte angedroht, dass er konkreter wird, wenn er nicht bald seine Schulden bezahlt.«

»Und unter dem Druck kam ihm dann die Idee, Miercoledi umzubringen?«, fragte ich.

Lucas zuckte mit den Schultern. »Ob die Idee ihm oder Marietta kam, wird sich wohl nicht mehr abklären lassen. Aber sie haben schön zusammengearbeitet. Er war der Rosendieb, den du im Park gesehen hast – er hat Eibe geholt und Marietta gebracht. Die wiederum hatte schon einige Zeit davor angefangen, als besorgte Tochter dem Vater allabendlich einen Smoothie zu machen – und du weißt ja, wie gerne Miercoledi sich umsorgen ließ. Dazu hat sein Töchterlein ihm erklärt, dass die Bitterstoffe in ihren Smoothies ganz besonders gesund sind – und da er ja 101 werden wollte, hat er das Zeug brav runtergekippt.«

»Mann, ist das fies!« Mir lief ein kalter Schauder über den Rücken. »Stell dir das mal vor: Die guckt zu, wie ihr Vater Gift trinkt – offenkundig ohne Reue, ohne Regung. Dazu gehört aber schon ein extrem mieser Charakter.«

»Tja – die Tochter ihres Vaters«, kommentierte Lucas bitter. »Und er hat sie total verwöhnt. Sie hat von Kindheit an das Gefühl gehabt, dass ihr nur das Beste zusteht.«

»Nun kann sie wohl nur noch darauf hoffen, dass sie im Gefängnis die beste Zelle bekommt«, sagte ich.

Lucas nickte. »Ich weiß gar nicht, ob sie in einem deutschen oder italienischen Knast landen wird. Sicher scheint ja nur zu sein, dass ihr Aufenthalt da etwas länger dauern wird.«

»Das macht insofern nicht viel, als dass ihr Liebhaber bestimmt auch ein paar Jahre absitzen darf.«

»Hmm.« Lucas schaute mich einen Augenblick an, dann

nahm er den fast leeren Teller, der auf meinem Bauch stand, packte ihn auf den Nachttisch und zog mich an sich. »Ich bin froh, dass Ferramonte so ein lausiger Schütze ist. Und dass du tapfer und geschickt bist, aber …«, er küsste meine Stirn, »… tue mir bitte einen Gefallen: Wenn das nächste Mal irgendwo eine Leiche rumliegt, ruf die Polizei und halt dich ansonsten raus, ja? Ich hab in der Oper Drama genug. Ich brauche das privat bestimmt nicht.«

*

Es wäre noch zu berichten: Unsere Premiere lief bestens, die Damen und Herren haben großartig gesungen, Lucas bekam Szenenapplaus für Posas Tod, Rocco für des Königs große Arie, Cayo und Ileana wurden für ihr Duett gefeiert. Die Kritiken waren – nun ja, in Sachen Inszenierung nicht euphorisch, dazu war sie nicht avantgardistisch genug, aber zumindest waren sie so, dass die Leute gerne ins Theater kamen.

Marietta und Ferramonte sind noch immer in Untersuchungshaft – im Frühjahr wird verhandelt und da werden wir als Zeugen aufgerufen. Mafalda ist zu ihrer Mutter nach Spoleto zurückgekehrt und wird in absehbarer Zeit einen Großcousin heiraten.

Rocco unterdessen hat sich einen Hund zugelegt und freut sich auf Weihnachten. Da ist er nämlich – mit seiner neuen Dackeline und uns – in New York. Mein Liebster singt »Don Giovanni« und darf mit Rocco als Commendatore kämpfen.

ENDE

NACHWORT:

Diese Geschichte ist ein Produkt meiner Fantasie. Bregenz hat zwar eine tolle Seebühne, aber da gab es 2018 keinen »Don Carlos«. Und in Lindau wurde auch kein Tenor vergiftet. Kurz und gut: Was Sie hier gelesen haben, war frei erfunden. Und jede Ähnlichkeit mit tatsächlichen Vorfällen und lebenden oder toten Charakteren ist natürlich überhaupt nicht beabsichtigt und absoluter Zufall. Echt!

Aber wenn wir schon dabei sind, möchte ich noch ein paar Dankeschöns loswerden. Das erste geht an meine getreue Freundin Lily, die als mein Opernlexikon, Korrektorin, Konsistenzfehler-Beseitigerin und Motivatorin gedient hat. Das zweite an Rechtsanwältin Alexandra Braun in Hamburg. Sie ist Strafverteidigerin und muss immer ran, wenn ich juristische Fragen habe. Und dann war da noch Speranza, die mit italienisch ausgeholfen hat. Danke, Mädels – es ist gut, dass ich Euch habe.

Sibylle Luise Binder, Stuttgart, im Sommer 2019